16	3	2	13
5	10	11	8
9	6	7	12
4	15	14	1

Eurípides

TEATRO COMPLETO IV

As Troianas
Ifigênia em Táurida
Íon

Edição bilíngue

Estudos e traduções de Jaa Torrano

editora 34

EDITORA 34

Editora 34 Ltda.
Rua Hungria, 592 Jardim Europa CEP 01455-000
São Paulo - SP Brasil Tel/Fax (11) 3811-6777 www.editora34.com.br

Imagem da capa:
Busto de Eurípides, cópia romana de um original grego do século IV a.C., Staatliche Museen, Antikensammlung Berlin, Berlim

Capa, projeto gráfico e editoração eletrônica:
Franciosi & Malta Produção Gráfica

Revisão:
Beatriz de Paoli
Alberto Martins

1ª Edição - 2024

CIP - Brasil. Catalogação-na-Fonte
(Sindicato Nacional dos Editores de Livros, RJ, Brasil)

Eurípides, *c.* 480-406 a.C.
E664t Teatro completo IV: As Troianas,
Ifigênia em Táurida, Íon / Eurípides; edição bilíngue;
estudos e traduções de Jaa Torrano — São Paulo:
Editora 34, 2024 (1ª Edição).
480 p.

ISBN 978-65-5525-177-7

Texto bilíngue, português e grego

1. Teatro grego (Tragédia). I. Torrano, José Antonio Alves. II. Título.

CDD - 882

EURÍPIDES
TEATRO COMPLETO
IV

Dedicatória

Aos leitores joviais
que se comprazem com
a noção euripidiana de Zeus
como a explicação própria
da complexidade do mundo
contemporâneo dos Deuses.

Agradecimentos

Ao CNPq,
por invictas virtudes
das bolsas PP e PDE,
que me deram
este trabalho.

Ao Grupo de Pesquisa
Estudos sobre o Teatro Antigo
por grato convívio caro a Musas
e a Dioniso *Mousagétes*.

Aos miríficos alunos,
colegas e mestres
do DLCV-FFLCH-USP,
pela numinosidade
imanente ao lugar.

Aos caros amigos
partícipes das Musas
e de *Zeus Phílios*.

Nota editorial

A presente tradução segue o texto de J. Diggle, *Euripidis Fabulae* (Oxford, Oxford Classical Texts, 3 vols., 1981, 1984, 1994). Onde este é lacunar recorremos a restaurações propostas por outros editores, cujos nomes se assinalam à margem direita do verso restaurado no texto original e na tradução.

Cronologia das representações

1. *O Ciclope*, data incerta.
2. *Alceste*, 438 a.C.
3. *Medeia*, 431 a.C.
4. *Os Heraclidas*, cerca de 430 a.C.
5. *Hipólito*, 428 a.C.
6. *Andrômaca*, cerca de 425 a.C.
7. *Hécuba*, cerca de 424 a.C.
8. *As Suplicantes*, entre 424 e 420 a.C.
9. *Electra*, entre 422 e 416 a.C.
10. *Héracles*, cerca de 415 a.C.
11. *As Troianas*, 415 a.C.
12. *Ifigênia em Táurida*, cerca de 414 a.C.
13. *Íon*, cerca de 413 a.C.
14. *Helena*, 412 a.C.
15. *As Fenícias*, entre 412 e 405 a.C.
16. *Orestes*, 408 a.C.
17. *As Bacas*, 405 a.C.
18. *Ifigênia em Áulida*, 405 a.C.
19. *Reso*, data incerta.

AS TROIANAS

A justiça previsível

Jaa Torrano

Na tragédia *As Troianas* de Eurípides, no prólogo, na primeira cena (vv. 1-47), Posídon evoca a construção das torres de Ílion por ele e por Febo em contraste com a presente destruição e pilhagem "por lança argiva" (v. 8), relembra Epeu de Parnaso, Palas e o cavalo de madeira, e descreve a desolação e a carnificina dentro dos templos e o embarque de tesouros frígios em navios gregos, ainda à espera de ventos para partir. Posídon se declara vencido pelas Deusas Hera argiva e Atena, destruidoras dos frígios, e por isso mesmo em vias de desertar Ílion. Relata a partilha das troianas cativas, escolhidas pelos chefes do exército vencedor, entre as quais nomeia Helena e Hécuba, considerando justa a atual situação de Helena. Relembra as mortes de Políxena, de Príamo e de seus filhos, acusa Agamêmnon de forçar Cassandra a "núpcias trevosas" (*skótion lékhos*, v. 44), e despede-se da "urbe de boa sorte antes", agora destruída por Palas filha de Zeus.

Na segunda cena (vv. 48-97), Atena pergunta a Posídon se pode interpelá-lo como ao "familiar mais próximo do pai", "livres de antiga rusga" (vv. 49-50). Posídon concorda. Atena propõe "razões comuns" a ambos (*koinoùs... lógous*, v. 54) para amargar o retorno dos aqueus e assim alegrar os troianos, antes inimigos (vv. 65-6), alegando o ultraje perpetrado por Ájax, ao arrastar à força Cassandra do altar, agarrada à imagem da Deusa, sem que fosse punido nem imputado por aqueus (vv. 69-71). Atena se diz associada a Zeus para enviar tempestade e raios sobre os navios aqueus, e pede a Posídon dar-lhes, em punição, vagalhões mortíferos no mar Egeu (vv. 76-86). Posídon concorda e prediz naufrágios e mortes em punição à pilhagem de templos e de tumbas (vv. 87-97).

Na terceira cena (vv. 98-152), após a saída dos Deuses Posídon e Atena, erguendo-se de sua prostração, Hécuba na monodia pranteia não mais haver Troia nem os reis de Troia; lamenta as próprias dores físicas e morais (vv. 98-121); evoca a expedição dos gregos ao encalço de Helena, causa da ruína de Troia e dos presentes males (vv. 122-37); descreve-se sentada na tenda de Agamêmnon, conclama ao pranto as esposas e filhas dos troianos, e contrasta a lúgubre dança doravante com a de outrora quando Príamo tinha o cetro (vv. 138-52).

No párodo (vv. 153-229), no primeiro par de estrofe e antístrofe, o coro, em diálogo com Hécuba, canta o pavor da servidão e a expectativa de exílio. Hécuba pede que se contenha a delirante Cassandra, possessa e louca, para evitar o vexame. O coro, ante o iminente sorteio das cativas, canta a expectativa de seus destinos na Grécia. Hécuba se lamenta, comparando-se a "inane ícone de mortos", serva, tendo sido rainha em Troia (vv. 153-96).

Na segunda estrofe, o coro lamenta a perda da pátria, receia maiores dores, prefere a "ínclita região/ bem numinosa de Teseu" (*tàn kleinàn... Theséos eudaímona khóran*, vv. 208-9) à terra de Menelau devastador de Troia. Na segunda antístrofe, o coro evoca e louva outras regiões da Grécia.

No primeiro episódio, na primeira cena (vv. 235-307), Taltíbio anuncia as sortes das cativas: a de Cassandra, a virgem de Febo, escolhida do rei Agamêmnon, flechado de Amor, "trevosas núpcias" (*skótia nympheutéria*, v. 252); anuncia de modo enigmático e incompreensível para a mãe Hécuba a sorte de sua filha Políxena; anuncia ainda a sorte de Andrômaca, viúva de Heitor: servir o filho de Aquiles, e também a sorte de Hécuba: servir Odisseu. Hécuba deplora servir ao "abominável varão doloso,/ hostil à Justiça" (vv. 283-4). Taltíbio, ao vislumbrar uma tocha erguida por Cassandra, receia um incêndio suicida das prisioneiras de guerra. Hécuba nega que haja incêndio e anuncia a vinda de sua filha Cassandra, louca.

Na segunda cena (vv. 308-461), Cassandra canta o hino a Himeneu, com estrofe e antístrofe. O coro receia por ela, descrita como "bacante" (v. 342), o que aqui significa "louca", "possessa". Hécuba invoca Hefesto, manifesto na tocha acesa, recolhe a tocha de Cassandra, e insta a substituição dos cantos nupciais por prantos (vv. 343-52). Cassandra reitera à mãe Hécuba que se alegre com suas núpcias régias e prediz que, se há Lóxias (Apolo), o rei Agamêmnon terá núpcias com ela mais difíceis que as de Helena, prevendo a morte de Agamêmnon e a ruína da casa de Atreu. O ponto de vista dos Numes, revelado nas predições de Cassandra, mostra Troia, vencida, mais venturosa que os gregos, vencedores (vv. 353-405). Taltíbio alega embriaguez de Apolo para tolerar as palavras de Cassandra, e respalda-as, ao reprovar essas núpcias do rei (vv. 415-6); exorta-a a segui-lo e, para encorajar Hécuba, louva a "prudente mulher" de Odisseu. Cassandra interpela Taltíbio como "terrível servidor" e prediz a morte de Hécuba em Troia antes de ir à casa de Odisseu; prediz dores piores que as suas e as dos frígios para Odisseu, os dez anos completos com muitas fadigas, e salvo da visita aos ínferos, ao retornar solitário ao seu lar, ter em casa dez mil males (vv. 424-42). Cassandra reitera a predição de sua própria morte, depõe as coroas do Deus e "enfeites évios" ("báquicos", "místicos", *eúia*, v. 451), invoca o rei adivinho Apolo para testemunhar a deposição, e pergunta onde está o navio, aonde ir — como "uma das três Erínies desta terra" (v. 457) — e consola a mãe com sua vindoura retaliação vitoriosa (vv. 458-61).

Na terceira cena (vv. 462-510), no monólogo, Hécuba prostrada chora as dores presentes e vindouras, invoca os Deuses com a invectiva de "aliados maus" (*kakoùs... symmákhous*, v. 469), evoca os bens passados, suas núpcias e sua prole, em contraste com os males presentes, as mortes dos seus e a perda da pátria, deplora os seus supostos males futuros, a servir seus vencedores, recorda as filhas Cassandra e Políxena e a prole perdida, e conclui com o axioma trágico da condição dos mortais: "Não felicites/ os de bom Nume antes que morram" (vv. 509-10).

No primeiro estásimo (vv. 511-67), na estrofe, o coro evoca a suposta vitória dos troianos e a acolhida equivocada do "quadrúpede veículo" (v. 516), "cavalo/ de áureo elmo a fremir ao céu" (vv. 519-20). Na antístrofe, descreve o júbilo e as danças festivas suscitados pelo "polido ardil" (*xestòn lókhon*, vv. 533-4) e compara-o a "barco negro na sede/ pétrea e solo" (*skáphos kelainòs eis hédrana láïna dápeda te*, vv. 538-40), arrastado com cordames pelos troianos e consagrado à Deusa Palas Atena. No epodo, o coro evoca a interrupção das danças pela irrupção de Ares, saído do ardil planejado por Atena, a matança dos troianos ante os altares e o luto e a servidão das troianas. A súbita catástrofe dos troianos, que, de aparente vitória comemorada com júbilo, se precipitam em ruína e escravidão, prefigura o destino que aguarda os vencedores, seduzidos pela volúpia da violência e da injustiça.

No segundo episódio (vv. 568-798), na primeira cena (vv. 568-708), o coro anuncia Andrômaca, com o filho ao seio, transportada num carro, sentada junto às armas de Heitor e outros despojos frígios (vv. 568-76).

Andrômaca e Hécuba ao longo de três pares de estrofe e antístrofe entoam o peã dos males presentes, em esticomitia interrompida somente na terceira estrofe por quatro versos finais de Andrômaca e na terceira antístrofe por quatro versos finais de Hécuba (vv. 577-606).

Hécuba vê na presente miséria a manifestação dos Deuses, que "ora fortalecem/ os anônimos, ora anulam os gloriosos" (vv. 611 ss.), e lembra que Cassandra lhe foi arrebatada à força. Andrômaca compara essa violência causada pela atitude cupidinosa de Agamêmnon à do ato ultrajoso de Ájax (v. 618, cf. v. 70), e revela a sorte de Políxena, "morta no túmulo/ de Aquiles, imolada, dom a morto inânime" (vv. 622 ss.). Hécuba compreende "claro" o "enigma" de Taltíbio (v. 625). Andrômaca considera a sorte de Políxena, por estar morta, melhor que a dela, ao lhe sobreviver. Hécuba discorda, alegando que a morte "não é nada e não tem esperanças" (v. 633).

Andrômaca apresenta a Hécuba a mais bela fala para o prazer do espírito argumentando que "o não ter nascido é igual à morte", ou seja, "a morte ser igual a não nascer" (*tò mè genésthai tôi thanaîn íson légo,* v. 636), e que "a morte vale mais que viver aflito,/ pois não tem a dor de saber os males" (*toû zên dè lyprôs kreîsson esti katthaneîn, algeî gàr oudèn*, vv. 637-8). Essas duas asserções, por se entenderem universais, incluem e respaldam a consideração particular de que Políxena morta tem sorte melhor que Andrômaca viva, supérstite. A título de prova por comparação, Andrômaca expõe seu dilema entre a antiga felicidade conjugal com o marido morto e a presente coerção de servir novo senhor, o novo marido, e contrasta o peso de seus próprios males com a perda de Políxena, concluindo que tem mais por que se lamentar do que por lamentar Políxena (vv. 634-83).

Hécuba compara sua situação à do navio desgovernado entregue à tempestade, vencida por "miseranda vaga divina" (v. 696), e aconselha Andrômaca a desistir de Heitor, que por seus prantos não retornaria dos mortos, e aceitar o novo marido, assegurando assim o mais útil a Troia, criar filho de Heitor, perpetuação de Troia (vv. 686-708).

Na segunda cena (vv. 709-98), Taltíbio anuncia a decisão dos gregos sobre o destino do "filho de pai exímio" e a aceitação pacífica dessa decisão como condição para poder fazer os funerais e dar sepultura ao filho. Andrômaca se despede do filho, invoca a filha de Tindáreo, "nunca de Zeus" (v. 766), mas "de muitos pais:/ Ilatente primeiro e depois Negador,/ Cruor, Morte, males que Terra nutre" (vv. 767-9), reitera que Helena não é filha de Zeus (v. 770), acusa-a da morte de muitos gregos e bárbaros, impreca que Helena morra, entrega o filho ao reconhecer que não pode afastá-lo da morte, e resigna-se com o "belo himeneu" e a perda do filho (vv. 771-9).

O coro num dístico (vv. 780-1) reitera a acusação de Cassandra (cf. vv. 368-9) de que a retaliação dos gregos contra Troia é desproporcional e injusta. Taltíbio recebe e retira o filho de Andrômaca (vv. 782-9). Hécuba lamenta a "completa ruína" (vv. 790-8).

No segundo estásimo (vv. 799-859), na primeira estrofe, o coro invoca o rei Télamon de Salamina, exímio sócio de Héracles, primeiro destruidor de Ílion. Na primeira antístrofe, o coro evoca a morte de Laomedonte, o fogo devastador de Troia, e os dois assaltos dos gregos a Troia. Na segunda estrofe, o coro invoca o "belo passo" (v. 821) do filho de Laomedonte, o "belo servo" de Zeus, e contrasta a antiga felicidade com o presente incêndio e ruína da terra de Príamo. Na segunda antístrofe, o coro invoca Amor, que fortaleceu Troia com uniões amorosas divinas, e sem mais vitupério a Zeus descreve a presente ruína: "Amavios/ de Deuses se foram de Troia" (*tà Theôn dè phíltra phroûda Troíai*, vv. 858-9).

No terceiro episódio (vv. 860-1059), na primeira cena (vv. 860-94), Menelau saúda o bem fúlgido brilho do Sol em que terá nas mãos sua esposa Helena, declara seu próprio nome e alega que veio a Troia não por causa da mulher, mas para cobrar justiça do falso hóspede raptor da esposa, e punido enfim com o auxílio dos Deuses. Como os gregos deixaram a seu critério matar ou não Helena, decidiu levá-la à terra argiva para dar-lhe morte lá em "paga dos que tem mortos em Ílion" (v. 879), e ordena que os servos lhe a tragam das tendas, para irem à Grécia (vv. 860-83). Hécuba faz uma prece a Zeus, por reconhecer na fala de Menelau a manifestação da justiça de Zeus. Menelau, surpreso, ressalta a inovação da prece de Hécuba, que incorpora vocabulário filosófico na estrutura convencional da prece aos Deuses (vv. 884-9). Hécuba adverte Menelau de que evite ver Helena, pois o poder do desejo domina pela visão da beleza e os "encantos" (*kelémata*, v. 893) são devastadores.

Na segunda cena (vv. 895-1059), Helena interpela Menelau, reclama da violência com que os servos a trouxeram, e pergunta qual a sentença dos gregos contra ela. Menelau declara que toda a tropa lhe deu o direito de matá-la, por ter sido injuriado por ela. Helena responde que se for morta não será morta com justiça. Colocada assim a questão da justiça penal, com o aparente desinteresse de Menelau em ouvir Helena, o debate se instala com a intervenção de Hécuba, que pede a Menelau ouvir Helena e dar a Hécuba mesma o contraditório (vv. 906-10).

Em defesa própria, Helena contra-ataca acusando primeiro Hécuba de gerar o princípio dos males, por ser mãe de Páris, e acusando depois Príamo de não ter matado o filho Alexandre (outro nome de Páris) quando revelada a sina do "acre ícone de tocha" (v. 922) vista no sonho da mãe antes do parto.[1] No julgamento por Páris de qual das três Deusas seria a mais bela, a recompensa proposta por Palas seria "devastar a Grécia com exército frígio" (v. 926), Hera lhe propôs que fosse "o rei da Ásia e dos lindes da Europa" (v. 928), Afrodite prometeu que lhe daria as núpcias de Helena, de modo que suas núpcias com Páris salvaram a Grécia. Afrodite e o seu Nume Ilatente, cujo nome é Alexandre ou ainda Páris, destruíram Helena. Como se mostrasse o caráter numinoso da visita de Páris, relembra que Menelau — ("ó perverso", *ó kákiste*, v. 943) — o deixou em Esparta e navegou para Creta. Sendo Afrodite, que subjuga Zeus, a causa dessas circunstâncias e dos acontecimentos seguintes, Helena desafia Menelau a coibir a Deusa Afrodite e assim ser maior que Zeus, e reivindica para si perdão (vv. 948-50), alega também que Deífobo após a morte de Páris a sequestrou à força, coagiu-a à amarga servidão, e por todas essas razões não seria justo que ela fosse morta (vv. 951-65).

Hécuba se propõe, como aliada das Deusas, mostrar que Helena não fala com justiça (vv. 969 ss.), e critica o discurso de Helena, por um lado, reduzindo as referências mitológicas universais a meros interesses particulares, equivocamente tomando as imagens descritivas pelas referências descritas (vv. 971-82) e, por outro lado, contrapondo essas imagens esvaziadas de suas referências transcendentes à idealização filosófica dos Deuses (vv. 983-6), retomando assim o anacronismo implícito de sua prece a Zeus (vv. 884-7). Com o trocadilho entre *Aphrodíte* e *aphrosýne* ("Afrodite" e "demência", vv. 989-90), reduz o móvel de Helena a lascívia e ganância (vv. 991-8). Hécuba assinala a presença dos irmãos Castor e Pólux em Argos, quando "não ainda nos astros" (v. 1001), como prova de que Helena fugiu de Argos com Páris não coagida; relembra o regozijo de Helena com quem quer que, a ca-

---

[1] Cf. Apolodoro, *Biblioteca*, III, 12, 5.

da vez, vencesse o combate, e sua permanência voluntária em Troia, não obstante os conselhos de que voltasse aos gregos e cessasse a guerra; descreve a soberbia da esposa na casa de Alexandre, a requerer prosternação dos bárbaros, e por fim a produção de boa aparência para ver o marido (vv. 1002-28). Perorando, Hécuba exorta Menelau a matá-la e deste modo instituir na Grécia para as outras mulheres esta lei: "morrer quem trair o marido" (vv. 969-1032).

Concordando com Hécuba sobre a culpa ser de Helena, e não de Afrodite, no abandono do lar e da pátria, Menelau se pronuncia pela condenação de Helena (vv. 1036-41). Mais uma vez, Helena suplica por sua vida e atribui a culpa a Afrodite, enquanto Hécuba pede a punição de Helena em nome dos mortos e órfãos da guerra (vv. 1042-5). Menelau declara o assunto encerrado e ordena aos servos que embarquem Helena. Uma nota jocosa assinala o fino humor de Eurípides, quando Hécuba aconselha Menelau a não embarcar Helena no mesmo navio que ele e este indaga: "Por quê? Pesa mais do que antes?" (v. 1050). Hécuba se justifica alegando que "não há amante que não ame sempre" (v. 1051), o que Menelau descarta, mas aceita o conselho e reitera o plano de punir Helena com a morte vil, em Argos, como exemplo para todas as mulheres (vv. 1052-9). Tanto a concordância de Menelau com os argumentos de Hécuba quanto o plano da punição de Helena em Argos podem parecer um jogo de astúcia para subtrair Helena à fúria da multidão e salvá-la, mas isso nesta tragédia fica suspenso e indefinido.

No terceiro estásimo (vv. 1060-117), no primeiro par de estrofe e antístrofe, o coro retoma do segundo estásimo o tema da indiferença dos Deuses à ruína de Troia, interpela Zeus e indaga se em seu trono celeste pensa na cidade destruída sob ataque e incêndio. Na segunda estrofe, o coro invoca o finado marido, insepulto e errante, ao embarcar para Argos, e invoca a mãe terra troiana, ao ser levada por gregos ao exílio. Na segunda antístrofe, retomando a segunda cena do prólogo, o coro impreca que o navio de Menelau, que as desterra de Ílion, seja fulminado em alto mar, e nunca regresse à pátria.

No êxodo (vv. 1118-332), Taltíbio anuncia a partida antecipada de Neoptólemo, revela que Andrômaca, antes de o seguir, pediu que Hécuba sepultasse Astíanax no escudo de seu pai Heitor, e entrega-lhe o corpo, tendo-o banhado e lavado as lesões (vv. 1123-55). Hécuba evoca as doces lembranças de seu neto, ressalta a indignidade do temor pelo qual os gregos o massacraram, interpela o escudo de Heitor, feito féretro de Astíanax, e reflete sobre a instabilidade da sorte dos mortais (vv. 1156-206). Hécuba, em diálogo com o morto, dele se despede, secundada pelo coro, consola-se com "canções de posteriores mortais" (v. 1245) e reflete que os mortos são indiferentes a opulentos funerais, vazio alarde dos vivos (vv. 1207-50). O coro anuncia as tochas (vv. 1256-9). Taltíbio ordena o incêndio da cidade e o embarque das cativas (vv. 1260-71). Hécuba descreve o incêndio, invoca os Deuses com invectiva, e decide atirar-se na pira para morrer com a pátria, mas Taltíbio a impede (vv. 1272-86). Em dois pares de estrofe e antístrofe, Hécuba e o coro invocam Zeus Crônida como testemunha da queda de Troia, invocam filhos e esposos mortos, Príamo insepulto e ínscio da ruína, e deploram a destruição e o iminente exílio (vv. 1287-332).

Os relatos e as descrições de destruição, morte e escravidão, pelo sentimento de inconformidade que os informa, diversas vezes se entendem como imagens ominosas do que, no porvir, aguarda esses assim relatados e descritos como violentos predadores.

AS TROIANAS

Ὑπόθεσις Τροάδων

Μετὰ τὴν Ἰλίου πόρθησιν ἔδοξεν Ἀθηνᾶι τε καὶ Ποσειδῶνι τὸ τῶν Ἀχαιῶν στράτευμα διαφθεῖραι, τοῦ μὲν εὐνοοῦντος τῆι πόλει διὰ τὴν κτίσιν, τῆς δὲ μισησάσης τοὺς Ἕλληνας διὰ τὴν Αἴαντος εἰς Κασσάνδραν ὕβριν. οἱ δὲ Ἕλληνες κληρωσάμενοι περὶ τῶν αἰχμαλώτων γυναικῶν τὰς ἐν ἀξιώμασιν ἔδωκαν Ἀγαμέμνονι μὲν Κασσάνδραν, Ἀνδρομάχην δὲ Νεοπτολέμωι, Πολυξένην δὲ Ἀχιλλεῖ. ταύτην μὲν οὖν ἐπὶ τῆς τοῦ Ἀχιλλέως ταφῆς ἔσφαξαν, Ἀστυάνακτα δὲ ἀπὸ τῶν τειχῶν ἔρριψαν. Ἑλένην δὲ ὡς ἀποκτενῶν Μενέλαος ἤγαγεν, Ἀγαμέμνων δὲ τὴν χρησμωιδὸν ἐνυμφαγώγησεν. Ἑκάβη δὲ τῆς μὲν Ἑλένης κατηγορήσασα, τοὺς ἀναιρεθέντας δὲ κατοδυραμένη τε καὶ κηδεύσασα, πρὸς τὰς Ὀδυσσέως ἤχθη σκηνάς, τούτωι λατρεύειν δοθεῖσα.

τὰ τοῦ δράματος πρόσωπα· Ποσειδῶν, Ἀθηνᾶ, Ἑκάβη, χορὸς ἐξ αἰχμαλωτίδων Τρωιάδων, Ταλθύβιος, Κασσάνδρα, Ἀνδρομάχη, Μενέλαος, Ἑλένη.

fabula anno 415 a.C. acta. uide Aelian. uar. hist. 2.8:
κατὰ τὴν πρώτην καὶ ἐνενηκοστὴν ὀλυμπιάδα, καθ' ἣν ἐνίκα Ἐξαίνετος ὁ Ἀκραγαντῖνος στάδιον, ντηγωνίσαντο λλήλοις Ξενοκλῆς καὶ Εὐριπίδης. καὶ πρῶτός γε καὶ Βάκχαις καὶ Ἀθάμαντι σατυρικῶι. τούτου δεύτερος Εὐριπίδης ἦν Ἀλεξάνδρωι καὶ Παλαμήδει καὶ Τρωιάσι καὶ Σισύφωι σατυρικῶι.

Argumento

Após a devastação de Ílion, Atena e Posídon decidem destruir o exército dos aqueus, ele por bem querer a urbe porque a construiu, ela por ódio aos gregos pelo ultraje de Ájax a Cassandra. Os gregos sortearam as cativas de valor e deram Cassandra a Agamêmnon, Andrômaca a Neoptólemo, Políxena a Aquiles. Imolaram-na junto à sepultura de Aquiles e lançaram das muralhas Astíanax. Menelau levou Helena para matá-la e Agamêmnon tomou a profetisa por esposa. Hécuba, após acusar Helena e prantear e sepultar os mortos, foi conduzida à tenda de Odisseu, entregue a seu serviço.

Personagens do drama: Posídon, Atena, Hécuba, coro de cativas troianas, Taltíbio, Cassandra, Andrômaca, Menelau, Helena.

Drama representado em 415 a.C. segundo Aelianus, *Varia historia*, 2.8:

Na nonagésima primeira Olimpíada, em que Exéneto de Agrigento venceu o estádio, Xénocles e Eurípides competiram. Xénocles, quem quer que fosse, foi o primeiro, com *Édipo*, *Licáon*, *As Bacas* e *Atamante*. O segundo foi Eurípides com *Alexandre*, *Palamedes*, *As Troianas* e o drama satírico *Sísifo*.

Τρῳάδες

ΠΟΣΕΙΔΩΝ

ἥκω λιπὼν Αἰγαῖον ἁλμυρὸν βάθος
πόντου Ποσειδῶν, ἔνθα Νηρῄδων χοροὶ
κάλλιστον ἴχνος ἐξελίσσουσιν ποδός.
ἐξ οὗ γὰρ ἀμφὶ τήνδε Τρωϊκὴν χθόνα
Φοῖβός τε κἀγὼ λαΐνους πύργους πέριξ 5
ὀρθοῖσιν ἔθεμεν κανόσιν, οὔποτ᾽ ἐκ φρενῶν
εὔνοι᾽ ἀπέστη τῶν ἐμῶν Φρυγῶν πόλει·
ἣ νῦν καπνοῦται καὶ πρὸς Ἀργείου δορὸς
ὄλωλε πορθηθεῖσ᾽. ὁ γὰρ Παρνάσιος
Φωκεὺς Ἐπειὸς μηχαναῖσι Παλλάδος 10
ἐγκύμον᾽ ἵππον τευχέων συναρμόσας
πύργων ἔπεμψεν ἐντός, ὀλέθριον βάρος.
[ὅθεν πρὸς ἀνδρῶν ὑστέρων κεκλήσεται
δούρειος ἵππος, κρυπτὸν ἀμπισχὼν δόρυ.]
ἔρημα δ᾽ ἄλση καὶ θεῶν ἀνάκτορα 15
φόνωι καταρρεῖ· πρὸς δὲ κρηπίδων βάθροις
πέπτωκε Πρίαμος Ζηνὸς ἑρκείου θανών.
πολὺς δὲ χρυσὸς Φρύγιά τε σκυλεύματα
πρὸς ναῦς Ἀχαιῶν πέμπεται· μένουσι δὲ
πρύμνηθεν οὖρον, ὡς δεκασπόρωι χρόνωι 20
ἀλόχους τε καὶ τέκν᾽ εἰσίδωσιν ἄσμενοι,
οἳ τήνδ᾽ ἐπεστράτευσαν Ἕλληνες πόλιν.
ἐγὼ δέ (νικῶμαι γὰρ Ἀργείας θεοῦ
Ἥρας Ἀθάνας θ᾽, αἳ συνεξεῖλον Φρύγας)
λείπω τὸ κλεινὸν Ἴλιον βωμούς τ᾽ ἐμούς· 25

As Troianas

[*Prólogo* (1-152)]

POSÍDON

Posídon venho da salina profundeza
do mar Egeu, onde coros de Nereidas
rodopiam o mais belo passo do pé.
Desde que ao redor desta terra troiana
eu e Febo erguemos torres de pedra 5
com retas réguas, nunca se afastou
de mim o afeto da urbe dos frígios,
que agora fumega e perece pilhada
por lança argiva. Epeu de Parnaso,
da Fócida, por expediente de Palas, 10
construiu o cavalo prenhe de armas
e pôs dentro das torres, funesto fardo.
Por isso por pósteros será chamado
lígneo cavalo por levar oculta lança.
Bosques vazios e templos de Deuses 15
vertem sangue; nos degraus do altar
de Zeus protetor, Príamo jaz morto.
Muito ouro e despojos frígios vão
para os navios aqueus; e esperam
vento de popa, para no décimo ano 20
contentes verem esposas e filhos,
os gregos que atacaram esta urbe.
Eu, vencido pela argiva Deusa Hera
e Atena, as destruidoras dos frígios,
deixo a ínclita Ílion e meus altares. 25

ἐρημία γὰρ πόλιν ὅταν λάβηι κακή,
νοσεῖ τὰ τῶν θεῶν οὐδὲ τιμᾶσθαι θέλει.
πολλοῖς δὲ κωκυτοῖσιν αἰχμαλωτίδων
βοᾶι Σκάμανδρος δεσπότας κληρουμένων.
καὶ τὰς μὲν Ἀρκάς, τὰς δὲ Θεσσαλὸς λεὼς 30
εἴληχ᾽ Ἀθηναίων τε Θησεῖδαι πρόμοι.
ὅσαι δ᾽ ἄκληροι Τρωιάδων, ὑπὸ στέγαις
ταῖσδ᾽ εἰσί, τοῖς πρώτοισιν ἐξῃρημέναι
στρατοῦ, σὺν αὐταῖς δ᾽ ἡ Λάκαινα Τυνδαρὶς
Ἑλένη, νομισθεῖσ᾽ αἰχμάλωτος ἐνδίκως. 35
τὴν δ᾽ ἀθλίαν τήνδ᾽ εἴ τις εἰσορᾶν θέλει,
πάρεστιν Ἑκάβη κειμένη πυλῶν πάρος,
δάκρυα χέουσα πολλὰ καὶ πολλῶν ὕπερ·
ἧι παῖς μὲν ἀμφὶ μνῆμ᾽ Ἀχιλλείου τάφου
λάθραι τέθνηκε τλημόνως Πολυξένη· 40
φροῦδος δὲ Πρίαμος καὶ τέκν᾽· ἣν δὲ παρθένον
μεθῆκ᾽ Ἀπόλλων δρομάδα Κασσάνδραν ἄναξ,
τὸ τοῦ θεοῦ τε παραλιπὼν τό τ᾽ εὐσεβὲς
γαμεῖ βιαίως σκότιον Ἀγαμέμνων λέχος.
ἀλλ᾽, ὦ ποτ᾽ εὐτυχοῦσα, χαῖρέ μοι, πόλις 45
ξεστόν τε πύργωμ᾽· εἴ σε μὴ διώλεσεν
Παλλὰς Διὸς παῖς, ἦσθ᾽ ἂν ἐν βάθροις ἔτι.

ΑΘΗΝΑ

ἔξεστι τὸν γένει μὲν ἄγχιστον πατρὸς
μέγαν τε δαίμον᾽ ἐν θεοῖς τε τίμιον,
λύσασαν ἔχθραν τὴν πάρος, προσεννέπειν; 50

ΠΟΣΕΙΔΩΝ

ἔξεστιν· αἱ γὰρ συγγενεῖς ὁμιλίαι,
ἄνασσ᾽ Ἀθάνα, φίλτρον οὐ σμικρὸν φρενῶν.

ΑΘΗΝΑ

ἐπῄνεσ᾽ ὀργὰς ἠπίους· φέρω δὲ σοὶ
κοινοὺς ἐμαυτῆι τ᾽ ἐς μέσον λόγους, ἄναξ.

Quando maligno vazio toma a urbe,
Deuses doentes não querem honras
e Escamandro ecoa muitos gemidos
de cativas feitas lotes de seus donos.
Umas o árcade tem, outras o tessálio, 30
outras os atenienses nobres Tesidas.
As troianas loteadas estão sob estes
tetos, as escolhidas para os primeiros
da tropa; com elas, a lacônia Tindárida
Helena, vista como cativa com justiça. 35
Quem quiser pode ver ali prostrada
a mísera Hécuba diante das portas
chorando muito pranto por muitos,
sem saber que na tumba de Aquiles
sua filha Políxena teve mísera morte. 40
Foram-se Príamo e os filhos, e Apolo
rei tornou a filha Cassandra delirante,
e negligente do divino e da piedade
Agamêmnon força núpcias trevosas.
Eu te saúdo, urbe de boa sorte antes, 45
polida fortaleza, se não te destruísse
Palas, filha de Zeus, viverias ainda.

ATENA

Com o familiar mais próximo do pai,
grande Nume honrado entre Deuses,
podemos falar livres de antiga rusga? 50

POSÍDON

Podemos, pois a companhia familiar,
rainha Atena, tem não pouco encanto.

ATENA

Aprovo a índole doce e comunicarei
as razões comuns a mim e a ti, ó rei.

ΠΟΣΕΙΔΩΝ

μῶν ἐκ θεῶν του καινὸν ἀγγέλλεις ἔπος, 55
ἢ Ζηνὸς ἢ καὶ δαιμόνων τινὸς πάρα;

ΑΘΗΝΑ

οὔκ, ἀλλὰ Τροίας οὕνεκ', ἔνθα βαίνομεν,
πρὸς σὴν ἀφῖγμαι δύναμιν, ὡς κοινὴν λάβω.

ΠΟΣΕΙΔΩΝ

οὔ πού νιν, ἔχθραν τὴν πρὶν ἐκβαλοῦσα, νῦν
ἐς οἶκτον ἦλθες πυρὶ κατηιθαλωμένην; 60

ΑΘΗΝΑ

ἐκεῖσε πρῶτ' ἄνελθε· κοινώσηι λόγους
καὶ συνθελήσεις ἃν ἐγὼ πρᾶξαι θέλω;

ΠΟΣΕΙΔΩΝ

μάλιστ'· ἀτὰρ δὴ καὶ τὸ σὸν θέλω μαθεῖν·
πότερον Ἀχαιῶν ἦλθες οὕνεκ' ἢ Φρυγῶν;

ΑΘΗΝΑ

τοὺς μὲν πρὶν ἐχθροὺς Τρῶας εὐφρᾶναι θέλω, 65
στρατῶι δ' Ἀχαιῶν νόστον ἐμβαλεῖν πικρόν.

ΠΟΣΕΙΔΩΝ

τί δ' ὧδε πηδᾶις ἄλλοτ' εἰς ἄλλους τρόπους
μισεῖς τε λίαν καὶ φιλεῖς ὃν ἂν τύχηις;

ΑΘΗΝΑ

οὐκ οἶσθ' ὑβρισθεῖσάν με καὶ ναοὺς ἐμούς;

ΠΟΣΕΙΔΩΝ

οἶδ'· ἡνίκ' Αἴας εἷλκε Κασσάνδραν βίαι. 70

POSÍDON

Anuncias notícia de um dos Deuses, 55
de Zeus ou ainda de um dos Numes?

ATENA

Não, mas por Troia, onde estamos,
venho ao teu poder propor aliança.

POSÍDON

Deixaste a antiga rusga e tens dó
dela agora já devastada pelo fogo? 60

ATENA

Retorna lá antes, terás razões comuns
e quererás comigo o que quero fazer?

POSÍDON

Sim, mas ainda quero saber de ti
se vens por aqueus ou por troianos.

ATENA

Quero aos antigos inimigos troianos 65
alegrar, e amargar a volta dos aqueus.

POSÍDON

Por que saltas assim ora aqui ora ali,
e odeias e amas demais a quem for?

ATENA

Ignoras o ultraje a mim e ao templo?

POSÍDON

Sei, Ájax puxou Cassandra à força. 70

ΑΘΗΝΑ

κοὐ δείν' Ἀχαιῶν ἔπαθεν οὐδ' ἤκουσ' ὕπο.

ΠΟΣΕΙΔΩΝ

καὶ μὴν ἔπερσάν γ' Ἴλιον τῶι σῶι σθένει.

ΑΘΗΝΑ

τοιγάρ σφε σὺν σοὶ βούλομαι δρᾶσαι κακῶς.

ΠΟΣΕΙΔΩΝ

ἕτοιμ' ἃ βούληι τἀπ' ἐμοῦ. δράσεις δὲ τί;

ΑΘΗΝΑ

δύσνοστον αὐτοῖς νόστον ἐμβαλεῖν θέλω. 75

ΠΟΣΕΙΔΩΝ

ἐν γῆι μενόντων ἢ καθ' ἁλμυρὰν ἅλα;

ΑΘΗΝΑ

ὅταν πρὸς οἴκους ναυστολῶσ' ἀπ' Ἰλίου.
καὶ Ζεὺς μὲν ὄμβρον καὶ χάλαζαν ἄσπετον
πέμψει δνοφώδη τ' αἰθέρος φυσήματα·
ἐμοὶ δὲ δώσειν φησὶ πῦρ κεραύνιον, 80
βάλλειν Ἀχαιοὺς ναῦς τε πιμπράναι πυρί.
σὺ δ' αὖ, τὸ σόν, παράσχες Αἰγαῖον πόρον
τρικυμίαις βρέμοντα καὶ δίναις ἁλός,
πλῆσον δὲ νεκρῶν κοῖλον Εὐβοίας μυχόν,
ὡς ἂν τὸ λοιπὸν τἄμ' ἀνάκτορ' εὐσεβεῖν 85
εἰδῶσ' Ἀχαιοὶ θεούς τε τοὺς ἄλλους σέβειν.

ΠΟΣΕΙΔΩΝ

ἔσται τάδ'· ἡ χάρις γὰρ οὐ μακρῶν λόγων
δεῖται· ταράξω πέλαγος Αἰγαίας ἁλός.
ἀκταὶ δὲ Μυκόνου Δήλιοί τε χοιράδες
Σκῦρός τε Λῆμνός θ' αἱ Καφήρειοί τ' ἄκραι 90

ATENA

Impune e inimputado por aqueus.

POSÍDON

Sim, pilharam Ílion com tua força.

ATENA

Por isso, contigo, quero puni-los.

POSÍDON

De mim tens o pedido. Que farás?

ATENA

Quero lhes dar malfadado regresso. 75

POSÍDON

Retidos em terra ou em salino mar?

ATENA

Ao navegarem de Ílion para casa.
Zeus fará chuva e granizo imenso
e sombrios sopros do firmamento,
diz que me dará o fulminante fogo 80
para ferir aqueus e queimar navios.
Tu, por tua vez, dá-lhes o mar Egeu
bramindo com torrentes e turbilhões,
enche de mortos o côncavo de Eubeia,
para que os aqueus doravante saibam 85
venerar meu templo e outros Deuses!

POSÍDON

Assim será. O favor não pede longas
falas, perturbarei o pélago do mar Egeu.
As bordas de Míconos, os recifes délios,
Ciros, Lemnos e os pontais de Cafareu 90

πολλῶν θανόντων σώμαθ’ ἕξουσιν νεκρῶν.
ἀλλ’ ἕρπ’ Ὄλυμπον καὶ κεραυνίους βολὰς
λαβοῦσα πατρὸς ἐκ χερῶν καραδόκει,
ὅταν στράτευμ’ Ἀργεῖον ἐξιῆι κάλως.
μῶρος δὲ θνητῶν ὅστις ἐκπορθεῖ πόλεις 95
ναούς τε τύμβους θ’, ἱερὰ τῶν κεκμηκότων·
ἐρημίαι δούς <σφ’> αὐτὸς ὤλεθ’ ὕστερον.

ΕΚΑΒΗ

ἄνα, δύσδαιμον· πεδόθεν κεφαλὴν
ἐπάειρε δέρην <τ’>· οὐκέτι Τροία
τάδε καὶ βασιλῆς ἐσμεν Τροίας. 100
μεταβαλλομένου δαίμονος ἄνσχου.
πλεῖ κατὰ πορθμόν, πλεῖ κατὰ δαίμονα,
μηδὲ προσίστη πρῶιραν βιότου
πρὸς κῦμα πλέουσα τύχαισιν.
αἰαῖ αἰαῖ· 105
τί γὰρ οὐ πάρα μοι μελέαι στενάχειν,
ἧι πατρὶς ἔρρει καὶ τέκνα καὶ πόσις;
ὦ πολὺς ὄγκος συστελλόμενος
προγόνων, ὡς οὐδὲν ἄρ’ ἦσθα.
τί με χρὴ σιγᾶν; τί δὲ μὴ σιγᾶν; 110
τί δὲ θρηνῆσαι;
δύστηνος ἐγὼ τῆς βαρυδαίμονος
ἄρθρων κλίσεως, ὡς διάκειμαι,
νῶτ’ ἐν στερροῖς λέκτροισι ταθεῖσ’.
οἴμοι κεφαλῆς, οἴμοι κροτάφων 115
πλευρῶν θ’, ὥς μοι πόθος εἱλίξαι
καὶ διαδοῦναι νῶτον ἄκανθάν τ’
εἰς ἀμφοτέρους τοίχους μελέων,
ἐπιοῦσ’ αἰεὶ δακρύων ἐλέγους.
μοῦσα δὲ χαὔτη τοῖς δυστήνοις 120
ἄτας κελαδεῖν ἀχορεύτους.

terão corpos de muitos finados mortos.
Segue ao Olimpo, e das mãos paternas
recebe os dardos fulminantes e espera
até que a esquadra argiva solte a vela!
Tolo é o mortal devastador de urbes, 95
pilhando templos e tumbas sagradas
dos mortos, ele mesmo perece depois.

HÉCUBA

Ó de mau Nume, ergue do chão
a cabeça e o pescoço! Não há mais
Troia, não somos os reis de Troia. 100
Suporta essa mudança do Nume!
Navega o mar! Navega o Nume!
Não contraponhas a proa da vida
à onda, quando navegas a sorte!
Aiaî aiaî! 105
O que não posso chorar, mísera,
ao ruírem pátria, filhos e marido?
Ó grande orgulho recolhido
avoengo, não éreis nada!
Por que calar? Por que não? 110
Por que prantear?
Mísera de mim por grave Nume
prostrada por flexão das juntas,
estendido o dorso em duro leito.
Oímoi, cabeça! *Oímoi*, têmporas 115
e costelas! Que gana de girar
e oscilar dorso e espinha
para ambos os lados, indo
sempre a elegias de lágrimas!
Musa esta ainda é dos míseros, 120
sem coros celebrar a ruína.

πρῶιραι ναῶν, ὠκείαις
Ἴλιον ἱερὰν αἳ κώπαις
δι᾿ ἅλα πορφυροειδῆ καὶ
λιμένας Ἑλλάδος εὐόρμους 125
αὐλῶν παιᾶνι στυγνῶι
συρίγγων τ᾿ εὐφθόγγων φωνᾶι
βαίνουσαι †πλεκτὰν Αἰγύπτου
παιδείαν ἐξηρτήσασθ᾿†,
αἰαῖ, Τροίας ἐν κόλποις 130
τὰν Μενελάου μετανισόμεναι
στυγνὰν ἄλοχον, Κάστορι λώβαν
τῶι τ᾿ Εὐρώται δύσκλειαν,
ἃ σφάζει μὲν
τὸν πεντήκοντ᾿ ἀροτῆρα τέκνων 135
†Πρίαμον, ἐμέ τε μελέαν Ἑκάβαν†
ἐς τάνδ᾿ ἐξώκειλ᾿ ἄταν.
ὤμοι, θάκους οἵους θάσσω,
σκηναῖς ἐφέδρους Ἀγαμεμνονίαις.
δούλα δ᾿ ἄγομαι 140
γραῦς ἐξ οἴκων πενθήρη
κρᾶτ᾿ ἐκπορθηθεῖσ᾿ οἰκτρῶς.
ἀλλ᾿ ὦ τῶν χαλκεγχέων Τρώων
ἄλοχοι μέλεαι
†καὶ κόραι δύσνυμφαι†,
τύφεται Ἴλιον, αἰάζωμεν. 145
μάτηρ δ᾿ ὡσεὶ πτανοῖς κλαγγὰν
†ὄρνισιν ὅπως ἐξάρξω ᾿γὼ
μολπὰν οὐ τὰν αὐτὰν†
οἵαν ποτὲ δὴ
σκήπτρωι Πριάμου διερειδομένου 150
ποδὸς ἀρχεχόρου πλαγαῖς Φρυγίους
εὐκόμποις ἐξῆρχον θεούς.

Proas de navios, com velozes
remos indo à sagrada Ílion
por purpúrea via marinha
e portos de bom porte gregos, 125
com hediondo peã de aulos
e voz de siringes sonoras,
dependurastes têxtil
cordoalha egipcíaca,
aiaî, no golfo de Troia, 130
ao encalço da hedionda
esposa de Menelau, acinte a Castor,
e ignomínia ao Eurotas.
Ela imola
o semeador de cinquenta filhos 135
Príamo e a mim, mísera Hécuba,
ela me pôs a pique nesta ruína.
Ómoi, em que sede me sento
sentada na tenda de Agamêmnon!
Serva sou levada 140
de casa, anciã enlutada,
devastada cabeça miserável.
Ó esposas miserandas
de troianos de lança brônzea
e moças de más núpcias,
Ílion fumega, choremos! 145
Qual clamor de aladas
aves, mãe, dedicarei
não a mesma dança
que outrora,
quando Príamo portava cetro, 150
com boas batidas de pé regente
dedicava aos Deuses frígios.

ΗΜΙΧΟΡΙΟΝ Α

Ἑκάβη, τί θροεῖς; τί δὲ θωΰσσεις; Est. 1
ποῖ λόγος ἥκει; διὰ γὰρ μελάθρων
ἄιον οἴκτους οὓς οἰκτίζῃι. 155
διὰ δὲ στέρνων φόβος ἀίσσει
Τρωιάσιν, αἳ τῶνδ' οἴκων εἴσω
δουλείαν αἰάζουσιν.

ΕΚΑΒΗ

ὦ τέκν', Ἀχαιῶν πρὸς ναῦς ἤδη
κινεῖται κωπήρης χείρ. 160

ΧΟΡΟΣ

οἳ 'γώ, τί θέλουσ'; ἦ πού μ' ἤδη
ναυσθλώσουσιν πατρίας ἐκ γᾶς;

ΕΚΑΒΗ

οὐκ οἶδ', εἰκάζω δ' ἄταν.

ΧΟΡΟΣ

ἰὼ ἰώ.
μέλεαι, μόχθων ἐπακουσόμεναι, 165
Τρωιάδες, ἐξορμίζεσθ' οἴκων·
στέλλουσ' Ἀργεῖοι νόστον.

ΕΚΑΒΗ

ἓ ἕ.
μή νύν μοι τὰν
ἐκβακχεύουσαν Κασσάνδραν,
αἰσχύναν Ἀργείοισιν, 171
πέμψητ' ἔξω, 170
μαινάδ', ἐπ' ἄλγεσι δ' ἀλγυνθῶ. 172

[*Párodo* (153-229)]

SEMICORO 1

Hécuba, que gritas? Que clamas? Est. 1
A que vem a palavra? Em casa
ouvia as lamúrias que lamurias. 155
O pavor assalta o peito
de troianas, que em casa
lastimam a servidão.

HÉCUBA

Ó filhas, nos navios aqueus
a mão já se move com remo. 160

CORO

Ai de mim, por quê? Aonde
o navio já me leva da pátria?

HÉCUBA

Não sei, imagino a ruína.

CORO

Iò ió!
Míseras, para ouvir males, 165
troianas, saístes de casa;
argivos preparam o retorno.

HÉCUBA

È é!
Não permitais
que Cassandra a debacar,
opróbrio perante argivos, 171
venha para fora, louca! 170
Não me torneis maior a dor! 172

ἰὼ ἰώ.
Τροία Τροία δύσταν', ἔρρεις,
δύστανοι δ' οἵ σ' ἐκλείποντες
καὶ ζῶντες καὶ δμαθέντες. 175

ΗΜΙΧΟΡΙΟΝ Β

οἴμοι. τρομερὰ σκηνὰς ἔλιπον Ant. 1
τάσδ' Ἀγαμέμνονος ἐπακουσομένα,
βασίλεια, σέθεν· μή με κτείνειν
δόξ' Ἀργείων κεῖται μελέαν;
ἢ κατὰ πρύμνας ἤδη ναῦται 180
στέλλονται κινεῖν κώπας;

ΕΚΑΒΗ

ὦ τέκνον, ὀρθρεύουσαν ψυχὰν
ἐκπληχθεῖσ' ἦλθον φρίκαι.

ΧΟΡΟΣ

ἤδη τις ἔβα Δαναῶν κῆρυξ;
τῶι πρόσκειμαι δούλα τλάμων; 185

ΕΚΑΒΗ

ἐγγύς που κεῖσαι κλήρου.

ΧΟΡΟΣ

ἰὼ ἰώ.
τίς μ' Ἀργείων ἢ Φθιωτᾶν 187
ἢ νησαίαν ἄξει χώραν
δύστανον πόρσω Τροίας;

ΕΚΑΒΗ

φεῦ φεῦ. 190
τῶι δ' ἁ τλάμων
ποῦ πᾶι γαίας δουλεύσω γραῦς,

Iò ió!
Troia, Troia, mísera pereces,
míseros, os que te deixam,
os vivos e os mortos! 175

SEMICORO 2

Oímoi! Trêmula saí da tenda Ant. 1
de Agamêmnon, para ouvir-te,
ó rainha. A opinião de argivos
é de que mísera não me matem?
Ou já nas popas se preparam 180
marujos para mover remos?

HÉCUBA

Ó filha, na alvorada vim,
a vida transida de horror.

CORO

Já veio um arauto dânao?
Mísera sirvo a que leito? 185

HÉCUBA

Perto talvez tenhas sorteio.

CORO

Iò ió!
Que argivo, ou que ftiota, 187
ou ilhéu, me levará a mísera
condição longe de Troia?

HÉCUBA

Pheû, pheû! 190
Mísera anciã servirei
a quem, como, onde?

ὡς κηφήν, ἁ δειλαία,
νεκροῦ μορφά,
νεκύων ἀμενηνὸν ἄγαλμα, 193
αἰαῖ αἰαῖ,
τὰν παρὰ προθύροις φυλακὰν κατέχουσ’ 194
ἢ παίδων θρέπτειρ’, ἃ Τροίας 195
ἀρχαγοὺς εἶχον τιμάς;

ΧΟΡΟΣ

αἰαῖ αἰαῖ, ποίοις δ’ οἴκτοις Est. 2
τάνδ’ ἂν λύμαν ἐξαιάζοις;
οὐκ Ἰδαίοις ἱστοῖς κερκίδα
δινεύουσ’ ἐξαλλάξω. 200
νέατον τοκέων δώματα λεύσσω,
νέατον· μόχθους <δ’> ἕξω κρείσσους,
ἢ λέκτροις πλαθεῖσ’ Ἑλλάνων
(ἔρροι νὺξ αὕτα καὶ δαίμων)
ἢ Πειρήνας ὑδρευομένα 205
πρόσπολος οἰκτρὰ σεμνῶν ὑδάτων.
τὰν κλεινὰν εἴθ’ ἔλθοιμεν
Θησέως εὐδαίμονα χώραν.
μὴ γὰρ δὴ δίναν γ’ Εὐρώτα 210
τάν <τ’> ἐχθίσταν θεράπναν Ἑλένας,
ἔνθ’ ἀντάσω Μενέλαι δούλα,
τῶι τᾶς Τροίας πορθητᾶι.

τὰν Πηνειοῦ σεμνὰν χώραν, Ant. 2
κρηπῖδ’ Οὐλύμπου καλλίσταν, 215
ὄλβωι βρίθειν φάμαν ἤκουσ’
εὐθαλεῖ τ’ εὐκαρπείαι·
τὰ δὲ δεύτερά μοι μετὰ τὰν ἱερὰν
Θησέως ζαθέαν ἐλθεῖν χώραν.
καὶ τὰν Αἰτναίαν Ἡφαίστου 220
Φοινίκας ἀντήρη χώραν,
Σικελῶν ὀρέων ματέρ’, ἀκούω

Qual zangão, tímida,
espectro de morto,
inane ícone de mortos, 193
aiaî aiaî,
a vigiar junto a vestíbulos ou 194
criar crianças, eu que em Troia 195
detinha as honras de soberana?

CORO

Aiaî aiaî, com que prantos Est. 2
se poderia chorar esta ruína?
Não moverei teares ideus
ao rodopiar a lançadeira. 200
Extrema vejo a casa paterna,
extrema. Mais dores terei
ou forçada a leito de gregos
(vá-se essa Noite e Nume!)
ou aguadeira de Pirene sendo 205
mísera serva de águas santas.
Fosse eu à ínclita região
bem numinosa de Teseu!
Não ao rodopio do Eurotas 210
e odiosa servidão a Helena,
onde servirei Menelau,
o devastador de Troia.

A santa região de Peneu, Ant. 2
a mais bela base do Olimpo, 215
ouvi que cheia de opulência
floresce com belos frutos;
isso depois de ir à sacra
divina região de Teseu.
Ainda, ao Etna de Hefesto, 220
região defronte de Cartago,
mãe dos montes sículos, ouço

καρύσσεσθαι στεφάνοις ἀρετᾶς,
τάν τ' ἀγχιστεύουσαν γᾶν
†Ἰονίωι ναύται πόντωι†, 225
ἃν ὑγραίνει καλλιστεύων
ὁ ξανθὰν χαίταν πυρσαίνων
Κρᾶθις ζαθέαις παγαῖσι τρέφων
εὔανδρόν τ' ὀλβίζων γᾶν.

ΧΟΡΟΣ

καὶ μὴν Δαναῶν ὅδ' ἀπὸ στρατιᾶς 230
κῆρυξ, νεοχμῶν μύθων ταμίας,
στείχει ταχύπουν ἴχνος ἐξανύτων.
τί φέρει; τί λέγει; δοῦλαι γὰρ δὴ
Δωρίδος ἐσμὲν χθονὸς ἤδη.

ΤΑΛΘΥΒΙΟΣ

Ἑκάβη, πυκνὰς γὰρ οἶσθά μ' ἐς Τροίαν ὁδοὺς 235
ἐλθόντα κήρυκ' ἐξ Ἀχαιικοῦ στρατοῦ,
ἐγνωσμένος δὴ καὶ πάροιθέ σοι, γύναι,
Ταλθύβιος ἥκω καινὸν ἀγγελῶν λόγον.

ΕΚΑΒΗ

†τόδε τόδε φίλαι γυναῖκες† ὃ φόβος ἦν πάλαι.

ΤΑΛΘΥΒΙΟΣ

ἤδη κεκλήρωσθ', εἰ τόδ' ἦν ὑμῖν φόβος. 240

ΕΚΑΒΗ

αἰαῖ, τίν' ἢ
Θεσσαλίας πόλιν Φθιάδος εἶπας ἢ
Καδμείας χθονός;

proclamar coroados méritos,
e a terra mais vizinha
do marujo do mar Jônio, 225
regada por belíssimo rio
brilhante com loira crina,
Crátis, almo de águas divinas,
tornando opulenta a terra viril.

[*Primeiro episódio* (230-510)]

CORO

Eis que do exército dânao vem 230
o arauto, gestor de recentes falas,
executando passo de rápido pé.
Que traz? Que diz? Servas
já somos da terra dória.

TALTÍBIO

Hécuba, conheces-me por muitas idas 235
a Troia como arauto do exército aqueu;
reconhecido, sim, diante de ti, ó mulher,
Taltíbio venho anunciar a palavra nova.

HÉCUBA

Isso, isso, caras mulheres, era o pavor.

TALTÍBIO

Já fostes sorteadas, se vos era o pavor. 240

HÉCUBA

Aiaî, que urbe dizes
ou em Tessália ou em Ftia
ou na terra de Cadmo?

ΤΑΛΘΥΒΙΟΣ

κατ' ἄνδρ' ἑκάστη κοὐχ ὁμοῦ λελόγχατε.

ΕΚΑΒΗ

τίν' ἄρα τίς ἔλαχε; τίνα πότμος εὐτυχὴς
Ἰλιάδων μένει; 245

ΤΑΛΘΥΒΙΟΣ

οἶδ'· ἀλλ' ἕκαστα πυνθάνου, μὴ πάνθ' ὁμοῦ.

ΕΚΑΒΗ

τοὐμὸν τίς ἆρ'
ἔλαχε τέκος, ἔνεπε, τλάμονα Κασσάνδραν;

ΤΑΛΘΥΒΙΟΣ

ἐξαίρετόν νιν ἔλαβεν Ἀγαμέμνων ἄναξ.

ΕΚΑΒΗ

ἦ τᾶι Λακεδαιμονίαι νύμφαι 250
δούλαν; ὤμοι μοι.

ΤΑΛΘΥΒΙΟΣ

οὔκ, ἀλλὰ λέκτρων σκότια νυμφευτήρια.

ΕΚΑΒΗ

ἦ τὰν τοῦ Φοίβου παρθένον, ἇι γέρας ὁ
χρυσοκόμας ἔδωκ' ἄλεκτρον ζόαν;

ΤΑΛΘΥΒΙΟΣ

ἔρως ἐτόξευσ' αὐτὸν ἐνθέου κόρης. 255

ΕΚΑΒΗ

ῥῖπτε, τέκνον, ζαθέους κλά-
δας καὶ ἀπὸ χροὸς ἐνδυ-
τῶν στεφέων ἱεροὺς στολμούς.

TALTÍBIO

Sorteou-se cada uma de vós, não o lote.

HÉCUBA

Quem coube a quem? Boa sorte espera
que troiana? 245

TALTÍBIO

Sei, mas diz cada uma, não todas juntas!

HÉCUBA

Ora, diz quem obteve
minha filha mísera Cassandra!

TALTÍBIO

O rei Agamêmnon a teve escolhida.

HÉCUBA

A serviço de noiva lacedemônia, 250
serva? *Ómoi moi!*

TALTÍBIO

Não, mas noiva de trevosas núpcias.

HÉCUBA

A virgem de Febo? O de áurea crina
como prêmio lhe deu a vida inupta.

TALTÍBIO

O Amor da moça divina o alvejou. 255

HÉCUBA

Retira, filha, do corpo, os ramos
divinos e os paramentos sagrados
de adornadas coroas!

ΤΑΛΘΥΒΙΟΣ

οὐ γὰρ μέγ' αὐτῆι βασιλικῶν λέκτρων τυχεῖν;

ΕΚΑΒΗ

τί δ' ὃ νεοχμὸν ἀπ' ἐμέθεν ἐλάβετε τέκος, 260
†ποῦ μοι†;

ΤΑΛΘΥΒΙΟΣ

Πολυξένην ἔλεξας ἢ τίν' ἱστορεῖς;

ΕΚΑΒΗ

ταύταν· τῶι πάλος ἔζευξεν;

ΤΑΛΘΥΒΙΟΣ

τύμβωι τέτακται προσπολεῖν Ἀχιλλέως.

ΕΚΑΒΗ

ὤμοι ἐγώ· τάφωι πρόσπολον ἐτεκόμαν. 265
ἀτὰρ τίς ὅδ' ἦν νόμος ἢ τί
θέσμιον, ὦ φίλος, Ἑλλάνων;

ΤΑΛΘΥΒΙΟΣ

εὐδαιμόνιζε παῖδα σήν· ἔχει καλῶς.

ΕΚΑΒΗ

τί τόδ' ἔλακες;
ἆρά μοι ἀέλιον λεύσσει; 270

ΤΑΛΘΥΒΙΟΣ

ἔχει πότμος νιν, ὥστ' ἀπηλλάχθαι. πόνων.

ΕΚΑΒΗ

τί δ' ἁ τοῦ χαλκεομήστορος Ἕκτορος δάμαρ,
Ἀνδρομάχα τάλαινα, τίν' ἔχει τύχαν;

TALTÍBIO

Não é grande sorte o leito do rei?

HÉCUBA

Por que me retiraste a filha nova? 260
Onde está ela?

TALTÍBIO

Dizes Políxena, ou que perguntas?

HÉCUBA

Essa, a quem o sorteio a jungiu?

TALTÍBIO

Posta a servir a tumba de Aquiles.

HÉCUBA

Ómoi! Eu a pari para servir 265
tumba? Mas que lei é essa,
que decreto de gregos, ó caro?

TALTÍBIO

Felicita a filha! Ela está bem.

HÉCUBA

Que é o que disseste?
Ora, ela me vê o sol? 270

TALTÍBIO

A sorte a mantém livre dos males.

HÉCUBA

E a mulher do brônzeo mestre Heitor,
Andrômaca mísera, que sorte ela tem?

ΤΑΛΘΥΒΙΟΣ

καὶ τήνδ’ Ἀχιλλέως ἔλαβε παῖς ἐξαίρετον.

ΕΚΑΒΗ

ἐγὼ δὲ τῶι πρόσπολος ἁ τριτοβάμονος 275
δευομένα βάκτρου γεραιᾶι χερί;

ΤΑΛΘΥΒΙΟΣ

Ἰθάκης Ὀδυσσεὺς ἔλαχ’ ἄναξ δούλην σ’ ἔχειν.

ΕΚΑΒΗ

ἒ ἕ.
ἄρασσε κρᾶτα κούριμον,
ἕλκ’ ὀνύχεσσι δίπτυχον παρειάν. 280
ἰώ μοί μοι.
μυσαρῶι δολίωι λέλογχα
φωτὶ δουλεύειν,
πολεμίωι δίκας, παρανόμωι δάκει,
ὃς πάντα τἀκεῖθεν ἐνθάδ<ε στρέφει, 285
τὰ δ’> ἀντίπαλ’ αὖθις ἐκεῖσε
διπτύχωι γλώσσαι,
φίλα τὰ πρότερ’ ἄφιλα τιθέμενος πάλιν.
†γοᾶσθ’, ὦ Τρωιάδες, με.
βέβακα δύσποτμος οἴχομαι ἁ† 290
τάλαινα δυστυχεστάτωι
προσέπεσον κλήρωι. 291

ΧΟΡΟΣ

τὸ μὲν σὸν οἶσθα, πότνια· τὰς δ’ ἐμὰς τύχας
τίς ἆρ’ Ἀχαιῶν ἢ τίς Ἑλλήνων ἔχει;

ΤΑΛΘΥΒΙΟΣ

ἴτ’, ἐκκομίζειν δεῦρο Κασσάνδραν χρεὼν
ὅσον τάχιστα, δμῶες, ὡς στρατηλάτηι 295
ἐς χεῖρα δούς νιν εἶτα τὰς εἰληγμένας

TALTÍBIO

O filho de Aquiles a teve escolhida.

HÉCUBA

A quem sirvo eu que na mão velha 275
necessito do terceiro pé do bastão?

TALTÍBIO

O rei de Ítaca Odisseu teve-te serva.

HÉCUBA

È é!
Golpeia a cabeça raspada!
Sulca dupla face com unhas! 280
Ió moí moi!
Coube-me servir
abominável varão doloso,
hostil à Justiça, fera fora da lei,
que tudo revira de lá para cá, 285
e ao contrário aliás para lá,
com dúplice língua
tornando antigos amigos inimigos.
Chorai-me, troianas!
Parti malsinada, fui, 290
mísera me tocou
o lote de má sorte. 291

CORO

Sei tua sorte, senhora, mas a mim
que aqueu ou que grego me obtém?

TALTÍBIO

Servos, ide, trazei aqui Cassandra
o mais rápido, para que, ao estratego, 295
a leve em mãos e, depois, aos outros,

καὶ τοῖσιν ἄλλοις αἰχμαλωτίδων ἄγω.
ἔα· τί πεύκης ἔνδον αἴθεται σέλας;
πιμπρᾶσιν, ἢ τί δρῶσι, Τρωιάδες μυχούς,
ὡς ἐξάγεσθαι τῆσδε μέλλουσαι χθονὸς 300
πρὸς Ἄργος, αὑτῶν τ᾽ ἐκπυροῦσι σώματα
θανεῖν θέλουσαι; κάρτα τοι τοὐλεύθερον
ἐν τοῖς τοιούτοις δυσλόφως φέρει κακά.
ἄνοιγ᾽ ἄνοιγε, μὴ τὸ ταῖσδε πρόσφορον
ἐχθρὸν δ᾽ Ἀχαιοῖς εἰς ἔμ᾽ αἰτίαν βάληι. 305

ΕΚΑΒΗ
οὐκ ἔστιν· οὐ πιμπρᾶσιν, ἀλλὰ παῖς ἐμὴ
μαινὰς θοάζει δεῦρο Κασσάνδρα δρόμωι.

ΚΑΣΣΑΝΔΡΑ
ἄνεχε, πάρεχε, φῶς φέρε· σέβω φλέγω — Est.
ἰδοὺ ἰδού —
λαμπάσι τόδ᾽ ἱερόν. ὦ Ὑμέναι᾽ ἄναξ· 310
μακάριος ὁ γαμέτας,
μακαρία δ᾽ ἐγὼ βασιλικοῖς λέκτροις
κατ᾽ Ἄργος ἁ γαμουμένα.
Ὑμὴν ὦ Ὑμέναι᾽ ἄναξ.
ἐπεὶ σύ, μᾶτερ, †ἐπὶ δάκρυσι καὶ† 315
γόοισι τὸν θανόντα πατέρα πατρίδα τε
φίλαν καταστένουσ᾽ ἔχεις, 318
ἐγὼ δ᾽ ἐπὶ γάμοις ἐμοῖς
ἀναφλέγω πυρὸς φῶς 320
ἐς αὐγάν, ἐς αἴγλαν,
διδοῦσ᾽, ὦ Ὑμέναιε, σοί,
διδοῦσ᾽, ὦ Ἑκάτα, φάος
παρθένων ἐπὶ λέκτροις
ἃι νόμος ἔχει. 324

πάλλε πόδ᾽ αἰθέριον, <ἄναγ᾽> ἄναγε χορόν — Ant.
εὐὰν εὐοῖ — 326

as outras cativas de guerra sorteadas!
Éa! Que brilho de pinho arde em casa?
Troianas queimam tendas? Que fazem?
Prestes a serem levadas desta terra 300
para Argos, põem fogo no corpo,
querem morrer? De fato a liberdade
em tais casos suporta mal seus males.
Abre! Abre! Útil a elas, mas hostil
aos aqueus, aquilo não me imputem! 305

HÉCUBA

Não, não queimam, mas minha filha
Cassandra louca está vindo para cá.

CASSANDRA

Acima adiante leva luz! Venero, flamo Est.
— olha! olha! —
com tocha este templo, ó rei Himeneu! 310
Venturoso noivo,
venturosa sou com leito de rei,
casando-me em Argos.
Hímen, ó rei Himeneu!
Quando em prantos e ais 315
tu, mãe, lamentas o pai
morto e a nossa pátria, 318
eu por minhas núpcias
acendo a luz do fogo 320
brilhante esplendente
por ti, ó Himeneu,
por ti, ó Hécate, luz
em núpcias de virgens
como é costume. 324

Brande o pé ao céu! Guia! Guia o coro Ant.
— *euàn! euoî!* — 326

ὡς ἐπὶ πατρὸς ἐμοῦ μακαριωτάταις
τύχαις. ὁ χορὸς ὅσιος.
ἄγε σὺ Φοῖβέ νιν· κατὰ σὸν ἐν δάφναις
ἀνάκτορον θυηπολῶ. 330
Ὑμὴν ὦ Ὑμέναι᾽ Ὑμήν.
χόρευε, μᾶτερ, χόρευμ᾽ ἄναγε, πόδα σὸν
ἕλισσε τᾶιδ᾽ ἐκεῖσε μετ᾽ ἐμέθεν ποδῶν
φέρουσα φιλτάταν βάσιν.
βόασον ὑμέναιον ὢ 335
μακαρίαις ἀοιδαῖς
ἰαχαῖς τε νύμφαν.
ἴτ᾽, ὦ καλλίπεπλοι Φρυγῶν
κόραι, μέλπετ᾽ ἐμῶν γάμων
τὸν πεπρωμένον εὐνᾶι 340
πόσιν ἐμέθεν.

ΧΟΡΟΣ

βασίλεια, βακχεύουσαν οὐ λήψηι κόρην,
μὴ κοῦφον ἄρηι βῆμ᾽ ἐς Ἀργείων στρατόν;

ΕΚΑΒΗ

Ἥφαιστε, δαιδουχεῖς μὲν ἐν γάμοις βροτῶν,
ἀτὰρ λυγράν γε τήνδ᾽ ἀναιθύσσεις φλόγα
ἔξω τε μεγάλων ἐλπίδων. οἴμοι, τέκνον, 345
ὡς οὐχ ὑπ᾽ αἰχμῆς <σ᾽> οὐδ᾽ ὑπ᾽ Ἀργείου δορὸς
γάμους γαμεῖσθαι τούσδ᾽ ἐδόξαζόν ποτε.
παράδος ἐμοὶ φῶς· οὐ γὰρ ὀρθὰ πυρφορεῖς
μαινὰς θοάζουσ᾽, οὐδὲ σαῖς τύχαις, τέκνον,
σεσωφρόνηκας ἀλλ᾽ ἔτ᾽ ἐν ταὐτῶι μένεις. 350
ἐσφέρετε πεύκας δάκρυά τ᾽ ἀνταλλάσσετε
τοῖς τῆσδε μέλεσι, Τρωιάδες, γαμηλίοις.

ΚΑΣΣΑΝΔΡΑ

μῆτερ, πύκαζε κρᾶτ᾽ ἐμὸν νικηφόρον
καὶ χαῖρε τοῖς ἐμοῖσι βασιλικοῖς γάμοις·

como na mais venturosa sorte
de meu pai! O coro é sagrado.
Guia tu, Febo! Em teu templo
entre loureiros queimo incenso. 330
Hímen! Ó Himeneu! Hímen!
Celebra, mãe, conduz o coro!
Rodopia teu pé aqui ali comigo
com o mais caro passo dos pés!
Grita: "Ó Himeneu!" 335
com venturosas cantorias
e com os clamores à noiva!
Ó de belos véus frígias
filhas, vinde! Cantai
o marido dado ao leito 340
de minhas núpcias!

CORO
Rainha, não deterás a filha bacante?
Não dê o leve passo à turba argiva!

HÉCUBA
Hefesto, em núpcias de mortais tens
tochas, mas ardes essa lúgubre chama
sem grandes esperanças. *Oímoi*, filha! 345
Não por lança, nem por dardo argivo,
outrora supunha que faria tuas núpcias.
Dá-me a tocha! Não é correto portar
fogo, andando louca. Por tua sorte, filha,
não tens lucidez, mas ainda és a mesma. 350
Troianas, retirai as tochas e substituí,
por lágrimas, os seus cantos nupciais!

CASSANDRA
Mãe, cobre a minha cabeça vitoriosa
e alegra-te com minhas núpcias régias

καὶ πέμπε, κἂν μὴ τἀμά σοι πρόθυμά γ᾽ ἦι 355
ὤθει βιαίως· εἰ γὰρ ἔστι Λοξίας,
Ἑλένης γαμεῖ με δυσχερέστερον γάμον
ὁ τῶν Ἀχαιῶν κλεινὸς Ἀγαμέμνων ἄναξ.
κτενῶ γὰρ αὐτὸν κἀντιπορθήσω δόμους
ποινὰς ἀδελφῶν καὶ πατρὸς λαβοῦσ᾽ ἐμοῦ. 360
ἀλλ᾽ αὔτ᾽ ἐάσω· πέλεκυν οὐχ ὑμνήσομεν,
ὃς ἐς τράχηλον τὸν ἐμὸν εἶσι χἀτέρων,
μητροκτόνους τ᾽ ἀγῶνας, οὓς οὑμοὶ γάμοι
θήσουσιν, οἴκων τ᾽ Ἀτρέως ἀνάστασιν.
πόλιν δὲ δείξω τήνδε μακαριωτέραν 365
ἢ τοὺς Ἀχαιούς, ἔνθεος μέν, ἀλλ᾽ ὅμως
τοσόνδε γ᾽ ἔξω στήσομαι βακχευμάτων·
οἳ διὰ μίαν γυναῖκα καὶ μίαν Κύπριν,
θηρῶντες Ἑλένην, μυρίους ἀπώλεσαν.
ὁ δὲ στρατηγὸς ὁ σοφὸς ἐχθίστων ὕπερ 370
τὰ φίλτατ᾽ ὤλεσ᾽, ἡδονὰς τὰς οἴκοθεν
τέκνων ἀδελφῶι δοὺς γυναικὸς οὕνεκα,
καὶ ταῦθ᾽ ἑκούσης κοὐ βίαι λελησμένης.
ἐπεὶ δ᾽ ἐπ᾽ ἀκτὰς ἤλυθον Σκαμανδρίους,
ἔθνῃσκον, οὐ γῆς ὅρι᾽ ἀποστερούμενοι 375
οὐδ᾽ ὑψίπυργον πατρίδ᾽· οὓς δ᾽ Ἄρης ἕλοι,
οὐ παῖδας εἶδον, οὐ δάμαρτος ἐν χεροῖν
πέπλοις συνεστάλησαν, ἐν ξένηι δὲ γῆι
κεῖνται. τὰ δ᾽ οἴκοι τοῖσδ᾽ ὅμοι᾽ ἐγίγνετο·
χῆραί γ᾽ ἔθνῃσκον, οἱ δ᾽ ἄπαιδες ἐν δόμοις 380
ἄλλως τέκν᾽ ἐκθρέψαντες· οὐδὲ πρὸς τάφοις
ἔσθ᾽ ὅστις αὐτῶν αἷμα γῆι δωρήσεται.
[ἦ τοῦδ᾽ ἐπαίνου τὸ στράτευμ᾽ ἐπάξιον.
σιγᾶν ἄμεινον τἀισχρά, μηδὲ μοῦσά μοι
γένοιτ᾽ ἀοιδὸς ἥτις ὑμνήσει κακά.] 385
Τρῶες δὲ πρῶτον μέν, τὸ κάλλιστον κλέος,
ὑπὲρ πάτρας ἔθνῃσκον· οὓς δ᾽ ἕλοι δόρυ,
νεκροί γ᾽ ἐς οἴκους φερόμενοι φίλων ὕπο
ἐν γῆι πατρώιαι περιβολὰς εἶχον χθονός,

e segue, ainda que isto não te anime! 355
Empurra à força! Pois se Lóxias vive,
terá núpcias mais duras que Helena
o ínclito rei de aqueus Agamêmnon.
Eu o matarei e pilharei o seu palácio
em punição por meus irmãos e pai. 360
Mas omitirei, não hinearemos lâmina
que virá ao pescoço meu e dos outros,
jogos matricidas, institutos de minhas
núpcias, e ruína do palácio de Atreu.
Mostrarei esta urbe mais venturosa 365
que os aqueus, por Deus, sim, mas
tão fora estarei das festas de Baco.
Por uma só mulher e uma só Cípris,
à caça de Helena mataram dez mil.
O hábil estratego em prol de inimigos 370
destruiu os seus, ao dar os prazeres
dos filhos ao irmão, pela mulher
levada de bom grado e não à força.
Ao irem às bordas do Escamandro,
morreram não por fronteiras da terra 375
nem por torres pátrias, que Ares pilha,
não viram filhos, nem tiveram vestes
de mãos de esposas e jazem em terra
estranha. A situação de casa era símil:
morriam viúvas e os sem filho em casa 380
criaram filhos em vão, além de tumbas
não há quem lhes dará o sangue à terra.
Sim, deste elogio a frota é merecedora.
O melhor é calar o opróbrio, não seja
nunca Musa cantora de hinos a males! 385
Troianos, primeiro, a mais bela glória,
morriam pela pátria, a lança os pilha,
mortos levados para casa por amigos
e o solo da terra pátria os encerrava

χερσὶν περισταλέντες ὧν ἐχρῆν ὕπο· 390
ὅσοι δὲ μὴ θάνοιεν ἐν μάχηι Φρυγῶν,
ἀεὶ κατ᾽ ἦμαρ σὺν δάμαρτι καὶ τέκνοις
ᾤικουν, Ἀχαιοῖς ὧν ἀπῆσαν ἡδοναί.
τὰ δ᾽ Ἕκτορός σοι λύπρ᾽ ἄκουσον ὡς ἔχει·
δόξας ἀνὴρ ἄριστος οἴχεται θανών, 395
καὶ τοῦτ᾽ Ἀχαιῶν ἵξις ἐξεργάζεται·
εἰ δ᾽ ἦσαν οἴκοι, χρηστὸς ὢν ἐλάνθαν᾽ ἄν.
Πάρις δ᾽ ἔγημε τὴν Διός· γήμας δὲ μή,
σιγώμενον τὸ κῆδος εἶχ᾽ ἂν ἐν δόμοις.
φεύγειν μὲν οὖν χρὴ πόλεμον ὅστις εὖ φρονεῖ· 400
εἰ δ᾽ ἐς τόδ᾽ ἔλθοι, στέφανος οὐκ αἰσχρὸς πόλει
καλῶς ὀλέσθαι, μὴ καλῶς δὲ δυσκλεές.
ὧν οὕνεκ᾽ οὐ χρή, μῆτερ, οἰκτίρειν σε γῆν,
οὐ τἀμὰ λέκτρα· τοὺς γὰρ ἐχθίστους ἐμοὶ
καὶ σοὶ γάμοισι τοῖς ἐμοῖς διαφθερῶ. 405

ΧΟΡΟΣ
ὡς ἡδέως κακοῖσιν οἰκείοις γελᾶις
μέλπεις θ᾽ ἃ μέλπουσ᾽ οὐ σαφῆ δείξεις ἴσως.

ΤΑΛΘΥΒΙΟΣ
εἰ μή σ᾽ Ἀπόλλων ἐξεβάκχευσεν φρένας,
οὔ τἂν ἀμισθὶ τοὺς ἐμοὺς στρατηλάτας
τοιαῖσδε φήμαις ἐξέπεμπες ἂν χθονός. 410
ἀτὰρ τὰ σεμνὰ καὶ δοκήμασιν σοφὰ
οὐδέν τι κρείσσω τῶν τὸ μηδὲν ἦν ἄρα.
ὁ γὰρ μέγιστος τῶν Πανελλήνων ἄναξ,
Ἀτρέως φίλος παῖς, τῆσδ᾽ ἔρωτ᾽ ἐξαίρετον
μαινάδος ὑπέστη· καὶ πένης μέν εἰμ᾽ ἐγώ, 415
ἀτὰρ λέχος γε τῆσδ᾽ ἂν οὐκ ἠιτησάμην.
καὶ σοῦ μέν (οὐ γὰρ ἀρτίας ἔχεις φρένας)
Ἀργεῖ᾽ ὀνείδη καὶ Φρυγῶν ἐπαινέσεις
ἀνέμοις φέρεσθαι παραδίδωμ᾽· ἕπου δέ μοι
πρὸς ναῦς, καλὸν νύμφευμα τῶι στρατηλάτηι. 420

vestidos pelas mãos dos que deviam. 390
Se os frígios não morriam na batalha,
viviam todo dia com a mulher e filhos
e com aqueus que não têm os prazeres.
Ouve como são as aflições de Heitor!
Visto como varão exímio, morto se foi 395
e a chegada dos aqueus promoveu isso;
se ficassem em casa, não se veria nobre.
Páris desposou filha de Zeus; sem isso,
teria em casa um casamento silencioso.
Deve evitar a guerra quem pensa bem, 400
mas se vem, coroa não má para a urbe
é morrer bem, mas se não bem, infame!
Por isso, mãe, não deves chorar a terra
nem as minhas núpcias, pois destruirei
os meus inimigos com as minhas núpcias. 405

CORO

Que doce riso tu ris dos próprios males!
Cantas e cantando talvez não sejas clara.

TALTÍBIO

Se Apolo não te inebriasse o espírito,
não sem paga escoltarias desta terra
os meus estrategos com tais palavras. 410
Ora, veneráveis e renomados sábios
não podem mais que o não ser nada!
O caro filho de Atreu, o rei supremo
de todos os gregos, teve seleto desejo
desta louca. Ainda que eu seja pobre, 415
eu não reivindicaria as suas núpcias.
Como não tens espírito apto, os teus
insultos a argivos e louvor de frígios
dou aos ventos que levem. Segue-me
para o navio, bela noiva do estratego! 420

σὺ δ', ἡνίκ' ἄν σε Λαρτίου χρήζηι τόκος
ἄγειν, ἕπεσθαι· σώφρονος δ' ἔσηι λάτρις
γυναικός, ὥς φασ' οἱ μολόντες Ἴλιον.

ΚΑΣΣΑΝΔΡΑ

ἦ δεινὸς ὁ λάτρις. τί ποτ' ἔχουσι τοὔνομα
κήρυκες, ἓν ἀπέχθημα πάγκοινον βροτοῖς, 425
οἱ περὶ τυράννους καὶ πόλεις ὑπηρέται;
σὺ τὴν ἐμὴν φὴις μητέρ' εἰς Ὀδυσσέως
ἥξειν μέλαθρα; ποῦ δ' Ἀπόλλωνος λόγοι,
οἵ φασιν αὐτὴν εἰς ἔμ' ἡρμηνευμένοι
αὐτοῦ θανεῖσθαι; τἄλλα δ' οὐκ ὀνειδιῶ. 430
δύστηνος, οὐκ οἶδ' οἷά νιν μένει παθεῖν·
ὡς χρυσὸς αὐτῶι τἀμὰ καὶ Φρυγῶν κακὰ
δόξει ποτ' εἶναι. δέκα γὰρ ἐκπλήσας ἔτη
πρὸς τοῖσιν ἐνθάδ' ἵξεται μόνος πάτραν
†οὗ δὴ <στεναγμῶν ἄξι' εὑρήσει κακά·
νόστου δ' ἐπισχήσει νιν ἄγρυπνος φύλαξ
ἢ πρὸς> στενὸν δίαυλον ὤικισται πέτρας† 435
δεινὴ Χάρυβδις ὠμοβρώς τ' ὀρειβάτης
Κύκλωψ Λιγυστίς θ' ἡ συῶν μορφώτρια
Κίρκη θαλάσσης θ' ἁλμυρᾶς ναυάγια
λωτοῦ τ' ἔρωτες Ἡλίου θ' ἁγναὶ βόες,
αἳ σαρξὶ φοινίαισιν ἥσουσίν ποτε 440
πικρὰν Ὀδυσσεῖ γῆρυν. ὡς δὲ συντέμω,
ζῶν εἶσ' ἐς Ἅιδου κἀκφυγὼν λίμνης ὕδωρ
κάκ' ἐν δόμοισι μυρί' εὑρήσει μολών.
ἀλλὰ γὰρ τί τοὺς Ὀδυσσέως ἐξακοντίζω πόνους;
στεῖχ' ὅπως τάχιστ'· ἐν Ἅιδου νυμφίωι γημώμεθα. 445
ἦ κακὸς κακῶς ταφήσηι νυκτός, οὐκ ἐν ἡμέραι,
ὦ δοκῶν σεμνόν τι πράσσειν, Δαναϊδῶν ἀρχηγέτα.
κἀμέ τοι νεκρὸν φάραγγες γυμνάδ' ἐκβεβλημένην
ὕδατι χειμάρρωι ῥέουσαι νυμφίου πέλας τάφου
θηρσὶ δώσουσιν δάσασθαι, τὴν Ἀπόλλωνος λάτριν. 450
ὦ στέφη τοῦ φιλτάτου μοι θεῶν, ἀγάλματ' εὔια,

Tu, quando o filho de Laertes quiser
levar-te, segue-o! Servirás a prudente
mulher, como dizem os vindos a Ílion.

CASSANDRA

Terrível servidor! Que nome arautos
têm, único ódio comum aos mortais, 425
os imediatos de soberanos e de urbes?
Tu dizes que minha mãe irá ao palácio
de Odisseu? E as palavras de Apolo
que interpretadas me dizem que ela
morrerá aqui? Não repreenderei mais. 430
Mísero não sabe que dores o esperam,
que ouro ainda lhe parecerão os males
meus e frígios. Completos dez anos,
além destes dez, a sós chegará à pátria
onde achará males dignos de gemidos; [Kovacs]
do regresso o afastará guardiã insone [Kovacs]
que em estreito canal de pedra reside, 435
terrível Caríbdis, o crudívoro montês
Ciclope, a lígure Circe transmutadora
em porcos, naufrágios no salino mar,
amores de loto, as vacas sacras do Sol,
elas um dia terão nas carnes sangrentas 440
voz acerba a Odisseu. Para ser concisa,
vivo irá à casa de Hades e salvo do lago
achará dez mil males ao chegar em casa.
Mas por que disparo males de Odisseu?
Vai rápido! Desposemos o noivo em Hades. 445
Mau, terás maus funerais à noite, não de dia,
ó considerado venerando chefe dos dânaos!
E o precipício fará de mim pasto de feras
morta arremessada nua n'água hiemíflua
a serva de Apolo, perto da tumba do noivo. 450
Ó coroas do Deus caríssimo, enfeites évios,

χαίρετ᾽· ἐκλέλοιφ᾽ ἑορτὰς αἷς πάροιθ᾽ ἠγαλλόμην.
ἴτ᾽ ἀπ᾽ ἐμοῦ χρωτὸς σπαραγμοῖς, ὡς ἔτ᾽ οὖσ᾽ ἁγνὴ χρόα
δῶ θοαῖς αὔραις φέρεσθαι σοὶ τάδ᾽, ὦ μαντεῖ᾽ ἄναξ.
ποῦ σκάφος τὸ τοῦ στρατηγοῦ; ποῖ πόδ᾽ ἐμβαίνειν με χρή; 455
οὐκέτ᾽ ἂν φθάνοις ἂν αὔραν ἱστίοις καραδοκῶν,
ὡς μίαν τριῶν Ἐρινὺν τῆσδέ μ᾽ ἐξάξων χθονός.
χαῖρέ μοι, μῆτερ· δακρύσῃς μηδέν· ὦ φίλη πατρίς,
οἵ τε γῆς ἔνερθ᾽ ἀδελφοὶ χὡ τεκὼν ἡμᾶς πατήρ,
οὐ μακρὰν δέξεσθέ μ᾽· ἥξω δ᾽ ἐς νεκροὺς νικηφόρος 460
καὶ δόμους πέρσασ᾽ Ἀτρειδῶν, ὧν ἀπωλόμεσθ᾽ ὕπο.

ΧΟΡΟΣ

Ἑκάβης γεραιᾶς φύλακες, οὐ δεδόρκατε
δέσποιναν ὡς ἄναυδος ἐκτάδην πίτνει;
οὐκ ἀντιλήψεσθ᾽; ἦ μεθήσετ᾽, ὦ κακαί,
γραῖαν πεσοῦσαν; αἴρετ᾽ εἰς ὀρθὸν δέμας. 465

ΕΚΑΒΗ

ἐᾶτέ μ᾽ (οὔτοι φίλα τὰ μὴ φίλ᾽, ὦ κόραι)
κεῖσθαι πεσοῦσαν· πτωμάτων γὰρ ἄξια
πάσχω τε καὶ πέπονθα κἄτι πείσομαι.
ὦ θεοί· κακοὺς μὲν ἀνακαλῶ τοὺς συμμάχους,
ὅμως δ᾽ ἔχει τι σχῆμα κικλήσκειν θεούς, 470
ὅταν τις ἡμῶν δυστυχῆ λάβηι τύχην.
πρῶτον μὲν οὖν μοι τἀγάθ᾽ ἐξᾷσαι φίλον·
τοῖς γὰρ κακοῖσι πλείον᾽ οἶκτον ἐμβαλῶ.
ἦ μὲν τύραννος κἀς τύραννʼ ἐγημάμην,
κἀνταῦθ᾽ ἀριστεύοντ᾽ ἐγεινάμην τέκνα, 475
οὐκ ἀριθμὸν ἄλλως ἀλλ᾽ ὑπερτάτους Φρυγῶν·
οὓς Τρῳὰς οὐδ᾽ Ἑλληνὶς οὐδὲ βάρβαρος
γυνὴ τεκοῦσα κομπάσειεν ἄν ποτε.
κἀκεῖνά τ᾽ εἶδον δορὶ πεσόνθ᾽ Ἑλληνικῶι
τρίχας τ᾽ ἐτμήθην τάσδε πρὸς τύμβοις νεκρῶν, 480
καὶ τὸν φυτουργὸν Πρίαμον οὐκ ἄλλων πάρα
κλύουσ᾽ ἔκλαυσα, τοῖσδε δ᾽ εἶδον ὄμμασιν

salve! Deixei festas em que me enfeitava.
Ide, lacerados, do meu corpo ainda puro!
Dou que os levem as auras, ó rei adivinho!
Onde está o navio do estratego? Aonde ir? 455
Não mais esperarias por ventos nas velas,
ao ter-me uma das três Erínies desta terra.
Salve, minha mãe! Não chores! Ó pátria,
ó meus irmãos e o nosso pai sob a terra,
não me tardarei. Irei aos mortos vitoriosa 460
por pilhar a casa dos Atridas, nossa ruína.

CORO

Guardas da velha Hécuba, não vistes
que a senhora cai sem voz ao longo?
Não socorrereis? Ou deixareis, ó vis,
a velha caída? Ponde o corpo de pé! 465

HÉCUBA

Deixai-me jazer caída, não é grato
o ingrato, ó filhas, padeço, padeci
e padecerei dores dignas de quedas.
Ó Deuses! Invoco os aliados maus,
todavia invocar Deuses tem a ver, 470
se um de nós tem sorte de má sorte.
Primeiro me é grato cantar os bens,
suscitarei mais lástima dos males.
Princesa me casei com a casa real,
e assim gerei os filhos excelentes, 475
não só cifra, mas soberbos frígios,
tais quais nem grega nem bárbara
troiana poderia alardear ter gerado.
Vi-os ainda cair sob a lança grega
e cortei o cabelo ante as tumbas. 480
Não por ouvir de outros, chorei
o pai Príamo, mas com estes olhos

αὐτὴ κατασφαγέντ᾽ ἐφ᾽ ἑρκείωι πυρᾶι,
πόλιν θ᾽ ἁλοῦσαν. ἃς δ᾽ ἔθρεψα παρθένους
ἐς ἀξίωμα νυμφίων ἐξαίρετον, 485
ἄλλοισι θρέψασ᾽ ἐκ χερῶν ἀφῃρέθην·
κοὔτ᾽ ἐξ ἐκείνων ἐλπὶς ὡς ὀφθήσομαι
αὐτή τ᾽ ἐκείνας οὐκέτ᾽ ὄψομαί ποτε.
τὸ λοίσθιον δέ, θριγκὸς ἀθλίων κακῶν,
δούλη γυνὴ γραῦς Ἑλλάδ᾽ εἰσαφίξομαι. 490
ἃ δ᾽ ἐστὶ γήραι τῶιδ᾽ ἀσυμφορώτατα,
τούτοις με προσθήσουσιν, ἢ θυρῶν λάτριν
κλῇδας φυλάσσειν, τὴν τεκοῦσαν Ἕκτορα,
ἢ σιτοποιεῖν κἀν πέδωι κοίτας ἔχειν
ῥυσοῖσι νώτοις, βασιλικῶν ἐκ δεμνίων, 495
τρυχηρὰ περὶ τρυχηρὸν εἱμένην χρόα
πέπλων λακίσματ᾽, ἀδόκιμ᾽ ὀλβίοις ἔχειν.
οἳ ᾽γὼ τάλαινα, διὰ γάμον μιᾶς ἕνα
γυναικὸς οἵων ἔτυχον ὧν τε τεύξομαι.
ὦ τέκνον, ὦ σύμβακχε Κασσάνδρα θεοῖς, 500
οἵαις ἔλυσας συμφοραῖς ἅγνευμα σόν.
σύ τ᾽, ὦ τάλαινα, ποῦ ποτ᾽ εἶ, Πολυξένη;
ὡς οὔτε μ᾽ ἄρσην οὔτε θήλεια σπορὰ
πολλῶν γενομένων τὴν τάλαιναν ὠφελεῖ.
τί δῆτά μ᾽ ὀρθοῦτ᾽; ἐλπίδων ποίων ὕπο; 505
ἄγετε τὸν ἁβρὸν δή ποτ᾽ ἐν Τροίαι πόδα,
νῦν δ᾽ ὄντα δοῦλον, στιβάδα πρὸς χαμαιπετῆ
πέτρινά τε κρήδεμν᾽, ὡς πεσοῦσ᾽ ἀποφθαρῶ
δακρύοις καταξανθεῖσα. τῶν δ᾽ εὐδαιμόνων
μηδένα νομίζετ᾽ εὐτυχεῖν, πρὶν ἂν θάνηι. 510

ΧΟΡΟΣ

ἀμφί μοι Ἴλιον, ὦ Est.
Μοῦσα, καινῶν ὕμνων
ᾆσον σὺν δακρύοις ὠιδὰν ἐπικήδειον·

vi-o junto à pira da cerca imolado,
e a urbe, pilhada. Filhas que criei
para escolhida avaliação de noivos, 485
criei para outros, tiradas dos braços.
Não há esperança de que me vejam
elas, nem de que eu as veja um dia.
Por fim, o friso de míseros males,
serva anciã partirei para a Grécia. 490
O mais difícil para minha velhice
me imporão a mim, mãe de Heitor,
ou serva de portas vigiar as trancas,
ou fabricar pães e após régios leitos
deitar no chão as recurvadas costas 495
sobre a pele gasta, os mantos gastos
lacerados, infames para os opulentos.
Ai, mísera de mim! Por únicas núpcias
de única mulher, que tive e que terei!
Ó filha, ó Cassandra, baca divina, 500
em que dia perdeste a virgindade!
Tu, ó pobre Políxena, onde estás?
Dos muitos filhos, nenhum rebento,
macho ou fêmeo, vale a esta pobre!
Por que me ergueis? Que esperanças? 505
Levai o pé, outrora belo em Troia,
agora servil, ao catre ao rés do chão
e à manta pétrea, para cair e morrer,
debulhada em pranto! Não felicites
os de bom Nume antes que morram! 510

[*Primeiro estásimo* (511-567)]

CORO
Canta-me quanto a Ílion, Est.
ó Musa, o canto lutuoso
de novos hinos em pranto!

νῦν γὰρ μέλος ἐς Τροίαν ἰαχήσω, 515
τετραβάμονος ὡς ὑπ᾽ ἀπήνας
Ἀργείων ὀλόμαν τάλαινα δοριάλωτος,
ὅτ᾽ ἔλιπον ἵππον οὐράνια 519
βρέμοντα χρυσεοφάλαρον ἔνο- 520
πλον ἐν πύλαις Ἀχαιοί·
ἀνὰ δ᾽ ἐβόασεν λεὼς
Τρῳϊάδος ἀπὸ πέτρας σταθείς·
Ἴτ᾽, ὦ πεπαυμένοι πόνων,
τόδ᾽ ἱερὸν ἀνάγετε ξόανον 525
Ἰλιάδι Διογενεῖ κόραι.
τίς οὐκ ἔβα νεανίδων,
τίς οὐ γεραιὸς ἐκ δόμων;
κεχαρμένοι δ᾽ ἀοιδαῖς
δόλιον ἔσχον ἄταν. 530

πᾶσα δὲ γέννα Φρυγῶν Ant.
πρὸς πύλας ὡρμάθη,
πεύκαν οὐρεΐαν, ξεστὸν λόχον Ἀργείων,
καὶ Δαρδανίας ἄταν θεᾶι δώσων, 535
χάριν ἄζυγος ἀμβροτοπώλου·
κλωστοῦ δ᾽ ἀμφιβόλοις λίνοιο ναὸς ὡσεὶ 538
σκάφος κελαινὸν εἰς ἕδρανα
λάϊνα δάπεδά τε, φονέα πατρί- 540
δι, Παλλάδος θέσαν θεᾶς.
ἐπὶ δὲ πόνωι καὶ χαρᾶι
νύχιον ἐπεὶ κνέφας παρῆν,
Λίβυς τε λωτὸς ἐκτύπει
Φρύγιά τε μέλεα, παρθένοι δ᾽ 545
ἄειρον ἅμα κρότον ποδῶν
βοάν τ᾽ ἔμελπον εὔφρον᾽, ἐν
δόμοις δὲ παμφαὲς σέλας
πυρὸς μέλαιναν αἴγλαν
†ἀντέδωκεν ὕπνου†. 550

Ecoarei agora o canto a Troia, 515
como sob quadrúpede veículo
mísera morri cativa de argivos,
ao deixarem aqueus o cavalo 519
de áureo elmo a fremir ao céu 520
em armas perante as portas.
O povo de pé na pedra
de Troia proclamou:
"Ide, ó livres de males,
"levai esta sacra imagem 525
"à filha de Zeus em Ílion!"
Que moça não foi? Que
ancião não saiu de casa?
Alegres com os cantares
obtiveram dolosa ruína. 530

Toda a prole dos frígios Ant.
foi às portas para doar
à Deusa pinho montês, polido
ardil argivo, ruína dardânia, 535
dom à indômita potra imortal.
Com líneas cordas navais 538
qual barco negro na sede
pétrea e solo, fatal à pátria, 540
ofertaram à Deusa Palas.
Após o labor e regozijo
vieram as noturnas trevas,
as flautas líbias ressoavam
frígias canções e virgens 545
erguiam estrépito dos pés,
dançavam animada bulha.
Nas casas a luz fulgente
trocou sono por sinistro [Kovacs]
esplendor de fogo. 550

ἐγὼ δὲ τὰν ὀρεστέραν Epodo
τότ᾽ ἀμφὶ μέλαθρα παρθένον
Διὸς κόραν ἐμελπόμαν
χοροῖσι· φοινία δ᾽ ἀνὰ 555
πτόλιν βοὰ κατέσχε Περ-
γάμων ἕδρας· βρέφη δὲ φίλι-
α περὶ πέπλους ἔβαλλε μα-
τρὶ χεῖρας ἐπτοημένας.
λόχου δ᾽ ἐξέβαιν᾽ Ἄρης, 560
κόρας ἔργα Παλλάδος.
σφαγαὶ δ᾽ ἀμφιβώμιοι
Φρυγῶν ἔν τε δεμνίοις
καράτομος ἐρημία
νεανίδων στέφανον ἔφερεν 565
Ἑλλάδι κουροτρόφον,
Φρυγῶν δὲ πατρίδι πένθος.

ΧΟΡΟΣ

Ἑκάβη, λεύσσεις τήνδ᾽ Ἀνδρομάχην
ξενικοῖς ἐπ᾽ ὄχοις πορθμευομένην;
παρὰ δ᾽ εἰρεσίαι μαστῶν ἕπεται 570
φίλος Ἀστυάναξ, Ἕκτορος ἶνις.
ποῖ ποτ᾽ ἀπήνης νώτοισι φέρῃ,
δύστηνε γύναι,
πάρεδρος χαλκέοις Ἕκτορος ὅπλοις
σκύλοις τε Φρυγῶν δοριθηράτοις,
οἷσιν Ἀχιλλέως παῖς Φθιώτας 575
στέψει ναούς, ἀπὸ Τροίας;

ΑΝΔΡΟΜΑΧΗ

Ἀχαιοὶ δεσπόται μ᾽ ἄγουσιν. Est. 1

Eu dançava nos coros — Epodo
perto do templo à virgem
filha de Zeus montesa
e o grito de matança — 555
na urbe teve a sede
de Pérgamo, filhinhos
nas mantas lançavam
mãos atônitas à mãe.
Ares saiu do ardil, — 560
obra da virgem Palas.
As matanças de frígios
ante altares e nos leitos
a desolação decapitada
portam coroa de moças — 565
nutriz de jovens à Grécia
e dor à pátria dos frígios.

[*Segundo episódio* (568-798)]

CORO
Hécuba, vês aqui Andrômaca
transportada em carro estranho?
Segue junto ao serviço do seio — 570
Astíanax filho seu e de Heitor.
Aonde vais no dorso do carro,
ó mísera mulher,
junto a brônzeas armas de Heitor
e espólio frígio, pilhado à lança,
com que o filho de Aquiles longe — 575
de Troia cobrirá templos em Ftia?

ANDRÔMACA
Os senhores aqueus me levam. — Est. 1

ΕΚΑΒΗ
οἴμοι.

ΑΝΔΡΟΜΑΧΗ
τί παιᾶν' ἐμὸν στενάζεις;

ΕΚΑΒΗ
αἰαῖ

ΑΝΔΡΟΜΑΧΗ
τῶνδ' ἀλγέων

ΕΚΑΒΗ
ὦ Ζεῦ

ΑΝΔΡΟΜΑΧΗ
καὶ συμφορᾶς. 580

ΕΚΑΒΗ
τέκεα

ΑΝΔΡΟΜΑΧΗ
πρίν ποτ' ἦμεν.

ΕΚΑΒΗ
βέβακ' ὄλβος, βέβακε Τροία Ant. 1

ΑΝΔΡΟΜΑΧΗ
τλάμων.

ΕΚΑΒΗ
ἐμῶν τ' εὐγένεια παίδων.

ΑΝΔΡΟΜΑΧΗ
φεῦ φεῦ

HÉCUBA

Oímoi!

ANDRÔMACA

Por que meu peã gemes?

HÉCUBA

Aiaî!

ANDRÔMACA

Por estas minhas dores!

HÉCUBA

Ó Zeus.

ANDRÔMACA

Que infortúnio! 580

HÉCUBA

Filhos...

ANDRÔMACA

... éramos antes.

HÉCUBA

Sumiu a riqueza, sumiu Troia... Ant. 1

ANDRÔMACA

... mísera!

HÉCUBA

Prole de meus filhos.

ANDRÔMACA

Pheû pheû!

ΕΚΑΒΗ

φεῦ δῆτ' ἐμῶν

ΑΝΔΡΟΜΑΧΗ

κακῶν.

ΕΚΑΒΗ

οἰκτρὰ τύχα 585

ΑΝΔΡΟΜΑΧΗ

πόλεος

ΕΚΑΒΗ

ἃ καπνοῦται.

ΑΝΔΡΟΜΑΧΗ

μόλοις, ὦ πόσις μοι Est. 2

ΕΚΑΒΗ

βοᾶις τὸν παρ' Ἅιδαι
παῖδ' ἐμόν, ὦ μελέα.

ΑΝΔΡΟΜΑΧΗ

σᾶς δάμαρτος ἄλκαρ. 590

ΑΝΔΡΟΜΑΧΗ

†σύ τ'†, ὦ λῦμ' Ἀχαιῶν Ant. 2

ΕΚΑΒΗ

τέκνων δή ποθ' ἁμῶν
πρεσβυγενὲς Πριάμωι.

ΑΝΔΡΟΜΑΧΗ

κοιμίσαι μ' ἐς Ἅιδου.

HÉCUBA

Pheû, sim, por meus...

ANDRÔMACA

... males.

HÉCUBA

Mísera sorte... 585

ANDRÔMACA

... da urbe...

HÉCUBA

... que é fumaça!

ANDRÔMACA

Venhas, ó meu esposo... Est. 2

HÉCUBA

Clamas por meu filho
junto a Hades, ó mísera!

ANDRÔMACA

... defesa de tua esposa! 590

ANDRÔMACA

Tu, ó labéu dos aqueus... Ant. 2

HÉCUBA

... dentre os nossos filhos
o primogênito de Príamo.

ANDRÔMACA

Leva-me à casa de Hades!

ΑΝΔΡΟΜΑΧΗ

οἵδε πόθοι μεγάλοι Est. 3

ΕΚΑΒΗ

σχετλία, τάδε πάσχομεν ἄλγη 595

ΑΝΔΡΟΜΑΧΗ

οἰχομένας πόλεως

ΕΚΑΒΗ

ἐπὶ δ' ἄλγεσιν ἄλγεα κεῖται.

ΑΝΔΡΟΜΑΧΗ

δυσφροσύναισι θεῶν, ὅτε σὸς γόνος ἔκφυγεν Ἅιδαν,
ὃς λεχέων στυγερῶν χάριν ὤλεσε πέργαμα Τροίας·
αἱματόεντα δὲ θεᾶι παρὰ Παλλάδι σώματα νεκρῶν
γυψὶ φέρειν τέταται· ζυγὰ δ' ἤνυσε δούλια Τροίαι. 600

ΕΚΑΒΗ

ὦ πατρίς, ὦ μελέα Ant. 3

ΑΝΔΡΟΜΑΧΗ

καταλειπομέναν σε δακρύω

ΕΚΑΒΗ

νῦν τέλος οἰκτρὸν ὁρᾶις.

ΑΝΔΡΟΜΑΧΗ

καὶ ἐμὸν δόμον ἐνθ' ἐλοχεύθην.

ΕΚΑΒΗ

ὦ τέκν', ἐρημόπολις μάτηρ ἀπολείπεται ὑμῶν.
†οἷος ἰάλεμος οἷά τε πένθη†
δάκρυά τ' ἐκ δακρύων καταλείβεται < > 605
ἁμετέροισι δόμοις· ὁ θανὼν δ' ἐπιλάθεται ἀλγέων.

ANDRÔMACA

Eis grandes saudades! Est. 3

HÉCUBA

Míseras, que dor! 595

ANDRÔMACA

Pretérita urbe!

HÉCUBA

Dores entremeiam dores!

ANDRÔMACA

Hostis os Deuses, teu filho livre de Hades
destruiu Troia por graça de leito hediondo.
Junto à Deusa Palas os mortos sangrentos
cevam abutre. Jugo doloso destruiu Troia. 600

HÉCUBA

Ó pátria, ó mísera! Ant. 3

ANDRÔMACA

Choro teu abandono.

HÉCUBA

Agora vês triste fim...

ANDRÔMACA

... e a casa onde fui mãe.

HÉCUBA

Ó filhos, mãe de erma urbe vos
deixa. Que miséria! Que dores!
Prantos brotam de prantos por 605
nossa casa. O morto não tem dores.

ΧΟΡΟΣ

ὡς ἡδὺ δάκρυα τοῖς κακῶς πεπραγόσιν 608
θρήνων τ' ὀδυρμοὶ μοῦσά θ' ἣ λύπας ἔχει.

ΑΝΔΡΟΜΑΧΗ

ὦ μῆτερ ἀνδρὸς ὅς ποτ' Ἀργείων δορὶ 610
πλείστους διώλεσ' Ἕκτορος, τάδ' εἰσορᾷς;

ΕΚΑΒΗ

ὁρῶ τὰ τῶν θεῶν, ὡς τὰ μὲν πυργοῦσ' ἄνω
τὸ μηδὲν ὄντα, τὰ δὲ δοκοῦντ' ἀπώλεσαν.

ΑΝΔΡΟΜΑΧΗ

ἀγόμεθα λεία σὺν τέκνωι· τὸ δ' εὐγενὲς
ἐς δοῦλον ἥκει, μεταβολὰς τοσάσδ' ἔχον. 615

ΕΚΑΒΗ

τὸ τῆς ἀνάγκης δεινόν· ἄρτι κἀπ' ἐμοῦ
βέβηκ' ἀποσπασθεῖσα Κασσάνδρα βίαι.

ΑΝΔΡΟΜΑΧΗ

φεῦ φεῦ·
ἄλλος τις Αἴας, ὡς ἔοικε, δεύτερος 618
παιδὸς πέφηνε σῆς· νοσεῖς δὲ χἄτερα.

ΕΚΑΒΗ

ὧν γ' οὔτε μέτρον οὔτ' ἀριθμός ἐστί μοι· 620
κακῶι κακὸν γὰρ εἰς ἅμιλλαν ἔρχεται.

ΑΝΔΡΟΜΑΧΗ

τέθνηκέ σοι παῖς πρὸς τάφωι Πολυξένη
σφαγεῖσ' Ἀχιλλέως, δῶρον ἀψύχωι νεκρῶι.

CORO

Doce é o pranto para os que estão mal, 608
os lamentos de nênia e Musa dolorosa.

ANDRÔMACA

Ó mãe de Heitor, lanceiro matador 610
de muitos argivos, estás vendo isto?

HÉCUBA

Vejo que os Deuses ora fortalecem
os anônimos, ora anulam os gloriosos.

ANDRÔMACA

Levam-me presa com filho. O nobre
se torna servo com tantas mudanças. 615

HÉCUBA

A coerção é terrível. Cassandra agora
de mim se foi, arrebatada à força.

ANDRÔMACA

Pheû pheû!
Outro Ájax, ao que parece, surgiu, 618
outro para tua filha, e outras dores.

HÉCUBA

Não tenho medida nem conta disso, 620
o mal corre competindo com o mal.

ANDRÔMACA

Tua filha Políxena está morta no túmulo
de Aquiles, imolada, dom a morto inânime.

ΕΚΑΒΗ

οἲ ʽγὼ τάλαινα· τοῦτ᾽ ἐκεῖν᾽ ὅ μοι πάλαι
Ταλθύβιος αἴνιγμ᾽ οὐ σαφῶς εἶπεν σαφές. 625

ΑΝΔΡΟΜΑΧΗ

εἶδόν νιν αὐτὴ κἀποβᾶσα τῶνδ᾽ ὄχων
ἔκρυψα πέπλοις κἀπεκοψάμην νεκρόν.

ΕΚΑΒΗ

αἰαῖ, τέκνον, σῶν ἀνοσίων προσφαγμάτων·
αἰαῖ μάλ᾽ αὖθις, ὡς κακῶς διόλλυσαι.

ΑΝΔΡΟΜΑΧΗ

ὄλωλεν ὡς ὄλωλεν· ἀλλ᾽ ὅμως ἐμοῦ 630
ζώσης γ᾽ ὄλωλεν εὐτυχεστέρωι πότμωι.

ΕΚΑΒΗ

οὐ ταὐτόν, ὦ παῖ, τῶι βλέπειν τὸ κατθανεῖν·
τὸ μὲν γὰρ οὐδέν, τῶι δ᾽ ἔνεισιν ἐλπίδες.

ΑΝΔΡΟΜΑΧΗ

[ὦ μῆτερ, ὦ τεκοῦσα, κάλλιστον λόγον
ἄκουσον, ὥς σοι τέρψιν ἐμβάλω φρενί.] 635
τὸ μὴ γενέσθαι τῶι θανεῖν ἴσον λέγω,
τοῦ ζῆν δὲ λυπρῶς κρεῖσσόν ἐστι κατθανεῖν.
†ἀλγεῖ γὰρ οὐδὲν τῶν κακῶν ἠισθημένος·†
ὁ δ᾽ εὐτυχήσας ἐς τὸ δυστυχὲς πεσὼν
ψυχὴν ἀλᾶται τῆς πάροιθ᾽ εὐπραξίας. 640
κείνη δ᾽, ὁμοίως ὥσπερ οὐκ ἰδοῦσα φῶς,
τέθνηκε κοὐδὲν οἶδε τῶν αὑτῆς κακῶν.
ἐγὼ δὲ τοξεύσασα τῆς εὐδοξίας
λαχοῦσα πλεῖστον τῆς τύχης ἡμάρτανον.
ἃ γὰρ γυναιξὶ σώφρον᾽ ἔσθ᾽ ηὑρημένα, 645
ταῦτ᾽ ἐξεμόχθουν Ἕκτορος κατὰ στέγας.

HÉCUBA

Mísera de mim! Eis claro aquele enigma
que antes não às claras Taltíbio me disse. 625

ANDRÔMACA

Eu mesma a avistei, desci deste carro,
recobri com mantos e pranteei a morta.

HÉCUBA

Aiaî, ó filha, por teu ímpio massacre!
Aiaî, ainda mais, por morreres mal!

ANDRÔMACA

Morreu tal como morreu, mas morreu 630
por destino de sorte melhor que viver!

HÉCUBA

Morte não é o mesmo que vida, filha;
isso não é nada e não tem esperanças.

ANDRÔMACA

Ó mãe, ó genitora, ouve a mais bela
fala, que te dou ao prazer do espírito! 635
Digo a morte ser igual a não nascer,
e a morte vale mais que viver aflito,
pois não tem a dor de saber os males.
Quem teve boa sorte, ao cair em má,
leva a vida longe da antiga felicidade. 640
Ela, tal como se ela não visse a luz,
está morta e não sabe os seus males.
Eu, por ter em mira a boa reputação,
ao lográ-la plena, malogrei a sorte.
A prudência que se vê em mulheres 645
eu a praticava sob o teto de Heitor.

πρῶτον μέν, ἔνθα (κἂν προσῆι κἂν μὴ προσῆι
ψόγος γυναιξίν) αὐτὸ τοῦτ᾽ ἐφέλκεται
κακῶς ἀκούειν, ἥτις οὐκ ἔνδον μένει,
τούτου παρεῖσα πόθον ἔμιμνον ἐν δόμοις· 650
ἔσω τε μελάθρων κομψὰ θηλειῶν ἔπη
οὐκ εἰσεφρούμην, τὸν δὲ νοῦν διδάσκαλον
οἴκοθεν ἔχουσα χρηστὸν ἐξήρκουν ἐμοί.
γλώσσης τε σιγὴν ὄμμα θ᾽ ἥσυχον πόσει
παρεῖχον· ἤιδη δ᾽ ἅμ᾽ ἐχρῆν νικᾶν πόσιν 655
κείνωι τε νίκην ὧν ἐχρῆν παριέναι.
καὶ τῶνδε κληδὼν ἐς στράτευμ᾽ Ἀχαιικὸν
ἐλθοῦσ᾽ ἀπώλεσέν μ᾽· ἐπεὶ γὰρ ἡιρέθην,
Ἀχιλλέως με παῖς ἐβουλήθη λαβεῖν
δάμαρτα· δουλεύσω δ᾽ ἐν αὐθεντῶν δόμοις. 660
κεἰ μὲν παρώσασ᾽ Ἕκτορος φίλον κάρα
πρὸς τὸν παρόντα πόσιν ἀναπτύξω φρένα,
κακὴ φανοῦμαι τῶι θανόντι· τόνδε δ᾽ αὖ
στυγοῦσ᾽ ἐμαυτῆς δεσπόταις μισήσομαι.
καίτοι λέγουσιν ὡς μί᾽ εὐφρόνη χαλαῖ 665
τὸ δυσμενὲς γυναικὸς εἰς ἀνδρὸς λέχος·
ἀπέπτυσ᾽ αὐτὴν ἥτις ἄνδρα τὸν πάρος
καινοῖσι λέκτροις ἀποβαλοῦσ᾽ ἄλλον φιλεῖ.
ἀλλ᾽ οὐδὲ πῶλος ἥτις ἂν διαζυγῆι
τῆς συντραφείσης ῥαιδίως ἕλκει ζυγόν. 670
καίτοι τὸ θηριῶδες ἄφθογγόν τ᾽ ἔφυ
ξυνέσει τ᾽ ἄχρηστον τῆι φύσει τε λείπεται.
σὲ δ᾽, ὦ φίλ᾽ Ἕκτορ, εἶχον ἄνδρ᾽ ἀρκοῦντά μοι
ξυνέσει γένει πλούτωι τε κἀνδρείαι μέγαν·
ἀκήρατον δέ μ᾽ ἐκ πατρὸς λαβὼν δόμων 675
πρῶτος τὸ παρθένειον ἐζεύξω λέχος.
καὶ νῦν ὄλωλας μὲν σύ, ναυσθλοῦμαι δ᾽ ἐγὼ
πρὸς Ἑλλάδ᾽ αἰχμάλωτος ἐς δοῦλον ζυγόν.
ἆρ᾽ οὐκ ἐλάσσω τῶν ἐμῶν ἔχει κακῶν
Πολυξένης ὄλεθρος, ἣν καταστένεις; 680

Primeiro, que se acrescente ou não
vitupério às mulheres, o não ficar
em casa atrai mesmo má reputação.
Depondo esse desejo, ficava em casa. 650
Dentro de casa, não me permitia sutis
falas femininas, mas o útil me bastava
com a inteligência por mestre em casa.
Oferecia língua silente e vista serena
ao marido, sabia quando devia vencê-lo 655
e em que devia conceder-lhe a vitória.
O rumor disso ao chegar ao exército
aqueu destruiu-me; depois de presa
o filho de Aquiles me quis desposar
e serei serva na casa dos facínoras. 660
Se repelindo meu caríssimo Heitor
abrir o coração ao presente esposo,
vil me mostrarei ao morto. Se aliás
eu o odiar, serei odiosa aos senhores.
Dizem porém que uma noite relaxa 665
o ódio da mulher ao leito do varão.
Abominei a que repelindo o antigo
marido ama outro em novas núpcias.
Mas nem a potra, quando apartada
de sua parelha, puxa fácil a canga. 670
O animal porém nasceu sem fala
e fica sem usar ciência e natureza.
Ó caro Heitor, tive-te digno marido,
grande em saber, ser, ter e coragem,
ao receber-me pura na casa paterna. 675
Primeiro subjugaste o leito virgíneo.
Agora tu estás morto, eu navegarei
para a Grécia, cativa de jugo servil.
Ora, não é menor que meus males
a perda de Políxena, que lastimas? 680

ἐμοὶ γὰρ οὐδ' ὃ πᾶσι λείπεται βροτοῖς
ξύνεστιν ἐλπίς, οὐδὲ κλέπτομαι φρένας
πράξειν τι κεδνόν· ἡδὺ δ' ἐστὶ καὶ δοκεῖν.

ΧΟΡΟΣ

ἐς ταὐτὸν ἥκεις συμφορᾶς· θρηνοῦσα δὲ
τὸ σὸν διδάσκεις μ' ἔνθα πημάτων κυρῶ. 685

ΕΚΑΒΗ

αὐτὴ μὲν οὔπω ναὸς εἰσέβην σκάφος,
γραφῆι δ' ἰδοῦσα καὶ κλύουσ' ἐπίσταμαι.
ναύταις γὰρ ἢν μὲν μέτριος ἦι χειμὼν φέρειν,
προθυμίαν ἔχουσι σωθῆναι πόνων,
ὁ μὲν παρ' οἴαχ', ὁ δ' ἐπὶ λαίφεσιν βεβώς, 690
ὁ δ' ἄντλον εἴργων ναός· ἢν δ' ὑπερβάληι
πολὺς ταραχθεὶς πόντος, ἐνδόντες τύχηι
παρεῖσαν αὑτοὺς κυμάτων δραμήμασιν.
οὕτω δὲ κἀγὼ πόλλ' ἔχουσα πήματα
ἄφθογγός εἰμι καὶ παρεῖσ' ἔχω στόμα· 695
νικᾶι γὰρ οὑκ θεῶν με δύστηνος κλύδων.
ἀλλ', ὦ φίλη παῖ, τὰς μὲν Ἕκτορος τύχας
ἔασον· οὐ μὴ δάκρυά νιν σώσηι τὰ σά.
τίμα δὲ τὸν παρόντα δεσπότην σέθεν,
φίλον διδοῦσα δέλεαρ ἀνδρὶ σῶν τρόπων. 700
κἂν δρᾶις τάδ', ἐς τὸ κοινὸν εὐφρανεῖς φίλους
καὶ παῖδα τόνδε παιδὸς ἐκθρέψειας ἂν
Τροίαι μέγιστον ὠφέλημ', ἵν' οἵ ποτε
ἐκ σοῦ γενόμενοι παῖδες Ἴλιον πάλιν
κατοικίσειαν καὶ πόλις γένοιτ' ἔτι. 705
ἀλλ' ἐκ λόγου γὰρ ἄλλος ἐκβαίνει λόγος,
τίν' αὖ δέδορκα τόνδ' Ἀχαιικὸν λάτριν
στείχοντα καινῶν ἄγγελον βουλευμάτων;

A esperança de todos os mortais
não convive comigo, não me iludo
que estarei bem, mas crer é suave.

CORO

Tens igual infortúnio, o teu pranto
me mostra onde me vejo nos males. 685

HÉCUBA

Eu mesma nunca entrei num navio,
sei por ter visto figura e por ouvir.
Se marujos enfrentam tempestade,
empenham-se em salvar dos males,
um no timão, outro firme nas velas, 690
outro secando o navio; se mar vasto
sobrepuja turvo, entregues à sorte,
abandonam-se ao curso das ondas.
Assim ainda eu, com muitas dores,
estou sem fala e abandono a boca. 695
Vence-me a miseranda vaga divina.
Mas, minha filha, da sorte de Heitor
desiste! Não o salvam teus prantos!
Honra quem doravante é teu senhor,
ao dar isca de teus modos ao marido. 700
Assim alegrarás os amigos comuns,
e este filho do filho poderias criar,
o mais útil a Troia, para que um dia
filhos de ti nascidos habitassem Ílion
outra vez e a urbe persistisse ainda. 705
Mas de uma razão sai outra razão,
aliás, que servo aqueu aqui avisto
vindo anunciar as novas decisões?

ΤΑΛΘΥΒΙΟΣ

Φρυγῶν ἀρίστου πρίν ποθ' Ἕκτορος δάμαρ,
μή με στυγήσῃς· οὐχ ἑκὼν γὰρ ἀγγελῶ 710
Δαναῶν τε κοινὰ Πελοπιδῶν τ' ἀγγέλματα.

ΑΝΔΡΟΜΑΧΗ

τί δ' ἔστιν; ὥς μοι φροιμίων ἄρχῃ κακῶν.

ΤΑΛΘΥΒΙΟΣ

ἔδοξε τόνδε παῖδα... πῶς εἴπω λόγον;

ΑΝΔΡΟΜΑΧΗ

μῶν οὐ τὸν αὐτὸν δεσπότην ἡμῖν ἔχειν;

ΤΑΛΘΥΒΙΟΣ

οὐδεὶς Ἀχαιῶν τοῦδε δεσπόσει ποτέ. 715

ΑΝΔΡΟΜΑΧΗ

ἀλλ' ἐνθάδ' αὐτὸν λείψανον Φρυγῶν λιπεῖν;

ΤΑΛΘΥΒΙΟΣ

οὐκ οἶδ' ὅπως σοι ῥᾳδίως εἴπω κακά.

ΑΝΔΡΟΜΑΧΗ

ἐπῄνεσ' αἰδῶ, πλὴν ἐὰν λέγῃς κακά.

ΤΑΛΘΥΒΙΟΣ

κτενοῦσι σὸν παῖδ', ὡς πύθῃ κακὸν μέγα.

ΑΝΔΡΟΜΑΧΗ

οἴμοι, γάμων τόδ' ὡς κλύω μεῖζον κακόν. 720

ΤΑΛΘΥΒΙΟΣ

νικᾷ δ' Ὀδυσσεὺς ἐν Πανέλλησιν λέγων

TALTÍBIO

Viúva de Heitor, o exímio dos frígios,
não me odeies! Não anuente anunciarei 710
anúncios comuns dos dânaos e Pelópidas.

ANDRÔMACA

Que é? Assim inicias proêmio de males.

TALTÍBIO

Decidiram que teu filho... como dizer?

ANDRÔMACA

Não terá o mesmo soberano que nós?

TALTÍBIO

Nenhum dos aqueus será seu soberano. 715

ANDRÔMACA

Aqui o deixarão resíduo dos frígios?

TALTÍBIO

Não sei como te dizer fácil os males.

ANDRÔMACA

Louvo o pudor, menos se dizes males.

TALTÍBIO

Matarão teu filho, saibas o grande mal!

ANDRÔMACA

Oímoi! Ouvi mal maior que as núpcias! 720

TALTÍBIO

Odisseu vence ao falar aos gregos todos...

ΑΝΔΡΟΜΑΧΗ

αἰαῖ μάλ᾽· οὐ γὰρ μέτρια πάσχομεν κακά.

ΤΑΛΘΥΒΙΟΣ

λέξας ἀρίστου παῖδα μὴ τρέφειν πατρός

ΑΝΔΡΟΜΑΧΗ

τοιαῦτα νικήσειε τῶν αὑτοῦ πέρι.

ΤΑΛΘΥΒΙΟΣ

ῥῖψαι δὲ πύργων δεῖν σφε Τρωϊκῶν ἄπο. 725
ἀλλ᾽ ὣς γενέσθω καὶ σοφωτέρα φανῆι·
μήτ᾽ ἀντέχου τοῦδ᾽, εὐγενῶς δ᾽ ἄλγει κακοῖς,
μήτε σθένουσα μηδὲν ἰσχύειν δόκει.
ἔχεις γὰρ ἀλκὴν οὐδαμῆι· σκοπεῖν δὲ χρή·
πόλις τ᾽ ὄλωλε καὶ πόσις, κρατῆι δὲ σύ, 730
ἡμεῖς δὲ πρὸς γυναῖκα μάρνασθαι μίαν
οἷοί τε. τούτων οὕνεκ᾽ οὐ μάχης ἐρᾶν
οὐδ᾽ αἰσχρὸν οὐδὲν οὐδ᾽ ἐπίφθονόν σε δρᾶν
οὐδ᾽ αὖ σ᾽ Ἀχαιοῖς βούλομαι ῥίπτειν ἀράς.
εἰ γάρ τι λέξεις ὧν χολώσεται στρατός, 735
οὔτ᾽ ἂν ταφείη παῖς ὅδ᾽ οὔτ᾽ οἴκτου τύχοι.
σιγῶσα δ᾽ εὖ τε τὰς τύχας κεκτημένη
τὸν τοῦδε νεκρὸν οὐκ ἄθαπτον ἂν λίποις
αὐτή τ᾽ Ἀχαιῶν πρευμενεστέρων τύχοις.

ΑΝΔΡΟΜΑΧΗ

ὦ φίλτατ᾽, ὦ περισσὰ τιμηθεὶς τέκνον, 740
θανῆι πρὸς ἐχθρῶν μητέρ᾽ ἀθλίαν λιπών,
[ἡ τοῦ πατρὸς δέ σ᾽ εὐγένει᾽ ἀποκτενεῖ,
ἣ τοῖσιν ἄλλοις γίγνεται σωτηρία,]
τὸ δ᾽ ἐσθλὸν οὐκ ἐς καιρὸν ἦλθέ σοι πατρός.
ὦ λέκτρα τἀμὰ δυστυχῆ τε καὶ γάμοι, 745
οἷς ἦλθον ἐς μέλαθρον Ἕκτορός ποτε,
οὐ σφάγιον <υἱὸν> Δαναΐδαις τέξουσ᾽ ἐμόν,

ANDRÔMACA

Aiaî, ainda! Não temos males normais.

TALTÍBIO

... que não criassem filho de pai exímio.

ANDRÔMACA

Tal vitória ele tivesse contra si mesmo!

TALTÍBIO

Que devem lançá-lo das torres de Troia. 725
Mas que assim seja e mais sábia te mostres!
Não resistas a isso! Sofre nobre nos males!
Não creias que sem forças tenhas poder!
Não podes resistir. É preciso examinar,
mortos urbe e marido, tu estás vencida, 730
e nós, capazes de lutar contra uma só
mulher. Por isso, não queiras confronto!
Não faças nada indigno, nem rancoroso!
Não quero que rogues praga aos aqueus!
Se disseres algo com que se ire o exército, 735
este filho não teria funerais nem prantos.
Se te calasse e suportasse bem tua sorte,
não deixarias insepulto o teu filho morto
e encontrarias os aqueus mais benévolos.

ANDRÔMACA

Ó meu caríssimo, ó honradíssimo filho, 740
morto por inimigos deixas mísera mãe,
a nobreza do teu pai te matará,
esta para os outros é a salvação,
o valor do pai não foi oportuno.
Ó leito meu de má sorte e núpcias, 745
quando vim à residência de Heitor
gerar filho, não vítima dos dânaos,

ἀλλ᾽ ὡς τύραννον Ἀσιάδος πολυσπόρου.
ὦ παῖ, δακρύεις; αἰσθάνηι κακῶν σέθεν;
τί μου δέδραξαι χερσὶ κἀντέχηι πέπλων, 750
νεοσσὸς ὡσεὶ πτέρυγας ἐσπίτνων ἐμάς;
οὐκ εἶσιν Ἕκτωρ κλεινὸν ἁρπάσας δόρυ
γῆς ἐξανελθὼν σοὶ φέρων σωτηρίαν,
οὐ συγγένεια πατρός, οὐκ ἰσχὺς Φρυγῶν·
λυγρὸν δὲ πήδημ᾽ ἐς τράχηλον ὑψόθεν 755
πεσὼν ἀνοίκτως πνεῦμ᾽ ἀπορρήξεις σέθεν.
ὦ νέον ὑπαγκάλισμα μητρὶ φίλτατον,
ὦ χρωτὸς ἡδὺ πνεῦμα· διὰ κενῆς ἄρα
ἐν σπαργάνοις σε μαστὸς ἐξέθρεψ᾽ ὅδε,
μάτην δ᾽ ἐμόχθουν καὶ κατεξάνθην πόνοις. 760
νῦν, οὔποτ᾽ αὖθις, μητέρ᾽ ἀσπάζου σέθεν,
πρόσπιτνε τὴν τεκοῦσαν, ἀμφὶ δ᾽ ὠλένας
ἕλισσ᾽ ἐμοῖς νώτοισι καὶ στόμ᾽ ἅρμοσον.
ὦ βάρβαρ᾽ ἐξευρόντες Ἕλληνες κακά,
τί τόνδε παῖδα κτείνετ᾽ οὐδὲν αἴτιον; 765
ὦ Τυνδάρειον ἔρνος, οὔποτ᾽ εἶ Διός,
πολλῶν δὲ πατέρων φημί σ᾽ ἐκπεφυκέναι,
Ἀλάστορος μὲν πρῶτον, εἶτα δὲ Φθόνου
Φόνου τε Θανάτου θ᾽ ὅσα τε γῆ τρέφει κακά.
οὐ γάρ ποτ᾽ αὐχῶ Ζῆνά γ᾽ ἐκφῦσαί σ᾽ ἐγώ, 770
πολλοῖσι κῆρα βαρβάροις Ἕλλησί τε.
ὄλοιο· καλλίστων γὰρ ὀμμάτων ἄπο
αἰσχρῶς τὰ κλεινὰ πεδί᾽ ἀπώλεσας Φρυγῶν.
<ἀλλ᾽> ἄγετε φέρετε ῥίπτετ᾽, εἰ ῥίπτειν δοκεῖ·
δαίνυσθε τοῦδε σάρκας. ἔκ τε γὰρ θεῶν 775
διολλύμεσθα παιδί τ᾽ οὐ δυναίμεθ᾽ ἂν
θάνατον ἀρῆξαι. κρύπτετ᾽ ἄθλιον δέμας
καὶ ῥίπτετ᾽ ἐς ναῦς· ἐπὶ καλὸν γὰρ ἔρχομαι
ὑμέναιον, ἀπολέσασα τοὐμαυτῆς τέκνον.

mas soberano da sementeira Ásia!
Ó filho, choras? Sentes teus males?
Por que me tomas e reténs o manto, 750
qual filhote caindo de minhas asas?
Não virá Heitor, com ínclita lança,
emerso da terra, trazer-te salvação,
nem família pátria, nem força frígia.
Cair sem dó de lúgubre salto do alto 755
sobre o pescoço romperá teu sopro.
Ó abraço de filho caríssimo à mãe!
Ó doce odor da pele! Ora, em vão
este seio te alimentou nas fraldas,
em vão trabalhei e suportei fadigas. 760
Agora nunca mais! Abraça tua mãe,
cai junto à genitora e com os braços
enlaça minhas costas e roça a boca!
Ó gregos inventores de males bárbaros,
por que matais o meu filho inocente? 765
Ó filha de Tindáreo, nunca de Zeus,
digo que tu nasceste de muitos pais:
Ilatente primeiro e depois Negador,
Cruor, Morte, males que Terra nutre.
Eu não direi nunca que Zeus te gerou, 770
morte para muitos bárbaros e gregos.
Morras! Com belíssimos olhos, feio
destruíste o ínclito campo dos frígios.
Mas ide, levai, lançai, se votais lançar,
partilhai suas carnes! Nós sucumbimos 775
por Deuses e da morte não poderíamos
afastar o filho. Coroai-me lastimável
e precipitai-vos aos navios! Vou a belo
himeneu, ao perder o meu próprio filho.

ΧΟΡΟΣ

τάλαινα Τροία, μυρίους ἀπώλεσας 780
μιᾶς γυναικὸς καὶ λέχους στυγνοῦ χάριν.

ΤΑΛΘΥΒΙΟΣ

ἄγε, παῖ, φίλιον πρόσπτυγμα μεθεὶς
μητρὸς μογερᾶς, βαῖνε πατρῴων
πύργων ἐπ᾽ ἄκρας στεφάνας, ὅθι σοι
πνεῦμα μεθεῖναι ψῆφος ἐκράνθη. 785
λαμβάνετ᾽ αὐτόν. τὰ δὲ τοιάδε χρὴ
κηρυκεύειν ὅστις ἄνοικτος
καὶ ἀναιδείαι τῆς ἡμετέρας
γνώμης μᾶλλον φίλος ἐστίν.

ΕΚΑΒΗ

ὦ τέκνον, ὦ παῖ παιδὸς μογεροῦ, 790
συλώμεθα σὴν ψυχὴν ἀδίκως
μήτηρ κἀγώ. τί πάθω; τί σ᾽ ἐγώ,
δύσμορε, δράσω; τάδε σοι δίδομεν
πλήγματα κρατὸς στέρνων τε κόπους·
τῶνδε γὰρ ἄρχομεν. οἴ ᾽γὼ πόλεως, 795
οἴμοι δὲ σέθεν· τί γὰρ οὐκ ἔχομεν;
τίνος ἐνδέομεν μὴ οὐ πανσυδίαι
χωρεῖν ὀλέθρου διὰ παντός;

ΧΟΡΟΣ

μελισσοτρόφου Σαλαμῖνος ὦ βασιλεῦ Τελαμών, Est. 1
νάσου περικύμονος οἰκήσας ἕδραν 800
τᾶς ἐπικεκλιμένας ὄχθοις ἱεροῖς, ἵν᾽ ἐλαίας
πρῶτον ἔδειξε κλάδον γλαυκᾶς Ἀθάνα,
οὐράνιον στέφανον λιπαραῖσί <τε> κόσμον Ἀθάναις,
ἔβας ἔβας τῶι τοξοφόρωι συναρι-
στεύων ἅμ᾽ Ἀλκμήνας γόνωι 805

CORO

Mísera Troia, perdeste uma miríade por 780
graça de uma só mulher e leito hediondo!

TALTÍBIO

Vamos, filho, solta o caro abraço
da triste mãe, vai às altas coroas
das torres pátrias, onde sufrágio
decretou que abandones o sopro! 785
Levai-o! Deve fazer tais anúncios
quem é impiedoso
e mais afim a indecência
que o nosso sentimento.

HÉCUBA

Ó filho, ó triste filho do filho, 790
sem justiça roubam tua vida
da mãe e de mim! Que temer?
Que fazer, ó infausto? Por ti
golpeio a cabeça e o peito,
isso podemos. Mísera urbe! 795
Oímoi por ti! Que não temos?
O que nos falta para rápida
queda em completa ruína?

[*Segundo estásimo* (799-859)]

CORO

Ó rei Télamon da apicultora Salamina Est. 1
morador da sede da circunvalada ilha 800
reclinada em bordas sacras onde Atena
mostra primeiro ramo de glauca oliveira,
coroa celeste e adorno de Atenas brilhante,
vieste, vieste, par de exímio
arqueiro filho de Alcmena, 805

Ἴλιον Ἴλιον ἐκπέρσων πόλιν
ἁμετέραν τὸ πάροιθεν <   >
[ὅτ᾽ ἔβας ἀφ᾽ Ἑλλάδος]·

ὅθ᾽ Ἑλλάδος ἄγαγε πρῶτον ἄνθος ἀτιζόμενος — Ant. 1
πώλων, Σιμόεντι δ᾽ ἐπ᾽ εὐρείται πλάταν — 810
ἔσχασε ποντοπόρον καὶ ναύδετ᾽ ἀνήψατο πρυμνᾶν — 812
καὶ χερὸς εὐστοχίαν ἐξεῖλε ναῶν,
Λαομέδοντι φόνον· κανόνων δὲ τυκίσματα Φοίβου
πυρὸς <πυρὸς> φοίνικι πνοᾶι καθελὼν — 815
Τροίας ἐπόρθησε χθόνα.
δὶς δὲ δυοῖν πιτύλοιν τείχη πέρι
Δαρδανίδας φονία κατέλυσεν αἰχμά.

μάταν ἄρ᾽, ὦ χρυσέαις ἐν οἰνοχόαις ἁβρὰ βαίνων, — Est. 2
Λαομεδόντιε παῖ, — 822
Ζηνὸς ἔχεις κυλίκων πλήρωμα, καλλίσταν λατρείαν.
ἁ δέ σε γειναμένα πυρὶ δαίεται, — 825
ἠϊόνες δ᾽ ἅλιαι — 827
ἴακχον οἰωνὸς οἷ- — 829
ον τέκνων ὕπερ βοῶσ᾽, — 830
ἇι μὲν εὐνάς, ἇι δὲ παῖδας,
ἇι δὲ ματέρας γεραιάς.
τὰ δὲ σὰ δροσόεντα λουτρὰ
γυμνασίων τε δρόμοι
βεβᾶσι, σὺ δὲ πρόσωπα νεα- — 835
ρὰ χάρισι παρὰ Διὸς θρόνοις
καλλιγάλανα τρέφεις. Πριάμοιο δὲ γαῖαν
Ἑλλὰς ὤλεσ᾽ αἰχμά. — 839

Ἔρως Ἔρως, ὃς τὰ Δαρδάνεια μέλαθρά — Ant. 2
ποτ᾽ ἦλθες οὐρανίδαισι μέλων, — 842
ὡς τότε μὲν μεγάλως Τροίαν ἐπύργωσας, — 844
θεοῖσι κῆδος ἀναψάμενος. τὸ μὲν — 845
οὖν Διὸς οὐκέτ᾽ ὄνειδος ἐρῶ· — 847

para destruir Ílion, Ílion,
a nossa urbe de outrora,
quando vieste da Grécia,

quando da Grécia primeiro guiou a flor — Ant. 1
sem cavalos e no rio Simoente pendeu — 810
os remos marinhos, atou cordas à popa — 812
e retirou dos navios a mão de boa mira,
morte a Laomedonte, ao ganhar lavores
de Febo com ígneo, ígneo sopro — 815
purpúreo, pilhou solo de Troia
e por duplo ataque às torres
lança letal venceu aos Dardânidas.

Ó belo passo de áureo vaso de vinho, — Est. 2
filho de Laomedonte, belo serviço, — 822
em vão tens cheia a taça de Zeus!
Tua mãe arde em chamas, — 825
as orlas marinhas — 827
gritavam como pássaro — 829
por filhos, ora gemem — 830
esposas, ora os filhos,
ora as mães grisalhas.
Teus banhos orvalhados
e as corridas nos ginásios
se foram, e tu com Graças — 835
tens sereno o rosto jovem
junto ao trono de Zeus. Lança
grega destruiu terra de Príamo. — 839

Amor, Amor, foste à casa dardânia — Ant. 2
por importares aos filhos do Céu, — 842
quanto já fortaleceste grande Troia — 844
com núpcias de Deuses! O vitupério — 845
de Zeus eu não mais direi. — 847

τὸ τᾶς δὲ λευκοπτέρου φίλιον Ἁμέρας
βροτοῖς φέγγος ὀλοὸν εἶδε γαίας,
εἶδε Περγάμων ὄλεθρον, 850
τεκνοποιὸν ἔχουσα τᾶσδε
γᾶς πόσιν ἐν θαλάμοις,
ὃν ἀστέρων τέθριππος ἔλα- 855
βε χρύσεος ὄχος ἀναρπάσας,
ἐλπίδα γᾶι πατρίαι μεγάλαν. τὰ θεῶν δὲ
φίλτρα φροῦδα Τροίαι.

ΜΕΝΕΛΑΟΣ
ὦ καλλιφεγγὲς ἡλίου σέλας τόδε, 860
ἐν ὧι δάμαρτα τὴν ἐμὴν χειρώσομαι
[Ἑλένην· ὁ γὰρ δὴ πολλὰ μοχθήσας ἐγὼ
Μενέλαός εἰμι καὶ στράτευμ᾽ Ἀχαιικόν].
ἦλθον δὲ Τροίαν οὐχ ὅσον δοκοῦσί με
γυναικὸς οὕνεκ᾽, ἀλλ᾽ ἐπ᾽ ἄνδρ᾽ ὃς ἐξ ἐμῶν 865
δόμων δάμαρτα ξεναπάτης ἐλήισατο.
κεῖνος μὲν οὖν δέδωκε σὺν θεοῖς δίκην
αὐτός τε καὶ γῆ δορὶ πεσοῦσ᾽ Ἑλληνικῶι.
ἥκω δὲ τὴν Λάκαιναν (οὐ γὰρ ἡδέως
ὄνομα δάμαρτος ἥ ποτ᾽ ἦν ἐμὴ λέγω) 870
ἄξων· δόμοις γὰρ τοῖσδ᾽ ἐν αἰχμαλωτικοῖς
κατηρίθμηται Τρωιάδων ἄλλων μέτα.
οἵπερ γὰρ αὐτὴν ἐξεμόχθησαν δορὶ
κτανεῖν ἐμοί νιν ἔδοσαν, εἴτε μὴ κτανὼν
θέλοιμ᾽ ἄγεσθαι πάλιν ἐς Ἀργείαν χθόνα. 875
ἐμοὶ δ᾽ ἔδοξε τὸν μὲν ἐν Τροίαι μόρον
Ἑλένης ἐᾶσαι, ναυπόρωι δ᾽ ἄγειν πλάτηι
Ἑλληνίδ᾽ ἐς γῆν κᾆιτ᾽ ἐκεῖ δοῦναι κτανεῖν,
ποινὰς ὅσων τεθνᾶσ᾽ ἐν Ἰλίωι φίλοι.
ἀλλ᾽ εἶα χωρεῖτ᾽ ἐς δόμους, ὀπάονες, 880
κομίζετ᾽ αὐτὴν τῆς μιαιφονωτάτης

A luz de Aurora de alvas asas
grata a mortais funesta viu
a terra, viu a ruína de Pérgamo, 850
ao ter desta terra o esposo
prolífico no tálamo,
áurea quadriga de astros 855
o raptou e roubou, grande
esperança da pátria. Amavios
de Deuses se foram de Troia.

[*Terceiro episódio* (860-1059)]

MENELAU

Ó este bem fulgente brilho do Sol 860
em que capturarei minha esposa
Helena. Sim, com muitas fadigas,
sou eu Menelau e o exército aqueu.
Vim a Troia, não tanto como parece
por mulher, mas contra falso hóspede 865
que de minha casa me roubou esposa.
Ele, pois, por Deuses prestou justiça,
ele e a terra, ao cair sob lança grega.
Vim para levar lacônia (não me praz
dizer o nome da esposa que outrora 870
foi minha). Nesta tenda entre cativas
ela foi contada com outras troianas.
Os que cumpriram a faina da lança
me deram para matar, se quisesse,
ou não matar e levar à terra argiva. 875
Eu decidi omitir a morte em Troia
de Helena e em navio veloz levar
à terra grega e dar então lá morte,
paga dos que têm mortos em Ílion.
Ide, companheiros, entrai na tenda, 880
trazei-me puxando-a pelos cabelos

κόμης ἐπισπάσαντες· οὔριοι δ’ ὅταν
πνοαὶ μόλωσι, πέμψομέν νιν Ἑλλάδα.

ΕΚΑΒΗ

ὦ γῆς ὄχημα κἀπὶ γῆς ἔχων ἕδραν,
ὅστις ποτ’ εἶ σύ, δυστόπαστος εἰδέναι, 885
Ζεύς, εἴτ’ ἀνάγκη φύσεος εἴτε νοῦς βροτῶν,
προσηυξάμην σε· πάντα γὰρ δι’ ἀψόφου
βαίνων κελεύθου κατὰ δίκην τὰ θνήτ’ ἄγεις.

ΜΕΝΕΛΑΟΣ

τί δ’ ἔστιν; εὐχὰς ὡς ἐκαίνισας θεῶν.

ΕΚΑΒΗ

αἰνῶ σε, Μενέλα’, εἰ κτενεῖς δάμαρτα σήν. 890
ὁρᾶν δὲ τήνδε φεῦγε, μή σ’ ἕληι πόθωι.
αἱρεῖ γὰρ ἀνδρῶν ὄμματ’, ἐξαιρεῖ πόλεις,
πίμπρησιν οἴκους· ὧδ’ ἔχει κηλήματα.
ἐγώ νιν οἶδα καὶ σὺ χοἰ πεπονθότες.

ΕΛΕΝΗ

Μενέλαε, φροίμιον μὲν ἄξιον φόβου 895
τόδ’ ἐστίν· ἐν γὰρ χερσὶ προσπόλων σέθεν
βίαι πρὸ τῶνδε δωμάτων ἐκπέμπομαι.
ἀτὰρ σχεδὸν μὲν οἶδά σοι στυγουμένη,
ὅμως δ’ ἐρέσθαι βούλομαι· γνῶμαι τίνες
Ἕλλησι καὶ σοὶ τῆς ἐμῆς ψυχῆς πέρι; 900

ΜΕΝΕΛΑΟΣ

οὐκ εἰς ἀκριβὲς ἦλθεν ἀλλ’ ἅπας στρατὸς
κτανεῖν ἐμοί σ’ ἔδωκεν, ὅνπερ ἠδίκεις.

ΕΛΕΝΗ

ἔξεστιν οὖν πρὸς ταῦτ’ ἀμείψασθαι λόγωι,
ὡς οὐ δικαίως, ἢν θάνω, θανούμεθα;

poluídos de morte! Quando vierem
as brisas propícias, iremos à Grécia.

HÉCUBA

Ó suporte da terra e sentado na terra,
quem sejas tu, o mais difícil de saber, 885
Zeus, coerção de ser, espírito mortal,
fiz-te esta prece; por vias sem ruído,
conduzes todos os mortais à justiça.

MENELAU

Quê? Inovaste a prece aos Deuses!

HÉCUBA

Louvo-te, Menelau, se matas a esposa. 890
Evita vê-la, não te domine pelo desejo!
Pilha as vistas de varões, devasta urbes,
incendeia casas, assim são os encantos.
Conheço-os eu e tu e quem os sofreu.

HELENA

Ó Menelau, proêmio digno de pavor 895
é este: pelas mãos de teus serventes,
sou trazida, à força, diante da tenda,
e sei que talvez tu me tenhas horror;
mas quero perguntar: qual a sentença
dos gregos e tua, sobre a minha vida? 900

MENELAU

Não foi decidido, mas a tropa toda
me deu te matar, injuriado por ti.

HELENA

A isso se pode responder com razão:
se morta não serei morta com justiça.

ΜΕΝΕΛΑΟΣ

οὐκ ἐς λόγους ἐλήλυθ' ἀλλά σε κτενῶν. 905

ΕΚΑΒΗ

ἄκουσον αὐτῆς, μὴ θάνηι τοῦδ' ἐνδεής,
Μενέλαε, καὶ δὸς τοὺς ἐναντίους λόγους
ἡμῖν κατ' αὐτῆς· τῶν γὰρ ἐν Τροίαι κακῶν
οὐδὲν κάτοισθα. συντεθεὶς δ' ὁ πᾶς λόγος
κτενεῖ νιν οὕτως ὥστε μηδαμοῦ φυγεῖν. 910

ΜΕΝΕΛΑΟΣ

σχολῆς τὸ δῶρον· εἰ δὲ βούλεται λέγειν,
ἔξεστι. τῶν σῶν δ' οὕνεχ', ὡς μάθηις, λόγων
δώσω τόδ' αὐτῆι· τῆσδε δ' οὐ δώσω χάριν.

ΕΛΕΝΗ

ἴσως με, κἂν εὖ κἂν κακῶς δόξω λέγειν,
οὐκ ἀνταμείψηι πολεμίαν ἡγούμενος. 915
ἐγὼ δ', ἅ σ' οἶμαι διὰ λόγων ἰόντ' ἐμοῦ
κατηγορήσειν, ἀντιθεῖσ' ἀμείψομαι
[τοῖς σοῖσι τἀμὰ καὶ τὰ σ' αἰτιάματα].
πρῶτον μὲν ἀρχὰς ἔτεκεν ἥδε τῶν κακῶν,
Πάριν τεκοῦσα· δεύτερον δ' ἀπώλεσεν 920
Τροίαν τε κἄμ' ὁ πρέσβυς οὐ κτανὼν βρέφος,
δαλοῦ πικρὸν μίμημ', Ἀλέξανδρον τότε.
ἐνθένδε τἀπίλοιπ' ἄκουσον ὡς ἔχει.
ἔκρινε τρισσὸν ζεῦγος ὅδε τριῶν θεῶν·
καὶ Παλλάδος μὲν ἦν Ἀλεξάνδρωι δόσις 925
Φρυξὶ στρατηγοῦνθ' Ἑλλάδ' ἐξανιστάναι·
Ἥρα δ' ὑπέσχετ' Ἀσιάδ' Εὐρώπης θ' ὅρους
τυραννίδ' ἕξειν, εἴ σφε κρίνειεν Πάρις·
Κύπρις δὲ τοὐμὸν εἶδος ἐκπαγλουμένη
δώσειν ὑπέσχετ', εἰ θεὰς ὑπερδράμοι 930
κάλλει. τὸν ἔνθεν δ' ὡς ἔχει σκέψαι λόγον·
νικᾶι Κύπρις θεάς, καὶ τοσόνδ' οὑμοὶ γάμοι

MENELAU

Não vim para te ouvir, mas te matar. 905

HÉCUBA

Ouve-a, não morra ela carente disso,
ó Menelau, e dá-nos o contraditório
contra ela, pois dos males de Troia
nada sabes! Completa, a razão toda
há de matá-la de modo a não fugir. 910

MENELAU

O dom do ócio. Se ela quiser falar,
pode. Saibas que por tuas palavras
lho darei e não darei por sua graça!

HELENA

Quer pareça que fale bem, quer mal,
talvez não ouças, crendo-me inimiga. 915
O que penso que dirás em acusação
a mim, eu responderei contrapondo
as tuas acusações e as minhas a ti.
Primeiro, gerou causa de males ela,
mãe de Páris, segundo, o pai destruiu 920
Troia e a mim, ao não matar o filho
Alexandre antes, acre ícone de tocha.
Ouve quais consequências doravante!
Ele julgou triplo jugo de três Deusas;
e a dádiva de Palas a Alexandre seria 925
devastar a Grécia com exército frígio;
Hera propôs, se Páris a elegesse, ser
o rei da Ásia e dos lindes da Europa;
Cípris, admirada de minha formosura,
prometeu dá-la, se superasse as Deusas 930
em beleza. Observa como é daí a fala!
Cípris vence as Deusas, minhas núpcias

ὤνησαν Ἑλλάδ᾽· οὐ κρατεῖσθ᾽ ἐκ βαρβάρων,
οὔτ᾽ ἐς δόρυ σταθέντες, οὐ τυραννίδι.
ἃ δ᾽ εὐτύχησεν Ἑλλάς, ὠλόμην ἐγὼ 935
εὐμορφίαι πραθεῖσα, κὠνειδίζομαι
ἐξ ὧν ἐχρῆν με στέφανον ἐπὶ κάραι λαβεῖν.
οὔπω με φήσεις αὐτὰ τἀν ποσὶν λέγειν,
ὅπως ἀφώρμησ᾽ ἐκ δόμων τῶν σῶν λάθραι.
ἦλθ᾽ οὐχὶ μικρὰν θεὸν ἔχων αὑτοῦ μέτα 940
ὁ τῆσδ᾽ ἀλάστωρ, εἴτ᾽ Ἀλέξανδρον θέλεις
ὀνόματι προσφωνεῖν νιν εἴτε καὶ Πάριν·
ὅν, ὦ κάκιστε, σοῖσιν ἐν δόμοις λιπὼν
Σπάρτης ἀπῆρας νηὶ Κρησίαν χθόνα.
εἶἑν.
οὐ σ᾽, ἀλλ᾽ ἐμαυτὴν τοὐπὶ τῶιδ᾽ ἐρήσομαι· 945
τί δὴ φρονοῦσά γ᾽ ἐκ δόμων ἅμ᾽ ἑσπόμην
ξένωι, προδοῦσα πατρίδα καὶ δόμους ἐμούς;
τὴν θεὸν κόλαζε καὶ Διὸς κρείσσων γενοῦ,
ὃς τῶν μὲν ἄλλων δαιμόνων ἔχει κράτος,
κείνης δὲ δοῦλός ἐστι· συγγνώμη δ᾽ ἐμοί. 950
ἔνθεν δ᾽ ἔχοις ἂν εἰς ἔμ᾽ εὐπρεπῆ λόγον·
ἐπεὶ θανὼν γῆς ἦλθ᾽ Ἀλέξανδρος μυχούς,
χρῆν μ᾽, ἡνίκ᾽ οὐκ ἦν θεοπόνητά μου λέχη,
λιποῦσαν οἴκους ναῦς ἔπ᾽ Ἀργείων μολεῖν.
ἔσπευδον αὐτὸ τοῦτο· μάρτυρες δέ μοι 955
πύργων πυλωροὶ κἀπὸ τειχέων σκοποί,
οἳ πολλάκις μ᾽ ἐφηῦρον ἐξ ἐπάλξεων
πλεκταῖσιν ἐς γῆν σῶμα κλέπτουσαν τόδε.
[βίαι δ᾽ ὁ καινός μ᾽ οὗτος ἁρπάσας πόσις
Δηίφοβος ἄλοχον εἶχεν ἀκόντων Φρυγῶν.] 960
πῶς οὖν ἔτ᾽ ἂν θνήισκοιμ᾽ ἂν ἐνδίκως, πόσι,
πρὸς σοῦ δικαίως, ἣν ὁ μὲν βίαι γαμεῖ,
τὰ δ᾽ οἴκοθεν κεῖν᾽ ἀντὶ νικητηρίων
πικρῶς ἐδούλωσ᾽; εἰ δὲ τῶν θεῶν κρατεῖν
βούληι, τὸ χρήιζειν ἀμαθές ἐστί σου τόδε. 965

valeram à Grécia: insubmissa a bárbaros,
não abatida por lança, nem sob tirania.
Grécia teve boa sorte, eu fui destruída, 935
traficada pela beleza e sou vituperada
por quem devia coroar minha cabeça.
Dirás que eu ainda não disse o óbvio,
como parti de teu palácio ocultamente.
Junto com a não pequena Deusa, veio 940
o Nume ilatente, Alexandre, ou ainda
Páris, se queres chamá-lo pelo nome;
tu, ó perverso, deixaste-o em tua casa
e partiste de Esparta ao solo de Creta.
Seja!
Pergunto ainda não a ti, mas a mim, 945
com que intenção saí de casa, segui
o estrangeiro e traí a pátria e a casa?
Coíbe a Deusa e sê maior que Zeus,
que tem o poder dos outros Numes
mas é servente dela; a mim, perdão. 950
Disto terias comigo plausível razão:
morto e no fundo da terra Alexandre,
eu, não mais servindo leito à Deusa,
devia deixar a casa e partir para Argos.
Isso eu queria, tenho por testemunhas 955
guardas das torres e vigias dos muros,
que muitas vezes me viram das ameias
tentar com laços furtar-me para o chão.
Sequestrada à força, esse novo esposo
Deífobo me retinha, apesar dos frígios. 960
Como ainda teria morte justa, marido,
por tua justiça, eu, desposada à força,
fora de casa, tendo em vez de prêmio
amarga servidão? Se queres dominar
os Deuses, esse teu desejo é ignorante. 965

ΧΟΡΟΣ

βασίλει᾽, ἄμυνον σοῖς τέκνοισι καὶ πάτραι
πειθὼ διαφθείρουσα τῆσδ᾽, ἐπεὶ λέγει
καλῶς κακοῦργος οὖσα· δεινὸν οὖν τόδε.

ΕΚΑΒΗ

ταῖς θεαῖσι πρῶτα σύμμαχος γενήσομαι
καὶ τήνδε δείξω μὴ λέγουσαν ἔνδικα. 970
ἐγὼ γὰρ Ἥραν παρθένον τε Παλλάδα
οὐκ ἐς τοσοῦτον ἀμαθίας ἐλθεῖν δοκῶ,
ὥσθ᾽ ἡ μὲν Ἄργος βαρβάροις ἀπημπόλα,
Παλλὰς δ᾽ Ἀθήνας Φρυξὶ δουλεύειν ποτέ.
οὐ παιδιαῖσι καὶ χλιδῆι μορφῆς πέρι 975
ἦλθον πρὸς Ἴδην· τοῦ γὰρ οὕνεκ᾽ ἂν θεὰ
Ἥρα τοσοῦτον ἔσχ᾽ ἔρωτα καλλονῆς;
πότερον ἀμείνον᾽ ὡς λάβηι Διὸς πόσιν;
ἢ γάμον Ἀθάνα θεῶν τινος θηρωμένη,
ἣ παρθένειαν πατρὸς ἐξῃτήσατο 980
φεύγουσα λέκτρα; μὴ ἀμαθεῖς ποίει θεὰς
τὸ σὸν κακὸν κοσμοῦσα, μὴ <οὐ> πείσῃς σοφούς.
Κύπριν δ᾽ ἔλεξας (ταῦτα γὰρ γέλως πολύς)
ἐλθεῖν ἐμῶι ξὺν παιδὶ Μενέλεω δόμους.
οὐκ ἂν μένουσ᾽ ἂν ἥσυχός σ᾽ ἐν οὐρανῶι 985
αὐταῖς Ἀμύκλαις ἤγαγεν πρὸς Ἴλιον;
ἦν οὑμὸς υἱὸς κάλλος ἐκπρεπέστατος,
ὁ σὸς δ᾽ ἰδών νιν νοῦς ἐποιήθη Κύπρις·
τὰ μῶρα γὰρ πάντ᾽ ἐστὶν Ἀφροδίτη βροτοῖς,
καὶ τοὔνομ᾽ ὀρθῶς ἀφροσύνης ἄρχει θεᾶς. 990
ὃν εἰσιδοῦσα βαρβάροις ἐσθήμασιν
χρυσῶι τε λαμπρὸν ἐξεμαργώθης φρένας.
ἐν μὲν γὰρ Ἄργει σμίκρ᾽ ἔχουσ᾽ ἀνεστρέφου,
Σπάρτης δ᾽ ἀπαλλαχθεῖσα τὴν Φρυγῶν πόλιν
χρυσῶι ῥέουσαν ἤλπισας κατακλύσειν 995
δαπάναισιν· οὐδ᾽ ἦν ἱκανά σοι τὰ Μενέλεω
μέλαθρα ταῖς σαῖς ἐγκαθυβρίζειν τρυφαῖς.

CORO

Ó rainha, defende teus filhos e pátria
da persuasão destrutiva dela, que fala
bem, sendo maléfica! Isso é terrível!

HÉCUBA

Hei de ser das Deusas primeiro aliada
e mostrar que ela não fala com justiça. 970
Não creio que Hera e a virgem Palas
pudessem ir a tal ponto de ignorância,
que Hera vendesse Argos aos bárbaros,
e Palas submetesse Atenas aos frígios.
Não foram ao Ida por brincar e fruir 975
da formosura. Por que teria a Deusa
Hera tão grande amor pela beleza?
Para ter esposo melhor que Zeus?
Ou caçaria núpcias divinas Atena,
que hostil a núpcias pediu a seu pai 980
virgindade? Não faças Deusas néscias
honrando teu mal! Não vences sábios.
Disseste que Cípris (isso é muito riso)
foi com meu filho à casa de Menelau.
Se ela estivesse quieta no céu, não 985
te levaria com toda Amiclas a Ílion?
Meu filho era conspícuo pela beleza,
ao vê-lo, tua mente se tornou Cípris.
Toda lascívia de mortais é Afrodite
e o nome da Deusa certo diz demência. 990
Ao vê-lo brilhante nas vestes bárbaras
e no ouro, o teu espírito ficou louco.
Em Argos, tinhas pouco e te viravas,
longe de Esparta, esperaste inundar
a urbe dos frígios copiosa de ouro 995
com despesas; a casa de Menelau
não te bastava para saciar teu luxo.

εἶέν· βίαι γὰρ παῖδα φὴις <σ’ > ἄγειν ἐμόν·
τίς Σπαρτιατῶν ἤισθετ’; ἢ ποίαν βοὴν
ἀνωλόλυξας, Κάστορος νεανίου 1000
τοῦ συζύγου τ’ ἔτ’ ὄντος, οὐ κατ’ ἄστρα πω;
ἐπεὶ δὲ Τροίαν ἦλθες Ἀργεῖοί τέ σου
κατ’ ἴχνος, ἦν δὲ δοριπετὴς ἀγωνία,
εἰ μὲν τὰ τοῦδε κρείσσον’ ἀγγέλλοιτό σοι,
Μενέλαον ἤινεις, παῖς ὅπως λυποῖτ’ ἐμὸς 1005
ἔχων ἔρωτος ἀνταγωνιστὴν μέγαν·
εἰ δ’ εὐτυχοῖεν Τρῶες, οὐδὲν ἦν ὅδε.
ἐς τὴν τύχην δ’ ὁρῶσα τοῦτ’ ἤσκεις, ὅπως
ἕποι’ ἅμ’ αὐτῆι, τἀρετῆι δ’ οὐκ ἤθελες.
κἄπειτα πλεκταῖς σῶμα σὸν κλέπτειν λέγεις 1010
πύργων καθιεῖσ’, ὡς μένουσ’ ἀκουσίως.
ποῦ δῆτ’ ἐλήφθης ἢ βρόχοις ἀρτωμένη
ἢ φάσγανον θήγουσ’, ἃ γενναία γυνὴ
δράσειεν ἂν ποθοῦσα τὸν πάρος πόσιν;
καίτοι σ’ ἐνουθέτουν γε πολλὰ πολλάκις· 1015
Ὦ θύγατερ, ἔξελθ’· οἱ δ’ ἐμοὶ παῖδες γάμους
ἄλλους γαμοῦσι, σὲ δ’ ἐπὶ ναῦς Ἀχαιικὰς
πέμψω συνεκκλέψασα· καὶ παῦσον μάχης
Ἕλληνας ἡμᾶς τ’. ἀλλὰ σοὶ τόδ’ ἦν πικρόν.
ἐν τοῖς Ἀλεξάνδρου γὰρ ὕβριζες δόμοις 1020
καὶ προσκυνεῖσθαι βαρβάρων ὕπ’ ἤθελες·
μεγάλα γὰρ ἦν σοι. κἀπὶ τοῖσδε σὸν δέμας
ἐξῆλθες ἀσκήσασα κἄβλεψας πόσει
τὸν αὐτὸν αἰθέρ’, ὦ κατάπτυστον κάρα·
ἣν χρῆν ταπεινὴν ἐν πέπλων ἐρειπίοις, 1025
φρίκηι τρέμουσαν, κρᾶτ’ ἀπεσκυθισμένην
ἐλθεῖν, τὸ σῶφρον τῆς ἀναιδείας πλέον
ἔχουσαν ἐπὶ τοῖς πρόσθεν ἡμαρτημένοις.
Μενέλα’, ἵν’ εἰδῆις οἷ τελευτήσω λόγον,
στεφάνωσον Ἑλλάδ’ ἀξίως τήνδε κτανὼν 1030
σαυτοῦ, νόμον δὲ τόνδε ταῖς ἄλλαισι θὲς
γυναιξί, θνήισκειν ἥτις ἂν προδῶι πόσιν.

Seja! Dizes meu filho te forçar a vir.
Que espartano viu? Ou que gemido
emitiste, vivo ainda Castor jovem 1000
e o gêmeo, não ainda nos astros?
Quando vieste a Troia e os argivos
no teu encalço, a luta foi de lança.
Anunciadas vitórias de Menelau,
louvavas, para meu filho se afligir 1005
com o grande antagonista no amor.
Se boa a sorte troiana, ele nada era.
Atenta à sorte, assim procedias para
segui-la, seguir virtude não querias.
Dizes ainda com laços tentar furtar-se 1010
das torres, estando nelas contrariada.
Quando foste pega suspensa à forca
ou afiando faca, como mulher nobre
faria, se desejasse o antigo marido?
Muitas vezes, porém, te aconselhei: 1015
"Ó filha, parte! Os meus filhos terão
outras núpcias, oculta te escoltarei
aos navios aqueus; cessa a guerra
grega e nossa." Mas isso te doía.
Na casa de Alexandre, eras soberba 1020
e as prosternações bárbaras querias.
Isso te importava e além disso saíste
enfeitada e contemplas a mesma luz
que o esposo, ó cabeça abominável!
Devias ir humilde, com roupas rotas, 1025
trêmula de medo, escalpado o crânio,
com mais prudência que indecência
em vista de tuas pregressas erronias.
Ó Menelau, saibas como concluirei:
coroa a Grécia de modo digno de ti, 1030
mata-a, e esta lei às outras mulheres
aplica: morrer quem trair o marido!

ΧΟΡΟΣ

Μενέλαε, προγόνων τ' ἀξίως δόμων τε σῶν
τεῖσαι δάμαρτα κἀφελοῦ πρὸς Ἑλλάδος
ψόγον τὸ θῆλύ τ', εὐγενὴς ἐχθροῖς φανείς. 1035

ΜΕΝΕΛΑΟΣ

ἐμοὶ σὺ συμπέπτωκας ἐς ταὐτὸν λόγου,
ἑκουσίως τήνδ' ἐκ δόμων ἐλθεῖν ἐμῶν
ξένας ἐς εὐνάς· χἠ Κύπρις κόμπου χάριν
λόγοις ἐνεῖται. βαῖνε λευστήρων πέλας
πόνους τ' Ἀχαιῶν ἀπόδος ἐν σμικρῷ μακροὺς 1040
θανοῦσ', ἵν' εἰδῇς μὴ καταισχύνειν ἐμέ.

ΕΛΕΝΗ

μή, πρός σε γονάτων, τὴν νόσον τὴν τῶν θεῶν
προσθεὶς ἐμοὶ κτάνῃς με, συγγίγνωσκε δέ.

ΕΚΑΒΗ

μηδ' οὓς ἀπέκτειν' ἥδε συμμάχους προδῷς·
ἐγὼ πρὸ κείνων καὶ τέκνων σε λίσσομαι. 1045

ΜΕΝΕΛΑΟΣ

παῦσαι, γεραιά· τῆσδε δ' οὐκ ἐφρόντισα.
λέγω δὲ προσπόλοισι πρὸς πρύμνας νεῶν
τήνδ' ἐκκομίζειν, ἔνθα ναυστολήσεται.

ΕΚΑΒΗ

μή νυν νεὼς σοὶ ταὐτὸν ἐσβήτω σκάφος.

ΜΕΝΕΛΑΟΣ

τί δ' ἔστι; μεῖζον βρῖθος ἢ πάροιθ' ἔχει; 1050

ΕΚΑΒΗ

οὐκ ἔστ' ἐραστὴς ὅστις οὐκ ἀεὶ φιλεῖ.

CORO

Menelau, digno dos maiores e da casa,
pune a esposa e afasta da Grécia insulto
feminino, mostra-te nobre aos inimigos! 1035

MENELAU

Concluíste pela mesma razão que eu,
ela saiu por ela mesma de minha casa
para leito estranho, e graças ao alarde
Cípris entra nas razões. Sê dilapidada!
Paga muitas dores aqueias com poucas, 1040
morta, para que saibas não me desonrar!

HELENA

Por teus joelhos, não me mates! O mal
das Deusas não me imputes! Perdoa-me!

HÉCUBA

Não traias os aliados que ela matou!
Por eles e por seus filhos, eu te peço! 1045

MENELAU

Cessa, velha! Já não cuido dela.
Digo aos servos que a conduzam
à popa da nau em que viajaremos.

HÉCUBA

Não entre na mesma nau que tu!

MENELAU

Por quê? Pesa mais do que antes? 1050

HÉCUBA

Não há amante que não ame sempre.

ΜΕΝΕΛΑΟΣ

ὅπως ἂν ἐκβῆι τῶν ἐρωμένων ὁ νοῦς.
ἔσται δ' ἃ βούληι· ναῦν γὰρ οὐκ ἐσβήσεται
ἐς ἥνπερ ἡμεῖς· καὶ γὰρ οὐ κακῶς λέγεις.
ἐλθοῦσα δ' Ἄργος ὥσπερ ἀξία κακῶς 1055
κακὴ θανεῖται καὶ γυναιξὶ σωφρονεῖν
πάσαισι θήσει. ῥάιδιον μὲν οὐ τόδε·
ὅμως δ' ὁ τῆσδ' ὄλεθρος ἐς φόβον βαλεῖ
τὸ μῶρον αὐτῶν, κἂν ἔτ' ὦσ' αἰσχίονες.

ΧΟΡΟΣ

οὕτω δὴ τὸν ἐν Ἰλίωι Est. 1
ναὸν καὶ θυόεντα βω- 1061
μὸν προύδωκας Ἀχαιοῖς,
ὦ Ζεῦ, καὶ πελανῶν φλόγα
σμύρνας αἰθερίας τε κα-
πνὸν καὶ Πέργαμον ἱερὰν 1065
Ἰδαῖά τ' Ἰδαῖα κισσοφόρα νάπη
χιόνι κατάρυτα ποταμίαι
τέρμονά τε πρωτόβολον ἕωι, 1069
τὰν καταλαμπομέναν ζαθέαν θεράπναν; 1070

φροῦδαί σοι θυσίαι χορῶν τ' Ant. 1
εὔφημοι κέλαδοι κατ' ὄρφ-
ναν τε παννυχίδες θεῶν,
χρυσέων τε ξοάνων τύποι
Φρυγῶν τε ζάθεοι σελᾶ- 1075
ναι συνδώδεκα πλήθει.
μέλει μέλει μοι τάδ' εἰ φρονεῖς, ἄναξ,
οὐράνιον ἕδρανον ἐπιβεβὼς
αἰθέρα τε πόλεος ὀλομένας,
ἃν πυρὸς αἰθομένα κατέλυσεν ὁρμά. 1080

MENELAU

Se assim vai o espírito dos amantes.
Será como queres. Não irá no navio
em que vou, pois tu não dizes mal.
Em Argos, vilmente, como merece, 1055
terá morte vil, e tornará prudentes
todas as mulheres. Fácil isso não é,
sua morte, porém, infundirá pavor
à lascívia delas, por piores que sejam!

[*Terceiro estásimo* (1060-1117)]

CORO

Ó Zeus, abandonaste assim Est. 1
a aqueus o nicho de Ílion 1061
e o turícremo altar,
chama de ofertas,
fumo de mirra ao céu
e Pérgamo sacra, 1065
hederosos vales ideus, ideus,
irrigados por rio de neve,
e primeira meta de Aurora, 1069
a iluminada divina morada? 1070

Foram-se teus sacrifícios Ant. 1
e sacros clamores corais
e festas de Deuses à noite
e imagens de áureas estátuas
e as doze luas dos frígios 1075
divinas completas.
Ó rei instalado na sede celeste
e na luz, importa-me, importa-me
se vês a ruína da urbe
sob fúlgida carga de fogo. 1080

ὦ φίλος, ὦ πόσι μοι, Est. 2
σὺ μὲν φθίμενος ἀλαίνεις 1083
ἄθαπτος ἄνυδρος, ἐμὲ δὲ πόντιον σκάφος 1085
ἀίσσον πτεροῖσι πορεύσει
ἱππόβοτον Ἄργος, ἵνα <τε> τείχη
λάϊνα Κυκλώπι᾽ οὐράνια νέμονται.
τέκνων δὲ πλῆθος ἐν πύλαις
δάκρυσι †κατάορα στένει† βοᾶι βοᾶι 1090
Μᾶτερ, ὤμοι, μόναν δή μ᾽ Ἀχαιοὶ κομί-
ζουσι σέθεν ἀπ᾽ ὀμμάτων
κυανέαν ἐπὶ ναῦν
εἰναλίαισι πλάταις 1095
ἢ Σαλαμῖν᾽ ἱερὰν
ἢ δίπορον κορυφὰν
Ἴσθμιον, ἔνθα πύλας
Πέλοπος ἔχουσιν ἕδραι.

εἴθ᾽ ἀκάτου Μενέλα Ant. 2
μέσον πέλαγος ἰούσας 1101
δίπαλτον ἱερὸν ἀνὰ μέσον πλατᾶν πέσοι
†αἰγαίου† κεραυνοφαὲς πῦρ,
Ἰλιόθεν ὅτε με πολυδάκρυτον 1105
Ἑλλάδι λάτρευμα γᾶθεν ἐξορίζει,
χρύσεα δ᾽ ἔνοπτρα, παρθένων
χάριτας, ἔχουσα τυγχάνει Διὸς κόρα·
μηδὲ γαῖάν ποτ᾽ ἔλθοι Λάκαιναν πατρῶι- 1110
όν τε θάλαμον ἑστίας,
μηδὲ πόλιν Πιτάνας
χαλκόπυλόν τε θεάν,
δύσγαμον αἶσχος ἑλὼν
Ἑλλάδι τᾶι μεγάλαι 1115
καὶ Σιμοεντιάσιν
μέλεα πάθεα ῥοαῖσιν.

Ó meu esposo, ó caro, Est. 2
tu finado perambulas 1083
insepulto sem banho e o navio 1085
veloz alado no mar me levará
à Argos nutriz de potros, onde muros
de pedras ciclópicos celestes moram.
Muitas moças nas portas em pranto
suspensas gemem, clamam, clamam: 1090
"Ó mãe, *ómoi!* Aqueus me levam
a sós longe de teus olhos
em navio de cor negra
com os remos salinos 1095
ou à Salamina sagrada
ou ao bifronte pico
do istmo onde a sede
de Pélops tem portas."

Ao navegar em alto-mar Ant. 2
a nau de Menelau, caia 1101
no meio dos remos certeiro
fogo fulminante no Egeu,
quando me bane de Ílion 1105
chorosa serva na Grécia
e a filha de Zeus tem áureos
espelhos, graças de moças!
Não vá nunca à terra lacônia, 1110
à casa paterna por Héstia!
Nem vá à urbe de Pítane
e à Deusa de brônzea porta
com vexaminosas núpcias
perante a grande Grécia 1115
e com as míseras dores
perante o rio Simoente!

ΧΟΡΟΣ

ἰὼ ἰώ,
καίν᾽ ἐκ καινῶν μεταβάλλουσαι 1118
χθονὶ συντυχίαι. λεύσσετε Τρώων
τόνδ᾽ Ἀστυάνακτ᾽ ἄλοχοι μέλεαι 1120
νεκρόν, ὃν πύργων δίσκημα πικρὸν
Δαναοὶ κτείναντες ἔχουσιν.

ΤΑΛΘΥΒΙΟΣ

Ἑκάβη, νεὼς μὲν πίτυλος εἷς λελειμμένος
λάφυρα τἀπίλοιπ᾽ Ἀχιλλείου τόκου
μέλλει πρὸς ἀκτὰς ναυστολεῖν Φθιώτιδας· 1125
αὐτὸς δ᾽ ἀνῆκται Νεοπτόλεμος, καινάς τινας
Πηλέως ἀκούσας συμφοράς, ὥς νιν χθονὸς
Ἄκαστος ἐκβέβληκεν, ὁ Πελίου γόνος.
οὗ θᾶσσον οὕνεκ᾽, οὐ χάριν μονῆς ἔχων,
φροῦδος, μετ᾽ αὐτοῦ δ᾽ Ἀνδρομάχη, πολλῶν ἐμοὶ 1130
δακρύων ἀγωγός, ἡνίκ᾽ ἐξώρμα χθονός,
πάτραν τ᾽ ἀναστένουσα καὶ τὸν Ἕκτορος
τύμβον προσεννέπουσα. καί σφ᾽ ᾐτήσατο
θάψαι νεκρὸν τόνδ᾽, ὃς πεσὼν ἐκ τειχέων
ψυχὴν ἀφῆκεν Ἕκτορος τοῦ σοῦ γόνος· 1135
φόβον τ᾽ Ἀχαιῶν, χαλκόνωτον ἀσπίδα
τήνδ᾽, ἣν πατὴρ τοῦδ᾽ ἀμφὶ πλευρ᾽ ἐβάλλετο,
μή νιν πορεῦσαι Πηλέως ἐφ᾽ ἑστίαν
μηδ᾽ ἐς τὸν αὐτὸν θάλαμον οὗ νυμφεύσεται
[μήτηρ νεκροῦ τοῦδ᾽ Ἀνδρομάχη, λύπας ὁρᾶν], 1140
ἀλλ᾽ ἀντὶ κέδρου περιβόλων τε λαΐνων
ἐν τῇδε θάψαι παῖδα· σὰς δ᾽ ἐς ὠλένας
δοῦναι, πέπλοισιν ὡς περιστείλῃς νεκρὸν
στεφάνοις θ᾽, ὅση σοι δύναμις, ὡς ἔχει τὰ σά·
ἐπεὶ βέβηκε καὶ τὸ δεσπότου τάχος 1145
ἀφεῖλετ᾽ αὐτὴν παῖδα μὴ δοῦναι τάφωι.

[*Êxodo* (1118-1332)]

CORO

Iò ió!

Na terra a sorte de novidade 1118

em novidade revira. Contemplai,

ó míseras esposas troianas, Astíanax 1120

morto! Em amargo arremesso

das torres os dânaos o mataram.

TALTÍBIO

Hécuba, só a última partida de navio

transportará o espólio remanescente

do filho de Aquiles às costas de Ftia. 1125

Neoptólemo mesmo partiu, por ouvir

novos eventos de Peleu, que Acasto,

o filho de Pélias, expulsou do solo.

Por isso, rápido, sem favor de ficar,

partiu, e com ele, Andrômaca, que 1130

me levou ao pranto, ao ir do solo,

chorando pela pátria e despedindo-se

da tumba de Heitor. E a ele pediu

dar funerais ao morto, que das torres

perdeu a vida, filho de teu Heitor; 1135

e o brônzeo escudo, pavor de aqueus,

com que seu pai protegia os flancos,

não transferir para a lareira de Peleu,

nem para o mesmo lar em que viverá

Andrômaca, mãe do morto, triste vista, 1140

mas sepultar nele o filho, não em cedro

e cerca de pedra; e pô-lo em tuas mãos

para que prepares o morto com mantos

e coroas como podes com tuas posses,

porque partiu e a rapidez do senhor 1145

impediu-a de dar sepultura ao filho.

ἡμεῖς μὲν οὖν, ὅταν σὺ κοσμήσῃς νέκυν,
γῆν τῷδ᾽ ἐπαμπισχόντες ἀροῦμεν δόρυ·
σὺ δ᾽ ὡς τάχιστα πρᾶσσε τἀπεσταλμένα.
ἑνὸς μὲν οὖν μόχθου σ᾽ ἀπαλλάξας ἔχω· 1150
Σκαμανδρίους γὰρ τάσδε διαπερῶν ῥοὰς
ἔλουσα νεκρὸν κἀπένιψα τραύματα.
ἀλλ᾽ εἶμ᾽ ὀρυκτὸν τῷδ᾽ ἀναρρήξων τάφον,
ὡς σύντομ᾽ ἡμῖν τἀπ᾽ ἐμοῦ τε κἀπὸ σοῦ
ἐς ἓν ξυνελθόντ᾽ οἴκαδ᾽ ὁρμήσῃ πλάτην. 1155

ΕΚΑΒΗ

θέσθ᾽ ἀμφίτορνον ἀσπίδ᾽ Ἕκτορος πέδῳ,
λυπρὸν θέαμα κοὐ φίλον λεύσσειν ἐμοί.
ὦ μείζον᾽ ὄγκον δορὸς ἔχοντες ἢ φρενῶν,
τί τόνδ᾽, Ἀχαιοί, παῖδα δείσαντες φόνον
καινὸν διειργάσασθε; μὴ Τροίαν ποτὲ 1160
πεσοῦσαν ὀρθώσειεν; οὐδὲν ἦτ᾽ ἄρα,
ὅθ᾽ Ἕκτορος μὲν εὐτυχοῦντος ἐς δόρυ
διωλλύμεσθα μυρίας τ᾽ ἄλλης χερός,
πόλεως δ᾽ ἁλούσης καὶ Φρυγῶν ἐφθαρμένων
βρέφος τοσόνδ᾽ ἐδείσατ᾽· οὐκ αἰνῶ φόβον, 1165
ὅστις φοβεῖται μὴ διεξελθὼν λόγῳ.
ὦ φίλταθ᾽, ὥς σοι θάνατος ἦλθε δυστυχής.
εἰ μὲν γὰρ ἔθανες πρὸ πόλεως ἥβης τυχὼν
γάμων τε καὶ τῆς ἰσοθέου τυραννίδος,
μακάριος ἦσθ᾽ ἄν, εἴ τι τῶνδε μακάριον· 1170
νῦν <δ᾽> αὔτ᾽ ἰδὼν μὲν γνούς τε σῇ ψυχῇ, τέκνον,
οὐκ οἶσθ᾽, ἐχρήσω δ᾽ οὐδὲν ἐν δόμοις ἔχων.
δύστηνε, κρατὸς ὥς σ᾽ ἔκειρεν ἀθλίως
τείχη πατρῷα, Λοξίου πυργώματα,
ὃν πόλλ᾽ ἐκήπευσ᾽ ἡ τεκοῦσα βόστρυχον 1175
φιλήμασίν τ᾽ ἔδωκεν, ἔνθεν ἐκγελᾷ
ὀστέων ῥαγέντων φόνος, ἵν᾽ αἰσχρὰ μὴ στέγω.
ὦ χεῖρες, ὡς εἰκοὺς μὲν ἡδείας πατρὸς
κέκτησθ᾽, ἐν ἄρθροις δ᾽ ἔκλυτοι πρόκεισθέ μοι.

Nós, quando tu adornares o morto,
cobriremos com terra e zarparemos.
Cumpre o mais rápido o mandado.
Por certo te livrei de uma fadiga: 1150
ao atravessar o rio Escamandro,
banhei o morto e lavei as lesões.
Mas irei abrir-lhe cava sepultura,
para, concluído o que temos juntos
eu e tu, mover o remo para casa. 1155

HÉCUBA

Põe o redondo escudo de Heitor no solo,
triste espetáculo e não me é grato olhar!
Ó mais ufanos da lança que da mente,
que morte essa, aqueus, fizestes nova
por temor do filho? Que um dia pusesse 1160
de pé Troia caída? Ora, não sois nada,
porque perdemos quando Heitor e mais
dez mil mãos tinham boa sorte na lança,
e capturada a urbe e mortos os frígios
temestes tal criança. Não louvo pavor, 1165
se quem tem pavor não explica a razão.
Ó caríssimo, veio-te morte de má sorte!
Se morresses pela urbe já na juventude
já casado e rei de poder igual a Deus,
serias venturoso, se isso é venturoso; 1170
mas ora não sabes que viste e soubeste,
ó filho, e não usaste, ao teres em casa.
Ó mísero, os muros pátrios edificados
por Lóxias cortaram que mísera mecha
de tua cabeça, que tua mãe cultivava 1175
e beijava, onde brilha sangue de ossos
quebrados, para eu não cobrir o feio!
Ó mãos, que doce imagem paterna
possuis, mas jazeis soltas nas juntas!

ὦ πολλὰ κόμπους ἐκβαλών, φίλον στόμα, 1180
ὄλωλας, ἐψεύσω μ', ὅτ' ἐσπίπτων πέπλους,
Ὦ μῆτερ, ηὔδας, ἦ πολύν σοι βοστρύχων
πλόκαμον κεροῦμαι πρὸς τάφον θ' ὁμηλίκων
κώμους ἐπάξω, φίλα διδοὺς προσφθέγματα.
σὺ δ' οὐκ ἔμ', ἀλλ' ἐγὼ σὲ τὸν νεώτερον, 1185
γραῦς ἄπολις ἄτεκνος, ἄθλιον θάπτω νεκρόν.
οἴμοι, τὰ πόλλ' ἀσπάσμαθ' αἵ τ' ἐμαὶ τροφαὶ
ὕπνοι τ' ἐκεῖνοι φροῦδά μοι. τί καί ποτε
γράψειεν ἄν σοι μουσοποιὸς ἐν τάφωι;
Τὸν παῖδα τόνδ' ἔκτειναν Ἀργεῖοί ποτε 1190
δείσαντες; αἰσχρὸν τοὐπίγραμμά γ' Ἑλλάδι.
ἀλλ' οὖν πατρώιων οὐ λαχὼν ἕξεις ὅμως
ἐν ἧι ταφήσηι χαλκόνωτον ἰτέαν.
ὦ καλλίπηχυν Ἕκτορος βραχίονα
σώιζουσ', ἄριστον φύλακ' ἀπώλεσας σέθεν. 1195
ὡς ἡδὺς ἐν πόρπακι σῶι κεῖται τύπος
ἴτυός τ' ἐν εὐτόρνοισι περιδρόμοις ἱδρώς,
ὃν ἐκ μετώπου πολλάκις πόνους ἔχων
ἔσταζεν Ἕκτωρ προστιθεὶς γενειάδι.
φέρετε, κομίζετ' ἀθλίωι κόσμον νεκρῶι 1200
ἐκ τῶν παρόντων· οὐ γὰρ ἐς κάλλος τύχας
δαίμων δίδωσιν· ὧν δ' ἔχω, λήψηι τάδε.
θνητῶν δὲ μῶρος ὅστις εὖ πράσσειν δοκῶν
βέβαια χαίρει· τοῖς τρόποις γὰρ αἱ τύχαι,
ἔμπληκτος ὡς ἄνθρωπος, ἄλλοτ' ἄλλοσε 1205
πηδῶσι, †κοὐδεὶς αὐτὸς εὐτυχεῖ ποτε†.

ΧΟΡΟΣ

καὶ μὴν πρὸ χειρῶν αἵδε σοι σκυλευμάτων
Φρυγίων φέρουσι κόσμον ἐξάπτειν νεκρῶι.

ΕΚΑΒΗ

ὦ τέκνον, οὐχ ἵπποισι νικήσαντά σε
οὐδ' ἥλικας τόξοισιν, οὓς Φρύγες νόμους 1210

Ó boca amada, fazendo muito alarde, 1180
morreste, mentiste-me quando vindo
dizias: "Ó mãe, cortarei grande trança
de mechas para tua tumba e guiarei
o cortejo de amigos com saudações."
Tu não me sepultas, mas eu, a ti, novo, 1185
anciã sem urbe nem filho, mísero morto!
Oímoi! Muitos abraços, meus confortos,
aqueles sonos se foram. O que afinal
ainda um poeta gravaria em tua tumba?
Os argivos um dia mataram esta criança, 1190
temerosos? Inscrição indigna da Grécia.
Mas, sem os bens do pai, terás, porém,
o brônzeo escudo em que serás sepultado.
Ó protetor do formoso braço de Heitor,
tu perdeste o teu primoroso guardião. 1195
Suave em teu suporte jaz a impressão
e suor na bem torneada orla do escudo,
onde Heitor muitas vezes com o esforço
gotejou da fronte ao aproximar o queixo.
Ide, trazei um adorno ao mísero morto, 1200
dentre os que temos! O Nume não dá
sorte à beleza; isto terás do que tenho.
É tolo o mortal que seguro se alegra
crendo estar bem; a sorte com modos
de homem atordoado ora aqui, ora ali, 1205
salta e ninguém mesmo tem boa sorte.

CORO

Elas nas mãos te trazem do espólio
frígio um adorno para atar ao morto.

HÉCUBA

Ó filho, não vencedor dos coetâneos
equestre nem arqueiro, o que frígios 1210

τιμῶσιν †οὐκ ἐς πλησμονὰς θηρώμενοι†,
μήτηρ πατρός σοι προστίθησ᾽ ἀγάλματα
τῶν σῶν ποτ᾽ ὄντων· νῦν δέ σ᾽ ἡ θεοστυγὴς
ἀφείλεθ᾽ Ἑλένη, πρὸς δὲ καὶ ψυχὴν σέθεν
ἔκτεινε καὶ πάντ᾽ οἶκον ἐξαπώλεσεν. 1215

ΧΟΡΟΣ

ἒ ἕ, φρενῶν
ἔθιγες ἔθιγες· ὢ μέγας ἐμοί ποτ᾽ ὢν
ἀνάκτωρ πόλεως. 1217

ΕΚΑΒΗ

ἃ δ᾽ ἐν γάμοισι χρῆν σε προσθέσθαι χροῒ
Ἀσιατίδων γήμαντα τὴν ὑπερτάτην,
Φρύγια πέπλων ἀγάλματ᾽ ἐξάπτω χροός. 1220
σύ τ᾽, ὦ ποτ᾽ οὖσα καλλίνικε μυρίων
μῆτερ τροπαίων, Ἕκτορος φίλον σάκος,
στεφανοῦ· θανῆι γὰρ οὐ θανοῦσα σὺν νεκρῶι·
ἐπεὶ σὲ πολλῶι μᾶλλον ἢ τὰ τοῦ σοφοῦ
κακοῦ τ᾽ Ὀδυσσέως ἄξιον τιμᾶν ὅπλα. 1225

ΧΟΡΟΣ

αἰαῖ αἰαῖ·
πικρὸν ὄδυρμα γαῖά σ᾽, ὦ
τέκνον, δέξεται.
στέναζε, μᾶτερ

ΕΚΑΒΗ

αἰαῖ.

ΧΟΡΟΣ

νεκρῶν ἴακχον.

ΕΚΑΒΗ

οἴμοι. 1230

honram, sem alcançarem saciedade,
a mãe de teu pai te faz adornamentos
de teus pertences, que ora te roubou
Helena hedionda aos Deuses e ainda
imolou tua vida e destruiu toda a casa! 1215

CORO

Ê ê! O coração
tocaste, tocaste, ó meu grande
senhor da urbe de outrora! 1217

HÉCUBA

O que nas núpcias devias vestir,
ao desposar a mais nobre da Ásia,
te visto, vestes de adornos frígios. 1220
Tu, ó de bela vitória mãe de mil
troféus, ó caro escudo de Heitor,
coroa-te! Não morrerás morto com
o morto, por ser mais digno de honras
que as armas do hábil e vil Odisseu. 1225

CORO

Aiaî aiaî!
Terra te receberá,
ó filho, acre lamento.
Geme, ó mãe!

HÉCUBA

Aiaî!

CORO

Hino dos mortos.

HÉCUBA

Oímoi! 1230

ΧΟΡΟΣ
οἴμοι δῆτα σῶν ἀλάστων κακῶν.

ΕΚΑΒΗ
τελαμῶσιν ἕλκη τὰ μὲν ἐγώ σ' ἰάσομαι,
τλήμων ἰατρός, ὄνομ' ἔχουσα, τἄργα δ' οὔ·
τὰ δ' ἐν νεκροῖσι φροντιεῖ πατὴρ σέθεν.

ΧΟΡΟΣ
ἄρασσ' ἄρασσε κρᾶτα 1235
πιτύλους διδοῦσα χειρός.
ἰώ μοί μοι.

ΕΚΑΒΗ
ὦ φίλταται γυναῖκες.

ΧΟΡΟΣ
†Ἑκάβη, σὰς† ἔνεπε· τίνα θροεῖς αὐδάν;

ΕΚΑΒΗ
†οὐκ ἦν ἄρ' ἐν θεοῖσι† πλὴν οὑμοὶ πόνοι 1240
Τροία τε πόλεων ἔκκριτον μισουμένη,
μάτην δ' ἐβουθυτοῦμεν. εἰ δὲ μὴ θεὸς
ἔστρεψε τἄνω περιβαλὼν κάτω χθονός,
ἀφανεῖς ἂν ὄντες οὐκ ἂν ὑμνηθεῖμεν ἂν
μούσαις ἀοιδὰς δόντες ὑστέρων βροτῶν. 1245
χωρεῖτε, θάπτετ' ἀθλίωι τύμβωι νεκρόν·
ἔχει γὰρ οἷα δεῖ γε νερτέρων στέφη.
δοκῶ δὲ τοῖς θανοῦσι διαφέρειν βραχὺ
εἰ πλουσίων τις τεύξεται κτερισμάτων·
κενὸν δὲ γαύρωμ' ἐστὶ τῶν ζώντων τόδε. 1250

ΧΟΡΟΣ
ἰὼ ἰώ·
μελέα μήτηρ, ἣ τὰς μεγάλας 1251

CORO

Oímoi! Maus Numes Ilatentes teus!

HÉCUBA

Com faixas medicarei tuas chagas,
mísera médica, nomeada e inativa!
Entre os mortos o pai cuidará de ti.

CORO

Ataca, ataca a cabeça 1235
com remadas de mão!
Ió moí moi!

HÉCUBA

Ó caríssimas mulheres!

CORO

Hécuba, diz às tuas que voz tens!

HÉCUBA

Entre Deuses havia só minhas dores, 1240
Troia, discriminada detestada urbe,
e nossas vãs imolações de bois. Deus
se não virasse e revirasse todo o solo,
seríamos ignotos, não hinos de Musas,
sendo canções de posteriores mortais. 1245
Ide! Sepultai morto em mísera tumba!
Tem como deves as coroas dos ínferos!
Creio que pouco importa aos mortos
se têm a sorte de opulentos funerais,
esse vazio alarde pertence aos vivos. 1250

CORO

Iò ió!
Mísera mãe que perdeu em ti 1251

ἐλπίδας ἐν σοὶ κατέκναψε βίου·
μέγα δ᾽ ὀλβισθεὶς ὡς ἐκ πατέρων
ἀγαθῶν ἐγένου
δεινῶι θανάτωι διόλωλας. 1255
ἔα ἔα·
τίνας Ἰλιάσιν τούσδ᾽ ἐν κορυφαῖς 1256
λεύσσω φλογέας δαλοῖσι χέρας
διερέσσοντας; μέλλει Τροίαι
καινόν τι κακὸν προσέσεσθαι.

ΤΑΛΘΥΒΙΟΣ

αὐδῶ λοχαγοῖς, οἳ τέταχθ᾽ ἐμπιμπράναι 1260
Πριάμου τόδ᾽ ἄστυ, μηκέτ᾽ ἀργοῦσαν φλόγα
ἐν χερσὶ σώιζειν ἀλλὰ πῦρ ἐνιέναι,
ὡς ἂν κατασκάψαντες Ἰλίου πόλιν
στελλώμεθ᾽ οἴκαδ᾽ ἄσμενοι Τροίας ἄπο.
ὑμεῖς δ᾽, ἵν᾽ αὑτὸς λόγος ἔχηι μορφὰς δύο, 1265
χωρεῖτε, Τρώων παῖδες, ὀρθίαν ὅταν
σάλπιγγος ἠχὼ δῶσιν ἀρχηγοὶ στρατοῦ,
πρὸς ναῦς Ἀχαιῶν, ὡς ἀποστέλλησθε γῆς.
σὺ δ᾽, ὦ γεραιὰ δυστυχεστάτη γύναι,
ἕπου· μεθήκουσίν σ᾽ Ὀδυσσέως πάρα 1270
οἵδ᾽, ὧι σε δούλην κλῆρος ἐκπέμπει πάτρας.

ΕΚΑΒΗ

οἲ ᾽γὼ τάλαινα· τοῦτο δὴ τὸ λοίσθιον
καὶ τέρμα πάντων τῶν ἐμῶν ἤδη κακῶν·
ἔξειμι πατρίδος, πόλις ὑφάπτεται πυρί.
ἀλλ᾽, ὦ γεραιὲ πούς, ἐπίσπευσον μόλις, 1275
ὡς ἀσπάσωμαι τὴν ταλαίπωρον πόλιν.
ὦ μεγάλα δή ποτ᾽ ἀμπνέουσ᾽ ἐν βαρβάροις
Τροία, τὸ κλεινὸν ὄνομ᾽ ἀφαιρήσηι τάχα.
πιμπρᾶσί σ᾽, ἡμᾶς δ᾽ ἐξάγουσ᾽ ἤδη χθονὸς
δούλας. ἰὼ θεοί· καὶ τί τοὺς θεοὺς καλῶ; 1280
καὶ πρὶν γὰρ οὐκ ἤκουσαν ἀνακαλούμενοι.

as grandes esperanças da vida!
Com grande riqueza nasceste
de nobres pais,
por terrível morte te perdes. 1255
Éa éa!
Quem aqui no topo de Ílion 1256
vejo remar mãos flamejantes
de tochas? Um novo mal
irá se aproximar de Troia.

TALTÍBIO

Digo aos chefes incumbidos de queimar 1260
a urbe de Príamo que não mais conservem
nas mãos chama inativa mas lancem fogo
para que nós devastemos a urbe de Ílion
e partamos de Troia para casa contentes.
Vós, para a mesma fala ter duas formas, 1265
ide, ó povo troiano, aos navios aqueus
ao soarem o grito estrídulo de salpinge
os guias de tropa, para irdes desta terra!
Tu, ó velha mulher de mais árdua sorte,
segue-os, que te procuram por Odisseu, 1270
a quem serva o sorteio te envia da pátria!

HÉCUBA

Ai, mísera de mim! Este é o extremo
e o último já de todos os meus males!
Irei da pátria, a urbe arde em chamas.
Vamos, ó velho pé! Apressa-te apenas, 1275
para me despedir da profligada urbe!
Ó outrora grande vida entre bárbaros,
Troia, logo perderás o ínclito nome.
Queimam-te, já nos levam do solo,
servas! *Ió*, Deuses! Por que os invoco? 1280
Invocados também antes não ouviram.

φέρ' ἐς πυρὰν δράμωμεν· ὡς κάλλιστά μοι
σὺν τῆιδε πατρίδι κατθανεῖν πυρουμένηι.

ΤΑΛΘΥΒΙΟΣ

ἐνθουσιᾶις, δύστηνε, τοῖς σαυτῆς κακοῖς.
ἀλλ' ἄγετε, μὴ φείδεσθ'· Ὀδυσσέως δὲ χρὴ 1285
ἐς χεῖρα δοῦναι τήνδε καὶ πέμπειν γέρας.

ΕΚΑΒΗ

ὀτοτοτοτοῖ. Est. 1
Κρόνιε, πρύτανι Φρύγιε, γενέτα
†πάτερ ἀνάξια τῆς Δαρδανίου†
γονᾶς, τάδ' οἷα πάσχομεν δέδορκας; 1290

ΧΟΡΟΣ

δέδορκεν· ἁ δὲ μεγαλόπολις
ἄπολις ὄλωλεν οὐδ' ἔτ' ἔστι Τροία. 1293

ΕΚΑΒΗ

ὀτοτοτοτοῖ. Ant. 1
†λέλαμπεν Ἴλιος, Περ- 1295
γάμων τε πυρὶ καταίθεται τέραμνα
καὶ πόλις ἄκρα τε τειχέων†.

ΧΟΡΟΣ

πτέρυγι δὲ καπνὸς ὥς τις οὐ-
ρίαι πεσοῦσα δορὶ καταφθίνει γᾶ.
[μαλερὰ μέλαθρα πυρὶ κατάδρομα 1300
δαΐωι τε λόγχαι.]

ΕΚΑΒΗ

ἰὼ γᾶ τρόφιμε τῶν ἐμῶν τέκνων. Est. 2

ΧΟΡΟΣ

ἒ ἔ.

Corramos para o fogo, que para mim
é melhor morrer no fogo com a pátria!

TALTÍBIO

Mísera, tu te inspiras em teus males!
Mas levai, não poupeis, deveis levar 1285
e dar em mãos o prêmio de Odisseu!

HÉCUBA

Otototototoî! Est. 1
Ó Crônida, prítane frígio, pai
genitor, sabes que padecemos
dor indigna da prole de Dárdano? 1290

CORO

Ele sabe, a grande urbe ruiu
inurbana, não há mais Troia! 1293

HÉCUBA

Otototototoî! Ant. 1
Ílion refulge, ardem 1295
as casas de Pérgamo,
urbe e altos muros.

CORO

Qual fumaça de asa favorável,
ao cair sob lança, a terra finda.
Forte o fogo e a arma inimiga 1300
percorrem as casas.

HÉCUBA

Ió! Terra nutriz dos meus filhos! Est. 2

CORO

È é!

ΕΚΑΒΗ

ὦ τέκνα, κλύετε, μάθετε ματρὸς αὐδάν. 1303

ΧΟΡΟΣ

ἰαλέμωι τοὺς θανόντας ἀπύεις.

ΕΚΑΒΗ

γεραιά γ' ἐς πέδον τιθεῖσα μέλε' <ἐμὰ> 1305
καὶ χερσὶ γαῖαν κτυποῦσα δισσαῖς.

ΧΟΡΟΣ

διάδοχά σοι γόνυ τίθημι γαίαι
τοὺς ἐμοὺς καλοῦσα νέρθεν
ἀθλίους ἀκοίτας.

ΕΚΑΒΗ

ἀγόμεθα φερόμεθ'

ΧΟΡΟΣ

ἄλγος ἄλγος βοᾶις. 1310

ΕΚΑΒΗ

δούλειον ὑπὸ μέλαθρον.

ΧΟΡΟΣ

ἐκ πάτρας γ' ἐμᾶς.

ΕΚΑΒΗ

ἰὼ ἰώ, Πρίαμε Πρίαμε,
σὺ μὲν ὀλόμενος ἄταφος ἄφιλος
ἄτας ἐμᾶς ἄιστος εἶ.

ΧΟΡΟΣ

μέλας γὰρ ὄσσε κατεκάλυ- 1315
ψε θάνατος ὅσιος ἀνοσίοις σφαγαῖσιν.

HÉCUBA

Filhos, ouvi! Notai voz materna! 1303

CORO

Com o pranto invocas os mortos.

HÉCUBA

Com meus velhos membros no chão, 1305
batendo na terra com ambas as mãos.

CORO

Após ti, ajoelho-me na terra,
chamando dos ínferos o meu
mísero esposo.

HÉCUBA

Guiadas, levadas.

CORO

Dor, dor entoas. 1310

HÉCUBA

Sob teto servil.

CORO

Longe da pátria.

HÉCUBA

Iò ió! Príamo! Príamo!
Finado, insepulto, sem amigos,
ignoras a minha ruína.

CORO

Negra Morte cobriu os olhos, 1315
lícita nas ilícitas imolações.

ΕΚΑΒΗ

ἰὼ θεῶν μέλαθρα καὶ πόλις φίλα, Ant. 2

ΧΟΡΟΣ

ἒ ἔ.

ΕΚΑΒΗ

τὰν φόνιον ἔχετε φλόγα δορός τε λόγχαν. 1318

ΧΟΡΟΣ

τάχ᾽ ἐς φίλαν γᾶν πεσεῖσθ᾽ ἀνώνυμοι.

ΕΚΑΒΗ

κόνις δ᾽ ἴσα καπνῶι πτέρυγι πρὸς αἰθέρα 1320
ἄιστον οἴκων ἐμῶν με θήσει.

ΧΟΡΟΣ

ὄνομα δὲ γᾶς ἀφανὲς εἶσιν· ἄλλαι δ᾽
ἄλλο φροῦδον, οὐδ᾽ ἔτ᾽ ἔστιν
ἁ τάλαινα Τροία.

ΕΚΑΒΗ

ἐμάθετ᾽, ἐκλύετε;

ΧΟΡΟΣ

περγάμων <γε> κτύπον. 1325

ΕΚΑΒΗ

ἔνοσις ἅπασαν ἔνοσις

ΧΟΡΟΣ

ἐπικλύζει πόλιν.

HÉCUBA

Ió! Templos de Deuses e urbe nossa! Ant. 2

CORO

È é!

HÉCUBA

Tendes flama letal e lígnea lança. 1318

CORO

Logo em vossa terra caireis anônimos.

HÉCUBA

Igual a fumaça alada para o céu, 1320
a cinza me fará ignorar minha casa.

CORO

Invisível vai o nome da terra,
cada qual a seu modo se foi,
não há mais a mísera Troia.

HÉCUBA

Notastes? Ouvistes?

CORO

Fragor de Pérgamo. 1325

HÉCUBA

Abalo, abalo inunda...

CORO

... toda a urbe.

ΕΚΑΒΗ

ἰὼ <ἰώ>, τρομερὰ τρομερὰ
μέλεα, φέρετ᾽ ἐμὸν ἴχνος· ἴτ᾽ ἐπὶ 1329
δούλειον ἁμέραν βίου. 1330

ΧΟΡΟΣ

ἰὼ τάλαινα πόλις. ὅμως
δὲ πρόφερε πόδα σὸν ἐπὶ πλάτας Ἀχαιῶν.

HÉCUBA

Iò ió! Levai-me o passo,
trêmula, trêmula, mísera! 1329
Ide ao dia servil da vida! 1330

CORO

Iò! Mísera urbe! Leva, porém,
teus pés aos remos de aqueus!

IFIGÊNIA EM TÁURIDA

Justiça e salvação

Jaa Torrano

A questão da justiça na tragédia *Ifigênia em Táurida*[1] se coloca como a relação entre os Deuses e os mortais, e se desdobra nos temas interligados do sacrifício de vítimas humanas e das saudades da Grécia, os quais, do segundo episódio em diante, se fundem e se convertem no tema da salvação como variante da justiça divina.

O prólogo se compõe do monólogo de Ifigênia (em Táurida) e do diálogo entre Orestes e Pílades diante do templo táurico de Ártemis. Táurida é a atual Crimeia, na península de Quersoneso, ao norte do Mar Negro, outrora chamado *Póntos Áxeinos* ("Mar Inóspito"), como nesta tragédia, mas também, por antífrase, *Póntos Êuxeinos* ("Mar Hospitaleiro").

O monólogo prologal se articula em quatro partes: 1) a genealogia de Ifigênia (vv. 1-5); 2) a evocação do sacrifício em Áulida, cuja vítima é a própria Ifigênia e cujo ofertante é o seu pai Agamêmnon, quando a Deusa Ártemis, destinatária desse sacrifício, trocou a vítima humana por uma corça e transportou-a à Táurida, onde a instalou em seu templo como sua sacerdotisa (vv. 6-34); 3) a crítica velada e discreta às leis (se não à Deusa) que instituem o sacrifício dos gregos aportados nessa terra (vv. 35-41); e 4) a narrativa do sonho em que ela consagra o seu

---

[1] A tradução do título *Iphigéneia he en Taúrois* por *Ifigênia em Táurida* se justifica: 1) pela correspondência gramatical; 2) pela analogia; 3) pela eufonia; e 4) pela economia poética. Em grego clássico, o adjetivo étnico no dativo plural precedido da preposição *en* ("em") se usa com função de locativo como equivalente do topônimo no dativo com a mesma preposição. Assim sendo, a tradução do título desta tragédia por "em Táurida", em vez de "entre os tauros", se justifica pela correspondência gramatical, mas também pela analogia com o de *Ifigênia em Áulida*, além da eufonia e da concisão, elementos importantes da economia poética. O que vale dizer que já a formulação do título como *Ifigênia entre os Tauros* é um indiscreto indício de tradução marcada por prolixidade e prosaísmo.

irmão Orestes como vítima sacrificial e a interpretação desse sonho como um anúncio de que Orestes está morto (vv. 42-66).

O diálogo prologal, quando Orestes e Pílades se identificam mutuamente chamando um ao outro pelo nome, ao mostrá-los vivos, refuta a interpretação dada ao sonho por Ifigênia, mas confirma o sonho mesmo, ao mencionar o altar manchado de sangue e despojos de vítimas nos frisos como indício do que aguarda infelizes intrusos. Sob intenso infortúnio, Orestes oscila entre extremos de confiança e desespero: por um lado, a confiança em Apolo, cujo oráculo o leva a essa viagem em busca do ídolo de Ártemis caído do céu, por expiação do matricídio[2] e consequente libertação das punitivas Eríníes, e, por outro lado, o desespero, em que acusa Apolo de conduzi-lo a uma cilada e sugere a fuga antes que os prendam e matem. Pílades o exorta à coragem e confiança no oráculo divino, e propõe o plano de esperar a noite ocultos alhures para furtar o ídolo do templo. No momento de manifesto desespero de Orestes, Pílades propôs um plano cuja ação traz consigo uma possibilidade de êxito e salvação.

No párodo, o coro de servas gregas da sacerdotisa de Ártemis invoca a Deusa caçadora, saudosas das torres gregas e da casa paterna na Europa, e indaga à sacerdotisa Ifigênia por que as chamou, evocando também a expedição de ínclitos Atridas às torres troianas. Ifigênia em fúnebres lamúrias revela a interpretação do sonho e a intenção de oferecer libações ao irmão supostamente morto, pede-lhes auxílio e insta ao irmão aceitar as ofertas funerárias possíveis a ela tão longe da pátria. Em responsório lastimoso o coro alude aos infortúnios da casa dos Atridas: a inversão do curso do Sol, quando Atreu matou seu irmão Tiestes por lhe ter furtado o cordeiro de velo de ouro, distintivo da realeza, e o Nume punitivo ressurgente nessa casa. Ifigênia deplora seu "Nume de difícil Nume" (*dysdaímon daímon*, v. 203), lembra suas núpcias deceptivas em Áulida, noiva não de Aquiles, mas de Hades, e contrapõe sua anterior condição de princesa cortejada dos gregos à atual em casa inculta e inóspita, sem marido, nem filho, nem pátria, nem parentes, e contrapõe ainda as jubilosas festas de Hera em Argos, equivalentes das Panateneias, aos sacrifícios táuricos, chorosos, de hós-

[2] Cf. *Electra* em Eurípides, *Teatro completo III: As Suplicantes, Electra, Héracles*, estudos e traduções de Jaa Torrano, São Paulo, Editora 34, 2023.

pedes ensanguentados, e por fim retorna ao pranto do irmão que supõe morto.

No primeiro episódio, um boiadeiro, vindo da praia, anuncia a Ifigênia a captura de dois jovens, de cuja lustração e consagração ela se incumbiria. Sabe-se que são gregos e o nome de um deles, Pílades, mas este é desconhecido de Ifigênia, como antecipado no monólogo prologal (v. 60).

Segundo o relato, os boiadeiros avistam dois jovens na praia. Um dos boiadeiros, reverente, os toma por divindades marinhas e outro lhes dirige preces, mas outro, insolente, pensa que são náufragos, escondidos por medo da lei local que manda imolar estrangeiros, e propõe que os capturem. Um dos jovens, acometido de surto, descreve para seu companheiro de nome Pílades a visão das Erínies que o perseguem e ataca o rebanho com uma faca como se as repelisse. Ao cair, com espuma na boca, o companheiro o protege, limpa a espuma e o defende do ataque dos boiadeiros; ao recuperar-se, exorta o companheiro ao ataque e juntos ambos mantêm os agressores à distância, mas por fim, desarmados por pedradas, são presos. Por um lado, o boiadeiro reverente se enganou a respeito deles, porque não eram divindades marinhas, mas, por outro lado, o insolente também se enganou, porque não eram náufragos nem amedrontados, mas nobres, hábeis guerreiros, inspirados e conduzidos por um oráculo divino. O mensageiro conclui o relato atribuindo a Ifigênia os sentimentos possivelmente compartilhados entre os tauros: que ela desejasse tais imolações e que, ao consagrar os prisioneiros gregos, retaliasse e fizesse justiça à tentativa de sua imolação em Áulida.

Em reação a esse relato, Ifigênia reflete no efeito que sobre si teria a suposta perda do irmão, imagina que retaliação teria se Helena e Menelau aportassem em Táurida, recorda as inúteis súplicas ao pai em Áulida e se enternece com a lembrança de seu irmão Orestes então nos braços da mãe. Por fim, reflete nas contradições que envolvem a Deusa, que não admite contatos impuros em seu altar, "mas gosta de sacrifícios homicidas" (v. 383). Tanta inépcia não lhe parece possível à filha de Leto, esposa de Zeus, nem lhe parece crível a legendária festa em que seu antepassado Tântalo teria oferecido como iguaria carnes do próprio filho aos Deuses. Acredita que os tauros, por serem homicidas, atribuem a vileza deles próprios à Deusa, e conclui com a suposição de que nenhum Nume é mau. Sua crença repercute a antiga crítica de Xenófanes aos Deuses tradicionais,[3] e sua suposição prefigura o critério da crítica de Platão à representação dos Deuses pelos poetas.[4]

No primeiro estásimo, o coro inicialmente interpela as águas do Bósforo, associadas ao trânsito de Io da Europa à Ásia, sob ataque do tavão desde Argos, e indaga quem do rio espartano Eurota ou do rio tebano Dirce veio à terra onde rituais homicidas molham o altar e o templo da virgem divina. Na primeira antístrofe, indaga se a ambição de opulência e as esperanças insaciáveis motivariam esses navegadores, a uns falta o senso de medida, a outros no entanto basta a moderação. Na segunda estrofe, evoca o itinerário mítico dos navegadores, desde as Simplégades, pela orla trácia do rei Fineu, o fragor de Anfitrite, o coro de Nereidas, os sopros de Zéfiro, até a alva praia onde ainda corria o espectro de Aquiles, cultuado por gregos colonos de regiões do Mar Negro desde o século VII a.C. Na segunda antístrofe, o coro reitera a imaginária degola de Helena em Táurida, em retaliação de Ifigênia, e o seu próprio desejo saudoso de regressar à pátria.

No segundo episódio, o corifeu anuncia a entrada dos dois prisioneiros conduzidos pela guarda real para o sacrifício, pede silêncio, e sua admiração pela nobreza dos jovens se revela tanto ao designá-los "primícias" (*akrothínia*, v. 459) quanto ao confirmar que era verídico o anúncio do boiadeiro. Em seguida, o corifeu faz uma prece a Ártemis, que tanto intensifica a expectativa do sacrifício humano quanto reitera a velada crítica de Ifigênia às leis táuricas que instituem tal.[5]

Ao ver-se diante dos prisioneiros, Ifigênia, como o corifeu, é tocada pela nobreza deles e, de imediato, ao perguntar quem são, assume o ponto de vista da irmã deles (vv. 472-5). Comovida com a sorte dos prisioneiros, tenta aplacar a expectativa da morte com o pensamento tradicional de que são imprevisíveis a intervenção dos Deuses e a sorte dos homens, mas insiste em saber donde vieram (vv. 476-81).

Orestes com desdenhosa altivez rejeita a solidariedade: ainda que "desesperado de salvação" (*soterías ánelpis*, v. 487) diante da morte, rejeita pranto e comiseração para não duplicar o mal iminente. Nessa conjuntura, surge o tema da "salvação", palavra que significará esca-

[3] Xenófanes, fragmentos B 1.21-24 e B 11-16 DK.

[4] Cf. Platão, *República*, 379b.

[5] Cf. vv. 465-6 (e também 35-41).

par à morte sacrificial, cumprir a missão apolínea de furtar o ícone divino e levando-o consigo repatriar-se a si mesmo e aos seus. No entanto, essa atitude sobranceira de Orestes retardará o reconhecimento nesse reencontro de irmãos que se creem um ao outro mortos.

Na extensa esticomitia (vv. 492-571), Ifigênia indaga e insiste em saber, Orestes dissimula e sonega, tentando preservar-se. Quando ela lhe pergunta o nome, ele escamoteia: "Justo nome seria '*O-de-má-sorte*'" (*Dystykhés*, v. 500), ela rejeita a escamotagem com o trocadilho: "Não isso indago; isso *dês à sorte*" (*dòs têi týkhei*, v. 501). Contudo, Ifigênia consegue apurar que: os prisioneiros não são irmãos, são argivos, Troia foi destruída, Helena e Menelau retornaram a Esparta, o adivinho Calcas está morto, Odisseu ainda não regressou ao lar, Aquiles está morto, Agamêmnon foi morto pela esposa, punida com a morte pelo próprio filho (Orestes), a filha Electra resta solteira em casa, a filha (Ifigênia) imolada é tida por morta entre os argivos, e — por fim — apura que Orestes está vivo.

Ao saber que seu irmão ainda está vivo, confundindo o sonho e a interpretação, Ifigênia exclama aliviada: "Salve, sonhos falsos! Ora, éreis nada!" (v. 569). A ironia reside em que, se não fosse a opacidade do real, a interpretação se revelaria falsa e o sonho, verídico.

A mesma ironia — provocada pela opacidade dos acontecimentos — ressoa no comentário amargo de Orestes à exclamação aliviada de Ifigênia, ao queixar-se ele de que "nem os assim ditos sábios Numes/ mentem menos que os sonhos alados" (vv. 570-1). Continuando o seu lamento, Orestes deplora que "não néscio persuadido por adivinhos/ morreu como morreu aos sabedores" (vv. 574-5), explicitando-se então que "os assim ditos sábios Numes" bem como os "adivinhos" referem-se a Apolo, a quem Orestes — "desesperado de salvação" (cf. v. 487) — acusa de tê-lo matado por o ter induzido com revelações oraculares a essa aventura em Táurida.

O coro saúda o alívio de Ifigênia trazido pelas notícias de Argos com a indagação sobre o destino de seus próprios pais e sobre quem o diria (vv. 576-7). Essa indagação remete ao resgate do coro, prometido por Ifigênia (v. 1068), ordenado por Palas Atena (v. 1468) e acatado pelo rei tauro Toas (vv. 1483-5).

Imerso em taciturno sentimento de derrelição e desespero, Orestes ouve um inopinado aceno de salvação, quando Ifigênia propõe salvá-lo, se levasse a amigos em Argos a carta que um prisioneiro escrevera, condoído dela e convencido de que não a ela, mas à lei dos tauros, cabia culpa da morte que o aguardava. Na proposta de Ifigênia, a palavra "salvação" e seus cognatos assomam e acenam quatro vezes (*sósaimi*, *sotheís*, *sótheti*, *soterían*, vv. 582, 589, 593, 594).

Orestes contrapropõe que seu companheiro Pílades fosse o portador, pois as leves letras da carta lhe seriam graves e a salvação ingrata, se fosse salvo graças à morte de seu companheiro. Ifigênia o congratula pela nobreza da amizade, exprime o voto de que assim tão nobre possa ser o seu irmão, cuja existência relembra, ainda que lhe seja invisível, e aceita a substituição do portador. A impressentida ironia que ressoa nessas palavras ressalta o limite inerente à compreensão humana da própria situação e de si mesmo.

Ignorada e insuspeitada, a ironia se prolonga, quando Orestes indaga quem o imolaria e Ifigênia o informa dos passos do ritual. Ele exclama: "Como a mão da irmã me sepultaria?" (v. 627), certamente pensando em Electra; Ifigênia diz que essa prece é vã, mas promete-lhe substituir a irmã quanto possível nos cuidados funerais. Em seguida, anuncia que vai ao santuário da Deusa para buscar a carta aos seus em Argos e recomenda aos servos que guardem os prisioneiros sem grilhões.

O segundo estásimo configura um *kommós*, em que na primeira estrofe o coro se dirige a Orestes deplorando o sacrifício iminente, mas este denega o pranto e saúda o coro de forasteiras; na segunda estrofe, o coro se dirige a Pílades congratulando-o pela sorte venturosa de regressar à pátria, mas este por sua vez denega a congratulação e lamenta que com infâmia sobreviva ao amigo; no epodo, o coro pondera os infortúnios diversos dos dois amigos, incapaz de apontar qual deva prantear antes.

No terceiro episódio, na primeira cena, Orestes inquire Pílades da sacerdotisa e conjectura que ela seja argiva, mas algo mais grave aflige Pílades, que não quer se salvar sem Orestes, mas morrer com ele, porque tem pavor e vergonha de que, salvo a sós, em Argos o acusem de ter matado Orestes e ter-se casado com Electra para herdar o trono argivo.

Orestes lhe pede silêncio e argumenta que para ele, Orestes, com os males que tem dos Deuses, está bem morrer, mas que Pílades é feliz e tem a casa pura, por isso deve salvar-se, casar-se com Electra e ter filhos, para assim lhe preservar o nome e a casa. Orestes ainda pede a Pílades que honre sua memória com um túmulo (cenotáfio) e oferendas funerárias, e por fim declara que Apolo, o Deus adivinho, lhe mentiu com a arte divinatória ao levá-lo a essa morte tão remota e tão longe da Grécia, como se envergonhado do anterior oráculo com que o persuadiu a matar a mãe.

Pílades lhe assegura que fará os funerais e que desposará e não abandonará a irmã, permanecendo amigo após a morte ainda mais do que durante a vida. No entanto, tenta infundir-lhe confiança, lembrando-lhe que o oráculo do Deus ainda não o destruiu e que, apesar da morte iminente, mesmo a pior situação pode sofrer completa mudança.

Na segunda cena, Ifigênia retorna, manda que os servos se retirem para preparar a imolação no interior do templo, e pede a Pílades que sele com juramento a promessa de entregar a carta em Argos. Orestes exige de Ifigênia em contrapartida o juramento de que deixará Pílades sair vivo da terra bárbara. Ela jura por Ártemis, ele, por Zeus rei do céu, e coincidentemente cada qual por sua vez propõe a mesma punição, caso quebre o juramento: não mais regressar a Argos. Já essa coincidência na proposta de punição por eventual perjúrio aponta para a convergência e solidariedade dos destinos.

Nesse ínterim ocorre a Pílades ressalvar que o juramento ficaria inválido se, náufrago, perdesse a carta e só lhe restasse a vida. Para eliminar essa ressalva, Ifigênia se dispõe a dizer-lhe o conteúdo da carta, de modo que "se salvares a vida, salvarás minha fala" (v. 765). Ora, a carta relata que Ifigênia foi salva por Ártemis da imolação em Áulida e instalada nessa terra, onde está viva e pede a seu irmão Orestes que a resgate e leve a Argos. Assim se revelam a Pílades e a Orestes as identidades de Ifigênia e do destinatário de sua carta, e Pílades precisa de apenas alguns passos para cumprir o juramento de entregar a carta a Orestes.

Em seguida, superada aos poucos a incrédula resistência, o reconhecimento de Orestes por Ifigênia se dá mediante a menção de Orestes a conhecimentos exclusivos da família: o que ele ouviu de Electra (a rixa entre Atreu e Tiestes, o disputado cordeiro de ouro), os motivos tecidos por Ifigênia (a rixa dos irmãos e a mudança do Sol), o banho de Ifigênia em Áulida, o feixe de seus cabelos dado à mãe, e a lança de Pélops ocultada no quarto de Ifigênia.

Ao mútuo reconhecimento segue o canto em que Orestes contido e Ifigênia transbordante manifestam o júbilo do reencontro. Ifigênia evoca a pátria com gratidão, relembra o sacrifício em Áulida, as alegadas núpcias com Aquiles e a ousadia paterna, e retorna à situação presente com o já superado risco de matar o próprio irmão e com os ainda pendentes riscos que cercam o retorno do irmão à pátria.

Pílades interrompe o enlevo dos irmãos exortando-os à ação. Ifigênia, no entanto, ainda pede notícias de Electra. Na esticomitia, tem notícias dela e da identidade de Pílades, nascido depois do sacrifício em Áulida (cf. vv. 60 e 920-1) e casado com Electra depois do matricídio, sendo assim o marido muito mais novo que a esposa. Na mesma sequência da esticomitia, Ifigênia é apresentada a seu primo e cunhado Pílades e toma conhecimento da morte da mãe, da morte do pai, da situação de Orestes em Argos, da ascensão de seu tio Menelau ao trono argivo e, por fim, de que o motivo da viagem de Orestes a Táurida foi o oráculo de Febo.

Para explicar de que oráculo se trata e de que trata esse oráculo, Orestes relata que, perseguido pelas Erínies após o matricídio, Apolo o encaminhou a Atenas onde havia o tribunal instituído por Zeus para o julgamento de Ares, poluído pela morte de Halirrótio. Essa etiologia do tribunal do Areópago alude ao mito de que Halirrótio, filho de Posídon, tentou violar Alcipe, filha de Ares, que por isso o matou (vv. 945-6). Uma segunda etiologia explica pela presença poluente do matricida Orestes em Atenas o ritual dos *khóes* ("côngios"), no segundo dia das festas Antestérias, quando cada um dos participantes tinha o seu próprio vinho, jarra e mesa, tanto nos lares quanto em público (vv. 947-60). Defendido por Febo Apolo e apoiado por Palas Atena, nesse julgamento Orestes é absolvido. Persuadidas pela justiça, algumas Erínies se tornam residentes e são entronizadas no templo próximo ao Areópago, mas outras não se deixam persuadir e continuam a persegui-lo sem trégua (vv. 961-71). Orestes de novo se refugia no templo délfico, onde prostrado em jejum diante do ádito ameaça Apolo de deixar-se morrer ali mesmo se o Deus não o salvasse. Em resposta, a voz do Deus o incumbe de ir a Táurida, pegar a estátua caída do céu e entronizá-la em Atenas (vv. 972-8). Orestes conclui o seu relato exortando a irmã a cooperar na salvação (*soterían*, v. 979) e explicita que a "salvação" seria a posse da estátua da Deusa, com o que cessaria o delírio e reconduziria a irmã num barco remeiro a Micenas (Argos), sendo "salvos" assim ele próprio e a casa paterna.

Ifigênia de imediato se dispõe a morrer pela salvação da casa e do irmão, mas Orestes recusa essa proposta sangrenta e diz preferir ter sorte igual à da irmã, seja indo com ela para casa, seja ficando morto ali com ela, e evoca a voz oracular de Apolo como garantia tanto da anuência de Ártemis ao furto da estátua quanto da esperança de obter o regresso.

Em nova esticomitia, os dois irmãos deliberam e elaboram o plano de furto e fuga. Primeiro Orestes sugere matar o rei, depois sugere ocultar-se no templo, mas cabe a Ifigênia imaginar o expediente viável e eficaz com que ludibriar o rei e lograr o furto e a fuga. Em situação similar, Orestes lembra Menelau pela canhestra proposta de regicídio e Ifigênia lembra Helena pela arte dolosa salvadora (vv. 1020, 1031 ss.).[6]

Elaborado o plano, Ifigênia pede silêncio e cooperação às mulheres do coro, não somente com atitude e gestos rituais de súplica, mas também com a promessa de salvá-las se se salvar. O coro solidário acata a súplica pedindo-lhe que só se salve e invocando Zeus por testemunha. Ifigênia então dirige uma prece a Ártemis pela salvação sua e dos seus — salvação de que diz depender tanto a verdade do oráculo dado por Apolo aos mortais quanto a retirada da imagem da benévola Deusa para além dessa terra bárbara (vv. 1082-6).

No terceiro estásimo (vv. 1089-151), na primeira antístrofe, o coro compara o canto choroso de Alcíone, transformada em ave, saudosa do marido morto, com o seu próprio canto saudoso da Grécia e de Delos, cujo monte Cíntio, loureiro, oliveira e lagoa evocam a presença de Ártemis parteira e Leto parturiente. Na primeira antístrofe, o coro rememora a sua própria história de cativas de guerra, trocadas por ouro para servirem à sacerdotisa da Deusa, junto a altares cujos sacrifícios não são de ovelhas, e lamenta que a lembrança da antiga boa sorte torne mais árduo o presente infortúnio. Na segunda estrofe, em contraste com sua própria permanência, o coro prevê o feliz retorno de Ifigênia à pátria, navegando ao som da flauta de Pã e da lira de Apolo. Na segunda antístrofe, o coro manifesta sua nostalgia no desejo de voar como o sol pelo céu de volta ao lar, onde e quando moça digna de ilustres núpcias em companhia da mãe dançava participando de concurso de coros.

No quarto episódio (vv. 1153-233), o diálogo entre o rei Toas e Ifigênia mostra a progressão da persuasão do rei pela habilidade dolosa de Ifigênia de modo a completar o ludíbrio do rei e assim impossibi-

[6] Cf. Eurípides, *Helena*, vv. 1044, 1050 ss.

litar toda reação e resistência dos bárbaros ao plano de fuga dos três gregos.

No quarto estásimo, na estrofe (vv. 1234-57), o hino a Apolo celebra o seu nascimento na ilha de Delos, os seus atributos da cítara e do arco, a sua ida a Delfos, sua vitória sobre a serpente guardiã do templo e a sua entronização no templo como verídico oráculo divino. Na antístrofe (vv. 1258-83), o hino evoca a reação da Deusa "Terra noturna" (*nýkhia Cthón*, v. 1261) que, reagindo à perda do oráculo de Delfos por sua filha Têmis, engendrou as visões divinatórias dos sonhos, que revelavam o presente, o passado e o futuro aos mortais, e como Apolo se defendeu dessa usurpação a seus privilégios, recorrendo à intervenção de seu pai Zeus, que por sua vez atendeu ao pedido do filho e privou de vozes fatídicas os sonhos, de modo a devolver a Apolo suas honrarias e aos mortais a coragem inspirada pelos vaticínios de Apolo em Delfos.

Esse hino a Apolo no quarto estásimo responde a quatro questões anteriores: por que e como o sonho de Ifigênia com a casa paterna seria verdadeiro, e por que e como a interpretação desse sonho por Ifigênia se verificaria falsa. A ironia reside em que Ifigênia, ao revelar-se falsa sua interpretação do sonho, confunde sua interpretação com o sonho e declara falsos os sonhos ("Salve, sonhos falsos! Ora, éreis nada!", v. 569), e solidário com essa depreciação do poder revelador dos sonhos, Orestes inclui nessa mesma depreciação "os assim ditos sábios Numes" (vv. 570 ss.) e lamenta que haja muita turvação entre os Deuses e os mortais, deplorando que (alguém não nomeado nem indicado por pronome) não sendo néscio, persuadido por falas de adivinhos, morreu como morreu para os sabedores (vv. 573-5) — não se mencionando a si mesmo para não explicitar a acusação contra Apolo.

Sobretudo, o hino responde à desesperada queixa de Orestes contra Apolo por, "pudico de anterior oráculo" (vv. 711-13), mentir, enganar e conduzi-lo ao mais longe da Grécia. Para refutar a razão desse desespero, o hino evoca a conquista do santuário oracular de Delfos pelo Deus Apolo e a garantia dessa conquista pela participação de Apolo em Zeus pai. Nessa refutação mediante o hino, o coro tem a autoridade das vozes múltiplas e uníssonas, confirmada no êxodo com a epifania da Deusa Atena.

No êxodo, na primeira cena, o mensageiro inquire os vigias do templo e os guardas do altar sobre o paradeiro do rei Toas; o coro intervém indagando o que acontecia e, informado da fuga dos três com o ícone num navio grego, o coro se trai ao declarar isso "incrível" (*ápiston*, v. 1293) e ao tentar afastar o mensageiro dali sem lhe indicar aonde ir; o mensageiro repele o coro com grave suspeição, declarando-o "incrível" (*ápiston*, v. 1298) no sentido de excluir a confiança, e clama pela presença do rei, dizendo-se "portador do fardo de más novas" (v. 1306).

Na segunda cena (vv. 1307-434), o rei Toas ouve do mensageiro o relato circunstanciado e sequencial da tentativa de fuga dos gregos identificados como filhos de Agamêmnon e a má notícia de que essa fuga ainda não está debelada. O rei dispara ordem de prisão contra os fugitivos e as penalidades devidas e cabidas.

Na terceira cena (vv. 1435-99), a epifania de Atena reconcilia os envolvidos no presente conflito e ainda para o porvir estabelece as instruções e as instituições reguladoras.

Ὑπόθεσις Ἰφιγενείας τῆς ἐν Ταύροις

Ὀρέστης κατὰ χρησμὸν ἐλθὼν εἰς Ταύρους τῆς Σκυθίας μετὰ Πυλάδου παραγενηθεὶς τὸ παρ᾽ αὐτοῖς τιμώμενον τῆς Ἀρτέμιδος ξόανον ὑφελέσται προῃρεῖτο. προελθὼν δ᾽ ἀπὸ τῆς νεὼς καὶ μανείς, ὑπὸ τῶν ἐντοπίων ἅμα τῶι φίλωι συλληφθεὶς ἀνήχθη κατὰ τὸν παρ᾽ αὐτοῖς ἐθισμόν, ὅπως τοῦ τῆς Ἀρτέμιδος ἱεροῦ σφάγιον γένωνται. τοὺς γὰρ καταπλεύσαντας ξένους ἀπέσφαττον.

ἡ μὲν σκηνὴ τοῦ δράματος ὑπόκειται ἐν Ταύροις τῆς Σκυθίας· ὁ δὲ χορὸς συνέστηκεν ἐξ Ἑλληνίδων γυναικῶν, θεραπαινίδων τῆς Ἰφιγενείας. προλογίζει δὲ Ἰφιγένεια.

τὰ τοῦ δράματος πρόσωπα· Ἰφιγένεια, Ὀρέστης, Πυλάδης, χορός, βουκόλος, Θόας, ἄγγελος, Ἀθηνᾶ [Ἀπόλλων].

Argumento

Orestes conforme o oráculo foi à Táurida na Cítia com Pílades e ao chegar surrupiava o ícone de Ártemis venerado por eles. Afastado do navio e enlouquecido, capturado com o amigo pelos nativos foi levado conforme o costume deles para ser a vítima no santuário de Ártemis, pois degolavam os estrangeiros lá desembarcados.

A cena se situa na Táurida na Cítia. O coro se compõe de mulheres gregas servidoras de Ifigênia. Ifigênia diz o prólogo.

Personagens do drama: Ifigênia, Orestes, Pílades, coro, boiadeiro, Toas, mensageiro, Atena.

Drama representado cerca de 414 a.C.

Ἰφιγένεια ἐν Ταύροις

ΙΦΙΓΕΝΕΙΑ

Πέλοψ ὁ Ταντάλειος ἐς Πῖσαν μολὼν
θοαῖσιν ἵπποις Οἰνομάου γαμεῖ κόρην,
ἐξ ἧς Ἀτρεὺς ἔβλαστεν· Ἀτρέως δὲ παῖς
Μενέλαος Ἀγαμέμνων τε· τοῦ δ' ἔφυν ἐγώ,
τῆς Τυνδαρείας θυγατρὸς Ἰφιγένεια παῖς, 5
ἣν ἀμφὶ δίνας ἃς θάμ' Εὔριπος πυκναῖς
αὔραις ἑλίσσων κυανέαν ἅλα στρέφει
ἔσφαξεν Ἑλένης οὕνεχ', ὡς δοκεῖ, πατὴρ
Ἀρτέμιδι κλειναῖς ἐν πτυχαῖσιν Αὐλίδος.
ἐνταῦθα γὰρ δὴ χιλίων νεῶν στόλον 10
Ἑλληνικὸν συνήγαγ' Ἀγαμέμνων ἄναξ,
τὸν καλλίνικον στέφανον Ἰλίου θέλων
λαβεῖν Ἀχαιοῖς τούς θ' ὑβρισθέντας γάμους
Ἑλένης μετελθεῖν, Μενέλεωι χάριν φέρων.
δεινῆι δ' ἀπλοίαι πνευμάτων τ' οὐ τυγχάνων 15
ἐς ἔμπυρ' ἦλθε, καὶ λέγει Κάλχας τάδε·
Ὦ τῆσδ' ἀνάσσων Ἑλλάδος στρατηγίας,
Ἀγάμεμνον, οὐ μὴ ναῦς ἀφορμίσηις χθονὸς
πρὶν ἂν κόρην σὴν Ἰφιγένειαν Ἄρτεμις
λάβηι σφαγεῖσαν· ὅτι γὰρ ἐνιαυτὸς τέκοι 20
κάλλιστον, ηὔξω φωσφόρωι θύσειν θεᾶι.
παῖδ' οὖν ἐν οἴκοις σὴ Κλυταιμήστρα δάμαρ
τίκτει — τὸ καλλιστεῖον εἰς ἔμ' ἀναφέρων —

Ifigênia em Táurida

[*Prólogo* (1-125)]

IFIGÊNIA

Pélops Tantálida foi a Pisa com éguas
velozes e desposa a filha de Enômao,
dela floriu Atreu e de Atreu os filhos
Menelau e Agamêmnon, e deste nasci
eu, Ifigênia, a filha da filha de Tindáreo, 5
que perto dos vórtices que Euripo vário
revolve com vento forte no mar escuro
o pai ao que parece imolou a Ártemis
por Helena no ínclito vale de Áulida.
Aí mesmo o rei Agamêmnon reuniu 10
a expedição grega de dez mil navios,
querendo obter coroa de bela vitória
em Ílion com aqueus e punir núpcias
ultrajadas de Helena, grato a Menelau.
Na terrível calmaria sem lograr ventos 15
consultou a pira e Calcas lhe diz isto:
"Ó soberano chefe do exército grego
Agamêmnon, não te zarparão do solo
antes que imoles a Ártemis tua filha
Ifigênia; prometeste à Deusa lucífera 20
sacrificar o mais belo produto do ano.
Tua esposa Clitemnestra em casa teve
a filha — referindo-se a mim o mais belo —

ἣν χρή σε θῦσαι. καί μ᾽ Ὀδυσσέως τέχναις
μητρὸς παρεῖλοντ᾽ ἐπὶ γάμοις Ἀχιλλέως. 25
ἐλθοῦσα δ᾽ Αὐλίδ᾽ ἡ τάλαιν᾽ ὑπὲρ πυρᾶς
μεταρσία ληφθεῖσ᾽ ἐκαινόμην ξίφει.
ἀλλ᾽ ἐξέκλεψεν ἔλαφον ἀντιδοῦσά μου
Ἄρτεμις Ἀχαιοῖς, διὰ δὲ λαμπρὸν αἰθέρα
πέμψασά μ᾽ ἐς τήνδ᾽ ᾤκισεν Ταύρων χθόνα, 30
οὗ γῆς ἀνάσσει βαρβάροισι βάρβαρος
Θόας, ὃς ὠκὺν πόδα τιθεὶς ἴσον πτεροῖς
ἐς τοὔνομ᾽ ἦλθε τόδε ποδωκείας χάριν.
ναοῖσι δ᾽ ἐν τοῖσδ᾽ ἱερέαν τίθησί με·
ὅθεν, νόμοισιν οἷσιν ἥδεται θεὰ 35
Ἄρτεμις, ἑορτῆς (τοὔνομ᾽ ἧς καλὸν μόνον·
τὰ δ᾽ ἄλλα σιγῶ, τὴν θεὸν φοβουμένη)
[θύω γὰρ ὄντος τοῦ νόμου καὶ πρὶν πόλει
ὃς ἂν κατέλθηι τήνδε γῆν Ἕλλην ἀνήρ]
κατάρχομαι μέν, σφάγια δ᾽ ἄλλοισιν μέλει 40
[ἄρρητ᾽ ἔσωθεν τῶνδ᾽ ἀνακτόρων θεᾶς].
ἃ καινὰ δ᾽ ἥκει νὺξ φέρουσα φάσματα
λέξω πρὸς αἰθέρ᾽, εἴ τι δὴ τόδ᾽ ἔστ᾽ ἄκος.
ἔδοξ᾽ ἐν ὕπνωι τῆσδ᾽ ἀπαλλαχθεῖσα γῆς
οἰκεῖν ἐν Ἄργει, παρθενῶσι δ᾽ ἐν μέσοις 45
εὕδειν, χθονὸς δὲ νῶτα σεισθῆναι σάλωι,
φεύγειν δὲ κἄξω στᾶσα θριγκὸν εἰσιδεῖν
δόμων πίτνοντα, πᾶν δ᾽ ἐρείψιμον στέγος
βεβλημένον πρὸς οὖδας ἐξ ἄκρων σταθμῶν.
μόνος δ᾽ ἐλείφθη στῦλος, ὡς ἔδοξέ μοι, 50
δόμων πατρώιων, ἐκ δ᾽ ἐπικράνων κόμας
ξανθὰς καθεῖναι, φθέγμα δ᾽ ἀνθρώπου λαβεῖν,
κἀγὼ τέχνην τήνδ᾽ ἣν ἔχω ξενοκτόνον
τιμῶσ᾽ ὑδραίνειν αὐτὸν ὡς θανούμενον,
κλαίουσα. τοὔναρ δ᾽ ὧδε συμβάλλω τόδε· 55
τέθνηκ᾽ Ὀρέστης, οὗ κατηρξάμην ἐγώ.
στῦλοι γὰρ οἴκων παῖδές εἰσιν ἄρσενες,
θνήισκουσι δ᾽ οὓς ἂν χέρνιβες βάλωσ᾽ ἐμαί.

que deves sacrificar." Odisseu com artes
retirou-me da mãe para desposar Aquiles. 25
E mísera fui a Áulida e erguida no alto
acima da pira ia ser morta por espada,
mas trocou-me por corça e subtraiu-me
Ártemis aos aqueus, e por brilhante céu
conduziu-me e instalou aqui em Táurida, 30
terra em que entre bárbaros é rei bárbaro
Toas, que fazendo veloz pé igual a asas
teve esse nome graças aos velozes pés.
Neste santuário me fez sacerdotisa;
donde a Deusa Ártemis se compraz 35
com suas leis festivas (belo só nome,
o mais me calo por temor da Deusa);
sacrifico, por ser a lei antiga na urbe,
o varão grego que aporte nesta terra;
consagro e cabe a outros a imolação 40
nefanda dentro do recinto da Deusa.
As visões novas que a Noite trouxe
direi ao céu, caso seja isso remédio.
Vi no sonho que afastada desta terra
morava em Argos e dormia no meio 45
do quarto, o dorso do solo se sacode,
fugi e parada do lado de fora vi cair
o friso da casa e todo o teto lançado
em ruína ao solo desde altas pilastras.
Um pilar restou, ao que me pareceu, 50
da casa paterna, e dos capiteis soltou
loira cabeleira e tomou voz humana,
e honrando esta arte de matar hóspede,
eu o aspergia, como a quem morreria,
chorosa. Este sonho assim interpreto: 55
está morto Orestes, quem consagrei.
Pilares da casa são os filhos varões
e morre quem teve lustrações minhas.

[οὐδ' αὖ συνάψαι τοὔναρ ἐς φίλους ἔχω·
Στροφίωι γὰρ οὐκ ἦν παῖς, ὅτ' ὠλλύμην ἐγώ.] 60
νῦν οὖν ἀδελφῶι βούλομαι δοῦναι χοὰς
ἀποῦσ' ἀπόντι (ταῦτα γὰρ δυναίμεθ' ἄν)
σὺν προσπόλοισιν, ἃς ἔδωχ' ἡμῖν ἄναξ
Ἑλληνίδας γυναῖκας. ἀλλ' ἐξ αἰτίας
οὔπω τινὸς πάρεισιν· εἶμ' ἔσω δόμων 65
ἐν οἷσι ναίω τῶνδ' ἀνακτόρων θεᾶς.

ΟΡΕΣΤΗΣ

ὅρα, φυλάσσου μή τις ἐν στίβωι βροτῶν.

ΠΥΛΑΔΗΣ

ὁρῶ, σκοποῦμαι δ' ὄμμα πανταχῆι στρέφων.

ΟΡΕΣΤΗΣ

Πυλάδη, δοκεῖ σοι μέλαθρα ταῦτ' εἶναι θεᾶς,
ἔνθ' Ἀργόθεν ναῦν ποντίαν ἐστείλαμεν; 70

ΠΥΛΑΔΗΣ

ἔμοιγ', Ὀρέστα· σοὶ δὲ συνδοκεῖν χρεών.

ΟΡΕΣΤΗΣ

καὶ βωμός, Ἕλλην οὗ καταστάζει φόνος;

ΠΥΛΑΔΗΣ

ἐξ αἱμάτων γοῦν ξάνθ' ἔχει θριγκώματα.

ΟΡΕΣΤΗΣ

θριγκοῖς δ' ὑπ' αὐτοῖς σκῦλ' ὁρᾶις ἠρτημένα;

ΠΥΛΑΔΗΣ

τῶν κατθανόντων γ' ἀκροθίνια ξένων. 75
ἀλλ' ἐγκυκλοῦντ' ὀφθαλμὸν εὖ σκοπεῖν χρεών.

Nem posso ligar o sonho a parentes;
quando morri, Estrófio era sem filho. 60
Agora ao irmão darei libações fúnebres
de ausente a ausente, isso poderíamos,
com as serventes, que o rei nos deu,
mulheres gregas. Mas por que ainda
não estão presentes? Entrarei dentro 65
deste recinto da Deusa, onde resido.

ORESTES

Vê, evita que haja mortal no caminho.

PÍLADES

Vejo, vigio voltando os olhos a tudo.

ORESTES

Pílades, parece-te o templo da Deusa,
para onde partimos de Argos por mar? 70

PÍLADES

Sim, Orestes. Devo concordar contigo.

ORESTES

E o altar, donde goteja sangue grego?

PÍLADES

De sangue, pois, os frisos estão fulvos.

ORESTES

Vês sob os frisos espólios pendidos?

PÍLADES

As primícias dos estrangeiros mortos. 75
Mas devo bem vigiar girando os olhos.

ΟΡΕΣΤΗΣ

ὦ Φοῖβε, ποῖ μ' αὖ τήνδ' ἐς ἄρκυν ἤγαγες
χρήσας, ἐπειδὴ πατρὸς αἷμ' ἐτεισάμην
μητέρα κατάκτας; διαδοχαῖς δ' Ἐρινύων
ἠλαυνόμεσθα φυγάδες ἔξεδροι χθονὸς 80
δρόμους τε πολλοὺς ἐξέπλησα καμπίμους·
ἐλθὼν δέ σ' ἠρώτησα πῶς τροχηλάτου
μανίας ἂν ἔλθοιμ' ἐς τέλος πόνων τ' ἐμῶν
[οὓς ἐξεμόχθουν περιπολῶν καθ' Ἑλλάδα]·
σὺ δ' εἶπας ἐλθεῖν Ταυρικῆς μ' ὅρους χθονός, 85
ἔνθ' Ἄρτεμίς σοι σύγγονος βωμοὺς ἔχει,
λαβεῖν τ' ἄγαλμα θεᾶς, ὅ φασιν ἐνθάδε
ἐς τούσδε ναοὺς οὐρανοῦ πεσεῖν ἄπο·
λαβόντα δ' ἢ τέχναισιν ἢ τύχηι τινί,
κίνδυνον ἐκπλήσαντ', Ἀθηναίων χθονὶ 90
δοῦναι (τὸ δ' ἐνθένδ' οὐδὲν ἐρρήθη πέρα)
καὶ ταῦτα δράσαντ' ἀμπνοὰς ἕξειν πόνων.
ἥκω δὲ πεισθεὶς σοῖς λόγοισιν ἐνθάδε
ἄγνωστον ἐς γῆν ἄξενον. σὲ δ' ἱστορῶ,
Πυλάδη (σὺ γάρ μοι τοῦδε συλλήπτωρ πόνου), 95
τί δρῶμεν; ἀμφίβληστρα γὰρ τοίχων ὁρᾶις
ὑψηλά· πότερα κλιμάκων προσαμβάσεις
ἐμβησόμεσθα; πῶς <ἂν> οὖν λάθοιμεν ἄν;
ἢ χαλκότευκτα κλῆιθρα λύσαντες μοχλοῖς
†ὧν οὐδὲν ἴσμεν†; ἢν δ' ἀνοίγοντες πύλας 100
ληφθῶμεν ἐσβάσεις τε μηχανώμενοι,
θανούμεθ'. ἀλλὰ πρὶν θανεῖν νεὼς ἔπι
φεύγωμεν, ἧιπερ δεῦρ' ἐναυστολήσαμεν.

ΠΥΛΑΔΗΣ

φεύγειν μὲν οὐκ ἀνεκτὸν οὐδ' εἰώθαμεν,
τὸν τοῦ θεοῦ δὲ χρησμὸν οὐκ ἀτιστέον. 105
ναοῦ δ' ἀπαλλαχθέντε κρύψωμεν δέμας
κατ' ἄντρ' ἃ πόντος νοτίδι διακλύζει μέλας
νεὼς ἄπωθεν, μή τις εἰσιδὼν σκάφος

ORESTES

Ó Febo, a que cilada tu me conduziste
com oráculo, ao punir a morte do pai
matando a mãe? Sucedendo-se Erínies,
fomos banidos, exilados, desterrados, 80
e perfiz muitos percursos fatigantes;
fui e perguntei a ti como teria o fim
da loucura errante e dos males meus
que padecia perambulando na Grécia;
disseste-me ir à fronteira da Táurida, 85
onde a tua irmã Ártemis tem altares,
pegar a estátua da Deusa, que dizem
ter caído do céu aqui neste santuário,
e quando a pegasse por artes ou sorte,
e corresse o risco, colocá-la em Atenas, 90
as consequências além não foram ditas,
e feito isso eu teria repouso dos males.
Persuadido por tua palavra estou aqui
nesta terra ignota inóspita e indago a ti,
Pílades, pois tu me auxilias neste mal, 95
que fazermos? Vês a cerca dos muros
alta, entraremos escalando os degraus?
Como nós passaríamos despercebidos?
Ou soltando traves brônzeas de trancas
que não conhecemos? Se nos pegarem 100
abrindo portas na tentativa de entrar,
morreremos. Antes que mortos, fujamos
no navio em que navegamos para cá.

PÍLADES

Fugir não é tolerável nem nosso hábito,
não se pode desonrar o oráculo divino. 105
Afastados do templo, ocultemo-nos
em gruta que negro mar banha úmida
longe do templo, não se veja o barco

βασιλεῦσιν εἴπηι κᾆιτα ληφθῶμεν βίαι.
ὅταν δὲ νυκτὸς ὄμμα λυγαίας μόληι, 110
τολμητέον τοι ξεστὸν ἐκ ναοῦ λαβεῖν
ἄγαλμα πάσας προσφέροντε μηχανάς.
†ὅρα δέ γ᾽ εἴσω τριγλύφων ὅποι κενὸν
δέμας καθεῖναι†· τοὺς πόνους γὰρ ἀγαθοὶ
τολμῶσι, δειλοὶ δ᾽ εἰσὶν οὐδὲν οὐδαμοῦ. 115
οὔτοι μακρὸν μὲν ἤλθομεν κώπηι πόρον
ἐκ τερμάτων δὲ νόστον ἀροῦμεν πάλιν.

ΟΡΕΣΤΗΣ

ἀλλ᾽ εὖ γὰρ εἶπας, πειστέον· χωρεῖν χρεὼν
ὅποι χθονὸς κρύψαντε λήσομεν δέμας.
οὐ γὰρ τὸ τοῦ θεοῦ γ᾽ αἴτιος γενήσομαι 120
πεσεῖν ἄχρηστον θέσφατον· τολμητέον.
μόχθος γὰρ οὐδεὶς τοῖς νέοις σκῆψιν φέρει.

ΙΦΙΓΕΝΕΙΑ

εὐφαμεῖτ᾽, ὦ
πόντου δισσὰς συγχωρούσας
πέτρας ἀξείνου ναίοντες. 125

ΧΟΡΟΣ

ὦ παῖ τᾶς Λατοῦς,
Δίκτυνν᾽ οὐρεία,
πρὸς σὰν αὐλάν, εὐστύλων
ναῶν χρυσήρεις θριγκούς,
ὁσίας ὅσιον πόδα παρθένιον 130
κληιδούχου δούλα πέμπω,
Ἑλλάδος εὐίππου πύργους
καὶ τείχη χόρτων τ᾽ εὐδένδρων
ἐξαλλάξασ᾽ Εὐρώπαν, 135
πατρῴων οἴκων ἕδρας.

nem denunciem ao rei nem nos peguem.
Quando vier o olho da Noite tenebrosa, 110
devemos ousar tirar a estátua polida
do templo recorrendo a todos os ardis.
Vê dentro dos tríglifos onde o vazio
deixa passagem; os bravos suportam
as fadigas, os moles não são de nada. 115
Não fizemos longo percurso a remo
e destes confins partiremos de volta.

ORESTES
Bem disseste, atendamos, devemos ir
aonde ocultos passemos despercebidos.
Não serei a causa de uma queda inútil 120
do oráculo divino. É preciso ousadia.
Nenhuma fadiga desculpa os jovens.

[*Párodo* (123-235)]

IFIGÊNIA
Guardai silêncio,
ó habitantes das duas pedras
convergentes do Mar Inóspito! 125

CORO
Ó filha de Leto
caçadora montesa
perante teu templo de belas
colunas com áureos frisos
levo o pio pé virgíneo 130
serva de pia guardiã, além
das torres gregas de belas éguas
e dos muros de hortos arborosos,
além de Europa, 135
sede da casa paterna.

ἔμολον· τί νέον; τίνα φροντίδ' ἔχεις;
τί με πρὸς ναοὺς ἄγαγες ἄγαγες,
ὦ παῖ τοῦ τᾶς Τροίας πύργους
ἐλθόντος κλεινᾶι σὺν κώπαι 140
χιλιοναύτα μυριοτευχοῦς
†Ἀτρειδᾶν τῶν κλεινῶν†;

ΙΦΙΓΕΝΕΙΑ
ἰὼ δμωαί,
δυσθρηνήτοις ὡς θρήνοις
ἔγκειμαι, τᾶς οὐκ εὐμούσου 145
μολπᾶς ἀλύροις ἐλέγοις, αἰαῖ,
ἐν κηδείοις οἴκτοισιν.
ἆταί μοι συμβαίνουσ' ἆται
σύγγονον ἁμὸν κατακλαιομέναι
†ζωᾶς, οἵαν ἰδόμαν† 150
ὄψιν ὀνείρων
νυκτὸς τᾶς ἐξῆλθ' ὄρφνα.
ὀλόμαν ὀλόμαν·
οὐκ εἴσ' οἶκοι πατρῶιοι·
οἴμοι <μοι> φροῦδος γέννα. 155
φεῦ φεῦ τῶν Ἄργει μόχθων.
ἰὼ δαῖμον,
μόνον ὅς με κασίγνητον συλᾶις
Ἀίδαι πέμψας, ὧι τάσδε χοὰς
μέλλω κρατῆρά τε τὸν φθιμένων 160
ὑγραίνειν γαίας ἐν νώτοις
παγάς τ' οὐρειᾶν ἐκ μόσχων
Βάκχου τ' οἰνηρὰς λοιβὰς
ξουθᾶν τε πόνημα μελισσᾶν, 165
ἃ νεκροῖς θελκτήρια χεῖται.
ἀλλ' ἔνδος μοι πάγχρυσον
τεῦχος καὶ λοιβὰν Ἅιδα.
ὦ κατὰ γαίας Ἀγαμεμνόνιον 170
θάλος, ὡς φθιμένωι τάδε σοι πέμπω.

Vim. Que é novo? Que te inquieta?
Por que me trazes, trazes ao templo,
ó filha de quem foi às torres troianas
com ínclito remo 140
de mil marujos de dez mil armas
de ínclitos Atridas.

IFIGÊNIA
Iò, servas,
em que pranto de difícil pranto
estamos, com nênias sem lira 145
da dança de não boa Musa, *aiaî*,
em fúnebres lamúrias!
Ruínas, ruínas me vêm
quando choro meu irmão
por sua vida, que visão 150
de sonhos vi
à noite de pretéritas trevas!
Sucumbi, sucumbi,
não há casa paterna,
oímoi, a prole se foi! 155
Pheû, pheû, dores argivas!
Iò, Nume,
que me tiras o único irmão
e envias a Hades! Verter-lhe-ei
estas libações, a taça de mortos 160
no dorso da terra,
os jatos de vacas montesas,
as libações víneas de Baco
e o lavor de fulvas abelhas, 165
delícias vertidas a mortos.
Mas dá-me áurea vasilha
e libação de Hades.
Ó Agamemnônida, envio-te 170
sob a terra estes dons fúnebres,

δέξαι δ'· οὐ γὰρ πρὸς τύμβον σοι
ξανθὰν χαίταν, οὐ δάκρυ' οἴσω.
τηλόσε γὰρ δὴ σᾶς ἀπενάσθην 175
πατρίδος καὶ ἐμᾶς, ἔνθα δοκήμασι
κεῖμαι σφαχθεῖσ' ἁ τλάμων.

ΧΟΡΟΣ

ἀντιψάλμους ᾠδὰς ὕμνων τ' 179
Ἀσιητᾶν σοι βάρβαρον ἀχάν, 180
δέσποιν', ἐξαυδάσω, τὰν ἐν
θρήνοις μοῦσαν νέκυσιν μέλεον,
τὰν ἐν μολπαῖς Ἅιδας ὑμνεῖ
δίχα παιάνων. 185
οἴμοι τῶν Ἀτρειδᾶν οἴκων.
ἔρρει φῶς σκῆπτρόν <τ'>, οἴμοι,
πατρίων οἴκων.
†τίν' ἐκ τῶν εὐόλβων Ἄργει
βασιλέων ἀρχά†. 190
μόχθος δ' ἐκ μόχθων ἄισσει
δινευούσαις ἵπποις πταναῖς.
ἀλλάξας δ' ἐξ ἕδρας ἱερὸν
†ὄμμ' αὐγᾶς ἅλιος†.
†ἄλλοις† δ' ἄλλα προσέβα 195
χρυσέας ἀρνὸς μελάθροις ὀδύνα
†φόνος ἐπὶ φόνωι ἄχεα ἄχεσιν†.
ἔνθεν τῶν πρόσθεν δμαθέντων
ἐκβαίνει ποινὰ Τανταλιδᾶν 200
εἰς οἴκους, σπεύδει δ' ἀσπούδαστ'
ἐπὶ σοὶ δαίμων.

ΙΦΙΓΕΝΕΙΑ

ἐξ ἀρχᾶς μοι δυσδαίμων
δαίμων <........................
...........> τᾶς ματρὸς ζώνας 205
καὶ νυκτὸς κείνας· ἐξ ἀρχᾶς

aceita-os, não levarei lágrimas
à tua tumba nem loiro cabelo,
removida para longe de tua 175
e minha pátria, onde se crê
que imolada jazo eu, a mísera.

CORO

Cantos responsórios e clamor 179
bárbaro de hinos asiáticos a ti, 180
ó senhora, cantarei esta Musa
mísera lastimosa dos mortos,
hineia-a nas danças de Hades
distante de peãs. 185
Oímoi, que casa de Atridas!
Oímoi, perecem luz e cetro
da casa paterna!
O poder de prósperos reis
argivos cabe a quem? 190
Dor irrompe de dores
nos giros das éguas aladas.
O Sol mudou de sede
a sacra vista do clarão.
Outros tetos têm outras 195
dores por áureo tosão,
morte por morte, dor por dor.
Donde dos mortos anteriores
emerge punição de Tantálidas 200
em casa, o Nume por ti
sem pressa se apressa.

IFIGÊNIA

Tenho, desde sempre,
Nume de difícil Nume,
desde a cintura da mãe 205
e da Noite, desde sempre

λόχιαι στερρὰν παιδείαν
Μοῖραι συντείνουσιν θεαί· 207
ἃν πρωτόγονον θάλος ἐν θαλάμοις 209
Λήδας ἁ τλάμων κούρα 210
σφάγιον πατρῴιαι λώβαι
καὶ θῦμ᾽ οὐκ εὐγάθητον
†ἔτεκεν ἔτρεφεν εὐκταίαν†.
ἱππείοις <δ᾽> ἐν δίφροισι
ψαμάθων Αὐλίδος ἐπέβασαν 215
νύμφαν, οἴμοι, δύσνυμφον
τῶι τᾶς Νηρέως κούρας, αἰαῖ.
νῦν δ᾽ ἀξείνου πόντου ξείνα
δυσχόρτους οἴκους ναίω,
ἄγαμος ἄτεκνος ἄπολις ἄφιλος, 220
ἁ μναστευθεῖσ᾽ ἐξ Ἑλλάνων, 208
οὐ τὰν Ἄργει μέλπουσ᾽ Ἥραν 221
οὐδ᾽ ἱστοῖς ἐν καλλιφθόγγοις
κερκίδι Παλλάδος Ἀτθίδος εἰκὼ
<καὶ> Τιτάνων ποικίλλουσ᾽, ἀλλ᾽
†αἱμορράντων δυσφόρμιγγα 225
ξείνων αἱμάσσουσ᾽ ἄταν βωμοὺς†
οἰκτράν τ᾽ αἰαζόντων αὐδὰν
οἰκτρόν τ᾽ ἐκβαλλόντων δάκρυον.
καὶ νῦν κείνων μέν μοι λάθα,
τὸν δ᾽ Ἄργει δμαθέντ᾽ ἀγκλαίω 230
σύγγονον, ὃν ἔλιπον ἐπιμαστίδιον
ἔτι βρέφος, ἔτι νέον, ἔτι θάλος
ἐν χερσὶν ματρὸς πρὸς στέρνοις τ᾽ 234
Ἄργει σκηπτοῦχον Ὀρέσταν. 235

ΧΟΡΟΣ
καὶ μὴν ὅδ᾽ ἀκτὰς ἐκλιπὼν θαλασσίους
βουφορβὸς ἥκει σημανῶν τί σοι νέον.

parteiras as Deusas Partes
impelem a dura educação. 207
No tálamo, a mísera filha 209
de Leda broto primogênito 210
gerou, criou-me votiva
vítima em ultraje paterno
e sacrifício sem júbilo.
Em carros equinos levaram
às areias de Áulida a noiva 215
de noivado difícil, *oímoi*,
para o filho da Nereida, *aiaî!*
Hóspede de inóspito mar
habito agora inculta casa, inupta
sem filho nem pátria nem parente, 220
a cortejada dos gregos, 208
sem cantar a Hera em Argos 221
nem nos teares de belas vozes
com naveta bordar imagens
de Palas Atena e Titãs, mas
cruenta no altar ruína sem lira 225
dos ensanguentados hóspedes,
e mísera voz dos lamuriosos
e mísero pranto dos chorosos.
Esquecendo-me deles agora
pranteio o irmão em Argos 230
morto, que deixei lactente
ainda bebê, ainda novo, ainda broto
nos braços da mãe junto aos seios, 234
dono do cetro em Argos, Orestes. 235

[*Primeiro episódio* (236-391)]

CORO
Está vindo da borda do mar este
boiadeiro para te dizer que nova?

ΒΟΥΚΟΛΟΣ

Ἀγαμέμνονός τε καὶ Κλυταιμήστρας τέκνον,
ἄκουε καινῶν ἐξ ἐμοῦ κηρυγμάτων.

ΙΦΙΓΕΝΕΙΑ

τί δ᾽ ἔστι τοῦ παρόντος ἐκπλῆσσον λόγου; 240

ΒΟΥΚΟΛΟΣ

ἥκουσιν ἐς γῆν, κυανέας Συμπληγάδας
πλάτηι φυγόντες, δίπτυχοι νεανίαι,
θεᾶι φίλον πρόσφαγμα καὶ θυτήριον
Ἀρτέμιδι. χέρνιβας δὲ καὶ κατάργματα
οὐκ ἂν φθάνοις ἂν εὐτρεπῆ ποιουμένη. 245

ΙΦΙΓΕΝΕΙΑ

ποδαποί; τίνος γῆς σχῆμ᾽ ἔχουσιν οἱ ξένοι;

ΒΟΥΚΟΛΟΣ

Ἕλληνες· ἓν τοῦτ᾽ οἶδα κοὐ περαιτέρω.

ΙΦΙΓΕΝΕΙΑ

οὐδ᾽ ὄνομ᾽ ἀκούσας οἶσθα τῶν ξένων φράσαι;

ΒΟΥΚΟΛΟΣ

Πυλάδης ἐκλήιζεθ᾽ ἅτερος πρὸς θατέρου.

ΙΦΙΓΕΝΕΙΑ

τῶι ξυζύγωι δὲ τοῦ ξένου τί τοὔνομ᾽ ἦν; 250

ΒΟΥΚΟΛΟΣ

οὐδεὶς τόδ᾽ οἶδεν· οὐ γὰρ εἰσηκούσαμεν.

ΙΦΙΓΕΝΕΙΑ

ποῦ δ᾽ εἴδετ᾽ αὐτοὺς κἀντυχόντες εἵλετε;

BOIADEIRO

Filha de Agamêmnon e Clitemnestra,
ouve de mim uma nova comunicação.

IFIGÊNIA

O que perturba a presente questão? 240

BOIADEIRO

Vieram à terra, evitando com remo
as negras Simplégades, dois jovens,
imolação e sacrifício grato à Deusa
Ártemis. Lustração e consagração
logo tu poderias fazer apropriadas. 245

IFIGÊNIA

Quem? Donde parecem vindos?

BOIADEIRO

Gregos, sei só isso e nada mais.

IFIGÊNIA

Ouviste e sabes dizer o nome?

BOIADEIRO

Pílades, um chamava ao outro.

IFIGÊNIA

Qual o nome do parceiro dele? 250

BOIADEIRO

Isso não se sabe, não ouvimos.

IFIGÊNIA

Onde os vistes e capturastes?

ΒΟΥΚΟΛΟΣ

ἄκραις ἐπὶ ῥηγμῖσιν ἀξένου πόρου.

ΙΦΙΓΕΝΕΙΑ

καὶ τίς θαλάσσης βουκόλοις κοινωνία;

ΒΟΥΚΟΛΟΣ

βοῦς ἤλθομεν νίψοντες ἐναλίαι δρόσωι. 255

ΙΦΙΓΕΝΕΙΑ

ἐκεῖσε δὴ 'πάνελθε, πῶς νιν εἵλετε
τρόπωι θ' ὁποίωι· τοῦτο γὰρ μαθεῖν θέλω.
[χρόνιοι γὰρ ἥκουσ' · οὐδέ πω βωμὸς θεᾶς
Ἑλληνικαῖσιν ἐξεφοινίχθη ῥοαῖς.]

ΒΟΥΚΟΛΟΣ

ἐπεὶ τὸν ἐκρέοντα διὰ Συμπληγάδων 260
βοῦς ὑλοφορβοὺς πόντον εἰσεβάλλομεν,
ἦν τις διαρρὼξ κυμάτων πολλῶι σάλωι
κοιλωπὸς ἀγμός, πορφυρευτικαὶ στέγαι.
ἐνταῦθα δισσοὺς εἶδέ τις νεανίας
βουφορβὸς ἡμῶν, κἀνεχώρησεν πάλιν 265
ἄκροισι δακτύλοισι πορθμεύων ἴχνος.
ἔλεξε δ' · Οὐχ ὁρᾶτε; δαίμονές τινες
θάσσουσιν οἵδε. θεοσεβὴς δ' ἡμῶν τις ὢν
ἀνέσχε χεῖρα καὶ προσηύξατ' εἰσιδών·
Ὦ ποντίας παῖ Λευκοθέας, νεῶν φύλαξ, 270
δέσποτα Παλαῖμον, ἵλεως ἡμῖν γενοῦ,
εἴτ' οὖν ἐπ' ἀκταῖς θάσσετον Διοσκόρω,
ἢ Νηρέως ἀγάλμαθ', ὃς τὸν εὐγενῆ
ἔτικτε πεντήκοντα Νηρήιδων χορόν.
ἄλλος δέ τις μάταιος, ἀνομίαι θρασύς, 275
ἐγέλασεν εὐχαῖς, ναυτίλους δ' ἐφθαρμένους
θάσσειν φάραγγ' ἔφασκε τοῦ νόμου φόβωι,
κλύοντας ὡς θύοιμεν ἐνθάδε ξένους.

BOIADEIRO

Nas altas fragas do mar inóspito.

IFIGÊNIA

Que faz um boiadeiro no mar?

BOIADEIRO

Fomos lavar bois na orla salina. 255

IFIGÊNIA

Retorna lá: como os capturastes
e de que modo, isso quero saber.
Chegam tarde, não se tingiu mais
de sangue grego o altar da Deusa.

BOIADEIRO

Quando levamos os bois nutridos 260
ao mar que flui pelas Simplégades,
havia abrupta na forte rebentação
escarpa oca, teto de pescadores,
aí, um boiadeiro nosso avistou
dois jovens, e retrocedeu de volta 265
pisando rastros na ponta dos pés,
e disse: "Não vedes? Alguns Numes
moram aqui." Um de nós reverente
ergueu a mão e fitando fez a prece:
"Ó filho naval de Leucótea pôntia, 270
senhor Palémon, sê-nos propício,
e se na orla morais vós, ó Dióscoros,
ou estátuas de Nereu, que gerou
nobre coro de cinquenta Nereidas."
Outro, frívolo, ousado na insolência, 275
riu da prece, e disse que náufragos
moram na escarpa de medo da lei
cientes de sacrificarmos forasteiros.

ἔδοξε δ’ ἡμῶν εὖ λέγειν τοῖς πλείοσιν,
θηρᾶν τε τῆι θεῶι σφάγια τἀπιχώρια. 280
κἀν τῶιδε πέτραν ἅτερος λιπὼν ξένοιν
ἔστη κάρα τε διετίναξ’ ἄνω κάτω
κἀνεστέναξεν ὠλένας τρέμων ἄκρας,
μανίαις ἀλαίνων, καὶ βοᾶι †κυναγὸς ὥς†·
Πυλάδη, δέδορκας τήνδε; τήνδε δ’ οὐχ ὁρᾶις 285
Ἅιδου δράκαιναν ὥς με βούλεται κτανεῖν
δειναῖς ἐχίδναις εἰς ἔμ’ ἐστομωμένη;
ἡ ’κ γειτόνων δὲ πῦρ πνέουσα καὶ φόνον
πτεροῖς ἐρέσσει, μητέρ’ ἀγκάλαις ἐμὴν
ἔχουσα, πέτρινον ἄχθος, ὡς ἐπεμβάληι. 290
οἴμοι, κτενεῖ με· ποῖ φύγω; παρῆν δ’ ὁρᾶν
οὐ ταῦτα μορφῆς σχήματ’, ἀλλ’ †ἠλλάσσετο†
φθογγάς τε μόσχων καὶ κυνῶν ὑλάγματα,
†ἃς φᾶσ’† Ἐρινῦς ἱέναι μιμήματα.
ἡμεῖς δὲ συσταλέντες, ὡς θανουμένου, 295
σιγῆι καθήμεθ’· ὁ δὲ χερὶ σπάσας ξίφος,
μόσχους ὀρούσας ἐς μέσας λέων ὅπως,
παίει σιδήρωι λαγόνας ἐς πλευράς <θ’> ἱείς,
δοκῶν Ἐρινῦς θεὰς ἀμύνεσθαι τάδε,
ὥσθ’ αἱματηρὸν πέλαγος ἐξανθεῖν ἁλός. 300
κἀν τῶιδε πᾶς τις, ὡς ὁρᾶι βουφόρβια
πίπτοντα καὶ πορθούμεν’, ἐξωπλίζετο,
κόχλους τε φυσῶν συλλέγων τ’ ἐγχωρίους·
πρὸς εὐτραφεῖς γὰρ καὶ νεανίας ξένους
φαύλους μάχεσθαι βουκόλους ἡγούμεθα. 305
πολλοὶ δ’ ἐπληρώθημεν οὐ μακρῶι χρόνωι.
πίπτει δὲ μανίας πίτυλον ὁ ξένος μεθείς,
στάζων ἀφρῶι γένειον· ὡς δ’ ἐσείδομεν
προύργου πεσόντα, πᾶς ἀνὴρ εἶχεν πόνον
βάλλων ἀράσσων. ἅτερος δὲ τοῖν ξένοιν 310
ἀφρόν τ’ ἀπέψη σώματός τ’ ἐτημέλει
πέπλων τε προυκάλυπτεν εὐπήνους ὑφάς,
καραδοκῶν μὲν τἀπιόντα τραύματα,

Decidiu a maioria de nós aprovar
e caçar a vítima habitual da Deusa. 280
Nisso um dos dois deixou a pedra,
parou, sacudiu cabeça frémente,
e gemeu com tremor nas mãos,
louco solto, e grita qual caçador:
"Pílades, viste-a? Não vês que esta 285
cadela de Hades quer me matar
municiada com terríveis víboras?
Ela ao redor sopra fogo e morte,
e rema com asas, com minha mãe
nos braços, como com pétreo peso. 290
Oímoi, me matará! Onde fugir?"
Vultos não se viam, mas alternavam
mugidos de vitelos e uivos de cães,
tais quais dizem que Erínies imitam.
Nós reunidos como ante moribundo 295
ficamos em silêncio. Ele puxou faca,
saltou como um leão sobre os vitelos,
bate com ferro em flancos e costelas,
crendo assim repelir Deusas Erínies
de modo a florir sangrento o pélago. 300
Cada um, então, quando viu caírem
reses devastadas, tomava suas armas,
soprando conchas, reunindo nativos,
pois contra jovens fortes forasteiros
pensamos lutar nós, reles boiadeiros. 305
Em não longo tempo somos muitos.
Cai o forasteiro em ataque de loucura
vertendo espuma no queixo. Vendo-o
cair a jeito, todos nos empenhávamos
em luta, em ataque. O outro forasteiro 310
limpou a espuma e cuidava do corpo
e cobria com espessa trama de manto,
alerta à espreita de iminentes golpes,

φίλον δὲ θεραπείαισιν ἄνδρ' εὐεργετῶν.
ἔμφρων δ' ἀνάιξας ὁ ξένος πεσήματος 315
ἔγνω κλύδωνα πολεμίων προσκείμενον
καὶ τὴν παροῦσαν συμφορὰν αὐτοῖν πέλας
ὤιμωξέ θ'· ἡμεῖς δ' οὐκ ἀνίεμεν πέτροις
βάλλοντες, ἄλλος ἄλλοθεν προσκείμενοι.
οὗ δὴ τὸ δεινὸν παρακέλευσμ' ἠκούσαμεν· 320
Πυλάδη, θανούμεθ', ἀλλ' ὅπως θανούμεθα
κάλλισθ'· ἕπου μοι, φάσγανον σπάσας χερί.
ὡς δ' εἴδομεν δίπαλτα πολεμίων ξίφη,
φυγῆι λεπαίας ἐξεπίμπλαμεν νάπας.
ἀλλ', εἰ φύγοι τις, ἅτεροι προσκείμενοι 325
ἔβαλλον αὐτούς· εἰ δὲ τούσδ' ὠσαίατο,
αὖθις τὸ νῦν ὑπεῖκον ἤρασσεν πέτροις.
ἀλλ' ἦν ἄπιστον· μυρίων γὰρ ἐκ χερῶν
οὐδεὶς τὰ τῆς θεοῦ θύματ' εὐτύχει βαλών.
μόλις δέ νιν τόλμηι μὲν οὐ χειρούμεθα, 330
κύκλωι δὲ περιβαλόντες ἐξεκόψαμεν
πέτροισι χειρῶν φάσγαν', ἐς δὲ γῆν γόνυ
καμάτωι καθεῖσαν. πρὸς δ' ἄνακτα τῆσδε γῆς
κομίζομέν νιν. ὁ δ' ἐσιδὼν ὅσον τάχος
ἐς χέρνιβάς τε καὶ σφαγεῖ' ἔπεμπέ σοι. 335
ηὔχου δὲ τοιάδ', ὦ νεᾶνι, σοὶ ξένων
σφάγια παρεῖναι· κἂν ἀναλίσκηις ξένους
τοιούσδε, τὸν σὸν Ἑλλὰς ἀποτείσει φόνον
δίκας τίνουσα τῆς ἐν Αὐλίδι σφαγῆς.

ΧΟΡΟΣ

θαυμάστ' ἔλεξας τὸν μανένθ', ὅστις ποτὲ 340
Ἕλληνος ἐκ γῆς πόντον ἦλθεν ἄξενον.

ΙΦΙΓΕΝΕΙΑ

εἶέν· σὺ μὲν κόμιζε τοὺς ξένους μολών,
τὰ δ' ἐνθάδ' ἡμεῖς ὅσια φροντιούμεθα.
ὦ καρδία τάλαινα, πρὶν μὲν ἐς ξένους

socorrendo seu amigo com solicitude.
Lúcido, erguido da queda, o forasteiro 315
reconhece iminente onda de inimigos
e o seu presente próximo infortúnio
lastimou. Nós não deixamos de lançar
pedras, cercando cada um de um lado,
quando ouvimos a terrível exortação: 320
"Pílades, morreremos, que morramos
bem! Segue-me com a faca na mão!"
Quando vimos dois punhais inimigos,
em fuga percorremos as pétreas praias,
mas, se um foge, outros em seu posto 325
os golpeavam, e se os repeliam, outros
que ora cediam atacavam com pedras.
Mas era incrível: as miríades de mãos
não logram atingir as vítimas da Deusa.
A custo, pela audácia não dominamos, 330
mas ao redor golpeando removemos
punhais a pedradas, e caíram fatigados
de joelhos por terra. E conduzimo-los
ao rei desta terra, que tão logo os viu
enviou-te para as lustrações e imolação. 335
Ó jovem, pedias teres tais imolações
de forasteiros. Se tu executares tais
forasteiros, Grécia pagará tua morte,
fazendo justiça à imolação em Áulida.

CORO

Falaste de espantoso louco, que veio 340
enfim da terra grega ao Mar Inóspito.

IFIGÊNIA

Que seja! — Vai e traz tu os forasteiros,
aqui cuidaremos destas consagrações.
Ó mísero coração, antes foste sereno

γαληνὸς ἦσθα καὶ φιλοικτίρμων ἀεί, 345
ἐς θοὐμόφυλον ἀναμετρουμένη δάκρυ,
Ἕλληνας ἄνδρας ἡνίκ᾽ ἐς χέρας λάβοις.
νῦν δ᾽ ἐξ ὀνείρων οἷσιν ἠγριώμεθα
[δοκοῦσ᾽ Ὀρέστην μηκέθ᾽ ἥλιον βλέπειν]
δύσνουν με λήψεσθ᾽, οἵτινές ποθ᾽ ἥκετε. 350
[καὶ τοῦτ᾽ ἄρ᾽ ἦν ἀληθές, ἠισθόμην, φίλαι·
οἱ δυστυχεῖς γὰρ τοῖσιν εὐτυχεστέροις
αὐτοὶ κακῶς πράξαντες οὐ φρονοῦσιν εὖ.]
ἀλλ᾽ οὔτε πνεῦμα Διόθεν ἦλθε πώποτε,
οὐ πορθμίς, ἥτις διὰ πέτρας Συμπληγάδας 355
Ἑλένην ἐπήγαγ᾽ ἐνθάδ᾽, ἥ μ᾽ ἀπώλεσεν,
Μενέλεών θ᾽, ἵν᾽ αὐτοὺς ἀντετιμωρησάμην,
τὴν ἐνθάδ᾽ Αὖλιν ἀντιθεῖσα τῆς ἐκεῖ,
οὗ μ᾽ ὥστε μόσχον Δαναΐδαι χειρούμενοι
ἔσφαζον, ἱερεὺς δ᾽ ἦν ὁ γεννήσας πατήρ. 360
οἴμοι (κακῶν γὰρ τῶν τότ᾽ οὐκ ἀμνημονῶ),
ὅσας γενείου χεῖρας ἐξηκόντισα
γονάτων τε τοῦ τεκόντος, ἐξαρτωμένη,
λέγουσα τοιάδ᾽· Ὦ πάτερ, νυμφεύομαι
νυμφεύματ᾽ αἰσχρὰ πρὸς σέθεν· μήτηρ δ᾽ ἐμὲ 365
σέθεν κατακτείνοντος Ἀργεῖαί τε νῦν
ὑμνοῦσιν ὑμεναίοισιν, αὐλεῖται δὲ πᾶν
μέλαθρον· ἡμεῖς δ᾽ ὀλλύμεσθα πρὸς σέθεν.
Ἅιδης Ἀχιλλεὺς ἦν ἄρ᾽, οὐχ ὁ Πηλέως,
ὅν μοι προτείνας πόσιν ἐν ἁρμάτων ὄχοις 370
ἐς αἱματηρὸν γάμον ἐπόρθμευσας δόλωι.
ἐγὼ δὲ λεπτῶν ὄμμα διὰ καλυμμάτων
ἔχουσ᾽ ἀδελφὸν οὔτ᾽ ἀνειλόμην χεροῖν,
ὃς νῦν ὄλωλεν, οὐ κασιγνήτηι στόμα
συνῆψ᾽ ὑπ᾽ αἰδοῦς, ὡς ἰοῦσ᾽ ἐς Πηλέως 375
μέλαθρα· πολλὰ δ᾽ ἀπεθέμην ἀσπάσματα
ἐς αὖθις, ὡς ἥξουσ᾽ ἐς Ἄργος αὖ πάλιν.
ὦ τλῆμον, εἰ τέθνηκας, ἐξ οἵων καλῶν
ἔρρεις, Ὀρέστα, καὶ πατρὸς ζηλωμάτων.

e sempre compassivo com forasteiros, 345
derramando o pranto por compatriotas,
quando tinhas às mãos varões gregos.
Agora, que nos acerbamos por sonhos,
crendo que Orestes não mais vê o sol,
hostil me tereis, vindo quem vierdes. 350
Ora, percebi, amigas, era verdade isto,
os de má sorte, estando mesmo mal,
não querem bem outros de boa sorte.
Mas nunca veio nem sopro de Zeus
nem navio pelas pedras Simplégades 355
trazendo Helena, que me arruinou,
e Menelau, para que eu retaliasse,
contrapondo esta aqui àquela Áulida,
onde Dânaos me fizeram de novilha
e imolaram, meu pai foi o sacerdote. 360
Oímoi, aqueles males não esqueço!
Quantas mãos dardejei ao queixo
e joelhos do genitor, dependurada,
dizendo assim: "Ó pai, faço por ti
casamento infame, e minha mãe 365
e as argivas enquanto me matas
hineiam himeneus, e toda a casa
ressoa, e somos destruídas por ti.
Era Hades Aquiles, não o Pelida,
suposto esposo ao me conduzires 370
de carro a núpcias cruéis por dolo."
Eu, podendo olhar por finos véus,
não recebi nos braços meu irmão,
que ora morreu, não beijou a irmã
por pudor, quando ela cria que iria 375
à casa de Peleu; e adiei os abraços
muitos para meu retorno a Argos.
Ó mísero, se estás morto, que bela
emulação do pai perdeste, Orestes!

τὰ τῆς θεοῦ δὲ μέμφομαι σοφίσματα, 380
ἥτις βροτῶν μὲν ἤν τις ἅψηται φόνου
ἢ καὶ λοχείας ἢ νεκροῦ θίγηι χεροῖν
βωμῶν ἀπείργει, μυσαρὸν ὡς ἡγουμένη,
αὐτὴ δὲ θυσίαις ἥδεται βροτοκτόνοις.
οὐκ ἔσθ᾽ ὅπως ἔτεκεν ἂν ἡ Διὸς δάμαρ 385
Λητὼ τοσαύτην ἀμαθίαν. ἐγὼ μὲν οὖν
τὰ Ταντάλου θεοῖσιν ἑστιάματα
ἄπιστα κρίνω, παιδὸς ἡσθῆναι βορᾶι,
τοὺς δ᾽ ἐνθάδ᾽, αὐτοὺς ὄντας ἀνθρωποκτόνους,
ἐς τὴν θεὸν τὸ φαῦλον ἀναφέρειν δοκῶ· 390
οὐδένα γὰρ οἶμαι δαιμόνων εἶναι κακόν.

ΧΟΡΟΣ

κυάνεαι κυάνεαι σύνοδοι θαλάσσας, Est. 1
ἵν᾽ οἶστρος †ὁ πετόμενος Ἀργόθεν† 394
ἄξενον ἐπ᾽ οἶδμα διεπέρασεν < > 395
Ἀσιήτιδα γαῖαν
Εὐρώπας διαμείψας.
τίνες ποτ᾽ ἄρα τὸν εὔυδρον δονακόχλοον 399
λιπόντες Εὐρώταν 400
ἢ ῥεύματα σεμνὰ Δίρκας
ἔβασαν ἔβασαν ἄμεικτον αἶαν, ἔνθα κούραι 403
δίαι τέγγει
βωμοὺς καὶ περικίονας 405
ναοὺς αἷμα βρότειον;

ἦ ῥοθίοις εἰλατίνας δικρότοισι κώπας Ant. 1
†ἔπλευσαν ἐπὶ πόντια κύματα† 409
νάιον ὄχημα λινοπόροις <σὺν> αὔραις, 410
φιλόπλουτον ἅμιλλαν
αὔξοντες μελάθροισιν;
φίλα γὰρ ἐλπὶς †γένετ᾽ ἐπὶ πήμασι βροτῶν† 414

Reprovo estes sofismas da Deusa, 380
que, se algum mortal tange sangue
ou toca parto ou morto com as mãos,
exclui dos altares por supor impuro,
mas gosta de sacrifícios homicidas.
Não há como Leto, esposa de Zeus, 385
gerar tanta inépcia. Eu, sim, julgo
a festa de Tântalo com os Deuses
incrível, gostar de comer criança,
e creio que, por serem homicidas,
os daqui referem a vileza à Deusa; 390
suponho nenhum Nume ser mau.

[*Primeiro estásimo* (392-455)]

CORO

Negros, negros estreitos do mar Est. 1
onde o tavão que voa de Argos 394
transpôs a onda inóspita 395
ao mudar-se de Europa
para a terra asiática.
Quem veio, veio do Eurota 399
de belas águas e juncos verdes 400
ou da santa fonte de Dirce
à terra sem-mescla, onde 403
sangue mortal molha
o altar da virgem divina 405
e o colunário templo?

Com fragorosos remos de abeto Ant. 1
navegaram por ondas marinhas 409
em navio com auras nas velas 410
por ganância de opulência
para enriquecer a casa?
Esperança para males de mortais 414

ἄπληστος ἀνθρώποις, 415
ὄλβου βάρος οἳ φέρονται
πλάνητες ἐπ' οἶδμα πόλεις <τε> βαρβάρους περῶντες
κοινᾶι δόξαι· 419
γνώμα δ' οἷς μὲν ἄκαιρος ὄλ- 420
βου, τοῖς δ' ἐς μέσον ἥκει.

πῶς τὰς συνδρομάδας πέτρας, Est. 2
πῶς Φινεΐδας †ἀύ-
πνους† ἀκτὰς ἐπέρα-
σαν παρ' ἅλιον αἰγιαλὸν ἐπ' Ἀμφιτρί- 425
τας ῥοθίωι δραμόντες,
ὅπου πεντήκοντα κορᾶν
Νηρήιδων <   > χοροὶ
μέλπουσιν ἐγκύκλιοι,
πλησιστίοισι πνοαῖς, 430
συριζόντων κατὰ πρύμναν
εὐναίων πηδαλίων,
αὔραισιν νοτίαις
ἢ πνεύμασι Ζεφύρου,
τὰν πολυόρνιθον ἐπ' αἶ- 435
αν, λευκὰν ἀκτάν, Ἀχιλῆ-
ος, δρόμους καλλισταδίους,
ἄξεινον κατὰ πόντον;

εἴθ' εὐχαῖσιν δεσποσύνοις Ant. 2
Λήδας Ἑλένα φίλα 440
παῖς ἐλθοῦσα τύχοι
Τρωϊάδα λιποῦσα πόλιν, ἵν' ἀμφὶ χαίταν δρόσον αἱματηρὰν
ἑλιχθεῖσα λαιμοτόμωι
δεσποίνας χειρὶ θάνηι 445
ποινὰς δοῦσ' ἀντιπάλους.
ἥδιστ' ἂν δ' ἀγγελίαν
δεξαίμεσθ', Ἑλλάδος ἐκ γᾶς

veio amiga insaciável aos homens 415
que portam o peso da riqueza
erradios por mar e urbes bárbaras
por opinião comum. 419
Uns têm imenso afã de riqueza, 420
mas para outros chega ao meio.

Como transpuseram as pedras Est. 2
colidentes e as bordas
insones de Fineu
na orla do mar a correr 425
no fragor de Anfitrite
onde coros de virgens
cinquenta Nereidas
dançam em círculo,
com auras nas velas 430
pandas, chiando à popa
os lemes nos leitos,
com as auras austrais
ou os sopros de Zéfiro,
para a terra aviária, 435
a alva praia, as belas
corridas de Aquiles,
por mar inóspito?

Pelas preces da senhora, Ant. 2
que Helena filha de Leda 440
por sorte venha da urbe
troiana para envolver
a cabeleira no orvalho
sangrento da degola
e morrer às mãos da senhora 445
com pena equivalente!
A mais doce notícia
seria se da terra grega

πλωτήρων εἴ τις ἔβα
δουλείας ἐμέθεν 450
δειλαίας παυσίπονος·
<κἀν> γὰρ ὀνείροισι συνεί-
ην δόμοις πόλει τε πατρῴιαι, τερπνῶν ὕπνων ἀπόλαυ-
σιν, κοινὰν χάριν †ὄλβα†. 455

ΧΟΡΟΣ

ἀλλ᾽ οἵδε χέρας δεσμοῖς δίδυμοι
συνερεισθέντες χωροῦσι, νέον
πρόσφαγμα θεᾶς. σιγᾶτε, φίλαι·
τὰ γὰρ Ἑλλήνων ἀκροθίνια δὴ
ναοῖσι πέλας τάδε βαίνει, 460
οὐδ᾽ ἀγγελίας ψευδεῖς ἔλακεν
βουφορβὸς ἀνήρ.
ὦ πότνι᾽, εἴ σοι τάδ᾽ ἀρεσκόντως
πόλις ἥδε τελεῖ, δέξαι θυσίας,
ἃς ὁ παρ᾽ ἡμῖν νόμος οὐχ ὁσίας 465
†Ἕλλησι διδοὺς† ἀναφαίνει.

ΙΦΙΓΕΝΕΙΑ

τὰ τῆς
θεοῦ μὲν πρῶτον ὡς καλῶς ἔχῃ
φροντιστέον μοι. μέθετε τῶν ξένων χέρας,
ὡς ὄντες ἱεροὶ μηκέτ᾽ ὦσι δέσμιοι.
ναοῦ δ᾽ ἔσω στείχοντες εὐτρεπίζετε 470
ἃ χρὴ ᾽πὶ τοῖς παροῦσι καὶ νομίζεται.
φεῦ·
τίς ἆρα μήτηρ ἡ τεκοῦσ᾽ ὑμᾶς ποτε 472
πατήρ τ᾽ ἀδελφή τ᾽, εἰ γεγῶσα τυγχάνει;
οἵων στερεῖσα διπτύχων νεανιῶν
ἀνάδελφος ἔσται. τὰς τύχας τίς οἶδ᾽ ὅτῳ 475

viesse o navegador
com o fim de minha 450
mísera servidão.
Em sonhos estivesse eu
em casa e na urbe pátria
fruindo o prazer do sono,
graça comum da riqueza! 455

[*Segundo episódio* (456-642)]

CORO

Estes dois de mãos atadas
vêm juntos, novo sacrifício
à Deusa. Calai-vos, pares!
As primícias dos gregos
aproximam-se do templo, 460
não fez falso anúncio
aquele boiadeiro.
Senhora, se esta urbe assim
te faz grata, aceita as ofertas
que a nós, gregos, 465
a lei declara ilícitas.

IFIGÊNIA

Seja!
Devo primeiro cuidar que o da Deusa
esteja bem. Soltai mãos de forasteiros
que consagrados não tenham cadeias.
Entrai no templo e fazei o necessário 470
e usual nestas presentes circunstâncias.
Pheû!
Ora, quem é a mãe a qual vos gerou, 472
quem o pai, quem a irmã, se há irmã?
De que moços a duplamente tolhida
irmã será carente? Quem sabe a sorte 475

τοιαίδ᾽ ἔσονται; πάντα γὰρ τὰ τῶν θεῶν
ἐς ἀφανὲς ἕρπει κοὐδὲν οἶδ᾽ οὐδεὶς †κακόν†·
ἡ γὰρ τύχη παρήγαγ᾽ ἐς τὸ δυσμαθές.
πόθεν ποθ᾽ ἥκετ᾽, ὦ ταλαίπωροι ξένοι;
ὡς διὰ μακροῦ μὲν τήνδ᾽ ἐπλεύσατε χθόνα, 480
μακρὸν δ᾽ ἀπ᾽ οἴκων χρόνον ἔσεσθε δὴ κάτω.

ΟΡΕΣΤΗΣ

τί ταῦτ᾽ ὀδύρηι κἀπὶ τοῖς μέλουσι νῶιν
κακοῖς σὲ λυπεῖς, ἥτις εἶ ποτ᾽, ὦ γύναι;
οὔτοι νομίζω σοφόν, ὃς ἂν μέλλων κτανεῖν
οἴκτωι τὸ δεῖμα τοὐλέθρου νικᾶν θέληι, 485
οὐδ᾽ ὅστις Ἅιδην ἐγγὺς ὄντ᾽ οἰκτίζεται
σωτηρίας ἄνελπις· ὡς δύ᾽ ἐξ ἑνὸς
κακὼ συνάπτει, μωρίαν τ᾽ ὀφλισκάνει
θνήισκει θ᾽ ὁμοίως· τὴν τύχην δ᾽ ἐᾶν χρεών.
ἡμᾶς δὲ μὴ θρήνει σύ· τὰς γὰρ ἐνθάδε 490
θυσίας ἐπιστάμεσθα καὶ γιγνώσκομεν.

ΙΦΙΓΕΝΕΙΑ

πότερος ἄρ᾽ ὑμῶν †ἐνθάδ᾽ ὠνομασμένος†
Πυλάδης κέκληται; τόδε μαθεῖν πρῶτον θέλω.

ΟΡΕΣΤΗΣ

ὅδ᾽, εἴ τι δή σοι τοῦτ᾽ ἐν ἡδονῆι μαθεῖν.

ΙΦΙΓΕΝΕΙΑ

ποίας πολίτης πατρίδος Ἕλληνος γεγώς; 495

ΟΡΕΣΤΗΣ

τί δ᾽ ἂν μαθοῦσα τόδε πλέον λάβοις, γύναι;

ΙΦΙΓΕΝΕΙΑ

πότερον ἀδελφὼ μητρός ἐστον ἐκ μιᾶς;

qual será? Tudo o que vem dos Deuses
segue invisível, e não se prevê o mal,
pois a sorte seduz para a difícil lição.
Donde viestes, ó míseros forasteiros?
Por longo tempo navegastes a este solo, 480
Por longo tempo estareis longe de casa!

ORESTES

Por que choras e com os nossos futuros
males te afliges, quem sejas, ó mulher?
Não julgo sábio quem prestes a morrer
quer vencer com ais o medo da morte, 485
nem quem perto de Hades se lamenta
desesperado de salvação, porque faz
de um dois males e incorre em tolice
e igualmente morre. Necessária sorte.
Não nos pranteies, pois os sacrifícios 490
daqui nós bem sabemos e conhecemos.

IFIGÊNIA

Ora, qual de vós aqui com o nome
Pílades se chama? Quero saber isso.

ORESTES

Este, se isso assim te apraz saber.

IFIGÊNIA

Cidadão nato de que pátria grega? 495

ORESTES

Que terias, se soubesses, mulher?

IFIGÊNIA

Sois dois irmãos de uma só mãe?

ΟΡΕΣΤΗΣ

φιλότητί γ'· ἐσμὲν δ' οὐ κασιγνήτω, γύναι.

ΙΦΙΓΕΝΕΙΑ

σοὶ δ' ὄνομα ποῖον ἔθεθ' ὁ γεννήσας πατήρ;

ΟΡΕΣΤΗΣ

τὸ μὲν δίκαιον Δυστυχὴς καλοίμεθ' ἄν. 500

ΙΦΙΓΕΝΕΙΑ

οὐ τοῦτ' ἐρωτῶ· τοῦτο μὲν δὸς τῆι τύχηι.

ΟΡΕΣΤΗΣ

ἀνώνυμοι θανόντες οὐ γελώιμεθ' ἄν.

ΙΦΙΓΕΝΕΙΑ

τί δὲ φθονεῖς τοῦτ'; ἦ φρονεῖς οὕτω μέγα;

ΟΡΕΣΤΗΣ

τὸ σῶμα θύσεις τοὐμόν, οὐχὶ τοὔνομα.

ΙΦΙΓΕΝΕΙΑ

οὐδ' ἂν πόλιν φράσειας ἥτις ἐστί σοι; 505

ΟΡΕΣΤΗΣ

ζητεῖς γὰρ οὐδὲν κέρδος ὡς θανουμένωι.

ΙΦΙΓΕΝΕΙΑ

χάριν δὲ δοῦναι τήνδε κωλύει τί σε;

ΟΡΕΣΤΗΣ

τὸ κλεινὸν Ἄργος πατρίδ' ἐμὴν ἐπεύχομαι.

ΙΦΙΓΕΝΕΙΑ

πρὸς θεῶν, ἀληθῶς, ὦ ξέν', εἶ κεῖθεν γεγώς;

ORESTES

Somos sócios, não irmãos, mulher.

IFIGÊNIA

Que nome o teu pai genitor te pôs?

ORESTES

Justo nome seria "*O-de-má-sorte*". 500

IFIGÊNIA

Não isso indago; isso *dês à sorte*.

ORESTES

Não rirão de nós, mortos sem nome.

IFIGÊNIA

Por que o negas? Tens tanta soberba?

ORESTES

Sacrificarás meu corpo, não o nome.

IFIGÊNIA

Não me dirias nem qual é tua urbe? 505

ORESTES

Não buscas lucro para futuro morto.

IFIGÊNIA

Que te impede de fazer este favor?

ORESTES

Prezo ter a ínclita Argos por pátria.

IFIGÊNIA

Deuses! És mesmo de lá, forasteiro?

ΟΡΕΣΤΗΣ

ἐκ τῶν Μυκηνῶν <γ’>, αἵ ποτ’ ἦσαν ὄλβιαι. 510

ΙΦΙΓΕΝΕΙΑ

καὶ μὴν ποθεινός γ’ ἦλθες ἐξ Ἄργους μολών. 515

ΟΡΕΣΤΗΣ

οὔκουν ἐμαυτῶι γ’· εἰ δὲ σοί, σὺ τοῦθ’ ὅρα. 516

ΙΦΙΓΕΝΕΙΑ

φυγὰς <δ’> ἀπῆρας πατρίδος ἢ ποίαι τύχηι; 511

ΟΡΕΣΤΗΣ

φεύγω τρόπον γε δή τιν’ οὐχ ἑκὼν ἑκών.

ΙΦΙΓΕΝΕΙΑ

ἆρ’ ἄν τί μοι φράσειας ὧν ἐγὼ θέλω;

ΟΡΕΣΤΗΣ

ὡς ἐν παρέργωι τῆς ἐμῆς δυσπραξίας. 514

ΙΦΙΓΕΝΕΙΑ

Τροίαν ἴσως οἶσθ’, ἧς ἁπανταχοῦ λόγος. 517

ΟΡΕΣΤΗΣ

ὡς μήποτ’ ὤφελόν γε μηδ’ ἰδὼν ὄναρ.

ΙΦΙΓΕΝΕΙΑ

φασίν νιν οὐκέτ’ οὖσαν οἴχεσθαι δορί.

ΟΡΕΣΤΗΣ

ἔστιν γὰρ οὕτως οὐδ’ ἄκραντ’ ἠκούσατε. 520

ΙΦΙΓΕΝΕΙΑ

Ἑλένη δ’ ἀφῖκται δῶμα Μενέλεω πάλιν;

ORESTES

De Micenas, que outrora foi próspera. 510

IFIGÊNIA

Saudoso vieste, se vieste de Argos. 515

ORESTES

Não por mim. Se por ti, vê tu isso! 516

IFIGÊNIA

Banido saíste da pátria ou por quê? 511

ORESTES

Banido, sim, de mau e bom grado.

IFIGÊNIA

Ora, que me dirias do que eu quero?

ORESTES

Como acréscimo a meu infortúnio. 514

IFIGÊNIA

Talvez conheças a renomada Troia. 517

ORESTES

Não tivesse visto nem em sonho!

IFIGÊNIA

Dizem ida de lança não mais viva.

ORESTES

Pois é assim e não ouvistes em vão. 520

IFIGÊNIA

Helena retornou à casa de Menelau?

ΟΡΕΣΤΗΣ

ἥκει, κακῶς γ' ἐλθοῦσα τῶν ἐμῶν τινι.

ΙΦΙΓΕΝΕΙΑ

καὶ ποῦ 'στι; κἀμοὶ γάρ τι προυφείλει κακόν.

ΟΡΕΣΤΗΣ

Σπάρτηι ξυνοικεῖ τῶι πάρος ξυνευνέτηι.

ΙΦΙΓΕΝΕΙΑ

ὦ μῖσος εἰς Ἕλληνας, οὐκ ἐμοὶ μόνηι. 525

ΟΡΕΣΤΗΣ

ἀπέλαυσα κἀγὼ δή τι τῶν κείνης γάμων.

ΙΦΙΓΕΝΕΙΑ

νόστος δ' Ἀχαιῶν ἐγένεθ', ὡς κηρύσσεται;

ΟΡΕΣΤΗΣ

ὡς πάνθ' ἅπαξ με συλλαβοῦσ' ἀνιστορεῖς.

ΙΦΙΓΕΝΕΙΑ

πρὶν γὰρ θανεῖν σε, τοῦδ' ἐπαυρέσθαι θέλω.

ΟΡΕΣΤΗΣ

ἔλεγχ', ἐπειδὴ τοῦδ' ἐρᾶις· λέξω δ' ἐγώ. 530

ΙΦΙΓΕΝΕΙΑ

Κάλχας τις ἦλθε μάντις ἐκ Τροίας πάλιν;

ΟΡΕΣΤΗΣ

ὄλωλεν, ὡς ἦν ἐν Μυκηναίοις λόγος.

ΙΦΙΓΕΝΕΙΑ

ὦ πότνι', ὡς εὖ. τί γὰρ ὁ Λαέρτου γόνος;

ORESTES
Está lá, mal vinda a algum dos meus.

IFIGÊNIA
E onde está? Antes me devia um mal.

ORESTES
Habita Esparta com o antigo esposo.

IFIGÊNIA
Ó odiada dos gregos, não só de mim. 525

ORESTES
Fruí, sim, eu, algo de suas núpcias.

IFIGÊNIA
Retornaram os aqueus como se diz?

ORESTES
Tudo resumido de uma vez me indagas.

IFIGÊNIA
Antes de tua morte, quero colher isto.

ORESTES
Pergunta, já que o queres! Eu direi. 530

IFIGÊNIA
Calcas, o adivinho, voltou de Troia?

ORESTES
Morreu, ao que diziam os micênios.

IFIGÊNIA
Ó rainha, que bom! E o Laercíada?

ΟΡΕΣΤΗΣ

οὔπω νενόστηκ' οἶκον, ἔστι δ', ὡς λόγος.

ΙΦΙΓΕΝΕΙΑ

ὄλοιτο, νόστου μήποτ' ἐς πάτραν τυχών. 535

ΟΡΕΣΤΗΣ

μηδὲν κατεύχου· πάντα τἀκείνου νοσεῖ.

ΙΦΙΓΕΝΕΙΑ

Θέτιδος δ' ὁ τῆς Νηρῆιδος ἔστι παῖς ἔτι;

ΟΡΕΣΤΗΣ

οὐκ ἔστιν· ἄλλως λέκτρ' ἔγημ' ἐν Αὐλίδι.

ΙΦΙΓΕΝΕΙΑ

δόλια γάρ, ὡς ἴσασιν οἱ πεπονθότες.

ΟΡΕΣΤΗΣ

τίς εἶ ποθ'; ὡς εὖ πυνθάνηι τἀφ' Ἑλλάδος. 540

ΙΦΙΓΕΝΕΙΑ

ἐκεῖθέν εἰμι· παῖς ἔτ' οὖσ' ἀπωλόμην.

ΟΡΕΣΤΗΣ

ὀρθῶς ποθεῖς ἄρ' εἰδέναι τἀκεῖ, γύναι.

ΙΦΙΓΕΝΕΙΑ

τί δ' ὁ στρατηγός, ὃν λέγουσ' εὐδαιμονεῖν;

ΟΡΕΣΤΗΣ

τίς; οὐ γὰρ ὅν γ' ἐγὦιδα τῶν εὐδαιμόνων.

ΙΦΙΓΕΝΕΙΑ

Ἀτρέως ἐλέγετο δή τις Ἀγαμέμνων ἄναξ. 545

ORESTES

Ainda não retornou, mas vive, dizem.

IFIGÊNIA

Morra, não retorne ele nunca à pátria! 535

ORESTES

Não impreques, todos os dele sofrem.

IFIGÊNIA

Ainda vive o filho da Nereida Tétis?

ORESTES

Não. Convolou núpcias vãs em Áulida.

IFIGÊNIA

Dolosas, como sabem os que sofreram.

ORESTES

Quem és tu? Tão bem sabes da Grécia! 540

IFIGÊNIA

Sou de lá, perdi-me quando ainda nova.

ORESTES

Mulher, com razão queres saber de lá.

IFIGÊNIA

E o estratego que dizem ter bom Nume?

ORESTES

Quem? Não sei qual dos de bom Nume.

IFIGÊNIA

Atrida se dizia um certo rei Agamêmnon. 545

ΟΡΕΣΤΗΣ

οὐκ οἶδ'· ἄπελθε τοῦ λόγου τούτου, γύναι.

ΙΦΙΓΕΝΕΙΑ

μὴ πρὸς θεῶν, ἀλλ' εἴφ', ἵν' εὐφρανθῶ, μένε.

ΟΡΕΣΤΗΣ

τέθνηχ' ὁ τλήμων, πρὸς δ' ἀπώλεσέν τινα.

ΙΦΙΓΕΝΕΙΑ

τέθνηκε; ποίαι συμφορᾶι; τάλαιν' ἐγώ.

ΟΡΕΣΤΗΣ

τί δ' ἐστέναξας τοῦτο; μῶν προσῆκέ σοι; 550

ΙΦΙΓΕΝΕΙΑ

τὸν ὄλβον αὐτοῦ τὸν πάροιθ' ἀναστένω.

ΟΡΕΣΤΗΣ

δεινῶς γὰρ ἐκ γυναικὸς οἴχεται σφαγείς.

ΙΦΙΓΕΝΕΙΑ

ὦ πανδάκρυτος ἡ κτανοῦσα χὠ θανών.

ΟΡΕΣΤΗΣ

παῦσαί νυν ἤδη μηδ' ἐρωτήσῃς πέρα.

ΙΦΙΓΕΝΕΙΑ

τοσόνδε γ', εἰ ζῆι τοῦ ταλαιπώρου δάμαρ. 555

ΟΡΕΣΤΗΣ

οὐκ ἔστι· παῖς νιν ὃν ἔτεκ' αὐτὸς ὤλεσεν.

ΙΦΙΓΕΝΕΙΑ

ὦ συνταραχθεὶς οἶκος. ὡς τί δὴ θέλων;

ORESTES

Mulher, não sei, deixa tu desse assunto.

IFIGÊNIA

Não, Deuses! Diz que praza, forasteiro!

ORESTES

Está morto o mísero, morto por alguém.

IFIGÊNIA

Está morto? Por quê? Mísera de mim!

ORESTES

Por que o lamentas? Era teu parente? 550

IFIGÊNIA

A opulência que outrora teve lamento.

ORESTES

Que terrível morte imolado da mulher!

IFIGÊNIA

Ó lastimáveis a matadora e o morto!

ORESTES

Para aí! Não me perguntes nada mais!

IFIGÊNIA

Só isto: se a esposa desse mísero vive. 555

ORESTES

Não vive, o filho que ela teve a matou.

IFIGÊNIA

Ó conturbada casa! Com que intenção?

ΟΡΕΣΤΗΣ

πατρὸς θανόντος τήνδε τιμωρούμενος.

ΙΦΙΓΕΝΕΙΑ

φεῦ·

ὡς εὖ κακὸν δίκαιον ἐξεπράξατο.

ΟΡΕΣΤΗΣ

ἀλλ' οὐ τὰ πρὸς θεῶν εὐτυχεῖ δίκαιος ὤν. 560

ΙΦΙΓΕΝΕΙΑ

λείπει δ' ἐν οἴκοις ἄλλον Ἀγαμέμνων γόνον;

ΟΡΕΣΤΗΣ

λέλοιπεν Ἠλέκτραν γε παρθένον μίαν.

ΙΦΙΓΕΝΕΙΑ

τί δέ; σφαγείσης θυγατρὸς ἔστι τις λόγος;

ΟΡΕΣΤΗΣ

οὐδείς γε, πλὴν θανοῦσαν οὐχ ὁρᾶν φάος.

ΙΦΙΓΕΝΕΙΑ

τάλαιν' ἐκείνη χὠ κτανὼν αὐτὴν πατήρ. 565

ΟΡΕΣΤΗΣ

κακῆς γυναικὸς χάριν ἄχαριν ἀπώλετο.

ΙΦΙΓΕΝΕΙΑ

ὁ τοῦ θανόντος δ' ἔστι παῖς Ἄργει πατρός;

ΟΡΕΣΤΗΣ

ἔστ', ἄθλιός γε, κοὐδαμοῦ καὶ πανταχοῦ.

ORESTES

Punindo-a ele assim pela morte do pai.

IFIGÊNIA

Pheû!

Tão bem com justiça executou o mal!

ORESTES

Mas justo não teve a divina boa sorte. 560

IFIGÊNIA

Agamêmnon deixa em casa outro filho?

ORESTES

Deixou sua única filha Electra solteira.

IFIGÊNIA

Diz-me, conta-se algo da filha imolada?

ORESTES

Só se conta que a morta não vê a luz.

IFIGÊNIA

Mísera, ela e o pai dela que a matou. 565

ORESTES

Desgraçado morto graças à má mulher.

IFIGÊNIA

O filho do falecido pai vive em Argos?

ORESTES

Mísero vive em toda parte e nenhures.

ΙΦΙΓΕΝΕΙΑ

ψευδεῖς ὄνειροι, χαίρετ'· οὐδὲν ἦτ' ἄρα.

ΟΡΕΣΤΗΣ

οὐδ' οἱ σοφοί γε δαίμονες κεκλημένοι 570
πτηνῶν ὀνείρων εἰσὶν ἀψευδέστεροι.
πολὺς ταραγμὸς ἔν τε τοῖς θείοις ἔνι
κἀν τοῖς βροτείοις· †ἓν δὲ λυπεῖται μόνον†,
ὅτ' οὐκ ἄφρων ὢν μάντεων πεισθεὶς λόγοις
ὄλωλεν ὡς ὄλωλε τοῖσιν εἰδόσιν. 575

ΧΟΡΟΣ

φεῦ φεῦ. τί δ' ἡμεῖς οἵ τ' ἐμοὶ γεννήτορες;
ἆρ' εἰσίν; ἆρ' οὐκ εἰσί; τίς φράσειεν ἄν;

ΙΦΙΓΕΝΕΙΑ

ἀκούσατ'· ἐς γὰρ δή τιν' ἥκομεν λόγον,
ὑμῖν τ' ὄνησιν, ὦ ξένοι, σπεύδουσ' ἅμα
κἀμοί. τὸ δ' εὖ μάλιστά †γ' οὕτω γίγνεται†, 580
εἰ πᾶσι ταὐτὸν πρᾶγμ' ἀρεσκόντως ἔχει.
θέλοις ἄν, εἰ σώσαιμί σ', ἀγγεῖλαί τί μοι
πρὸς Ἄργος ἐλθὼν τοῖς ἐμοῖς ἐκεῖ φίλοις,
δέλτον τ' ἐνεγκεῖν, ἥν τις οἰκτίρας ἐμὲ
ἔγραψεν αἰχμάλωτος, οὐχὶ τὴν ἐμὴν 585
φονέα νομίζων χεῖρα, τοῦ νόμου δ' ὕπο
θνῄσκειν †τὰ τῆς θεοῦ ταῦτα δίκαι' ἡγουμένης†;
οὐδένα γὰρ εἶχον ὅστις ἀγγεῖλαι μολὼν
ἐς Ἄργος αὖθις τάς <τ'> ἐμὰς ἐπιστολὰς
πέμψειε σωθεὶς τῶν ἐμῶν φίλων τινί. 590
σὺ δ' (εἶ γάρ, ὡς ἔοικας, οὔτι δυσγενὴς
καὶ τὰς Μυκήνας οἶσθα χοὓς ἐγὼ φιλῶ)
σώθητι κεῖσε, μισθὸν οὐκ αἰσχρὸν λαβών,
κούφων ἕκατι γραμμάτων σωτηρίαν.
οὗτος δ', ἐπείπερ πόλις ἀναγκάζει τάδε, 595
θεᾶι γενέσθω θῦμα χωρισθεὶς σέθεν.

IFIGÊNIA

Salve, sonhos falsos! Ora, éreis nada!

ORESTES

Nem os assim ditos sábios Numes 570
mentem menos que sonhos alados.
Há muita turvação entre os Deuses
e entre os mortais, mas só dói que
não néscio persuadido por adivinhos
morreu como morreu aos sabedores. 575

CORO

Pheû! Pheû! E nós? Os nossos pais
vivem? Ou não vivem? Quem diria?

IFIGÊNIA

Escutai vós, chegamos a uma palavra,
busquei vosso proveito, ó forasteiros,
e o meu. Máxime assim vem o bem, 580
se a todos satisfaz o mesmo resultado.
Irias a Argos, se eu te salvasse, e serias
meu mensageiro a meus amigos de lá,
portador de carta, que por dó de mim
um prisioneiro escreveu, por não crer 585
homicida a minha mão, mas que a lei
o mata, por ter a Deusa isso por justo?
Eu não tinha quem de volta a Argos
salvo fosse mensageiro e portador
de minha missiva a algum dos meus. 590
Tu, ao que parece, não és mal nato
e conheces Micenas e meus amigos,
sejas tu salvo lá, com paga não vil,
a salvação devida às leves letras.
Ele, porque a urbe assim obriga, 595
seja sacrificado à Deusa, sem ti.

ΟΡΕΣΤΗΣ

καλῶς ἔλεξας τἄλλα πλὴν ἕν, ὦ ξένη·
τὸ γὰρ σφαγῆναι τόνδ' ἐμοὶ βάρος μέγα.
ὁ ναυστολῶν γάρ εἰμ' ἐγὼ τὰς συμφοράς,
οὗτος δὲ συμπλεῖ τῶν ἐμῶν μόχθων χάριν. 600
οὔκουν δίκαιον ἐπ' ὀλέθρωι τῶι τοῦδ' ἐμὲ
χάριν τίθεσθαι καὐτὸν ἐκδῦναι κακῶν.
ἀλλ' ὣς γενέσθω· τῶιδε μὲν δέλτον δίδου·
πέμψει γὰρ Ἄργος, ὥστε σοι καλῶς ἔχειν·
ἡμᾶς δ' ὁ χρήιζων κτεινέτω. τὰ τῶν φίλων 605
αἴσχιστον ὅστις καταβαλὼν ἐς ξυμφορὰς
αὐτὸς σέσωται. τυγχάνει δ' ὅδ' ὢν φίλος,
ὃν οὐδὲν ἧσσον ἢ 'μὲ φῶς ὁρᾶν θέλω.

ΙΦΙΓΕΝΕΙΑ

ὦ λῆμ' ἄριστον, ὡς ἀπ' εὐγενοῦς τινος
ῥίζης πέφυκας τοῖς φίλοις τ' ὀρθῶς φίλος. 610
τοιοῦτος εἴη τῶν ἐμῶν ὁμοσπόρων
ὅσπερ λέλειπται. καὶ γὰρ οὐδ' ἐγώ, ξένοι,
ἀνάδελφός εἰμι, πλὴν ὅσ' οὐχ ὁρῶσά νιν.
ἐπεὶ δὲ βούληι ταῦτα, τόνδε πέμψομεν
δέλτον φέροντα, σὺ δὲ θανῆι· πολλὴ δέ τις 615
προθυμία σε τοῦδ' ἔχουσα τυγχάνει.

ΟΡΕΣΤΗΣ

θύσει δὲ τίς με καὶ τὰ δεινὰ τλήσεται;

ΙΦΙΓΕΝΕΙΑ

ἐγώ· θεᾶς γὰρ τήνδε προστροπὴν ἔχω.

ΟΡΕΣΤΗΣ

ἄζηλον. ὦ νεᾶνι, κοὐκ εὐδαίμονα.

ΙΦΙΓΕΝΕΙΑ

ἀλλ' εἰς ἀνάγκην κείμεθ', ἣν φυλακτέον. 620

ORESTES

Bem disseste o mais, ó forasteira,
mas imolá-lo me seria muito grave.
O navegador sou eu na conjuntura,
ele viaja comigo por meus males. 600
Não é justo que eu com sua perda
tenha a graça e safe-me dos males.
Mas que seja assim: dá-lhe a carta;
envia-o a Argos, que te seja bem.
Quem quiser nos mate. É vilíssimo 605
quem traindo amigos no infortúnio
se salva, e este é por sorte amigo,
não quero que veja menos a luz.

IFIGÊNIA

Ó nobre coração, tu és de origem
nobre e o amigo certo dos amigos! 610
De meus consanguíneos, tal fosse
o que resta, eu não sou sem irmão,
forasteiros, exceto por não o ver.
Já que assim queres, ele nos será
o portador da carta, e morrerás tu, 615
um grande zelo por ele te empolga.

ORESTES

Quem me imolará e terá o terrível?

IFIGÊNIA

Eu. Tenho da Deusa este encargo.

ORESTES

Triste e não de bom Nume, jovem!

IFIGÊNIA

Mas temos a coerção da obrigação. 620

ΟΡΕΣΤΗΣ

αὐτὴ ξίφει θύουσα θῆλυς ἄρσενας;

ΙΦΙΓΕΝΕΙΑ

οὔκ, ἀλλὰ χαίτην ἀμφὶ σὴν χερνίψομαι.

ΟΡΕΣΤΗΣ

ὁ δὲ σφαγεὺς τίς, εἰ τάδ' ἱστορεῖν με χρή;

ΙΦΙΓΕΝΕΙΑ

ἔσω δόμων τῶνδ' εἰσὶν οἷς μέλει τάδε.

ΟΡΕΣΤΗΣ

τάφος δὲ ποῖος δέξεταί μ', ὅταν θάνω; 625

ΙΦΙΓΕΝΕΙΑ

πῦρ ἱερὸν ἔνδον χάσμα τ' εὐρωπὸν πέτρας.

ΟΡΕΣΤΗΣ

φεῦ·
πῶς ἄν μ' ἀδελφῆς χεὶρ περιστείλειεν ἄν; 627

ΙΦΙΓΕΝΕΙΑ

μάταιον εὐχήν, ὦ τάλας, ὅστις ποτ' εἶ,
ηὔξω· μακρὰν γὰρ βαρβάρου ναίει χθονός.
οὐ μήν, ἐπειδὴ τυγχάνεις Ἀργεῖος ὤν, 630
ἀλλ' ὧν γε δυνατὸν οὐδ' ἐγὼ 'λλείψω χάριν.
πολύν τε γάρ σοι κόσμον ἐνθήσω τάφωι
ξανθῶι τ' ἐλαίωι σῶμα σὸν †κατασβέσω†
καὶ τῆς ὀρείας ἀνθεμόρρυτον γάνος
ξουθῆς μελίσσης ἐς πυρὰν βαλῶ σέθεν. 635
ἀλλ' εἶμι δέλτον τ' ἐκ θεᾶς ἀνακτόρων
οἴσω. τὸ μέντοι δυσμενὲς μή μοὐγκαλῇις,
φυλάσσετ' αὐτούς, πρόσπολοι, δεσμῶν ἄτερ.
ἴσως ἄελπτα τῶν ἐμῶν φίλων τινὶ

ORESTES

Tu, mulher, imolas varões na faca?

IFIGÊNIA

Não, mas aspergirei em teu cabelo.

ORESTES

Quem imola, se o devo perguntar?

IFIGÊNIA

No templo há quem disso incumbido.

ORESTES

Que tumba me terá quando morrer? 625

IFIGÊNIA

Fogo sagrado e vasta fenda de pedra.

ORESTES

Pheû!
Como a mão da irmã me sepultaria? 627

IFIGÊNIA

Ó mísero, quem sejas, fizeste a prece
em vão, reside longe da terra bárbara.
Todavia, porque por sorte és argivo, 630
eu não omitirei uma graça possível.
Porei muito adorno em teu funeral,
extinguirei teu corpo em óleo loiro
e verterei o brilho haurido de flores
da fulva abelha montesa em tua pira. 635
Mas irei e trarei a carta do santuário
da Deusa. Não me tenhais inimizade.
Ó servos, guardai-os, sem as cadeias!
Talvez inesperada a um de meus caros

πέμψω πρὸς Ἄργος, ὃν μάλιστ᾽ ἐγὼ φιλῶ, 640
καὶ δέλτος αὐτῶι ζῶντας οὓς δοκεῖ θανεῖν
λέγουσ᾽ ἀπίστους ἡδονὰς ἀπαγγελεῖ.

ΧΟΡΟΣ
κατολοφύρομαι σὲ τὸν χερνίβων Est.
ῥανίσι μελόμενον αἱμακταῖς. 645

ΟΡΕΣΤΗΣ
οἶκτος γὰρ οὐ ταῦτ᾽, ἀλλὰ χαίρετ᾽, ὦ ξέναι.

ΧΟΡΟΣ
σὲ δὲ τύχας μάκαρος, ὦ νεανία, Ant.
σεβόμεθ᾽ ἐς πάτραν ὅτι ποδ᾽ ἐμβάσηι.

ΠΥΛΑΔΗΣ
ἄζηλά τοι φίλοισι, θνῃσκόντων φίλων. 650

ΧΟΡΟΣ
ὦ σχέτλιοι πομπαί — φεῦ φεῦ — Epodo
<δύο> διολλῦσαι· αἰαῖ.
†πότερος ὁ μέλλων;†
ἔτι γὰρ ἀμφίλογα δίδυμα μέμονε φρήν, 655
σὲ πάρος ἢ σ᾽ ἀναστενάξω γόοις.

ΟΡΕΣΤΗΣ
Πυλάδη, πέπονθας ταὐτὸ πρὸς θεῶν ἐμοί; 658

ΠΥΛΑΔΗΣ
οὐκ οἶδ᾽· ἐρωτᾶις οὐ λέγειν ἔχοντά με.

enviarei a quem eu mais amo em Argos 640
a carta, que anunciará incríveis alegrias
ao dizer que vive quem é tido por morto.

[*Segundo estásimo* (643-656)]

CORO

Choro por ti que és o cuidado Est.
das sangrentas gotas lustrais. 645

ORESTES

Não choreis! Ó forasteiras, salve!

CORO

A ti, que pela sorte venturosa Ant.
vais à pátria, nós te felicitamos.

PÍLADES

Ingrato a amigos, morto o amigo. 650

CORO

Ó tristes partidas! — *Pheû! Pheû!* — Epodo
Duas de destruir! — *Aiaî!* —
Qual dos dois há de ser?
Resta ainda dúbio dúplice espírito, 655
a ti ou a ti prantear antes com ais.

[*Terceiro episódio* (657-1088)]

ORESTES

Pílades, pensas — oh Deuses! — o mesmo? 658

PÍLADES

Não sei, perguntas-me incapaz de dizer.

ΟΡΕΣΤΗΣ

τίς ἐστὶν ἡ νεᾶνις; ὡς Ἑλληνικῶς 660
ἀνήρεθ᾽ ἡμᾶς τούς τ᾽ ἐν Ἰλίωι πόνους
νόστον τ᾽ Ἀχαιῶν τόν τ᾽ ἐν οἰωνοῖς σοφὸν
Κάλχαντ᾽ Ἀχιλλέως τ᾽ ὄνομα, καὶ τὸν ἄθλιον
Ἀγαμέμνον᾽ ὡς ὤικτιρ᾽ ἀνηρώτα τέ με
γυναῖκα παῖδάς τ᾽. ἔστιν ἡ ξένη γένος 665
ἐκεῖθεν Ἀργεία τις· οὐ γὰρ ἄν ποτε
δέλτον τ᾽ ἔπεμπε καὶ τάδ᾽ ἐξεμάνθανεν,
ὡς κοινὰ πράσσουσ᾽, Ἄργος εἰ πράσσει καλῶς.

ΠΥΛΑΔΗΣ

ἔφθης με μικρόν· ταὐτὰ δὲ φθάσας λέγεις,
πλὴν ἕν· τὰ γάρ τοι βασιλέων παθήματα 670
ἴσασι πάντες ὧν ἐπιστροφή τις ἦι.
ἀτὰρ διῆλθον χἄτερον λόγον τινά.

ΟΡΕΣΤΗΣ

τίν᾽; ἐς τὸ κοινὸν δοὺς ἄμεινον ἂν μάθοις.

ΠΥΛΑΔΗΣ

αἰσχρὸν θανόντος σοῦ βλέπειν ἡμᾶς φάος·
κοινῆι δὲ πλεύσας δεῖ με καὶ κοινῆι θανεῖν. 675
καὶ δειλίαν γὰρ καὶ κάκην κεκτήσομαι
Ἄργει τε Φωκέων τ᾽ ἐν πολυπτύχωι χθονί,
δόξω δὲ τοῖς πολλοῖσι (πολλοὶ γὰρ κακοί)
προδοὺς σεσῶσθαί σ᾽ αὐτὸς εἰς οἴκους μόνος
ἢ καὶ φονεύσας ἐπὶ νοσοῦσι δώμασιν 680
ῥάψαι μόρον σοι σῆς τυραννίδος χάριν,
ἔγκληρον ὡς δὴ σὴν κασιγνήτην γαμῶν.
ταῦτ᾽ οὖν φοβοῦμαι καὶ δι᾽ αἰσχύνης ἔχω,
κοὐκ ἔσθ᾽ ὅπως οὐ χρὴ συνεκπνεῦσαί μέ σοι
καὶ συσσφαγῆναι καὶ πυρωθῆναι δέμας, 685
φίλον γεγῶτα καὶ φοβούμενον ψόγον.

ORESTES

Quem é a moça? Como na voz grega 660
nos perguntou das fadigas em Ílion,
do retorno dos aqueus, do sábio áuspice
Calcas, do nome de Aquiles, e como
chorou pobre Agamêmnon e indagou
da mulher e dos filhos! Esta forasteira 665
é uma argiva nata de lá ou não enviaria
carta jamais, nem se informaria assim
como se fosse comum o bem de Argos.

PÍLADES

Tu o dizes por um triz antes de mim,
exceto que dos sofrimentos dos reis 670
sabem todos que lhes deram atenção.
No entanto tenho ainda outra palavra.

ORESTES

Qual? Se a comunicas, saberias mais.

PÍLADES

Avilta-nos vermos a luz, se tu morres.
Naveguei junto, devo morrer contigo. 675
Terei conquistado covardia e vilania
em Argos e no solo rugoso da Fócida
e parecerá à turba, pois a turba é má,
que eu te traí e em casa me salvei só,
ou que ainda o matei por turvo palácio 680
e urdi a tua morte por causa da realeza,
herdeiro por ser casado com tua irmã.
Disso eu tenho pavor e sinto vergonha.
Não há como não deva morrer contigo,
ser imolado junto e o corpo cremado, 685
por ter sido amigo e por temer desonra.

ΟΡΕΣΤΗΣ

εὔφημα φώνει· τἀμὰ δεῖ φέρειν κακά,
ἁπλᾶς δὲ λύπας ἐξόν, οὐκ οἴσω διπλᾶς.
ὃ γὰρ σὺ λυπρὸν κἀπονείδιστον λέγεις,
ταὔτ᾽ ἔστιν ἡμῖν, εἴ σε συμμοχθοῦντ᾽ ἐμοὶ 690
κτενῶ· τὸ μὲν γὰρ εἰς ἔμ᾽ οὐ κακῶς ἔχει,
πράσσονθ᾽ ἃ πράσσω πρὸς θεῶν, λῦσαι βίον.
σὺ δ᾽ ὄλβιός τ᾽ εἶ καθαρά τ᾽, οὐ νοσοῦντ᾽, ἔχεις
μέλαθρ᾽, ἐγὼ δὲ δυσσεβῆ καὶ δυστυχῆ.
σωθεὶς δέ, παῖδας ἐξ ἐμῆς ὁμοσπόρου 695
κτησάμενος, ἣν ἔδωκά σοι δάμαρτ᾽ ἔχειν,
ὄνομά τ᾽ ἐμοῦ γένοιτ᾽ ἄν, οὐδ᾽ ἄπαις δόμος
πατρῷιος οὑμὸς ἐξαλειφθείη ποτ᾽ ἄν.
ἀλλ᾽ ἕρπε καὶ ζῆ καὶ δόμους οἴκει πατρός.
ὅταν δ᾽ ἐς Ἑλλάδ᾽ ἵππιόν τ᾽ Ἄργος μόληις, 700
πρὸς δεξιᾶς σε τῆσδ᾽ ἐπισκήπτω τάδε·
τύμβον τε χῶσον κἀπίθες μνημεῖά μου,
καὶ δάκρυ᾽ ἀδελφὴ καὶ κόμας δότω τάφωι.
ἄγγελλε δ᾽ ὡς ὄλωλ᾽ ὑπ᾽ Ἀργείας τινὸς
γυναικὸς ἀμφὶ βωμὸν ἁγνισθεὶς φόνωι. 705
καὶ μὴ προδῶις μου τὴν κασιγνήτην ποτέ,
ἔρημα κήδη καὶ δόμους ὁρῶν πατρός.
καὶ χαῖρ᾽· ἐμῶν γὰρ φίλτατόν σ᾽ ηὗρον φίλων,
ὦ συγκυναγὲ καὶ συνεκτραφεὶς ἐμοί,
ὦ πόλλ᾽ ἐνεγκὼν τῶν ἐμῶν ἄχθη κακῶν. 710
ἡμᾶς δ᾽ ὁ Φοῖβος μάντις ὢν ἐψεύσατο·
τέχνην δὲ θέμενος ὡς προσώταθ᾽ Ἑλλάδος
ἀπήλασ᾽, αἰδοῖ τῶν πάρος μαντευμάτων.
ὧι πάντ᾽ ἐγὼ δοὺς τἀμὰ καὶ πεισθεὶς λόγοις,
μητέρα κατακτὰς αὐτὸς ἀνταπόλλυμαι. 715

ΠΥΛΑΔΗΣ

ἔσται τάφος σοι, καὶ κασιγνήτης λέχος
οὐκ ἂν προδοίην, ὦ τάλας, ἐπεί σ᾽ ἐγὼ
θανόντα μᾶλλον ἢ βλέπονθ᾽ ἕξω φίλον.

ORESTES

Guarda silêncio! Devo suportar males,
se há uma só dor, não suportarei duas.
O que tu dizes ser triste e oprobrioso
cabe a mim, se por tua faina comigo 690
eu te matar. Para mim, não está mal
morrer com o que tenho dos Deuses.
Tu és feliz e tens pura e não turvada
a casa, tenho impiedade e infortúnio.
Se te salvasses e se de minha irmã, 695
que te dei por esposa, tivesses filhos
haveria o meu nome e a minha casa
paterna não se apagaria sem filho.
Vai! Vive e reside na casa paterna!
Já na Grécia e em Argos equestre, 700
por esta mão destra conjuro-te isto:
ergue meu túmulo e faz o memorial,
dê a irmã prantos e mechas à tumba.
Anuncia que ante o altar fui morto
consagrado à morte por uma argiva. 705
Não repudies nunca a minha irmã,
se vês vazia a aliança e casa pátria.
Salve! Foste meu mais caro amigo,
ó parceiro de caçadas e de criação,
ó grande apoio nos graves males. 710
Febo, sendo adivinho, nos mentiu,
com arte nos expulsou o mais longe
da Grécia, pudico de anterior oráculo.
Entreguei-me e persuadido por ele
matei a mãe e por minha vez pereço. 715

PÍLADES

Terás funerais e não repudiaria leito
de tua irmã, ó mísero, porque serei
teu amigo na morte mais que na vida.

ἀτὰρ τὸ τοῦ θεοῦ σ᾽ οὐ διέφθορέν γέ πω
μάντευμα· καίτοι κἀγγὺς ἕστηκας φόνου. 720
ἀλλ᾽ ἔστιν, ἔστιν ἡ λίαν δυσπραξία
λίαν διδοῦσα μεταβολάς, ὅταν τύχηι.

ΟΡΕΣΤΗΣ

σίγα· τὰ Φοίβου δ᾽ οὐδὲν ὠφελεῖ μ᾽ ἔπη·
γυνὴ γὰρ ἥδε δωμάτων ἔξω περᾶι.

ΙΦΙΓΕΝΕΙΑ

ἀπέλθεθ᾽ ὑμεῖς καὶ παρευτρεπίζετε 725
τἄνδον μολόντες τοῖς ἐφεστῶσι σφαγῆι.
δέλτου μὲν αἵδε πολύθυροι διαπτυχαί,
ξένοι, πάρεισιν· ἃ δ᾽ ἐπὶ τοῖσδε βούλομαι
ἀκούσατ᾽. οὐδεὶς αὑτὸς ἐν πόνοις <τ᾽> ἀνὴρ
ὅταν τε πρὸς τὸ θάρσος ἐκ φόβου πέσηι. 730
ἐγὼ δὲ ταρβῶ μὴ ἀπονοστήσας χθονὸς
θῆται παρ᾽ οὐδὲν τὰς ἐμὰς ἐπιστολὰς
ὁ τήνδε μέλλων δέλτον εἰς Ἄργος φέρειν.

ΟΡΕΣΤΗΣ

τί δῆτα βούληι; τίνος ἀμηχανεῖς πέρι;

ΙΦΙΓΕΝΕΙΑ

ὅρκον δότω μοι τάσδε πορθμεύσειν γραφὰς 735
πρὸς Ἄργος, οἷσι βούλομαι πέμψαι φίλων.

ΟΡΕΣΤΗΣ

ἦ κἀντιδώσεις τῶιδε τοὺς αὐτοὺς λόγους;

ΙΦΙΓΕΝΕΙΑ

τί χρῆμα δράσειν ἢ τί μὴ δράσειν; λέγε.

Mas ainda não te destruiu o oráculo
do Deus, ainda que perto da morte. 720
Mas há, há situação demasiado má
que sofre grande mutação por sorte.

ORESTES

Silêncio! Não me servem as falas
de Febo, esta mulher sai do templo.

IFIGÊNIA

Retirai-vos, e lá dentro preparai 725
com os que presidem à imolação.
Forasteiros, eis múltiplas dobras
da carta. O que, além disso, quero,
escutai! Não é o mesmo em males
e ao cair-se do pavor em ousadia. 730
Temo que, ao regressar deste solo,
não faça conta de minha missiva
quem for levar esta carta a Argos.

ORESTES

Que queres, então? Que te falta?

IFIGÊNIA

Jura-me que levarás estes escritos 735
a Argos, aos amigos a quem envio.

ORESTES

Jurarás por tua vez do mesmo modo?

IFIGÊNIA

Que farei ou não farei o quê? Diz!

ΟΡΕΣΤΗΣ

ἐκ γῆς ἀφήσειν μὴ θανόντα βαρβάρου.

ΙΦΙΓΕΝΕΙΑ

δίκαιον εἶπας· πῶς γὰρ ἀγγείλειεν ἄν; 740

ΟΡΕΣΤΗΣ

ἦ καὶ τύραννος ταῦτα συγχωρήσεται;

ΙΦΙΓΕΝΕΙΑ

ναί·

πείσω σφε, καὐτὴ ναὸς ἐσβήσω σκάφος. 742

ΟΡΕΣΤΗΣ

ὄμνυ· σὺ δ' ἔξαρχ' ὅρκον ὅστις εὐσεβής.

ΙΦΙΓΕΝΕΙΑ

δώσω, λέγειν χρή, τήνδε τοῖσι σοῖς φίλοις.

ΠΥΛΑΔΗΣ

τοῖς σοῖς φίλοισι γράμματ' ἀποδώσω τάδε. 745

ΙΦΙΓΕΝΕΙΑ

κἀγὼ σὲ σώσω κυανέας ἔξω πέτρας.

ΠΥΛΑΔΗΣ

τίν' οὖν ἐπόμνυς τοισίδ' ὅρκιον θεῶν;

ΙΦΙΓΕΝΕΙΑ

Ἄρτεμιν, ἐν ἧσπερ δώμασιν τιμὰς ἔχω.

ΠΥΛΑΔΗΣ

ἐγὼ δ' ἄνακτά γ' οὐρανοῦ, σεμνὸν Δία.

ORESTES

Que o deixarás ir vivo da terra bárbara.

IFIGÊNIA

Dizes bem. Como seria mensageiro? 740

ORESTES

Será que o rei concordará com isso?

IFIGÊNIA

Sim,
persuadirei e farei que ele embarque. 742

ORESTES

Jura! Inicia tu jura que seja reverente.

IFIGÊNIA

Levarei, deves dizer, isto a teus amigos.

PÍLADES

A teus amigos entregarei estes escritos. 745

IFIGÊNIA

Também te salvarei das pedras negras.

PÍLADES

Por qual dos Deuses tu juras esta jura?

IFIGÊNIA

Ártemis, em cujo templo tenho honra.

PÍLADES

Eu juro pelo rei do céu Zeus venerável!

ΙΦΙΓΕΝΕΙΑ

εἰ δ' ἐκλιπὼν τὸν ὅρκον ἀδικοίης ἐμέ; 750

ΠΥΛΑΔΗΣ

ἄνοστος εἴην· τί δὲ σύ, μὴ σώσασά με;

ΙΦΙΓΕΝΕΙΑ

μήποτε κατ' Ἄργος ζῶσ' ἴχνος θείην ποδός.

ΠΥΛΑΔΗΣ

ἄκουε δή νυν ὃν παρήλθομεν λόγον.

ΙΦΙΓΕΝΕΙΑ

ἀλλ' εὐθὺς ἔστω κοινός, ἢν καλῶς ἔχηι.

ΠΥΛΑΔΗΣ

ἐξαίρετόν μοι δὸς τόδ', ἤν τι ναῦς πάθηι 755
χἠ δέλτος ἐν κλύδωνι χρημάτων μέτα
ἀφανὴς γένηται, σῶμα δ' ἐκσώσω μόνον,
τὸν ὅρκον εἶναι τόνδε μηκέτ' ἔμπεδον.

ΙΦΙΓΕΝΕΙΑ

ἀλλ' οἶσθ' ὃ δράσω· πολλὰ γὰρ †πολλῶν† κυρεῖ.
τἀνόντα κἀγγεγραμμέν' ἐν δέλτου πτυχαῖς 760
λόγωι φράσω σοι πάντ' ἀπαγγεῖλαι φίλοις.
ἐν ἀσφαλεῖ γάρ· ἢν μὲν ἐκσώσηις γραφήν,
αὐτὴ φράσει σιγῶσα τἀγγεγραμμένα·
ἢν δ' ἐν θαλάσσηι γράμματ' ἀφανισθῆι τάδε,
τὸ σῶμα σώσας τοὺς λόγους σώσεις ἐμοί. 765

ΠΥΛΑΔΗΣ

καλῶς ἔλεξας τῶν τε σῶν ἐμοῦ θ' ὕπερ.
σήμαινε δ' ὧι χρὴ τάσδ' ἐπιστολὰς φέρειν
πρὸς Ἄργος ὅτι τε χρὴ κλύοντα σοῦ λέγειν.

IFIGÊNIA

E se quebrares a jura e me fores injusto? 750

PÍLADES

Não regresse! E tu, se não me salvares?

IFIGÊNIA

Nunca possa viva pôr os pés em Argos!

PÍLADES

Ouve, então, a palavra que omitimos!

IFIGÊNIA

Mas se por bem, que já se comunique!

PÍLADES

Faz-me a ressalva: se o navio sofrer 755
algo e a carta desaparecer nas ondas
com os haveres, e salvar eu só a vida,
este juramento não terá mais validade.

IFIGÊNIA

Sabes tu que farei? Muito vale muito.
O que há escrito nas dobras da carta 760
te direi para anunciares tudo aos meus.
Se conservares em segurança a escrita,
ela dirá em silêncio o que está escrito.
Se estas letras desaparecerem no mar,
se salvares a vida, salvarás minha fala. 765

PÍLADES

Bem falaste em favor de ti e de mim.
Diz-me a quem devo levar a mensagem
em Argos e o que ouvir de ti e dizer!

ΙΦΙΓΕΝΕΙΑ

ἄγγελλ' Ὀρέστηι, παιδὶ τἀγαμέμνονος·
Ἡ 'ν Αὐλίδι σφαγεῖσ' ἐπιστέλλει τάδε 770
ζῶσ' Ἰφιγένεια, τοῖς ἐκεῖ δ' οὐ ζῶσ' ἔτι.

ΟΡΕΣΤΗΣ

ποῦ δ' ἔστ' ἐκείνη; κατθανοῦσ' ἥκει πάλιν;

ΙΦΙΓΕΝΕΙΑ

ἥδ' ἣν ὁρᾶις σύ· μὴ λόγων ἔκπλησσέ με.
Κόμισαί μ' ἐς Ἄργος, ὦ σύναιμε, πρὶν θανεῖν,
ἐκ βαρβάρου γῆς καὶ μετάστησον θεᾶς 775
σφαγίων, ἐφ' οἷσι ξενοφόνους τιμὰς ἔχω.

ΟΡΕΣΤΗΣ

Πυλάδη, τί λέξω; ποῦ ποτ' ὄνθ' ηὑρήμεθα;

ΙΦΙΓΕΝΕΙΑ

ἢ σοῖς ἀραία δώμασιν γενήσομαι,
Ὀρέσθ', ἵν' αὖθις ὄνομα δὶς κλύων μάθηις.

ΟΡΕΣΤΗΣ

ὦ θεοί.

ΙΦΙΓΕΝΕΙΑ

τί τοὺς θεοὺς ἀνακαλεῖς ἐν τοῖς ἐμοῖς; 780

ΟΡΕΣΤΗΣ

οὐδέν· πέραινε δ'· ἐξέβην γὰρ ἄλλοσε.

ΙΦΙΓΕΝΕΙΑ

τάχ' οὖν ἐρωτῶν σ' εἰς ἄπιστ' ἀφίξεται·
λέγ' οὕνεκ' ἔλαφον ἀντιδοῦσά μου θεὰ
Ἄρτεμις ἔσωσέ μ', ἣν ἔθυσ' ἐμὸς πατήρ,
δοκῶν ἐς ἡμᾶς ὀξὺ φάσγανον βαλεῖν, 785

IFIGÊNIA

Anuncia a Orestes, filho de Agamêmnon:
a imolada em Áulida faz saber o seguinte: 770
viva Ifigênia, mas aos de lá não viva ainda.

ORESTES

Onde está ela? Morreu e de novo regressa?

IFIGÊNIA

Esta que tu vês. Não me cortes a palavra!
Leva-me a Argos, irmão, antes da morte,
tira-me da terra bárbara e das imolações 775
à Deusa, onde me honra matar forasteiro.

ORESTES

Pílades, que direi? Onde nos achamos?

IFIGÊNIA

Ou precatória a tua casa me tornarei,
Orestes! Ouve outra vez o nome, sabe!

ORESTES

Ó Deuses!

IFIGÊNIA

Por que me clamas Deuses? 780

ORESTES

Nada! Prossegue! Perambulei alhures.

IFIGÊNIA

Talvez ao te inquirir consiga o incrível.
Diz-lhe que a Deusa me trocou por corça,
Ártemis me salvou, vítima de meu pai
na crença de ferir-me com aguda faca, 785

ἐς τήνδε δ᾽ ᾤκισ᾽ αἶαν. αἵδ᾽ ἐπιστολαί,
τάδ᾽ ἐστὶ τἀν δέλτοισιν ἐγγεγραμμένα.

ΠΥΛΑΔΗΣ

ὦ ῥαιδίοις ὅρκοισι περιβαλοῦσά με,
κάλλιστα δ᾽ ὀμόσασ᾽, οὐ πολὺν σχήσω χρόνον,
τὸν δ᾽ ὅρκον ὃν κατώμοσ᾽ ἐμπεδώσομεν. 790
ἰδού, φέρω σοι δέλτον ἀποδίδωμί τε,
Ὀρέστα, τῆσδε σῆς κασιγνήτης πάρα.

ΟΡΕΣΤΗΣ

δέχομαι· παρεὶς δὲ γραμμάτων διαπτυχὰς
τὴν ἡδονὴν πρῶτ᾽ οὐ λόγοις αἱρήσομαι.
ὦ φιλτάτη μοι σύγγον᾽, ἐκπεπληγμένος 795
ὅμως σ᾽ ἀπίστωι περιβαλὼν βραχίονι
ἐς τέρψιν εἶμι, πυθόμενος θαυμάστ᾽ ἐμοί.

ΙΦΙΓΕΝΕΙΑ

ξέν᾽, οὐ δικαίως τῆς θεοῦ τὴν πρόσπολον
χραίνεις ἀθίκτοις περιβαλὼν πέπλοις χέρα.

ΟΡΕΣΤΗΣ

ὦ συγκασιγνήτη τε κἀκ ταὐτοῦ πατρὸς 800
Ἀγαμέμνονος γεγῶσα, μή μ᾽ ἀποστρέφου,
ἔχουσ᾽ ἀδελφόν, οὐ δοκοῦσ᾽ ἕξειν ποτέ.

ΙΦΙΓΕΝΕΙΑ

ἐγώ σ᾽ ἀδελφὸν τὸν ἐμόν; οὐ παύσηι λέγων;
τό τ᾽ Ἄργος αὐτοῦ μεστὸν ἥ τε Ναυπλία.

ΟΡΕΣΤΗΣ

οὐκ ἔστ᾽ ἐκεῖ σός, ὦ τάλαινα, σύγγονος. 805

ΙΦΙΓΕΝΕΙΑ

ἀλλ᾽ ἡ Λάκαινα Τυνδαρίς σ᾽ ἐγείνατο;

e instalou nesta terra. Eis a mensagem,
isso é o que está escrito aí nessa carta!

PÍLADES

Ó prendendo-me com o juramento fácil,
o melhor juramento, em não muito tempo
eu confirmarei esse juramento que jurei. 790
Olha, trago-te esta carta que te entrego,
Orestes, vindo da parte desta tua irmã!

ORESTES

Recebo. Deixando as dobras de letras
prefiro primeiro o prazer não verbal.
Ó minha caríssima irmã, surpreso, 795
cingindo-te com o braço incrédulo,
sinto o júbilo, ao saber do milagre!

IFIGÊNIA

Forasteiro, sujas sem justiça a serva
da Deusa, abraçando véus intocáveis.

ORESTES

Ó minha irmã e filha do mesmo pai 800
Agamêmnon, não me desconsideres
tendo o irmão sem crer tê-lo afinal!

IFIGÊNIA

És tu o meu irmão? Não te calarás?
Argos e Náuplia estão cheias dele.

ORESTES

Não está lá, ó mísera, o teu irmão. 805

IFIGÊNIA

Mas a lacônia Tindárida te gerou?

ΟΡΕΣΤΗΣ

Πέλοπός γε παιδὶ παιδός, οὗ 'κπέφυκ' ἐγώ.

ΙΦΙΓΕΝΕΙΑ

τί φῄς; ἔχεις τι τῶνδέ μοι τεκμήριον;

ΟΡΕΣΤΗΣ

ἔχω· πατρῴων ἐκ δόμων τι πυνθάνου.

ΙΦΙΓΕΝΕΙΑ

οὔκουν λέγειν μὲν χρὴ σέ, μανθάνειν δ' ἐμέ; 810

ΟΡΕΣΤΗΣ

λέγοιμ' ἂν ἀκοῇ πρῶτον Ἠλέκτρας τάδε·
Ἀτρέως Θυέστου τ' οἶσθα γενομένην ἔριν;

ΙΦΙΓΕΝΕΙΑ

ἤκουσα· χρυσῆς ἀρνὸς ἦν νείκη πέρι.

ΟΡΕΣΤΗΣ

ταῦτ' οὖν ὑφήνασ' οἶσθ' ἐν εὐπήνοις ὑφαῖς;

ΙΦΙΓΕΝΕΙΑ

ὦ φίλτατ', ἐγγὺς τῶν ἐμῶν χρίμπτῃ φρενῶν. 815

ΟΡΕΣΤΗΣ

εἰκώ τ' ἐν ἱστοῖς ἡλίου μετάστασιν;

ΙΦΙΓΕΝΕΙΑ

ὕφηνα καὶ τόδ' εἶδος εὐμίτοις πλοκαῖς.

ΟΡΕΣΤΗΣ

καὶ λούτρ' ἐς Αὖλιν μητρὸς ἁδέξω πάρα;

ORESTES

Sim, com o filho do filho de Pélops.

IFIGÊNIA

Que dizes? Podes me provar isso?

ORESTES

Posso. Pergunta algo da casa paterna.

IFIGÊNIA

Não deves tu dizer e eu saber de ti? 810

ORESTES

Diria primeiro o que ouvi de Electra:
conheces a rixa entre Atreu e Tieste?

IFIGÊNIA

Ouvi: houve litígio por anho de ouro.

ORESTES

Sabes que isso teceste em rico tecido?

IFIGÊNIA

Ó caríssimo, alcanças o meu coração. 815

ORESTES

Figura no tecido a mudança do sol.

IFIGÊNIA

Teci ainda essa forma no tecido fino.

ORESTES

E banhos que a mãe te deu em Áulida?

ΙΦΙΓΕΝΕΙΑ

οἶδ'· οὐ γὰρ ὁ γάμος ἐσθλὸς ὤν μ' ἀφείλετο.

ΟΡΕΣΤΗΣ

τί γάρ; κόμας σὰς μητρὶ δοῦσα σῆι φέρειν; 820

ΙΦΙΓΕΝΕΙΑ

μνημεῖά γ' ἀντὶ σώματος τοὐμοῦ τάφωι.

ΟΡΕΣΤΗΣ

ἃ δ' εἶδον αὐτός, τάδε φράσω τεκμήρια·
Πέλοπος παλαιὰν ἐν δόμοις λόγχην πατρός,
ἣν χερσὶ πάλλων παρθένον Πισάτιδα
ἐκτήσαθ' Ἱπποδάμειαν, Οἰνόμαον κτανών, 825
ἐν παρθενῶσι τοῖσι σοῖς κεκρυμμένην.

ΙΦΙΓΕΝΕΙΑ

ὦ φίλτατ', οὐδὲν ἄλλο, φίλτατος γὰρ εἶ,
ἔχω σ', Ὀρέστα, †τηλύγετον χθονὸς ἀπὸ πατρίδος† 829
Ἀργόθεν, ὦ φίλος. 830

ΟΡΕΣΤΗΣ

κἀγώ σε τὴν θανοῦσαν, ὡς δοξάζεται.

ΙΦΙΓΕΝΕΙΑ

κατὰ δὲ δάκρυ, κατὰ δὲ γόος ἅμα χαρᾶι
τὸ σὸν νοτίζει βλέφαρον, ὡσαύτως δ' ἐμόν.
†τὸ δέ τι† βρέφος
ἔλιπον ἀγκάλαισι νεαρὸν τροφοῦ 835
νεαρὸν ἐν δόμοις.
ὦ κρεῖσσον ἢ λόγοισιν εὐτυχοῦσά μου
ψυχά, τί φῶ; θαυμάτων 839
πέρα καὶ λόγου πρόσω τάδ' ἀπέβα. 840

IFIGÊNIA

Sei, não me raptaram por boas núpcias.

ORESTES

Sabes que deste as mechas à tua mãe? 820

IFIGÊNIA

Lembranças de meu corpo ao túmulo.

ORESTES

O que eu mesmo vi, direi como prova.
Na casa do pai Pélops, a antiga lança
— com que ganhou a virgem de Pisa
Hipodamia, quando matou Enômao — 825
era ocultada em teu quarto de virgem.

[*Dueto* (827-899)]

IFIGÊNIA

Ó caríssimo, nada mais, pois caríssimo és,
tenho-te, Orestes, vindo da longínqua pátria 829
vindo de Argos, ó meu caro! 830

ORESTES

E eu a ti, a que morreu, como se imagina.

IFIGÊNIA

As lágrimas e gemidos de alegria
umedecem teus olhos e os meus.
Este menino
deixei nos braços da nutriz, novo, 835
novo, em casa.
Ó boa sorte maior que a palavra, vida
minha, que dizer? Mais que admirável 839
e além das palavras assim aconteceu! 840

ΟΡΕΣΤΗΣ

τὸ λοιπὸν εὐτυχοῖμεν ἀλλήλων μέτα.

ΙΦΙΓΕΝΕΙΑ

ἄτοπον ἡδονὰν ἔλαβον, ὦ φίλαι·
δέδοικα δ' ἐκ χερῶν με μὴ πρὸς αἰθέρα
ἀμπτάμενος φύγηι.
ἰὼ Κυκλωπὶς ἑστία, ἰὼ πατρίς, 845
Μυκήνα φίλα,
χάριν ἔχω ζόας, χάριν ἔχω τροφᾶς,
ὅτι μοι συνομαίμονα τόνδε δόμοις
ἐξεθρέψω φάος.

ΟΡΕΣΤΗΣ

γένει μὲν εὐτυχοῦμεν, ἐς δὲ συμφοράς, 850
ὦ σύγγον', ἡμῶν δυστυχὴς ἔφυ βίος.

ΙΦΙΓΕΝΕΙΑ

ἐγᾦιδ' ἁ μέλεος, οἶδ', ὅτε φάσγανον
δέραι 'φῆκέ μοι μελεόφρων πατήρ. 854

ΟΡΕΣΤΗΣ

οἴμοι· δοκῶ γὰρ οὐ παρών σ' ὁρᾶν ἐκεῖ. 855

ΙΦΙΓΕΝΕΙΑ

ἀνυμέναιος, <ὦ> σύγγον', Ἀχιλλέως
ἐς κλισίαν λέκτρων δόλιον ἀγόμαν· 859
παρὰ δὲ βωμὸν ἦν δάκρυα καὶ γόοι. 860
φεῦ φεῦ χερνίβων ἐκεί<νων· οἴμοι>.

ΟΡΕΣΤΗΣ

ὤιμωξα κἀγὼ τόλμαν ἣν ἔτλη πατήρ.

ORESTES

Tenhamos boa sorte juntos no porvir!

IFIGÊNIA

Tenho insólito prazer, ó amigas!
Temo que fuja de meus braços
em voo para o céu fulgente.
Ió, ciclópico lar! *Ió*, pátria 845
minha Micenas,
graça pela vida, graça pela criação
tenho-te por me criares este irmão,
a luz da casa!

ORESTES

Somos de boa sorte, mas por revés, 850
ó irmã, nossa vida foi de má sorte.

IFIGÊNIA

Mísera soube, soube, quando o pai
mísero me pôs a espada no pescoço. 854

ORESTES

Oímoi! Ausente imagino te ver lá! 855

IFIGÊNIA

Sem himeneu, ó irmão, fui levada
à dolosa tenda nupcial de Aquiles. 859
Junto ao altar havia lágrimas e ais. 860
Pheû pheû! Quais lustrações! *Oímoi!*

ORESTES

Choro a ousadia que o pai ousou.

ΙΦΙΓΕΝΕΙΑ

ἀπάτορ' ἀπάτορα πότμον ἔλαχον·
ἄλλα δ' ἐξ ἄλλων κυρεῖ 865
δαίμονος τύχαι τινός. 867

ΟΡΕΣΤΗΣ

εἰ σόν γ' ἀδελφόν, ὦ τάλαιν', ἀπώλεσας. 866

ΙΦΙΓΕΝΕΙΑ

ὦ μελέα δεινᾶς τόλμας· δείν' ἔτλαν, 869
ἔτλαν δείν', ὤμοι, σύγγονε, παρὰ δ' ὀλίγον 870
ἀπέφυγες ὄλεθρον ἀνόσιον ἐξ ἐμᾶν
δαϊχθεὶς χερῶν.
ἁ δ' ἐπ' †αὐτοῖσι† τίς τελευτά;
τίς τύχα μοι συγκυρήσει; 875
τίνα σοι <τίνα σοι> πόρον εὑρομένα
πάλιν ἀπὸ πόλεως, ἀπὸ φόνου πέμψω
πατρίδ' ἐς Ἀργείαν,
πρὶν ἐπὶ ξίφος αἵματι σῶι πελάσαι; 880
τόδε τόδε σόν,
ὦ μελέα ψυχά, χρέος ἀνευρίσκειν.
πότερον κατὰ χέρσον, οὐχὶ ναῒ
ἀλλὰ ποδῶν ῥιπᾶι; 885
θανάτωι πελάσεις ἄρα βάρβαρα φῦλα
καὶ δι' ὁδοὺς ἀνόδους στείχων· διὰ κυανέας μὰν
στενοπόρου πέτρας μακρὰ κέλευθα να- 890
ΐοισιν δρασμοῖς.
τάλαινα τάλαινα. 894
†τίς ἂν οὖν τάδ' ἂν ἢ θεὸς ἢ βροτὸς ἢ 895
τί τῶν ἀδοκήτων
πόρον ἄπορον ἐξανύσας†
δυοῖν τοῖν μόνοιν Ἀτρείδαιν φανεῖ
κακῶν ἔκλυσιν;

IFIGÊNIA

Tive sina sem-pai, sem-pai,
mas umas de outras surgem 865
novas por golpe de um Nume. 867

ORESTES

Se matasses teu irmão, ó mísera! 866

IFIGÊNIA

Ó triste ousadia terrível, terrível tive, 869
terrível tive, *oímoi*, irmão! Por pouco 870
escapaste a ímpia ruína, trespassado
por minhas mãos!
Qual o fim disto?
Qual a sorte minha? 875
Por qual via, por qual inventada via
te enviarei fora da urbe, fora da morte
de volta à pátria argiva
antes que a faca alcance teu sangue? 880
Isso, isso é teu dever
inventar, ó mísera vida!
Por terra, não de navio,
mas no passo dos pés? 885
Terás perto a morte por tribos bárbaras
e por vias impérvias, mas pelas negras
pedras do passo estreito é longo trajeto 890
em fuga naval.
Mísera! Mísera! 894
Qual Deus ou mortal 895
ou qual fato inesperado
com o passo do impasse
mostrará aos dois Atridas
sós a solução dos males?

ΧΟΡΟΣ

ἐν τοῖσι θαυμαστοῖσι καὶ μύθων πέρα 900
τάδ' εἶδον αὐτὴ κοὐ κλύουσ' ἀπ' ἀγγέλων.

ΠΥΛΑΔΗΣ

τὸ μὲν φίλους ἐλθόντας εἰς ὄψιν φίλων,
Ὀρέστα, χειρῶν περιβολὰς εἰκὸς λαβεῖν·
λήξαντα δ' οἴκτων κἀπ' ἐκεῖν' ἐλθεῖν χρεών,
ὅπως τὸ κλεινὸν ὄμμα τῆς σωτηρίας 905
λαβόντες ἐκ γῆς βησόμεσθα βαρβάρου.
[σοφῶν γὰρ ἀνδρῶν ταῦτα, μὴ 'κβάντας τύχης,
καιρὸν λαβόντας, ἡδονὰς ἄλλας λαβεῖν.]

ΟΡΕΣΤΗΣ

καλῶς ἔλεξας· τῆι τύχηι δ' οἶμαι μέλειν
τοῦδε ξὺν ἡμῖν· ἢν δέ τις πρόθυμος ἦι, 910
σθένειν τὸ θεῖον μᾶλλον εἰκότως ἔχει.

ΙΦΙΓΕΝΕΙΑ

οὔ μή μ' ἐπίσχῃς οὐδ' ἀποστήσεις λόγου,
πρῶτον πυθέσθαι τίνα ποτ' Ἠλέκτρα πότμον
εἴληχε βιότου· φίλα γὰρ †ἔσται πάντ' ἐμοί†.

ΟΡΕΣΤΗΣ

τῶιδε ξυνοικεῖ βίον ἔχουσ' εὐδαίμονα. 915

ΙΦΙΓΕΝΕΙΑ

οὗτος δὲ ποδαπὸς καὶ τίνος πέφυκε παῖς;

ΟΡΕΣΤΗΣ

Στρόφιος ὁ Φωκεὺς τοῦδε κλήιζεται πατήρ.

[*Continuação do terceiro episódio* (900-1088)]

CORO

Entre milagres e além das palavras isto 900
eu mesma vi, não ouvi de mensageiros.

PÍLADES

Quando amigos vão à vista de amigos,
é o esperado receber abraços, Orestes,
mas é preciso que cessemos o pranto
para com a ínclita visão da salvação 905
tratarmos de sair desta terra bárbara.
Pertence aos sábios não sair da sorte,
colher a ocasião e ter outros prazeres.

ORESTES

Tens razão. Creio que a sorte cuida
disto conosco. Se o ânimo se adianta, 910
parece que o divino tem mais força.

IFIGÊNIA

Não me detenhas nem afastes a fala
antes que eu saiba que sorte Electra
teve na vida, ela sempre me será cara.

ORESTES

Com este ela vive e tem bom Nume. 915

IFIGÊNIA

De onde ele vem e de quem é filho?

ORESTES

Estrófio da Fócida se diz o seu pai.

ΙΦΙΓΕΝΕΙΑ

ὁ δ' ἐστί γ' Ἀτρέως θυγατρός, ὁμογενὴς ἐμός;

ΟΡΕΣΤΗΣ

ἀνέψιός γε, μόνος ἐμοὶ σαφὴς φίλος.

ΙΦΙΓΕΝΕΙΑ

οὐκ ἦν τόθ' οὗτος ὅτε πατὴρ ἔκτεινέ με. 920

ΟΡΕΣΤΗΣ

οὐκ ἦν· χρόνον γὰρ Στρόφιος ἦν ἄπαις τινά.

ΙΦΙΓΕΝΕΙΑ

χαῖρ' ὦ πόσις μοι τῆς ἐμῆς ὁμοσπόρου.

ΟΡΕΣΤΗΣ

κἀμός γε σωτήρ, οὐχὶ συγγενὴς μόνον.

ΙΦΙΓΕΝΕΙΑ

τὰ δεινὰ δ' ἔργα πῶς ἔτλης μητρὸς πέρι;

ΟΡΕΣΤΗΣ

σιγῶμεν αὐτά· πατρὶ τιμωρῶν ἐμῶι. 925

ΙΦΙΓΕΝΕΙΑ

ἡ δ' αἰτία τίς ἀνθ' ὅτου κτείνει πόσιν;

ΟΡΕΣΤΗΣ

ἔα τὰ μητρός· οὐδὲ σοὶ κλύειν καλόν.

ΙΦΙΓΕΝΕΙΑ

σιγῶ· τὸ δ' Ἄργος πρὸς σὲ νῦν ἀποβλέπει;

ΟΡΕΣΤΗΣ

Μενέλαος ἄρχει· φυγάδες ἐσμὲν ἐκ πάτρας.

IFIGÊNIA
Ele é filho da Atrida, meu parente?

ORESTES
Primo teu, meu único amigo certo.

IFIGÊNIA
Não vivia, quando o pai me matou. 920

ORESTES
Não. Estrófio então não tinha filho.

IFIGÊNIA
Salve, caro marido de minha irmã!

ORESTES
E meu salvador, não apenas parente.

IFIGÊNIA
Como ousaste ato terrível da mãe?

ORESTES
Calemos isso, eu honrava meu pai. 925

IFIGÊNIA
Ela por que causa matou o marido?

ORESTES
Esquece a mãe, não te é bom ouvir.

IFIGÊNIA
Calo-me. E Argos agora te admira?

ORESTES
Menelau manda; estamos exilados.

ΙΦΙΓΕΝΕΙΑ

οὔ που νοσοῦντας θεῖος ὕβρισεν δόμους; 930

ΟΡΕΣΤΗΣ

οὔκ, ἀλλ’ Ἐρινύων δεῖμά μ’ ἐκβάλλει χθονός. 931

ΙΦΙΓΕΝΕΙΑ

ἔγνωκα· μητρός <σ’> οὕνεκ’ ἠλάστρουν θεαί. 934

ΟΡΕΣΤΗΣ

ὥσθ’ αἱματηρὰ στόμι’ ἐπεμβαλεῖν ἐμοί. 935

ΙΦΙΓΕΝΕΙΑ

ταῦτ’ ἆρ’ ἐπ’ ἀκταῖς κἀνθάδ’ ἠγγέλθης μανείς. 932

ΟΡΕΣΤΗΣ

ὤφθημεν οὐ νῦν πρῶτον ὄντες ἄθλιοι. 933

ΙΦΙΓΕΝΕΙΑ

τί γάρ ποτ’ ἐς γῆν τήνδ’ ἐπόρθμευσας πόδα; 936

ΟΡΕΣΤΗΣ

Φοίβου κελευσθεὶς θεσφάτοις ἀφικόμην.

ΙΦΙΓΕΝΕΙΑ

τί χρῆμα δρᾶσαι; ῥητὸν ἢ σιγώμενον;

ΟΡΕΣΤΗΣ

λέγοιμ’ ἄν. ἀρχαὶ δ’ αἵδε μοι πολλῶν πόνων·
ἐπεὶ τὰ μητρὸς ταῦθ’ ἃ σιγῶμεν κακὰ 940
ἐς χεῖρας ἦλθε, μεταδρομαῖς Ἐρινύων
ἠλαυνόμεσθα φυγάδες, †ἔνθεν μοι πόδα
ἐς τὰς Ἀθήνας δή γ’ † ἔπεμψε Λοξίας,
δίκην παρασχεῖν ταῖς ἀνωνύμοις θεαῖς.
ἔστιν γὰρ ὁσία ψῆφος, ἣν Ἄρει ποτὲ 945

IFIGÊNIA

O tio usurpou a casa no distúrbio? 930

ORESTES

Não, o medo de Erínies me baniu. 931

IFIGÊNIA

Sei, pela mãe as Deusas te banem. 934

ORESTES

Enfiando na boca freio sangrento. 935

IFIGÊNIA

Relatou-se teu delírio aqui na orla. 932

ORESTES

Não agora primeiro me viram mal. 933

IFIGÊNIA

Por que afinal vieste a esta terra? 936

ORESTES

Instruído por oráculo de Febo vim.

IFIGÊNIA

A fazer o quê? Podes dizer ou não?

ORESTES

Direi. Foi-me o início de muitas dores.
Quando os males da mãe, que calamos, 940
vieram às mãos, nas caçadas de Erínies
exilamo-nos banidos, desde que Lóxias
pôs-me o passo a caminho de Atenas,
para fazer justiça às anônimas Deusas.
Há sagrada votação, que Zeus instituiu 945

Ζεὺς εἵσατ᾽ ἔκ του δὴ χερῶν μιάσματος.
ἐλθὼν δ᾽ ἐκεῖσε πρῶτα μέν <μ᾽> οὐδεὶς ξένων
ἑκὼν ἐδέξαθ᾽ ὡς θεοῖς στυγούμενον·
οἳ δ᾽ ἔσχον αἰδῶ, ξένια μονοτράπεζά μοι
παρέσχον, οἴκων ὄντες ἐν ταὐτῶι στέγει, 950
σιγῆι δ᾽ ἐτεκτήναντ᾽ ἀπρόσφθεγκτόν μ᾽, ὅπως
δαιτός τ᾽ ὀναίμην πώματός τ᾽ αὐτῶν δίχα,
ἐς δ᾽ ἄγγος ἴδιον ἴσον ἅπασι Βακχίου
μέτρημα πληρώσαντες εἶχον ἡδονήν.
κἀγὼ 'ξελέγξαι μὲν ξένους οὐκ ἠξίουν, 955
ἤλγουν δὲ σιγῆι κἀδόκουν οὐκ εἰδέναι,
μέγα στενάζων οὕνεκ᾽ ἦ μητρὸς φονεύς.
κλύω δ᾽ Ἀθηναίοισι τἀμὰ δυστυχῆ
τελετὴν γενέσθαι, κἄτι τὸν νόμον μένειν,
χοῆρες ἄγγος Παλλάδος τιμᾶν λεών. 960
ὡς δ᾽ εἰς Ἄρειον ὄχθον ἧκον, ἐς δίκην
ἔστην, ἐγὼ μὲν θάτερον λαβὼν βάθρον,
τὸ δ᾽ ἄλλο πρέσβειρ᾽ ἥπερ ἦν Ἐρινύων.
εἰπὼν <δ᾽> ἀκούσας θ᾽ αἵματος μητρὸς πέρι,
Φοῖβός μ᾽ ἔσωσε μαρτυρῶν, ἴσας δέ μοι 965
ψήφους διηρίθμησε Παλλὰς ὠλένηι·
νικῶν δ᾽ ἀπῆρα φόνια πειρατήρια.
ὅσαι μὲν οὖν ἕζοντο πεισθεῖσαι δίκηι
ψῆφον παρ᾽ αὐτὴν ἱερὸν ὡρίσαντ᾽ ἔχειν·
ὅσαι δ᾽ Ἐρινύων οὐκ ἐπείσθησαν νόμωι 970
δρόμοις ἀνιδρύτοισιν ἠλάστρουν μ᾽ ἀεί,
ἕως ἐς ἁγνὸν ἦλθον αὖ Φοίβου πέδον
καὶ πρόσθεν ἀδύτων ἐκταθείς, νῆστις βορᾶς,
ἐπώμοσ᾽ αὐτοῦ βίον ἀπορρήξειν θανών,
εἰ μή με σώσει Φοῖβος, ὅς μ᾽ ἀπώλεσεν. 975
ἐντεῦθεν αὐδὴν τρίποδος ἐκ χρυσοῦ λακὼν
Φοῖβός μ᾽ ἔπεμψε δεῦρο, διοπετὲς λαβεῖν
ἄγαλμ᾽ Ἀθηνῶν τ᾽ ἐγκαθιδρῦσαι χθονί.
ἀλλ᾽ ἥνπερ ἡμῖν ὥρισεν σωτηρίαν
σύμπραξον· ἢν γὰρ θεᾶς κατάσχωμεν βρέτας, 980

um dia para Ares por poluência da mão.
Lá, primeiro, ninguém quis me receber,
considerando-me hediondo aos Deuses,
mas tiveram pudor, e ofereceram-me
hóspeda mesa a sós, sob o mesmo teto, 950
e em silêncio me fizeram sem palavra,
para ter pasto e bebida separado deles.
Preenchida a medida de Báquio, igual
para todos, tinham prazer em sua taça.
Não pretendia contestar os hospedeiros, 955
mas sofria em silêncio e fingia ignorar,
lastimando muito ser matador da mãe.
Ouço entre atenienses minha má sorte
ter-se tornado rito e ainda ser a norma
o povo de Palas honrar a vertente taça. 960
Quando cheguei à pedra de Ares, fui
à justiça, tomei um dos dois assentos,
e a que era antiga Erínis tomou o outro.
Após falar e ouvir do sangue da mãe,
Febo me salvou testemunhando, e Palas 965
com a mão contou-me os votos iguais.
Vencedor da sangrenta provação, parti.
Persuadidas por justiça, as residentes
decidiram ter o templo perto da pedra.
Não persuadidas por lei, outras Erínies 970
prontas sem pausa perseguiam-me sempre,
até que fui de novo ao solo puro de Febo,
e prostrado ante o ádito, jejuno de pasto,
jurei que ali interromperia a vida, morto,
se não me salvasse Febo, que me matou. 975
Então, ressoando a voz do tripé de ouro,
Febo me mandou aqui pegar a imagem
caída do céu, e entronizá-la em Atenas.
Coopera conosco na salvação que nos
demarcou. Se tivermos o ícone da Deusa, 980

μανιῶν τε λήξω καὶ σὲ πολυκώπωι σκάφει
στείλας Μυκήναις ἐγκαταστήσω πάλιν.
ἀλλ', ὦ φιληθεῖσ', ὦ κασίγνητον κάρα,
σῶσον πατρῶιον οἶκον, ἔκσωσον δ' ἐμέ·
ὡς τἄμ' ὄλωλε πάντα καὶ τὰ Πελοπιδῶν, 985
οὐράνιον εἰ μὴ ληψόμεθα θεᾶς βρέτας.

ΧΟΡΟΣ

δεινή τις ὀργὴ δαιμόνων ἐπέζεσεν
πρὸς Ταντάλειον σπέρμα διὰ πόνων τ' ἄγει.

ΙΦΙΓΕΝΕΙΑ

τὸ μὲν πρόθυμον, πρίν σε δεῦρ' ἐλθεῖν, ἔχω
Ἄργει γενέσθαι καὶ σέ, σύγγον', εἰσιδεῖν. 990
θέλω δ' ἅπερ σύ, σέ τε μεταστῆσαι πόνων
νοσοῦντά τ' οἶκον, οὐχὶ τῶι κτανόντι με
θυμουμένη, πατρῶιον ὀρθῶσαι †θέλω†·
σφαγῆς τε γὰρ σῆς χεῖρ' ἀπαλλάξαιμεν ἂν
σώσαιμί τ' οἴκους. τὴν θεὸν δ' ὅπως λάθω 995
δέδοικα καὶ τύραννον, ἡνίκ' ἂν κενὰς
κρηπῖδας εὕρηι λαΐνας ἀγάλματος.
πῶς οὐ θανοῦμαι; τίς δ' ἔνεστί μοι λόγος;
ἀλλ' εἰ μὲν †ἕν τι τοῦθ' ὁμοῦ γενήσεται†
ἄγαλμά τ' οἴσεις κἄμ' ἐπ' εὐπρύμνου νεὼς 1000
ἄξεις, τὸ κινδύνευμα γίγνεται καλόν.
τούτου δὲ χωρισθεῖσ' ἐγὼ μὲν ὄλλυμαι,
σὺ δ' ἂν τὸ σαυτοῦ θέμενος εὖ νόστου τύχοις.
οὐ μήν τι φεύγω γ', οὐδέ σ' εἰ θανεῖν χρεὼν
σώσασαν· οὐ γὰρ ἀλλ' ἀνὴρ μὲν ἐκ δόμων 1005
θανὼν ποθεινός, τὰ δὲ γυναικὸς ἀσθενῆ.

ΟΡΕΣΤΗΣ

οὐκ ἂν γενοίμην σοῦ τε καὶ μητρὸς φονεύς·
ἅλις τὸ κείνης αἷμα· κοινόφρων δὲ σοὶ
καὶ ζῆν θέλοιμ' ἂν καὶ θανὼν λαχεῖν ἴσον.

cessarei o delírio e num barco remeiro
levar-te-ei para recolocar em Micenas.
Vamos, ó querida, ó caríssima irmã,
salva a casa paterna e a mim me salva,
porque o meu e dos Pelópidas se perde 985
se não tivermos celeste ícone da Deusa!

CORO
Uma terrível ira de Numes ferve contra
a semente de Tântalo e conduz a males.

IFIGÊNIA
Antes que aqui viesses, tenho desejo
de ir a Argos e contemplar-te, irmão. 990
Quero, tal qual tu, livrar-te dos males
e sem rancor algum a meu matador
quero erguer a turvada casa paterna,
pois afastaria a mão de tua imolação
e salvaria a casa. Temo como passar 995
despercebida à Deusa e ao soberano
ao ver a base pétrea vazia da estátua.
Como não morrer? Que posso dizer?
Mas se acontecer algo assim e tiveres
a estátua e em um navio de bela popa 1000
conduzires-me, o risco se torna belo.
Se eu me separo dela, estou perdida,
mas tu terias a sorte de bom retorno.
Nada recuso, nem se devo morrer,
se te salvo. Morto, o varão da casa 1005
faz muita falta, mas mulher é fraca.

ORESTES
Eu não seria matador teu e da mãe,
basta de sangue. Concorde contigo
quero viver e morto ter sorte igual.

ἄξω δέ σ᾽, ἥνπερ καὐτὸς ἐντεῦθεν περῶ 1010
πρὸς οἶκον, ἢ σοῦ κατθανὼν μενῶ μέτα.
γνώμης δ᾽ ἄκουσον· εἰ πρόσαντες ἦν τόδε
Ἀρτέμιδι, πῶς ἂν Λοξίας ἐθέσπισεν
κομίσαι μ᾽ ἄγαλμα θεᾶς πόλισμ᾽ ἐς Παλλάδος
<πῶς δ᾽ ἐς νεών με σφάγιον εἴασεν μολεῖν>
καὶ σὸν πρόσωπον εἰσιδεῖν; ἅπαντα γὰρ 1015
συνθεὶς τάδ᾽ εἰς ἓν νόστον ἐλπίζω λαβεῖν.

ΙΦΙΓΕΝΕΙΑ
πῶς οὖν γένοιτ᾽ ἂν ὥστε μήθ᾽ ἡμᾶς θανεῖν
λαβεῖν θ᾽ ἃ βουλόμεσθα; τῆιδε γὰρ νοσεῖ
νόστος πρὸς οἴκους· ἥδε βούλευσις πάρα.

ΟΡΕΣΤΗΣ
ἆρ᾽ ἂν τύραννον διολέσαι δυναίμεθ᾽ ἄν; 1020

ΙΦΙΓΕΝΕΙΑ
δεινὸν τόδ᾽ εἶπας, ξενοφονεῖν ἐπήλυδας.

ΟΡΕΣΤΗΣ
ἀλλ᾽ εἴ σε σώσει κἀμέ, κινδυνευτέον.

ΙΦΙΓΕΝΕΙΑ
οὐκ ἂν δυναίμην· τὸ δὲ πρόθυμον ᾔνεσα.

ΟΡΕΣΤΗΣ
τί δ᾽ εἴ με ναῶι τῶιδε κρύψειας λάθραι;
[
ΙΦΙΓΕΝΕΙΑ
ὡς δὴ σκότον λαβόντες ἐκσωθεῖμεν ἄν; 1025

ΟΡΕΣΤΗΣ
κλεπτῶν γὰρ ἡ νύξ, τῆς δ᾽ ἀληθείας τὸ φῶς.]

Eu te levarei, se eu puder ir daqui 1010
para casa, ou morto ficarei contigo.
Ouve o siso, se isto fosse contrário
a Ártemis, como Lóxias vaticinaria
levar ícone da Deusa à urbe de Palas?
Como me deixou vir ao templo vítima [Kovacs]
e ver teu rosto? Ao reunir tudo isso, 1015
tenho esperança de obter o regresso.

IFIGÊNIA
Como poderíamos escapar à morte
e ter o que queremos? Aqui se turva
o retorno ao lar. Esta é a deliberação.

ORESTES
Ora, será que poderíamos matar o rei? 1020

IFIGÊNIA
Terrível é hóspede matar hospedeiro!

ORESTES
Mas se nos salvar, devemos arriscar.

IFIGÊNIA
Eu não poderia, mas aprovo o empenho.

ORESTES
E se neste templo tu me ocultasses?

IFIGÊNIA
Como nas trevas estaríamos salvos? 1025

ORESTES
A noite é furtiva, a luz é da verdade.

ΙΦΙΓΕΝΕΙΑ

εἴσ' ἔνδον ἱεροῦ φύλακες, οὓς οὐ λήσομεν.

ΟΡΕΣΤΗΣ

οἴμοι, διεφθάρμεσθα· πῶς σωθεῖμεν ἄν;

ΙΦΙΓΕΝΕΙΑ

ἔχειν δοκῶ μοι καινὸν ἐξεύρημά τι.

ΟΡΕΣΤΗΣ

ποῖόν τι; δόξης μετάδος, ὡς κἀγὼ μάθω. 1030

ΙΦΙΓΕΝΕΙΑ

ταῖς σαῖς ἀνίαις χρήσομαι σοφίσμασιν.

ΟΡΕΣΤΗΣ

δειναὶ γὰρ αἱ γυναῖκες εὑρίσκειν τέχνας.

ΙΦΙΓΕΝΕΙΑ

φονέα σε φήσω μητρὸς ἐξ Ἄργους μολεῖν.

ΟΡΕΣΤΗΣ

χρῆσαι κακοῖσι τοῖς ἐμοῖς, εἰ κερδανεῖς.

ΙΦΙΓΕΝΕΙΑ

ὡς οὐ θέμις σε λέξομεν θύειν θεᾶι 1035

ΟΡΕΣΤΗΣ

τίν' αἰτίαν ἔχουσ'; ὑποπτεύω τι γάρ.

ΙΦΙΓΕΝΕΙΑ

οὐ καθαρὸν ὄντα· τὸ δ' ὅσιον δώσω φόνωι.

ΟΡΕΣΤΗΣ

τί δῆτα μᾶλλον θεᾶς ἄγαλμ' ἁλίσκεται;

IFIGÊNIA

No templo há guardas que nos verão.

ORESTES

Oímoi, ruímos! Como nos salvaríamos?

IFIGÊNIA

Creio que tenho uma nova invenção.

ORESTES

Qual? Diz que pensas para eu saber! 1030

IFIGÊNIA

Usarei os teus tormentos com mestria.

ORESTES

Mulheres são hábeis em inventar artes.

IFIGÊNIA

Direi que tu, matricida, vens de Argos.

ORESTES

Usa de meus males, se te for lucrativo.

IFIGÊNIA

Direi que é ilícito sacrificar-te à Deusa. 1035

ORESTES

Por que motivo? Tenho uma suspeita.

IFIGÊNIA

Não estás puro. Darei licitude à morte.

ORESTES

E mais bem se leva a estátua da Deusa?

ΙΦΙΓΕΝΕΙΑ

πόντου σε πηγαῖς ἁγνίσαι βουλήσομαι.

ΟΡΕΣΤΗΣ

ἔτ᾽ ἐν δόμοισι βρέτας ἐφ᾽ ὧι πεπλεύκαμεν. 1040

ΙΦΙΓΕΝΕΙΑ

κἀκεῖνο νίψειν, σοῦ θιγόντος ὡς, ἐρῶ.

ΟΡΕΣΤΗΣ

ποῖ δῆτα; πόντου νοτερὸν εἶ παρ᾽ ἔκβολον;

ΙΦΙΓΕΝΕΙΑ

οὗ ναῦς χαλινοῖς λινοδέτοις ὁρμεῖ σέθεν.

ΟΡΕΣΤΗΣ

σὺ δ᾽ ἤ τις ἄλλος ἐν χεροῖν οἴσει βρέτας;

ΙΦΙΓΕΝΕΙΑ

ἐγώ· θιγεῖν γὰρ ὅσιόν ἐστ᾽ ἐμοὶ μόνηι. 1045

ΟΡΕΣΤΗΣ

Πυλάδης δ᾽ ὅδ᾽ ἡμῖν ποῦ τετάξεται πόνου;

ΙΦΙΓΕΝΕΙΑ

ταὐτὸν χεροῖν σοὶ λέξεται μίασμ᾽ ἔχων.

ΟΡΕΣΤΗΣ

λάθραι δ᾽ ἄνακτος ἢ εἰδότος δράσεις τάδε;

ΙΦΙΓΕΝΕΙΑ

πείσασα μύθοις· οὐ γὰρ ἂν λάθοιμί γε. 1049
σοὶ δὴ μέλειν χρὴ τἄλλ᾽ ὅπως ἕξει καλῶς. 1051

IFIGÊNIA

Quererei purificar-te com água do mar.

ORESTES

Ainda no templo o ícone por que viemos. 1040

IFIGÊNIA

Direi que vou lavá-lo, porque o tocaste.

ORESTES

Onde? Irás à úmida rebentação do mar?

IFIGÊNIA

Onde teu navio fundeia com líneo freio.

ORESTES

Tu levarás o ícone nas mãos, ou outrem?

IFIGÊNIA

Eu, pois somente a mim é lícito tocá-lo. 1045

ORESTES

Onde colocaremos este Pílades na ação?

IFIGÊNIA

Dirá que tem as mãos poluídas como tu.

ORESTES

Agirás oculta ao rei ou sendo ele ciente?

IFIGÊNIA

Por persuadir. Não me poderia ocultar. 1049
Deves cuidar que o restante esteja bem. 1051

ΟΡΕΣΤΗΣ

καὶ μὴν νεώς γε πίτυλος εὐήρης πάρα. 1050
ἑνὸς μόνου δεῖ, τάσδε συγκρύψαι τάδε· 1052
ἀλλ' ἀντίαζε καὶ λόγους πειστηρίους
εὕρισκ'· ἔχει τοι δύναμιν εἰς οἶκτον γυνή.
τὰ δ' ἄλλ' ἴσως ἂν πάντα συμβαίη καλῶς. 1055

ΙΦΙΓΕΝΕΙΑ

ὦ φίλταται γυναῖκες, εἰς ὑμᾶς βλέπω,
καὶ τἄμ' ἐν ὑμῖν ἐστιν ἢ καλῶς ἔχειν
ἢ μηδὲν εἶναι καὶ στερηθῆναι πάτρας
φίλου τ' ἀδελφοῦ φιλτάτης τε συγγόνου.
καὶ πρῶτα μέν μοι τοῦ λόγου τάδ' ἀρχέτω· 1060
γυναῖκές ἐσμεν, φιλόφρον ἀλλήλαις γένος,
σῴζειν τε κοινὰ πράγματ' ἀσφαλέσταται.
σιγήσαθ' ἡμῖν καὶ συνεκπονήσατε
φυγάς· καλόν τοι γλῶσσ' ὅτωι πιστὴ παρῆι.
ὁρᾶτε δ' ὡς τρεῖς μία τύχη τοὺς φιλτάτους 1065
ἢ γῆς πατρώιας νόστος ἢ θανεῖν ἔχει.
σωθεῖσα δ', ὡς ἂν καὶ σὺ κοινωνῇς τύχης,
σώσω σ' ἐς Ἑλλάδ'. ἀλλὰ πρός σε δεξιᾶς
σὲ καὶ σ' ἱκνοῦμαι, σὲ δὲ φίλης παρηίδος
γονάτων τε καὶ τῶν ἐν δόμοισι φιλτάτων 1070
[μητρὸς πατρός τε καὶ τέκνων ὅτωι κυρεῖ].
τί φατε; τίς ὑμῶν φησιν ἢ τίς οὐ θέλειν —
φθέγξασθε — ταῦτα; μὴ γὰρ αἰνουσῶν λόγους
ὄλωλα κἀγὼ καὶ κασίγνητος τάλας.

ΧΟΡΟΣ

θάρσει, φίλη δέσποινα, καὶ σῴζου μόνον· 1075
ὡς ἔκ γ' ἐμοῦ σοι πάντα σιγηθήσεται
(ἴστω μέγας Ζεύς) ὧν ἐπισκήπτεις πέρι.

ORESTES

Sim, o remo do navio está disponível. 1050
Só quero que elas guardem sigilo disto. 1052
Mas prossegue e inventa as persuasivas
palavras! Mulher sabe como comover.
Tudo o mais talvez pudesse correr bem! 1055

IFIGÊNIA

Ó caríssimas mulheres, eu vos vejo
e tenho em vossas mãos o bem-estar
ou ser anulada e espoliada da pátria
e do caro irmão e da caríssima irmã!
Primeiro assim principie minha fala: 1060
somos mulheres, gente amiga mútua
e de manter seguro interesse comum.
Guardai silêncio conosco e cooperai
na fuga. Bela é a língua quando fiel.
Vedes três amigos com só uma sorte: 1065
ou retornar à terra pátria ou ser morto.
Na Grécia, para tu partilhares a sorte,
se salva, eu te salvarei. Eu te suplico
por tua destra, a ti, por tua face amiga,
a ti, por teus joelhos e os mais amigos 1070
da casa, a mãe, o pai e os filhos, se há.
Que dizeis? Quem condiz, quem não?
Pronunciai-vos! Se não aprovais isto,
estou perdida eu e meu mísero irmão!

CORO

Coragem, minha senhora! Só te salva, 1075
que terás de mim o silêncio completo
que me pedes. Saiba o grande Zeus!

ΙΦΙΓΕΝΕΙΑ

ὄναισθε μύθων καὶ γένοισθ' εὐδαίμονες.
σὸν ἔργον ἤδη καὶ σὸν ἐσβαίνειν δόμους·
ὡς αὐτίχ' ἥξει τῆσδε κοίρανος χθονός, 1080
θυσίαν ἐλέγξων εἰ κατείργασται ξένων.
ὦ πότνι', ἥπερ μ' Αὐλίδος κατὰ πτυχὰς
δεινῆς ἔσωσας ἐκ πατροκτόνου χερός,
σῶσόν με καὶ νῦν τούσδε τ'· ἢ τὸ Λοξίου
οὐκέτι βροτοῖσι διὰ σ' ἐτήτυμον στόμα. 1085
ἀλλ' εὐμενὴς ἔκβηθι βαρβάρου χθονὸς
ἐς τὰς Ἀθήνας· καὶ γὰρ ἐνθάδ' οὐ πρέπει
ναίειν, πάρον σοι πόλιν ἔχειν εὐδαίμονα.

ΧΟΡΟΣ

ὄρνις ἃ παρὰ πετρίνας Est. 1
πόντου δειράδας ἀλκυὼν 1090
ἔλεγον οἶτον ἀείδεις,
εὐξύνετον ξυνετοῖς βοάν,
ὅτι πόσιν κελαδεῖς ἀεὶ μολπαῖς,
ἐγώ σοι παραβάλλομαι
θρήνους, ἄπτερος ὄρνις, 1095
ποθοῦσ' Ἑλλάνων ἀγόρους,
ποθοῦσ' Ἄρτεμιν λοχίαν,
ἃ παρὰ Κύνθιον ὄχθον οἰ-
κεῖ φοίνικά θ' ἁβροκόμαν
δάφναν τ' εὐερνέα καὶ 1100
γλαυκᾶς θαλλὸν ἱερὸν ἐλαίας, Λατοῦς ὠδῖνι φίλον,
λίμναν θ' εἱλίσσουσαν ὕδωρ
κύκλιον, ἔνθα κύκνος μελῳ-
δὸς Μούσας θεραπεύει. 1105

IFIGÊNIA

Valham-vos as falas e bons Numes!
Já tua faina e tua é entrar no templo.
Logo o rei desta terra virá verificar 1080
se os forasteiros foram sacrificados.
Ó rainha, que me salvou das terríveis
mãos letais do pai no vale de Áulida,
salva-me agora e a eles! Ou por ti
Lóxias não mais a mortais diz verdade. 1085
Retira-te benévola desta terra bárbara
para Atenas, pois não convém morar
aqui, se podes ter a urbe de bom Nume.

[*Terceiro estásimo* (1089-1151)]

CORO

Ó ave, que nas pétreas Est. 1
fragas do mar, Alcíone, 1090
cantas chorosa elegia,
clara aos cônscios de louvares
sempre o marido ao cantares,
eu, áptera ave,
prantos te apresento 1095
saudosa da ágora dos gregos,
saudosa de Ártemis parteira
que habita o monte Cíntio
e do frôndeo louro purpúreo
e do flóreo talo sagrado 1100
da glauca oliveira
cara a Leto em seu parto,
e da lagoa turbilhonante
redonda onde melodioso
o cisne cuida de Musas. 1105

ὦ πολλαὶ δακρύων λιβάδες, Ant. 1
αἳ παρηίδας εἰς ἐμὰς
ἔπεσον ἁνίκα πύργων
ὀλομένων ἐν ναυσὶν ἔβαν
πολεμίων ἐρετμοῖσι καὶ λόγχαις· 1110
ζαχρύσου δὲ δι᾽ ἐμπολᾶς
νόστον βάρβαρον ἦλθον,
ἔνθα τᾶς ἐλαφοκτόνου
θεᾶς ἀμφίπολον κόραν
παῖδ᾽ Ἀγαμεμνονίαν λατρεύ- 1115
ω βωμούς τ᾽ οὐ μηλοθύτας,
ζηλοῦσα τὸν διὰ παν-
τὸς δυσδαίμον᾽· ἐν γὰρ ἀνάγ-
καις οὐ κάμνει σύντροφος ὤν.
μεταβάλλειν δυσδαιμονία· 1120
τὸ δὲ μετ᾽ εὐτυχίαν κακοῦ-
σθαι θνατοῖς βαρὺς αἰών.

καὶ σὲ μέν, πότνι᾽, Ἀργεία Est. 2
πεντηκόντερος οἶκον ἄξει·
συρίζων θ᾽ ὁ κηρόδετος 1125
Πανὸς οὐρείου κάλαμος
κώπαις ἐπιθωΰξει,
ὁ Φοῖβός θ᾽ ὁ μάντις ἔχων
κέλαδον ἑπτατόνου λύρας
ἀείδων ἄξει λιπαρὰν 1130
εὖ σ᾽ Ἀθηναίων ἐπὶ γᾶν.
†ἐμὲ δ᾽ αὐτοῦ λιποῦσα
βήσηι ῥοθίοις πλάταις·
ἀέρι δ᾽ ἱστία πρότονοι κατὰ πρῷραν ὑ- 1135
πὲρ στόλον ἐκπετάσουσιν πόδα†
ναὸς ὠκυπόμπου.

λαμπροὺς ἱπποδρόμους βαίην, Ant. 2
ἔνθ᾽ εὐάλιον ἔρχεται πῦρ·

Ó muitas fontes de lágrimas Ant. 1
que pelas minhas faces
caíram, quando, destruídas
as torres, entrei em navio
hostil com remos e lanças 1110
e em troca de muito ouro
perfiz o bárbaro itinerário
onde sirvo à jovem serva
da Deusa que mata cervo,
filha de Agamêmnon, e aos 1115
altares sem oferta de ovelha.
Invejo os que sempre tiveram
mau Nume, pois na coerção
não se cansa da companhia.
Mudar tem difícil Nume, 1120
estar pior após boa sorte
faz árdua vida a mortais.

Rainha, ao lar te levará nave Est. 2
argiva de cinquenta remos.
O caniço atado com cera 1125
de Pã montês silvando
compelirá os remos.
O adivinho Febo
com a lira de sete tons
cantando bem te levará 1130
à rica terra dos atenienses.
Deixando-me aqui mesmo,
irás com sonoros remos.
Velas na proa tensas ao vento 1135
sobre a tropa abrirão o pé
do navio de veloz transporte.

Claro hipódromo corresse eu Ant. 2
onde corre o belo fogo do Sol

οἰκείων δ' ὑπὲρ θαλάμων 1140
ἐν νώτοις ἁμοῖς πτέρυγας
λήξαιμι θοάζουσα·
χοροῖς δ' ἐνσταίην, ὅθι καὶ
†παρθένος εὐδοκίμων γάμων
παρὰ πόδ' εἱλίσσουσα φίλας 1145
ματέρος ἡλίκων θιάσους
ἐς ἁμίλλας χαρίτων
ἁβροπλούτοιο χαίτας εἰς ἔριν 1149
ὀρνυμένα πολυποίκιλα φάρεα 1150
καὶ πλοκάμους περιβαλλομένα
γένυσιν ἐσκίαζον†.

ΘΟΑΣ

ποῦ 'σθ' ἡ πυλωρὸς τῶνδε δωμάτων γυνὴ
Ἑλληνίς; ἤδη τῶν ξένων κατήρξατο;
[ἀδύτοις ἐν ἁγνοῖς σῶμα λάμπονται πυρί;] 1155

ΧΟΡΟΣ

ἥδ' ἐστίν, ἥ σοι πάντ', ἄναξ, ἐρεῖ σαφῶς.

ΘΟΑΣ

ἔα·
τί τόδε μεταίρεις ἐξ ἀκινήτων βάθρων, 1157
Ἀγαμέμνονος παῖ, θεᾶς ἄγαλμ' ἐν ὠλέναις;

ΙΦΙΓΕΝΕΙΑ

ἄναξ, ἔχ' αὐτοῦ πόδα σὸν ἐν παραστάσιν.

ΘΟΑΣ

τί δ' ἔστιν, Ἰφιγένεια, καινὸν ἐν δόμοις; 1160

e só cessasse de vibrar 1140
as asas de minhas costas
sobre os aposentos da casa
e estivesse nos coros onde
já moça de notas núpcias
a rodopiar junto à mãe 1145
as danças de coetâneas
no concurso das graças
na rixa da cabeleira rica 1149
a erguer mantos vários, 1150
a lançar as tranças
eu sombreava as faces!

[*Quarto episódio* (1153-1233)]

TOAS

A mulher grega guardiã deste templo
onde está? Já consagrou os forasteiros?
No ádito santo brilham corpos ígneos? 1155

CORO

Aí está ela que tudo te dirá claro, ó rei.

TOAS

Éa!
Por que trazes da base imóvel nas mãos 1157
o ícone da Deusa, ó filha de Agamêmnon?

IFIGÊNIA

Ó rei, detém o teu passo aí na entrada.

TOAS

Ó Ifigênia, que novidade há no templo? 1160

ΙΦΙΓΕΝΕΙΑ

ἀπέπτυσ'· Ὁσίαι γὰρ δίδωμ' ἔπος τόδε.

ΘΟΑΣ

τί φροιμιάζηι νεοχμόν; ἐξαύδα σαφῶς.

ΙΦΙΓΕΝΕΙΑ

οὐ καθαρά μοι τὰ θύματ' ἠγρεύσασθ', ἄναξ.

ΘΟΑΣ

τί τοὐκδιδάξαν τοῦτό σ'; ἢ δόξαν λέγεις;

ΙΦΙΓΕΝΕΙΑ

βρέτας τὸ τῆς θεοῦ πάλιν ἕδρας ἀπεστράφη. 1165

ΘΟΑΣ

αὐτόματον, ἤ νιν σεισμὸς ἔστρεψε χθονός;

ΙΦΙΓΕΝΕΙΑ

αὐτόματον· ὄψιν δ' ὀμμάτων ξυνήρμοσεν.

ΘΟΑΣ

ἡ δ' αἰτία τίς; ἦ τὸ τῶν ξένων μύσος;

ΙΦΙΓΕΝΕΙΑ

ἥδ', οὐδὲν ἄλλο· δεινὰ γὰρ δεδράκατον.

ΘΟΑΣ

ἀλλ' ἦ τιν' ἔκανον βαρβάρων ἀκτῆς ἔπι; 1170

ΙΦΙΓΕΝΕΙΑ

οἰκεῖον ἦλθον τὸν φόνον κεκτημένοι.

ΘΟΑΣ

τίν'; εἰς ἔρον γὰρ τοῦ μαθεῖν πεπτώκαμεν.

IFIGÊNIA

Cuspi, pois dou esta palavra à Licitude.

TOAS

Por que esse proêmio novo? Diz claro!

IFIGÊNIA

Prendestes as vítimas impuras, ó rei!

TOAS

O que te mostrou isso? Ou tu opinas?

IFIGÊNIA

O ícone da Deusa revirou-se da base. 1165

TOAS

Por si só ou tremor de terra revirou?

IFIGÊNIA

Por si só e fechou a vista dos olhos.

TOAS

Por quê? Impureza dos forasteiros?

IFIGÊNIA

Isso mesmo, terrível ato de ambos.

TOAS

Mas matou algum bárbaro na orla? 1170

IFIGÊNIA

Vieram ao cometer morte doméstica.

TOAS

Qual? Caímos no desejo de saber.

ΙΦΙΓΕΝΕΙΑ

μητέρα κατειργάσαντο κοινωνῶι μίφει.

ΘΟΑΣ

Ἄπολλον, οὐδ' ἐν βαρβάροις ἔτλη τις ἄν.

ΙΦΙΓΕΝΕΙΑ

πάσης διωγμοῖς ἠλάθησαν Ἑλλάδος. 1175

ΘΟΑΣ

ἦ τῶνδ' ἕκατι δῆτ' ἄγαλμ' ἔξω φέρεις;

ΙΦΙΓΕΝΕΙΑ

σεμνόν γ' ὑπ' αἰθέρ', ὡς μεταστήσω φόνου.

ΘΟΑΣ

μίασμα δ' ἔγνως τοῖν ξένοιν ποίωι τρόπωι;

ΙΦΙΓΕΝΕΙΑ

ἤλεγχον, ὡς θεᾶς βρέτας ἀπεστράφη πάλιν.

ΘΟΑΣ

σοφήν σ' ἔθρεψεν Ἑλλάς, ὡς ἤισθου καλῶς. 1180

ΙΦΙΓΕΝΕΙΑ

καὶ μὴν καθεῖσαν δέλεαρ ἡδύ μοι φρενῶν.

ΘΟΑΣ

τῶν Ἀργόθεν τι φίλτρον ἀγγέλλοντέ σοι;

ΙΦΙΓΕΝΕΙΑ

τὸν μόνον Ὀρέστην ἐμὸν ἀδελφὸν εὐτυχεῖν.

ΘΟΑΣ

ὡς δή σφε σώσαις ἡδοναῖς ἀγγελμάτων;

IFIGÊNIA

Mataram a mãe com espada ambos.

TOAS

Ó Apolo, nenhum bárbaro ousaria!

IFIGÊNIA

Expulsos banidos de toda a Grécia. 1175

TOAS

Tu por isso trazes o ícone para fora?

IFIGÊNIA

Santo sob o céu, para afastar sangue.

TOAS

Como soubeste poluídos os forasteiros?

IFIGÊNIA

Inquiri como se virou ícone da Deusa.

TOAS

Sábia te fez a Grécia, pois viste bem. 1180

IFIGÊNIA

Lançaram doce engodo a meu espírito.

TOAS

Anunciam-te algo grato dos de Argos?

IFIGÊNIA

Orestes meu único irmão tem boa sorte.

TOAS

Para que os salves por doces anúncios?

ΙΦΙΓΕΝΕΙΑ

καὶ πατέρα γε ζῆν καὶ καλῶς πράσσειν ἐμόν. 1185

ΘΟΑΣ

σὺ δ' ἐς τὸ τῆς θεοῦ γ' ἐξένευσας εἰκότως.

ΙΦΙΓΕΝΕΙΑ

πᾶσάν γε μισοῦσ' Ἑλλάδ', ἥ μ' ἀπώλεσεν.

ΘΟΑΣ

τί δῆτα δρῶμεν, φράζε, τοῖν ξένοιν πέρι;

ΙΦΙΓΕΝΕΙΑ

τὸν νόμον ἀνάγκη τὸν προκείμενον σέβειν.

ΘΟΑΣ

οὔκουν ἐν ἔργωι χέρνιβες ξίφος τε σόν; 1190

ΙΦΙΓΕΝΕΙΑ

ἁγνοῖς καθαρμοῖς πρῶτά νιν νίψαι θέλω.

ΘΟΑΣ

πηγαῖσιν ὑδάτων ἢ θαλασσίαι δρόσωι;

ΙΦΙΓΕΝΕΙΑ

θάλασσα κλύζει πάντα τἀνθρώπων κακά.

ΘΟΑΣ

ὁσιώτεροι γοῦν τῆι θεῶι πέσοιεν ἄν.

ΙΦΙΓΕΝΕΙΑ

καὶ τἀμά γ' οὕτω μᾶλλον ἂν καλῶς ἔχοι. 1195

ΘΟΑΣ

οὔκουν πρὸς αὐτὸν ναὸν ἐκπίπτει κλύδων;

IFIGÊNIA

E meu pai está vivo e se encontra bem. 1185

TOAS

Tu naturalmente propendeste à Deusa.

IFIGÊNIA

Por ódio à Grécia toda, que me matou.

TOAS

Dize-me que fazer com os forasteiros!

IFIGÊNIA

É necessário venerar a lei estabelecida.

TOAS

Não tens prontas lustrações e tua faca? 1190

IFIGÊNIA

Quero antes lavar com sacra purificação.

TOAS

Na água da fonte ou na água do mar?

IFIGÊNIA

O mar lava todos os males dos homens.

TOAS

Mais puros seriam eles para a Deusa.

IFIGÊNIA

E assim meu ofício estaria mais bem. 1195

TOAS

Então não cai a onda junto ao templo?

ΙΦΙΓΕΝΕΙΑ

ἐρημίας δεῖ· καὶ γὰρ ἄλλα δράσομεν.

ΘΟΑΣ

ἄγ' ἔνθα χρῄζεις· οὐ φιλῶ τἄρρηθ' ὁρᾶν.

ΙΦΙΓΕΝΕΙΑ

ἁγνιστέον μοι καὶ τὸ τῆς θεοῦ βρέτας.

ΘΟΑΣ

εἴπερ γε κηλὶς ἔβαλέ νιν μητροκτόνος. 1200

ΙΦΙΓΕΝΕΙΑ

οὐ γάρ ποτ' ἄν νιν ἠράμην βάθρων ἄπο.

ΘΟΑΣ

δίκαιος ηὑσέβεια καὶ προμηθία.

ΙΦΙΓΕΝΕΙΑ

οἶσθά νυν ἅ μοι γενέσθω.

ΘΟΑΣ

σὸν τὸ σημαίνειν τόδε.

ΙΦΙΓΕΝΕΙΑ

δεσμὰ τοῖς ξένοισι πρόσθες.

ΘΟΑΣ

ποῖ δέ σ' ἐκφύγοιεν ἄν;

ΙΦΙΓΕΝΕΙΑ

πιστὸν Ἑλλὰς οἶδεν οὐδέν.

ΘΟΑΣ

ἴτ' ἐπὶ δεσμά, πρόσπολοι. 1205

IFIGÊNIA
Pede solidão, pois faremos outros ritos.

TOAS
Vai aonde pedes, não amo ver segredo.

IFIGÊNIA
Tenho que purificar o ícone da Deusa.

TOAS
Se é que nódoa de matricídio o tocou. 1200

IFIGÊNIA
Pois não o tiraria nunca do pedestal.

TOAS
É justa essa veneração e providência.

IFIGÊNIA
Sabes o que devo ter?

TOAS
Cabe-te dizer.

IFIGÊNIA
Algema os forasteiros.

TOAS
Aonde fugiriam?

IFIGÊNIA
Grego não tem fé.

TOAS
Ide atá-los, guardas! 1205

ΙΦΙΓΕΝΕΙΑ

κἀκκομιζόντων γε δεῦρο τοὺς ξένους

ΘΟΑΣ

ἔσται τάδε.

ΙΦΙΓΕΝΕΙΑ

κρᾶτα κρύψαντες πέπλοισιν.

ΘΟΑΣ

ἡλίου πρόσθεν φλογός.

ΙΦΙΓΕΝΕΙΑ

σῶν τέ μοι σύμπεμπ' ὀπαδῶν.

ΘΟΑΣ

οἵδ' ὁμαρτήσουσί σοι.

ΙΦΙΓΕΝΕΙΑ

καὶ πόλει πέμψον τιν' ὅστις σημανεῖ

ΘΟΑΣ

ποίας τύχας;

ΙΦΙΓΕΝΕΙΑ

ἐν δόμοις μίμνειν ἅπαντας.

ΘΟΑΣ

μὴ συναντῶσιν φόνωι; 1210

ΙΦΙΓΕΝΕΙΑ

μυσαρὰ γὰρ τὰ τοιάδ' ἐστί.

ΘΟΑΣ

στεῖχε καὶ σήμαινε σύ.

IFIGÊNIA
Reconduze-os para cá!

TOAS
Assim será!

IFIGÊNIA
Oculta-os com mantos!

TOAS
Da luz do Sol!

IFIGÊNIA
Dá-me tua escolta!

TOAS
Eles te seguirão.

IFIGÊNIA
Envia à urbe quem diga...

TOAS
O quê?

IFIGÊNIA
Fiquem todos em casa.

TOAS
Não vejam morte. 1210

IFIGÊNIA
Tais são abomináveis.

TOAS
Vai e diz tu!

ΙΦΙΓΕΝΕΙΑ

μηδέν' εἰς ὄψιν πελάζειν.

ΘΟΑΣ

εὖ γε κηδεύεις πόλιν.

ΙΦΙΓΕΝΕΙΑ

καὶ φίλων γ' οὓς δεῖ μάλιστα.

ΘΟΑΣ

τοῦτ' ἔλεξας εἰς ἐμέ.

<ΙΦΙΓΕΝΕΙΑ

.>

ΘΟΑΣ

ὡς εἰκότως σε πᾶσα θαυμάζει πόλις.

ΙΦΙΓΕΝΕΙΑ

σὺ δὲ μένων αὐτοῦ πρὸ ναῶν τῆι θεῶι

ΘΟΑΣ

τί χρῆμα δρῶ; 1215

ΙΦΙΓΕΝΕΙΑ

ἅγνισον πυρσῶι μέλαθρον.

ΘΟΑΣ

καθαρὸν ὡς μόληις πάλιν.

ΙΦΙΓΕΝΕΙΑ

ἡνίκ' ἂν δ' ἔξω περῶσιν οἱ ξένοι

ΘΟΑΣ

τί χρή με δρᾶν;

IFIGÊNIA

Ninguém venha ver.

TOAS

Bem cuidas da urbe.

IFIGÊNIA

E dos que mais devo.

TOAS

Disseste-o de mim.

<IFIGÊNIA

.>

TOAS

Toda a urbe por certo te admira!

IFIGÊNIA

Tu, ante o templo da Deusa...

TOAS

Que farei? 1215

IFIGÊNIA

Purifica-o com tocha.

TOAS

Puro, ao voltares.

IFIGÊNIA

Ao saírem os forasteiros...

TOAS

O que fazer?

ΙΦΙΓΕΝΕΙΑ

πέπλον ὀμμάτων προθέσθαι.

ΘΟΑΣ

μὴ †παλαμναῖον λάβω†.

ΙΦΙΓΕΝΕΙΑ

ἢν δ' ἄγαν δοκῶ χρονίζειν

ΘΟΑΣ

τοῦδ' ὅρος τίς ἐστί μοι;

ΙΦΙΓΕΝΕΙΑ

θαυμάσηις μηδέν.

ΘΟΑΣ

τὰ τῆς θεοῦ πρᾶσσ' ἐπὶ σχολῆς καλῶς. 1220

ΙΦΙΓΕΝΕΙΑ

εἰ γὰρ ὡς θέλω καθαρμὸς ὅδε πέσοι.

ΘΟΑΣ

συνεύχομαι.

ΙΦΙΓΕΝΕΙΑ

τούσδ' ἄρ' ἐκβαίνοντας ἤδη δωμάτων ὁρῶ ξένους
καὶ θεᾶς κόσμους νεογνούς τ' ἄρνας, ὡς φόνωι φόνον
μυσαρὸν ἐκνίψω, σέλας τε λαμπάδων τά τ' ἄλλ' ὅσα
προυθέμην ἐγὼ ξένοισι καὶ θεᾶι καθάρσια. 1225
ἐκποδὼν δ' αὐδῶ πολίταις τοῦδ' ἔχειν μιάσματος,
εἴ τις ἢ ναῶν πυλωρὸς χεῖρας ἁγνεύει θεοῖς
ἢ γάμον στείχει συνάψων ἢ τόκοις βαρύνεται·
φεύγετ', ἐξίστασθε, μή τωι προσπέσηι μύσος τόδε.
ὦ Διὸς Λητοῦς τ' ἄνασσα παρθέν', ἢν νίψω φόνον 1230
τῶνδε καὶ θύσωμεν οὗ χρή, καθαρὸν οἰκήσεις δόμον,

IFIGÊNIA
Pôr o manto nos olhos.

TOAS
Não seja poluído!

IFIGÊNIA
Se parecer que tardo...

TOAS
Até quando espero?

IFIGÊNIA
Não admires.

TOAS
Faz bons ritos com tempo. 1220

IFIGÊNIA
Sejam puros, como quero!

TOAS
Faço votos.

IFIGÊNIA
Vejo que já saem do templo os forasteiros,
adornos da Deusa, tenras ovelhas para lavar
com sangue o sangue sujo, o brilho de tochas
e o mais para purificar forasteiros e Deusa. 1225
Digo aos cidadãos: afastem-se da poluência!
Tem mãos puras ante os Deuses, se for servo
do templo, ou for se casar, ou estiver grávida!
Evitai! Afastai-vos! Não caia aqui poluência!
Ó rainha virgem de Zeus e Leto, se eu lavar 1230
o sangue e fizer o necessário, terás casa pura

εὐτυχεῖς δ᾽ ἡμεῖς ἐσόμεθα. τἄλλα δ᾽ οὐ λέγουσ᾽ ὅμως
τοῖς τὰ πλείον᾽ εἰδόσιν θεοῖς σοί τε σημαίνω, θεά.

ΧΟΡΟΣ

εὔπαις ὁ Λατοῦς γόνος, Est.
ὅν ποτε Δηλιάσιν καρποφόροις γυάλοις 1235
<ἔτικτε>, χρυσοκόμαν
ἐν κιθάραι σοφόν, ὅστ᾽ ἐπὶ τόξων
εὐστοχίαι γάνυται· φέρε <δ᾽> ἶνιν 1239
ἀπὸ δειράδος εἰναλίας 1240
λοχεῖα κλεινὰ λιποῦσα μά-
τηρ τὰν ἀστάκτων ὑδάτων
<συμ>βακχεύουσαν Διονύ-
σωι Παρνάσιον κορυφάν,
ὅθι ποικιλόνωτος οἰνωπὸς δράκων 1245
σκιερᾶι κάτεχ᾽ ἄλσος εὔφυλλον δάφναι,
γᾶς πελώριον τέρας, †ἀμφέπει μαντεῖον χθόνιον†. 1249
ἔτι νιν ἔτι βρέφος, ἔτι φίλας 1250
ἐπὶ ματέρος ἀγκάλαισι θρώισκων
ἔκανες, ὦ Φοῖβε, μαντείων δ᾽ ἐπέβας ζαθέων
τρίποδί τ᾽ ἐν χρυσέωι θάσσεις, ἐν ἀψευδεῖ θρόνωι
μαντείας βροτοῖς θεσφάτων νέμων 1255
ἀδύτων ὕπο, Κασταλίας ῥεέθρων γείτων, μέσον
γᾶς ἔχων μέλαθρον.

Θέμιν δ᾽ ἐπεὶ Γαΐων Ant.
παῖδ᾽ ἀπενάσσατο < > ἀπὸ ζαθέων 1260
χρηστηρίων, νύχια
Χθὼν ἐτεκνώσατο φάσματ᾽ ὀ<νείρων>, 1263
οἳ πόλεσιν μερόπων τά τε πρῶτα
τά τ᾽ ἔπειθ᾽, ὅσ᾽ ἔμελλε τυχεῖν, 1265
ὕπνωι κατὰ δνοφερὰς χαμεύ-
νας ἔφραζον· Γαῖα δὲ τὰν

e teremos boa sorte. Sem falar mais, porém,
falo a ti e aos Deuses cientes do mais, Deusa!

[*Quarto estásimo* (1234-1269)]

CORO

Belo filho Leto gerou — Est.
no frutífero vale délio, — 1235
filho de áurea cabeleira,
hábil na cítara, com arco
brilha por boa mira. A mãe — 1239
o levou da fraga do mar, — 1240
ínclito local do parto,
aos picos de irrestritas
águas do Parnaso, bacos
ébrios de Dioniso, onde vínea
serpente de iriado dorso tinha — 1245
frôndeo bosque de louro umbroso,
térreo portento vigia do templo ctônio. — 1249
Ainda a ela, ainda novo, ainda nos — 1250
braços maternos, buliçoso a mataste,
ó Febo, e tens o templo divino
e no áureo tripé, trono sem mentira,
dás divinos vaticínios aos mortais, — 1255
no ádito, perto da fonte Castália,
no palácio do meio da terra.

Quando Têmis, filha da Terra, — Ant.
removeu-se do divino sítio — 1260
divinatório, Terra noturna
gerou as visões de sonhos — 1263
que aos mortais diziam
o antes, o depois e o porvir — 1265
no sono em leitos trevosos
e Terra afastou de Apolo

μαντείων ἀφείλετο τι-
μὰν Φοῖβον φθόνωι θυγατρός.
ταχύπους δ' ἐς Ὄλυμπον ὁρμαθεὶς ἄναξ 1270
χέρα παιδνὸν ἕλιξεν ἐκ Διὸς θρόνων,
Πυθίων δόμων χθονίαν ἀφελεῖν μῆνιν θεᾶς.
γέλασε δ' ὅτι τέκος ἄφαρ ἔβα
πολύχρυσα θέλων λατρεύματα σχεῖν· 1275
ἐπὶ δ' ἔσεισεν κόμαν παῦσαι νυχίους ἐνοπάς,
ὑπὸ δ' ἀλαθοσύναν νυκτωπὸν ἐξεῖλεν βροτῶν, 1279
καὶ τιμὰς πάλιν θῆκε Λοξίαι 1280
πολυάνορί τ' ἐν ξενόεντι θρόνωι θάρση βροτοῖς
θεσφάτων ἀοιδαῖς. 1283

ΑΓΓΕΛΟΣ

ὦ ναοφύλακες βώμιοί τ' ἐπιστάται,
Θόας ἄναξ γῆς τῆσδε ποῦ κυρεῖ βεβώς; 1285
καλεῖτ' ἀναπτύξαντες εὐγόμφους πύλας
ἔξω μελάθρων τῶνδε κοίρανον χθονός.

ΧΟΡΟΣ

τί δ' ἔστιν, εἰ χρὴ μὴ κελευσθεῖσαν λέγειν;

ΑΓΓΕΛΟΣ

βεβᾶσι φροῦδοι δίπτυχοι νεανίαι
Ἀγαμεμνονείας παιδὸς ἐκ βουλευμάτων 1290
φεύγοντες ἐκ γῆς τῆσδε καὶ σεμνὸν βρέτας
λαβόντες ἐν κόλποισιν Ἑλλάδος νεώς.

ΧΟΡΟΣ

ἄπιστον εἶπας μῦθον· ὃν δ' ἰδεῖν θέλεις
ἄνακτα χώρας, φροῦδος ἐκ ναοῦ συθείς.

a honra da adivinhação
por uma reserva da filha.
O rei foi rápido ao Olimpo 1270
abraçar filial o trono de Zeus
por lar pítio sem ira de Deusa Terra.
Zeus riu porque o filho veio rápido
para manter os auríferos cultos. 1275
Brandiu crina, cessou vozes noturnas,
furtou a mortais verdade vista à noite, 1279
devolveu honras a Lóxias e coragem 1280
aos mortais no povoado e repleto
trono cantor de divinos vaticínios. 1283

[*Êxodo* (1284-1499)]

MENSAGEIRO
Ó vós, vigia-nave e guarda-altar,
Toas, o rei desta terra, onde está? 1285
Abertas as sólidas portas, chamai
fora de casa o soberano desta terra.

CORO
Que há, se devo falar sem convite?

MENSAGEIRO
Foram-se os dois jovens a caminho
por decisão da filha de Agamêmnon 1290
em fuga desta terra, com o venerável
ícone no regaço de um navio grego.

CORO
É incrível o que dizes. O rei da terra,
que desejas ver, saiu do templo e foi.

ΑΓΓΕΛΟΣ

ποῖ; δεῖ γὰρ αὐτὸν εἰδέναι τὰ δρώμενα. 1295

ΧΟΡΟΣ

οὐκ ἴσμεν· ἀλλὰ στεῖχε καὶ δίωκέ νιν
ὅπου κυρήσας τούσδ' ἀπαγγελεῖς λόγους.

ΑΓΓΕΛΟΣ

ὁρᾶτ' ἄπιστον ὡς γυναικεῖον γένος·
μέτεστι χὐμῖν τῶν πεπραγμένων μέρος.

ΧΟΡΟΣ

μαίνηι· τί δ' ἡμῖν τῶν ξένων δρασμοῦ μέτα; 1300
οὐκ εἶ κρατούντων πρὸς πύλας ὅσον τάχος;

ΑΓΓΕΛΟΣ

οὔ, πρίν γ' ἂν εἴπηι τοὔπος ἑρμηνεὺς τόδε,
εἴτ' ἔνδον εἴτ' οὐκ ἔνδον ἀρχηγὸς χθονός.
ὠή, χαλᾶτε κλῆιθρα, τοῖς ἔνδον λέγω,
καὶ δεσπότηι σημήναθ' οὕνεκ' ἐν πύλαις 1305
πάρειμι, καινῶν φόρτον ἀγγέλλων κακῶν.

ΘΟΑΣ

τίς ἀμφὶ δῶμα θεᾶς τόδ' ἵστησιν βοήν,
πύλας ἀράξας καὶ ψόφον πέμψας ἔσω;

ΑΓΓΕΛΟΣ

†ψευδῶς ἔλεγον αἵδε καί μ'† ἀπήλαυνον δόμων,
ὡς ἐκτὸς εἴης· σὺ δὲ κατ' οἶκον ἦσθ' ἄρα. 1310

ΘΟΑΣ

τί προσδοκῶσαι κέρδος ἢ θηρώμεναι;

MENSAGEIRO

Aonde? Ele tem que saber dos fatos. 1295

CORO

Ignoramos, mas anda e procura-o
onde o encontres e faças o anúncio!

MENSAGEIRO

Vede que incrível gênero feminino!
Vós também tendes parte nos fatos.

CORO

Deliras? Que temos com a fuga deles? 1300
Não irás o mais rápido às portas reais?

MENSAGEIRO

Não antes que o intérprete diga isto,
se está dentro ou não o rei desta terra.
Oé! Soltai trincos, digo aos de dentro,
dizei ao senhor do palácio que à porta 1305
estou portador do fardo de más novas!

TOAS

Quem ante o templo da Deusa grita,
a golpear a porta e perturbar dentro?

MENSAGEIRO

Elas mentiam que te foste e de casa
me afastavam, mas estavas em casa! 1310

TOAS

Que lucro esperavam, ou caçavam?

ΑΓΓΕΛΟΣ

αὖθις τὰ τῶνδε σημανῶ· τὰ δ' ἐν ποσὶν
παρόντ' ἄκουσον. ἡ νεᾶνις ἣ 'νθάδε
βωμοῖς παρίστατ', Ἰφιγένει', ἔξω χθονὸς
σὺν τοῖς ξένοισιν οἴχεται, σεμνὸν θεᾶς 1315
ἄγαλμ' ἔχουσα· δόλια δ' ἦν καθάρματα.

ΘΟΑΣ

πῶς φῄς; τί πνεῦμα συμφορᾶς κεκτημένη;

ΑΓΓΕΛΟΣ

σῴζουσ' Ὀρέστην· τοῦτο γὰρ σὺ θαυμάσῃ.

ΘΟΑΣ

τὸν ποῖον; ἆρ' ὃν Τυνδαρὶς τίκτει κόρη;

ΑΓΓΕΛΟΣ

ὃν τοῖσδε βωμοῖς θεὰ καθωσιώσατο. 1320

ΘΟΑΣ

ὦ θαῦμα· πῶς σε μεῖζον ὀνομάσας τύχω;

ΑΓΓΕΛΟΣ

μὴ 'νταῦθα τρέψῃς σὴν φρέν', ἀλλ' ἄκουέ μου·
σαφῶς δ' ἀθρήσας καὶ κλύων ἐκφρόντισον
διωγμὸν ὅστις τοὺς ξένους θηράσεται.

ΘΟΑΣ

λέγ'· εὖ γὰρ εἶπας· οὐ γὰρ ἀγχίπλουν πόρον 1325
φεύγουσιν, ὥστε διαφυγεῖν τοὐμὸν δόρυ.

ΑΓΓΕΛΟΣ

ἐπεὶ πρὸς ἀκτὰς ἤλθομεν θαλασσίας,
οὗ ναῦς Ὀρέστου κρύφιος ἦν ὡρμισμένη,
ἡμᾶς μέν, οὓς σὺ δεσμὰ συμπέμπεις ξένων

MENSAGEIRO

Delas falo depois. Ouve o que mais
importa! A jovem que aqui presidia
os altares, Ifigênia, se foi deste solo
com os forasteiros, com o venerável 1315
ícone da Deusa. Purificação era dolo.

TOAS

Que dizes? Que sopro teve da sorte?

MENSAGEIRO

Para salvar Orestes. Isso admirarás.

TOAS

Quem? O que a Tindárida gerou?

MENSAGEIRO

O que a Deusa sagrou a este altar. 1320

TOAS

Ó espanto! Que nome mais te dar?

MENSAGEIRO

Não penses nisso, mas ouve-me,
examina e escuta claro, e planeja
operação de caça aos forasteiros!

TOAS

Diz! Tens razão, fazem não curta 1325
viagem até escapar de minha lança.

MENSAGEIRO

Quando fomos às falésias marinhas,
onde Orestes aportava navio oculto
a nós, que tu envias com as algemas

ἔχοντας, ἐξένευσ᾽ ἀποστῆναι πρόσω 1330
Ἀγαμέμνονος παῖς, ὡς ἀπόρρητον φλόγα
θύουσα καὶ καθαρμὸν ὃν μετώιχετο,
αὐτὴ δ᾽ ὄπισθε δέσμ᾽ ἔχουσα τοῖν ξένοιν
ἔστειχε χερσί. καὶ τάδ᾽ ἦν ὕποπτα μέν,
ἤρεσκε μέντοι σοῖσι προσπόλοις, ἄναξ. 1335
χρόνωι δ᾽, ἵν᾽ ἡμῖν δρᾶν τι δὴ δοκοῖ πλέον,
ἀνωλόλυξε καὶ κατῆιδε βάρβαρα
μέλη μαγεύουσ᾽, ὡς φόνον νίζουσα δή.
ἐπεὶ δὲ δαρὸν ἦμεν ἥμενοι χρόνον,
ἐσῆλθεν ἡμᾶς μὴ λυθέντες οἱ ξένοι 1340
κτάνοιεν αὐτὴν δραπέται τ᾽ οἰχοίατο.
φόβωι δ᾽ ἃ μὴ χρῆν εἰσορᾶν καθήμεθα
σιγῆι· τέλος δὲ πᾶσιν ἦν αὐτὸς λόγος,
στείχειν ἵν᾽ ἦσαν, καίπερ οὐκ ἐωμένοις.
κἀνταῦθ᾽ ὁρῶμεν Ἑλλάδος νεὼς σκάφος 1345
†ταρσῶι κατήρει πίτυλον ἐπτερωμένον†,
ναύτας τε πεντήκοντ᾽ ἐπὶ σκαλμῶν πλάτας
ἔχοντας, ἐκ δεσμῶν δὲ τοὺς νεανίας
ἐλευθέρους πρύμνηθεν ἑστῶτας νεώς.
κοντοῖς δὲ πρῶιραν εἶχον, οἱ δ᾽ ἐπωτίδων 1350
ἄγκυραν ἐξανῆπτον, οἱ δὲ κλίμακας
σπεύδοντες ἦγον διὰ χερῶν πρύμνης τ᾽ ἄπο
πόντωι διδόντες τῆι ξένηι καθίεσαν.
ἡμεῖς δ᾽ ἀφειδήσαντες, ὡς ἐσείδομεν
δόλια τεχνήματ᾽, εἰχόμεσθα τῆς ξένης 1355
πρυμνησίων τε, καὶ δι᾽ εὐθυντηρίας
οἴακας ἐξῃροῦμεν εὐπρύμνου νεώς.
λόγοι δ᾽ ἐχώρουν· Τίνι λόγωι πορθμεύετε
κλέπτοντες ἐκ γῆς ξόανα καὶ θυηπόλους;
τίνος τίς ὢν <σὺ> τήνδ᾽ ἀπεμπολᾶις χθονός; 1360
ὁ δ᾽ εἶπ᾽· Ὀρέστης, τῆσδ᾽ ὅμαιμος, ὡς μάθηις,
Ἀγαμέμνονος παῖς, τήνδ᾽ ἐμὴν κομίζομαι
λαβὼν ἀδελφήν, ἣν ἀπώλεσ᾽ ἐκ δόμων.

dos forasteiros, a filha de Agamêmnon 1330
acenou-nos sairmos, como sacrificando
secreta chama e purificação procurada,
ela ia atrás dos forasteiros com algemas
nas mãos. Ainda que isso fosse suspeito,
agradava, porém, a teus servos, senhor. 1335
Por tempo que nos parecesse fazer algo,
alarideou, e cantava bárbaras melodias,
fazendo magia, como lavando sangue.
Quando estávamos sentados há tempo,
ocorreu-nos que soltos os forasteiros 1340
não a matassem, e se fossem em fuga.
Por pavor de ver o indevido, calamos,
mas por fim todos dizíamos que fôssemos
aonde estavam, ainda que sem licença.
Ali mesmo vemos casco de nave grega 1345
provido de asas com as pás de remos,
e cinquenta marinheiros nas cavilhas
com os remos, e livres das algemas
os jovens de pé sobre a popa da nave.
Tinham a proa com varas, penduravam 1350
âncora no gancho, e traziam às pressas
escadas de cordas nas mãos, e dando-as
ao mar, lançavam da popa à forasteira.
Nós, sem contemplação, quando vimos
doloso artifício, retínhamos a forasteira 1355
e os cabos da popa, e com o dirigente
timão detínhamos a nave de bela popa.
As falas foram: “Por que transportais
furtivos desta terra o ícone e a serva?
Quem és tu, que a exportas da terra?” 1360
Disse: “Orestes, seu irmão, para saberes,
filho de Agamêmnon, levo comigo
minha irmã, que perdi fora de casa.”

ἀλλ᾽ οὐδὲν ἧσσον εἰχόμεσθα τῆς ξένης
καὶ πρὸς σ᾽ ἕπεσθαι διεβιαζόμεσθά νιν. 1365
ὅθεν τὰ δεινὰ πλήγματ᾽ ἦν γενειάδων·
κεῖνοί τε γὰρ σίδηρον οὐκ εἶχον χεροῖν
ἡμεῖς τε, πυγμαὶ δ᾽ ἦσαν ἐγκροτούμεναι
καὶ κῶλ᾽ ἀπ᾽ ἀμφοῖν τοῖν νεανίαιν ἅμα
ἐς πλευρὰ καὶ πρὸς ἧπαρ ἠκοντίζετο, 1370
ὥστε ξυναλγεῖν καὶ συναποκαμεῖν μέλη.
δεινοῖς δὲ σημάντροισιν ἐσφραγισμένοι
ἐφεύγομεν πρὸς κρημνόν, οἱ μὲν ἐν κάραι
κάθαιμ᾽ ἔχοντες τραύμαθ᾽, οἱ δ᾽ ἐν ὄμμασιν·
ὄχθοις δ᾽ ἐπισταθέντες εὐλαβεστέρως 1375
ἐμαρνάμεσθα καὶ πέτροις ἐβάλλομεν.
ἀλλ᾽ εἶργον ἡμᾶς τοξόται πρύμνης ἔπι
σταθέντες ἰοῖς, ὥστ᾽ ἀναστεῖλαι πρόσω.
κἀν τῶιδε (δεινὸς γὰρ κλύδων ὤκειλε ναῦν
πρὸς γῆν, φόβος δ᾽ ἦν <παρθένωι> τέγξαι πόδα) 1380
λαβὼν Ὀρέστης ὦμον εἰς ἀριστερόν,
βὰς ἐς θάλασσαν κἀπὶ κλίμακος θορών,
ἔθηκ᾽ ἀδελφήν <τ᾽> ἐντὸς εὐσέλμου νεὼς
τό τ᾽ οὐρανοῦ πέσημα, τῆς Διὸς κόρης
ἄγαλμα. ναὸς <δ᾽> ἐκ μέσης ἐφθέγξατο 1385
βοή τις· Ὦ γῆς Ἑλλάδος ναύτης λεώς,
λάβεσθε κώπης ῥόθιά τ᾽ ἐκλευκαίνετε·
ἔχομεν γὰρ ὧνπερ οὕνεκ᾽ ἄξενον πόρον
Συμπληγάδων ἔσωθεν εἰσεπλεύσαμεν.
οἱ δὲ στεναγμὸν ἡδὺν ἐκβρυχώμενοι 1390
ἔπαισαν ἅλμην. ναῦς δ᾽, ἕως μὲν ἐντὸς ἦν
λιμένος, ἐχώρει στόμια, διαπερῶσα δὲ
λάβρωι κλύδωνι συμπεσοῦσ᾽ ἠπείγετο·
δεινὸς γὰρ ἐλθὼν ἄνεμος ἐξαίφνης νεὼς
ὠθεῖ παλίμπρυμν᾽ ἱστί᾽· οἱ δ᾽ ἐκαρτέρουν 1395
πρὸς κῦμα λακτίζοντες· ἐς δὲ γῆν πάλιν
κλύδων παλίρρους ἦγε ναῦν. σταθεῖσα δὲ
Ἀγαμέμνονος παῖς ηὔξατ᾽· Ὦ Λητοῦς κόρη,

Mas, nada menos, tínhamos a forasteira,
e forçávamos que ela seguisse até ti. 1365
Daí, terríveis golpes foram no queixo,
pois eles não tinham ferro nas mãos,
nem nós, os punhos davam pancadas
e os pés de ambos os rapazes juntos
golpeavam costelas e ainda o fígado, 1370
de modo a fazer doer e tolher braços.
Nós, assim lacrados por terríveis lacres,
fugimos à escarpa, uns com sangrentas
lesões na cabeça, e outros, nos olhos.
Postos nas escarpas, com mais cautela, 1375
combatíamos e arremessávamos pedras.
Mas impediam-nos arqueiros, na popa,
com setas, de modo a repelir-nos mais.
Entretanto, terrível onda trouxe a nave
para terra, a moça temia molhar o pé, 1380
Orestes tomou-a no ombro esquerdo,
entrou no mar e subiu pelas escadas,
e pôs no navio de bons bancos a irmã
e o ícone celestial da filha de Zeus.
No meio da nave, uma voz anunciou: 1385
"Ó navegadora tropa da terra grega,
pegai o remo e fazei alvejadas vagas,
pois temos tudo por que navegamos
por mar inóspito entre Simplégades."
Eles, a rugirem um suave gemido, 1390
golpeavam o mar. A nave, enquanto
no porto, procedia, mas, transposta
ao encontro da forte onda, resistia,
pois terrível súbito vento sobrevindo
impele velas para popa, e persistiam 1395
na luta com a onda, e refluxo trouxe
o navio de volta à terra. Orou de pé
a Agamemnônida: "Ó filha de Leto,

σῶσόν με τὴν σὴν ἱερέαν πρὸς Ἑλλάδα
ἐκ βαρβάρου γῆς καὶ κλοπαῖς σύγγνωθ᾽ ἐμαῖς. 1400
φιλεῖς δὲ καὶ σὺ σὸν κασίγνητον, θεά·
φιλεῖν δὲ κἀμὲ τοὺς ὁμαίμονας δόκει.
ναῦται δ᾽ ἐπευφήμησαν εὐχαῖσιν κόρης
παιᾶνα, γυμνὰς ἐκ <πέπλων> ἐπωμίδας
κώπηι προσαρμόσαντες ἐκ κελεύσματος. 1405
μᾶλλον δὲ μᾶλλον πρὸς πέτρας ἤιει σκάφος·
χὼ μέν τις ἐς θάλασσαν ὡρμήθη ποσίν,
ἄλλος δὲ πλεκτὰς ἐξανῆπτεν ἀγκύλας.
κἀγὼ μὲν εὐθὺς πρὸς σὲ δεῦρ᾽ ἀπεστάλην,
σοὶ τὰς ἐκεῖθεν σημανῶν, ἄναξ, τύχας. 1410
ἀλλ᾽ ἕρπε, δεσμὰ καὶ βρόχους λαβὼν χεροῖν·
εἰ μὴ γὰρ οἶδμα νήνεμον γενήσεται,
οὐκ ἔστιν ἐλπὶς τοῖς ξένοις σωτηρίας.
πόντου δ᾽ ἀνάκτωρ Ἴλιόν τ᾽ ἐπισκοπεῖ
σεμνὸς Ποσειδῶν, Πελοπίδαις ἐναντίος, 1415
καὶ νῦν παρέξει τὸν Ἀγαμέμνονος γόνον
σοὶ καὶ πολίταις, ὡς ἔοικεν, ἐν χεροῖν
λαβεῖν ἀδελφήν θ᾽, ἣ φόνου τοῦ ᾽ν Αὐλίδι
ἀμνημόνευτος θεὰν προδοῦσ᾽ ἁλίσκεται.

ΧΟΡΟΣ
ὦ τλῆμον Ἰφιγένεια, συγγόνου μέτα 1420
θανῆι πάλιν μολοῦσα δεσποτῶν χέρας.

ΘΟΑΣ
ὦ πάντες ἀστοὶ τῆσδε βαρβάρου χθονός,
οὐκ εἶα πώλοις ἐμβαλόντες ἡνίας
παράκτιοι δραμεῖσθε κἀκβολὰς νεὼς
Ἑλληνίδος δέξεσθε, σὺν δὲ τῆι θεῶι 1425
σπεύδοντες ἄνδρας δυσσεβεῖς θηράσετε,
οἱ δ᾽ ὠκυπόμπους ἕλξετ᾽ ἐς πόντον πλάτας,
ὡς ἐκ θαλάσσης ἔκ τε γῆς ἱππεύμασιν
λαβόντες αὐτοὺς ἢ κατὰ στύφλου πέτρας

salva da terra bárbara para Grécia
leva-me tua serva, e perdoa o furto! 1400
Também tu amas o irmão, ó Deusa,
crê que também eu amo os irmãos!"
À prece da moça, os marinheiros
entoaram peã, sem mantos, ombros
adequados ao remo sob comando. 1405
Mais e mais o barco ia para pedras,
e alguém se precipitou a pé ao mar,
e outro pendurava corrediços laços.
A ti eu fui enviado direto para cá,
para te reportar, rei, as sortes de lá. 1410
Ide, com grilhões e laços à mão!
Se o mar estiver sem vento, não terão
esperança de salvação os forasteiros.
O soberano do mar olha por Ílion,
venerável Posídon, contra Pelópidas, 1415
e parece que agora a ti e aos cidadãos
dará pôr as mãos no Agamemnônida
e na irmã. Ela, sem lembrar a morte
em Áulida, é pega ao trair a Deusa.

CORO

Ó mísera Ifigênia, com o irmão 1420
morrerás de volta às mãos do rei.

TOAS

Todos vós, nativos desta terra bárbara,
ide, ponde as rédeas nos corcéis,
correi à beira-mar, resisti à saída
do navio grego, e com a Deusa 1425
caçai depressa os ímpios varões!
Lançai vós ao mar céleres remos,
para, por mar e por terra, a cavalo,
prendê-los, e arremessar de abrupto

ῥίψωμεν ἢ σκόλοψι πήξωμεν δέμας; 1430
ὑμᾶς δὲ τὰς τῶνδ᾽ ἴστορας βουλευμάτων,
γυναῖκες, αὖθις, ἡνίκ᾽ ἂν σχολὴν λάβω,
ποινασόμεσθα· νῦν δὲ τὴν προκειμένην
σπουδὴν ἔχοντες οὐ μενοῦμεν ἥσυχοι.

ΑΘΗΝΑ

ποῖ ποῖ διωγμὸν τόνδε πορθμεύεις, ἄναξ 1435
Θόας; ἄκουσον τῆσδ᾽ Ἀθηναίας λόγους.
παῦσαι διώκων ῥεῦμά τ᾽ ἐξορμῶν στρατοῦ·
πεπρωμένον γὰρ θεσφάτοισι Λοξίου
δεῦρ᾽ ἦλθ᾽ Ὀρέστης, τόν τ᾽ Ἐρινύων χόλον
φεύγων ἀδελφῆς τ᾽ Ἄργος ἐσπέμψων δέμας 1440
ἄγαλμά θ᾽ ἱερὸν εἰς ἐμὴν ἄξων χθόνα,
τῶν νῦν παρόντων πημάτων ἀναψυχάς. 1441
πρὸς μὲν σ᾽ ὅδ᾽ ἡμῖν μῦθος· ὃν δ᾽ ἀποκτενεῖν
δοκεῖς Ὀρέστην ποντίωι λαβὼν σάλωι,
ἤδη Ποσειδῶν χάριν ἐμὴν ἀκύμονα
πόντου τίθησι νῶτα πορθμεύειν πλάτην. 1445
μαθὼν δ᾽, Ὀρέστα, τὰς ἐμὰς ἐπιστολὰς
(κλύεις γὰρ αὐδὴν καίπερ οὐ παρὼν θεᾶς),
χώρει λαβὼν ἄγαλμα σύγγονόν τε σήν.
ὅταν δ᾽ Ἀθήνας τὰς θεοδμήτους μόληις,
χῶρός τις ἔστιν Ἀτθίδος πρὸς ἐσχάτοις 1450
ὅροισι, γείτων δειράδος Καρυστίας,
ἱερός· Ἁλάς νιν οὑμὸς ὀνομάζει λεώς.
ἐνταῦθα τεύξας ναὸν ἵδρυσαι βρέτας,
ἐπώνυμον γῆς Ταυρικῆς πόνων τε σῶν,
οὓς ἐξεμόχθεις περιπολῶν καθ᾽ Ἑλλάδα 1455
οἴστροις Ἐρινύων. Ἄρτεμιν δέ νιν βροτοὶ
τὸ λοιπὸν ὑμνήσουσι Ταυροπόλον θεάν.
νόμον τε θὲς τόνδ᾽· ὅταν ἑορτάζηι λεώς,
τῆς σῆς σφαγῆς ἄποιν᾽ ἐπισχέτω ξίφος
δέρηι πρὸς ἀνδρὸς αἷμά τ᾽ ἐξανιέτω, 1460
ὁσίας ἕκατι θεά θ᾽ ὅπως τιμὰς ἔχηι.

penhasco, ou empalar com estaca. 1430
A vós, cientes dos planos, mulheres,
quando tivermos tempo, outra vez,
puniremos; agora, com a presente
pressa não nos quedaremos quietos.

ATENA

Aonde levas essa perseguição, rei 1435
Toas? Ouve as palavras de Atena.
Cessa de caçar e mover o exército.
Determinado pelo oráculo de Lóxias,
Orestes veio aqui, fugindo da cólera
de Erínies, para enviar a irmã a Argos 1440
e levar a sacra estátua à minha terra,
refrigério das dores hoje presentes. 1441
Para ti, esta nossa palavra, pensas
matar Orestes, pego na onda marinha;
já Posídon, graças a mim, faz calmo
dorso do mar transportar o navio. 1445
Sabe, Orestes, a minha mensagem,
pois, ausente, ouves a voz da Deusa,
vai, com o ídolo e com a tua irmã!
Quando em Atenas, morada divina,
há um lugar, nos confins da Ática, 1450
nos montes, perto do cabo Caristo,
sacro, que o meu povo chama Halas.
Aí ergue o templo e assenta o ícone,
com nome da terra Táurida e das dores
que sofreste, circulando pela Grécia, 1455
ferroado por Erínies. No porvir, Ártemis
os mortais celebrarão a Deusa Táurida.
Faz isto lei: quando o povo festejar
em paga de tua degola, imponha-se
faca a garganta viril, e jorre sangue, 1460
por licitude, e a Deusa tenha honras!

σε δ' ἀμφὶ σεμνάς, Ἰφιγένεια, λείμακας
Βραυρωνίας δεῖ τῆιδε κληιδουχεῖν θεᾶι·
οὗ καὶ τεθάψηι κατθανοῦσα, καὶ πέπλων
ἄγαλμά σοι θήσουσιν εὐπήνους ὑφάς, 1465
ἃς ἂν γυναῖκες ἐν τόκοις ψυχορραγεῖς
λίπωσ' ἐν οἴκοις. τάσδε δ' ἐκπέμπειν χθονὸς
Ἑλληνίδας γυναῖκας ἐξεφίεμαι
γνώμης δικαίας οὕνεκ'. ἐξέσωσα δὲ
καὶ πρίν σ' Ἀρείοις ἐν πάγοις ψήφους ἴσας 1470
κρίνασ', Ὀρέστα· καὶ νόμισμ' ἔσται τόδε,
νικᾶν ἰσήρεις ὅστις ἂν ψήφους λάβηι.
ἀλλ' ἐκκομίζου σὴν κασιγνήτην χθονός,
Ἀγαμέμνονος παῖ. καὶ σὺ μὴ θυμοῦ, Θόας.

ΘΟΑΣ

ἄνασσ' Ἀθάνα, τοῖσι τῶν θεῶν λόγοις 1475
ὅστις κλύων ἄπιστος, οὐκ ὀρθῶς φρονεῖ.
ἐγὼ δ' Ὀρέστηι τ', εἰ φέρων βρέτας θεᾶς
βέβηκ', ἀδελφῆι τ' οὐχὶ θυμοῦμαι· τί γάρ;
[πρὸς τοὺς σθένοντας θεοὺς ἁμιλλᾶσθαι καλόν;]
ἴτωσαν ἐς σὴν σὺν θεᾶς ἀγάλματι 1480
γαῖαν, καθιδρύσαιντό τ' εὐτυχῶς βρέτας.
πέμψω δὲ καὶ τάσδ' Ἑλλάδ' εἰς εὐδαίμονα
γυναῖκας, ὥσπερ σὸν κέλευσμ' ἐφίεται.
παύσω δὲ λόγχην ἣν ἐπαίρομαι ξένοις
νεῶν τ' ἐρετμά, σοὶ τάδ' ὡς δοκεῖ, θεά. 1485

ΑΘΗΝΑ

αἰνῶ· τὸ γὰρ χρεὼν σοῦ τε καὶ θεῶν κρατεῖ.
ἴτ', ὦ πνοαί, ναυσθλοῦτε τὸν Ἀγαμέμνονος
παῖδ' εἰς Ἀθήνας· συμπορεύσομαι δ' ἐγὼ
σώιζουσ' ἀδελφῆς τῆς ἐμῆς σεμνὸν βρέτας.

Tu, Ifigênia, nos veneráveis prados
de Bráuron, deves custodiar Deusa,
onde morta terás tumba, e te farão
oferta de veus, bem urdidos tecidos, 1465
que mulheres em partos mortíferos
deixaram em casa. Insto que estas
mulheres gregas resgates da terra,
por justa sentença. Já te preservei
preferindo votos iguais no Areópago, 1470
ó Orestes; e assim será instituído
que vence quem tem votos iguais.
Vamos, envia desta terra tua irmã,
Agamemnônida. Toas, não te ires!

TOAS

Rainha Atena, as palavras dos Deuses 1475
quem ouvir incrédulo não pensa bem.
Não terei ira se Orestes foi e levou
o ícone da Deusa e a irmã. Por quê?
Lutar contra os fortes Deuses é belo?
Vão à tua terra com estátua da Deusa! 1480
Assente-se com boa sorte a imagem!
Enviarei ainda à Grécia de bom Nume
estas mulheres, como insta tua ordem.
Cessarei lança erguida aos forasteiros
e remos navais, como queres, Deusa. 1485

ATENA

Louvo. Vence o dever a ti e aos Deuses.
Ide, ó ventos, levai o Agamemnônida
a Atenas! Eu acompanharei o percurso,
salvando o ícone augusto de minha irmã.

ΧΟΡΟΣ

ἴτ' ἐπ' εὐτυχίαι τῆς σωιζομένης 1490
μοίρας εὐδαίμονες ὄντες.
ἀλλ', ὦ σεμνὴ παρά τ' ἀθανάτοις
καὶ παρὰ θνητοῖς, Παλλὰς Ἀθάνα,
δράσομεν οὕτως ὡς σὺ κελεύεις.
μάλα γὰρ τερπνὴν κἀνέλπιστον 1495
φήμην ἀκοαῖσι δέδεγμαι.
[ὦ μέγα σεμνὴ Νίκη, τὸν ἐμὸν
βίοτον κατέχοις
καὶ μὴ λήγοις στεφανοῦσα.]

CORO

Ide, vós que sois por boa sorte 1490
com bons Numes de salva parte!
Ó venerável entre imortais
e entre mortais Palas Atena,
faremos assim como ordenas!
Acabo de escutar anúncio 1495
muito grato e inesperado.
Ó grande solene Vitória,
residas em minha vida
e não cesses de coroar!

ÍON

A comunidade de Deuses e de mortais

Jaa Torrano

Na tragédia *Íon* de Eurípides, as aporias da atribuição de vileza ao Deus Apolo, que já se revelam no prólogo, no monólogo de Hermes (vv. 1-81), reconfiguram-se a cada episódio, tanto nas falas dos personagens divinos e humanos, quanto no curso dos acontecimentos, até a sua completa resolução no êxodo, na fala final de Palas Atena (vv. 1553-605).

No monólogo, Hermes se apresenta como descendente híbrido do Titã Atlas — descrito a suportar nas costas brônzeas o céu em que habitam os Deuses — e de Zeus. O aspecto negativo da participação nesse Titã — cuja principal atribuição de suporte do céu é descrita como consequência de punição — se contrapõe, e compõe, com sua associação a Apolo e a Palas Atena, com os quais tem em comum a filiação a Zeus. A fala de Hermes amplia o horizonte da visão até o âmbito do Deus Hermes e dos Deuses a ele associados Apolo e Atena, e assim narra — sob o ponto de vista de Hermes — o nascimento do filho de Apolo e da princesa ateniense Creúsa e dá a razão de seu nome ser "Íon". As circunstâncias desse nascimento configuram a aporia: o estupro cometido pelo Deus contra a mortal ("Febo jungiu núpcias com filha de Erecteu/ Creúsa à força", vv. 10-1).

O tema do estupro nessa imagem da vileza perpetrada pelo Deus se explora ao longo do drama e a reiteração dessa imagem difícil e aporética se resolve — como se verifica ao longo do drama — de modo similar ao paradoxo do oximoro da "graça violenta" (*kháris bíaios*, v. 182) na tragédia *Agamêmnon* de Ésquilo.[1]

O emblema das serpentes lavradas em ouro (v. 25), evocativo das serpentes vigilantes a serviço da Deusa Palas Atena junto ao recém-nas-

---

[1] A esse respeito, ver "O hino a Zeus" em Ésquilo, *Oresteia I — Agamêmnon*, estudo e tradução de Jaa Torrano, São Paulo, Iluminuras, 2004, p. 33.

cido Erecteu (vv. 21-4), paradoxalmente põe sob a custódia dessa Deusa a criança exposta, isto é, abandonada para que morresse (v. 27). As palavras fraternas de Febo Apolo a Hermes, incumbindo-o da guarda e transporte do filho recém-nascido, associa Hermes a Palas Atena no preenchimento dessa função de velar pelo filho de Apolo.

Hermes transporta a "criança néscia" (*paidì nepíoi*, v. 43) e conforme as instruções de Apolo deposita-a na entrada do templo de Apolo em Delfos, de modo que a profetisa pítia, ao entrar no templo, a encontre, adote e crie. Hermes retoma a narrativa da sorte da mãe, Creúsa, que, casada com Xuto, aliado militar de Atenas, sem filho após longo tempo de casamento, visita o santuário oracular de Apolo em Delfos "por amor de filhos" (v. 67). Neste ponto, a fala de Hermes anuncia o futuro encontro numinoso de Xuto e Íon, quando a previsão do oráculo de Apolo indicará a Xuto Íon como seu filho. O futuro anunciado inclui a sorte de Íon como fundador da terra asiática, renomado na Grécia (vv. 74-5).

Por fim, Hermes anuncia a entrada de Íon, cujo nome Hermes é "o primeiro dos Deuses" a lhe dar (v. 81) no sentido premonitório de que o nome o designa em referência ao acontecimento de um encontro fortuito, domínio de Hermes, quando Xuto se encontra com quem o Deus Febo predissera ser o seu filho, no caso, esse que assim ia, por isso mesmo se chama *Íon*, "esse que ia".

A monodia de Íon (vv. 82-183), que completa o prólogo, é uma interlocução com a paisagem e com a presença invisível dos Deuses, manifestos na paisagem e nas circunstâncias presentes: o sol nascente, o movimento dos astros fugidios, o esplendor dos cimos do Parnaso, a fumaça da mirra, a abertura do oráculo aos consulentes e os preparativos e cuidados dos servidores do templo (vv. 82-101). Íon se identifica como um dos servidores do templo (vv. 102-8) e se declara "nascido assim sem mãe nem pai", a serviço de seu "criador/ templo de Febo" (vv. 109-11), tendo essa sua servidão em comum com o loureiro, o fluxo da fonte e os mirtos, e tendo por interlocutor Peã, filho de Leto e a quem saúda com votos de "feliz eternidade" (vv. 112-26; Peã, bem como Febo, são epítetos e outros nomes de Apolo).

Íon descreve a numinosa servidão aos Deuses como a negação de toda servidão a mortais, e como o seu ininterrupto trabalho de "faustas fadigas" (vv. 127-35); declara Febo o seu "genitor pai" que o alimenta (v. 137) e a quem reitera os votos de "feliz eternidade" no estribilho (vv. 124-6, 142-3); descreve a lustração com vassouras de louro e água da fonte Castália, formula votos de que "nunca cesse"/ "de servir sempre Febo,/ ou cesse por boa sorte" (vv. 151-3) e invectiva os pássaros que repele do templo de Febo para que não o sujem (vv. 154-83).

Desde o primeiro verso do párodo (vv. 184-236), o coro se revela um grupo de visitantes vindas de Atenas, ao compararem o que veem em Delfos com o que viam em Atenas: "os bem colunados pátios dos Deuses/ e os serviços de Viário" (vv. 185-7) e ainda a "luz de belas pálpebras/ das gemelares fachadas" (vv. 188-9).

A contemplação das edificações do templo não somente indica ao coro a presença do divino, mas ainda inspira a sua escolha das palavras.

Integrados nos "bem colunados pátios dos Deuses", os "serviços de Viário" (*agyiátides therapeîai*, v. 187) são peças da estatuária cultual: a palavra *therapeîai*, "serviços", retoma o sentido cultual da palavra *therapeúon*, com que Íon descreve sua atitude perante Apolo e a sua relação com o Deus (v. 184), como ainda na expressão com que Hermes descreve a si mesmo: "servente dos Numes" (*daimónon látrin*, v. 4). Este nome abstrato "serviços" (*therapeîai*) designa algo concreto: as colunas consagradas a Apolo "Viário" (*Agyieús*), cuja presença vigilante das vias se assinala com as colunas. O adjetivo "viários" (*aguiátides*) evoca esse título cultual de Apolo e o seu domínio do espaço público (*agyiá*, "rua", "praça", "cidade").

A locação em Delfos se descreve como "junto a Lóxias,/ filho de Leto" (*parà Loxíai toi Latoûs*, vv. 187-8).

M. A. Bayfield, coincidindo com A. S. Owen e com Matteo Pellegrino (2004, p. 213),[2] entende que "as gemelares fachadas" (*didýmon prosópon*, v. 188) são as faces ocidental e oriental do templo. A imagem da "luz de belas pálpebras/ das gemelares fachadas" (vv. 188-9) sugere o caráter divino do templo, em cuja figura visível se mostra a presença invisível do Deus.

O diálogo entre os coreutas constitui uma complexa descrição literária de um complexo monumento esculpido, cujas imagens narram cinco distintos mitos:

---

[2] Ver, respectivamente, *Ion*, tradução, notas e apêndices de M. A. Bayfield, Londres, Macmillan and Co., 1924, p. 88; *Ion*, edição, introdução e comentários de A. S. Owen, Londres, Duckworth, 1939, p. 84; e *Ione*, com introdução, tradução e comentários de Matteo Pellegrino, Bari, Palomar, 2004, p. 213.

1) O combate de Héracles e Iolau contra a hidra de Lerna (vv. 190-200);

2) O combate de Belerofonte, cavalgando Pégaso, contra Quimera, "a de três corpos/ força que respira fogo" (*tàn pyr pnéousan... trisómaton alkán*, vv. 201-4);

3) O combate de gigantes, quando a Deusa Palas Atena brande gorgôneo escudo contra Encélado (vv. 206-11);

4) Quando Zeus fulmina com o raio o inimigo Mimante (vv. 212-5); e

5) Quando o Deus Brômio Baqueu mata um gigante nascido da terra com o pacífico tirso (vv. 216-8).

Na segunda antístrofe (vv. 221-7), o coro interpela Íon, perguntando se pode ultrapassar a soleira do santuário, o que os preceitos do templo interditam aos consulentes (e os da tragédia, ao coro, pois não se espera que o coro deixe a orquestra antes do êxodo final, sendo notáveis as exceções em *Alceste* e *Helena* de Eurípides e em *Eumênides* de Ésquilo). Depois, pergunta se o templo de Febo contém "o umbigo do meio da terra"; e a concisa resposta de Íon — que respondeu: "coroado e rodeado de Górgonas" — é sugestiva da unidade enantiológica de Febo e das Górgonas (v. 224).[3] Por fim, Íon dá instruções sobre o sacrifício do "bolo ante o templo" (*pelanón prò dómon*, v. 226), e sobre a consulta ao Deus "ante o altar" (*es thymélas*, v. 228); e, por sua vez, pergunta de que casa são servas (v. 234); ao responder, o coro descreve o palácio de sua senhora como domicílio comum com Palas Atena, e anuncia a entrada de sua senhora (vv. 235-7).

No primeiro episódio, na primeira cena (vv. 237-401), Creúsa e Íon se encontram, e sem se reconhecerem descobrem traços comuns em suas vidas que lhes despertam simpatia recíproca, mas Íon persuade Creúsa a não interpelar o Deus com invectivas, perguntando ao Deus o que o Deus quer ocultar.

Íon interpela Creúsa, por observar o seu comportamento paradoxal: ela fechava os olhos com lágrimas onde a visão do templo magnífico alegrava a todos (vv. 237-46). Esse paradoxo anuncia o impasse, que se formula com dupla exclamação: "Ó míseras mulheres! Ó aço-

---

[3] Cf. Ésquilo, *Eumênides*, vv. 48-9.

dados Deuses!". E com dupla questão: "Qual? Que justiça temos,/ destruídas por injustiças de reis?" (vv. 252-4). Enunciada a aporia, sem mais explicações, Creúsa se cala e dispensa preocupações (vv. 255-7).

Como para contornar a aporia, Íon pergunta a Creúsa "Quem és?" (*Tís d'eî?*, v. 258); e esta pergunta se desdobra com perguntas sobre o nome, a pátria, o pai, o nascimento extraordinário do pai, assistido por Palas Atena, e as filhas de Cécrops, às quais Atena incumbe a guarda do cesto com bebê Erictônio recém-brotado da terra, e elas, proibidas de ver seu conteúdo, transgridem a interdição, abrem o cesto e são punidas; filho de Erictônio, pai de Creúsa, Ericteu imola as suas filhas à Terra, exceto Creúsa por estar nos braços da mãe, recém-nascida; morto, Ericteu está oculto na fenda do solo por golpe do tridente de Posídon (vv. 258-82).

Delineadas essas circunstâncias heroicas de nascimento brotado da terra, de imolações sacrificiais à terra, e de último abrigo contra a cólera divina no seio da terra (essas circunstâncias ressoariam nos aspectos ctônios e cultuais da exposição do filho secretamente gerado, gestado, parido e exposto), Íon pergunta por um lugar em Atenas chamado "Compridas" (v. 283), e a aporia então se reconfigura numa irreprimível exclamação de Creúsa, que suscita a aporética questão de Íon, reiterada como um oximoro: "O quê? Odeias tu o mais caro ao Deus?" (vv. 284-7). Esse oximoro do "horror ao mais caro" se exaspera e se torna antilogia quando Creúsa contrapõe o seu conhecimento de "um vexame com a gruta" (v. 287) às honras, antes mencionadas por Íon, que a esse lugar concedem "Pítio e os fulgores pítios" (v. 285).

Como a evitar essa reconfiguração da aporia, Íon indaga sobre o esposo de Creúsa, o seu casamento com Xuto, forasteiro de Eubeia e aliado de sua família, e a motivação da consulta: o desejo de filhos do casal Creúsa e Xuto (vv. 288-307). A privação de filhos sofrida por Creúsa encontra ecos na ignorância de Íon a respeito de seus pais e de suas origens, e nesse encontro de mãe e de filho, sem que nenhum reconheça ao outro, ressoa a ironia trágica, quando a visão da verdade no horizonte dos mortais ainda não inclui um ponto de vista mais amplo, verdadeiro também na perspectiva dos Deuses, a qual ressignificaria, isto é, daria um outro e mais verdadeiro sentido ao horizonte dos mortais.

Ressignificar implica o impasse que reside na impossibilidade (momentânea ou permanente) de compreender ou sequer admitir a realidade de um novo aspecto inesperado e desconcertante dos Deuses e da relação entre os Deuses e a justiça reclamada por mortais. Essa desconfortável incompreensibilidade e incognoscibilidade dos Deuses se revela na fala de Íon, ao negar os dados de um novo e insuspeitado aspecto do Deus Febo Apolo e explicar os fatos no horizonte dos mortais ("Não! Ela se vexa de injustiça de varão", v. 341). Íon reconhece o impasse na conclusão que tira dos fatos: "Então é injusto o Deus, e mísera a mãe" (v. 355).

O impasse assume o aspecto de uma impossibilidade inerente à condição dos mortais quando toma a dimensão da interlocução com o divino:

> ÍON — Sabes o que mais atrapalha em tua fala?
>
> CREÚSA — O que afeta aquela infortunada mulher?
>
> ÍON — Como o Deus predirá o que quer velar?
>
> CREÚSA — Sentado na trípode comum da Grécia.
>
> ÍON — É vergonhosa a ação. Não o contestes!
>
> CREÚSA — É dolorosa para quem padeceu a sorte.
>
> ÍON — Não há quem te dirá essa profecia.
>
> (vv. 363-9)

Ante o impasse, Íon aconselha Creúsa que "não se pede oráculo contra o Deus" (v. 373), com a justificativa de que "se forçamos Deuses contrariados,/ adquirimos inúteis bens [...]./ O que dão de bom grado nos é útil" (vv. 378-80). O coro respalda a justificativa de Íon, asseverando que "muitos mortais têm muitas situações" (v. 381) e que "a vida dos mortais/ a custo se descobriria uma única feliz" (vv. 382 ss.). Ante o mesmo impasse e ante o templo, Creúsa reitera a acusação a Febo, duplicando-a em nome de uma alegada amiga ausente e em seu próprio nome, mas aceita o conselho de Íon, e após anunciar o seu esposo Xuto, recém-chegado da consulta ao oráculo de Trofônio, pede a Íon sigilo a respeito das palavras trocadas entre ambos, apelando a dificuldades inerentes à sua odiosa condição de mulher (vv. 384-400).

Na segunda cena do primeiro episódio (vv. 402-28), Xuto, marido de Creúsa, ao retornar do oráculo de Trofônio, saúda primeiro o Deus e, em seguida, a sua mulher, com a revelação oracular de "que não sem filho/ do oráculo estaremos eu e tu em casa" (v. 409). Ante a revelação de Trofônio, Creúsa faz uma prece à Deusa "mãe de Febo" (v. 410) por um retorno auspicioso ao lar. Xuto anuncia que irá consultar o Deus, e pede à sua mulher que faça oferendas aos altares e preces aos Deuses, de que ele venha do palácio de Lóxias com oráculo de filhos. Creúsa aparentemente anui ao pedido de seu marido, mas declara que "se Lóxias quisesse/ agora reparar seus antigos desacertos,/ não de todo se nos tornaria um amigo" (vv. 425-7), mas que ela aceitará quanto ele, Lóxias, queira, pois é "Deus" (v. 428).

Na terceira cena do primeiro episódio (vv. 429-51), Íon, aparentemente sozinho, pondera as acusações de Creúsa contra o Deus Apolo. Íon primeiro se pergunta por que com palavras ocultas contra o Deus a forasteira sempre diz invectivas enigmáticas, seja pela amiga em nome de quem faz a consulta, seja em seu próprio nome. Íon tenta dispensar-se dos cuidados com "a filha de Erecteu" (v. 433), mas não pode escapar do impasse ante o novo aspecto inesperado e inaceitável que a acusação da forasteira, se aceita, revelaria. A dificuldade desse impasse, uma vez reconhecida, se explicita e se amplia ao revelar o seu nexo com a verdade dos Deuses e com a validade das leis e da justiça possível no horizonte das relações entre os Deuses e os mortais, bem como entre os mortais uns com os outros.

No primeiro estásimo, na estrofe (vv. 452-71), como se cumprisse as instruções dadas pelo rei à rainha, o coro faz preces primeiro a Palas Atena, e depois a Ártemis, "duas virgens,/ irmãs augustas de Febo" (vv. 466-7), por um oráculo favorável à prole da antiga família de Erecteu.

A invocação de Atena se faz com referência ao mito de seu nascimento da cabeça de Zeus, e se reitera com o nome de "Vitória". A imagem de "sem Ilítia de dor de parto" (vv. 452-3) sugere a virilidade própria do nascimento e da natureza da Deusa, que dá nome à cidade de Atenas. Ilítias são as Deusas parteiras, a quem se pede a assistência no parto. O acento ateniense se trai nessa invocação quando a nomeação do "Titã Prometeu", como assistente desse parto viril, ressalta o domínio do saber-fazer compartilhado pela Deusa e pelo Deus Prometeu, cultuado na Ática desde o século VIII a.C. e, no século V a.C., especialmente no Cerâmico, subúrbio de Atenas. A associação de Atena a Ártemis, que se explica como "duas virgens, irmãs augustas de Febo", evoca ainda a privação divina de solo para o parto antes de a Deusa Leto, mãe de Apolo e Ártemis, chegar à ilha de Delos.

Na antístrofe (vv. 472-91), o coro faz o elogio de uma bela descendência, descrevendo as suas virtudes — objeto do desejo e da consulta de Xuto ao Deus em Delfos.

No epodo (vv. 492-509), o coro invoca "o trono de Pã" associado à "pedra vizinha/ de Compridas recônditas" onde as "três filhas de Aglauro" (esposa de Cécrope, mãe de Erse, Pandroso e Aglauro, homônima da mãe) dançam no amplo verde ante o templo de Palas; e reitera a invocação associando o Deus Pã a grutas sem sol onde a mísera virgem gerou o filho de Febo e onde expôs o filho assim gerado como repasto de pássaros e feras. Essa dupla invocação a Pã, como testemunha da sorte diversa de duas diversas gerações, confirma a voz corrente — nos trabalhos de tear e na voz dos cantos — segundo a qual os filhos de Deuses com mortais não têm boa sorte.

No segundo episódio, na primeira cena (vv. 510-16), Íon pergunta por Xuto, consulente do oráculo, e o coro anuncia a entrada de Xuto.

Na segunda cena (vv. 517-62), a esticomitia circunscreve o encontro de Íon e Xuto, estando Íon sem conhecimento do oráculo dado a Xuto por Febo, quando para Xuto o oráculo se cumpre nesse numinoso encontro de ambos, ele e Íon. Xuto comunica o oráculo de Febo a Íon e este o reconhece como pai. Xuto relembra "estultícias de jovem" (v. 545), em anterior visita a Delfos nas festas de Baco, "com loucas de Báquio" (v. 552), "nos prazeres de Báquio" (v. 553). (Essa anamnese de Xuto parece mais consentânea com o drama satírico *Ciclope*[4] do que com a tragédia *As Bacas*, pois do ponto de vista desta poderíamos perguntar se neste contexto heortológico o intercurso sexual não configuraria delito contra Baco.) Xuto supõe que a mãe "louca de Baco" tenha exposto o filho no templo de Febo. Íon anui em aceitar Xuto como pai, em confiança no Deus Febo, e saúda jubiloso o dia presente. Concluída a esticomitia, Íon invoca sua mãe — viva, ou morta — supostamente uma das "loucas de Báquio" (vv. 563-5).

O coro compartilha da sorte de ambos, pai e filho, lembrando-se da sorte sem filho da rainha Creúsa (vv. 566-8).

Xuto propõe dar tempo ao tempo para que se descubra a mãe de Íon (vv. 569-75), e exorta Íon a deixar "o solo do Deus" e a "errância"

---

[4] Cf. Eurípides, *Teatro completo I: Ciclope, Alceste, Medeia*, estudos e traduções de Jaa Torrano, São Paulo, Editora 34, 2022.

e ir "a Atenas em concórdia com o pai" para assumir a condição de príncipe herdeiro, mas essa proposta muda o semblante de Íon (vv. 576-84), que prevê males futuros para si, para Xuto, para sua esposa e para sua casa. Íon prefere a vida tranquila que teve em Delfos à que teria em Atenas, e quer permanecer em Delfos (vv. 585-647).

O coro aprova a manifesta preferência de Íon pelo bem comum, seja de Íon, seja do próprio coro (vv. 648-50).

Alheio à advertência do coro quanto à sorte sem filho da rainha, Xuto se propõe a consagrar mesa comum onde encontrou Íon, comemorativa das festas natalícias que antes não festejou (vv. 650-3) e do fato de agora o conduzir como hóspede a Atenas (vv. 654-56). Xuto propõe um ardil para fazer Creúsa — sem-filho — aceitar Íon como filho dela e de Xuto (vv. 657-60). Xuto dá a Íon o nome de Íon em memória do encontro de ambos, anunciado pelo oráculo (vv. 661-3). Xuto exorta Íon a reunir todos os amigos no banquete sacrificial para deles se despedir (vv. 663-5), e exorta às servas, com ameaça de morte, que se calem (vv. 666-7).

Íon anui e faz prece de que sua mãe seja ateniense para que possa ter liberdade de palavra em Atenas (vv. 668-75).

No segundo estásimo, na estrofe (vv. 676-94), o coro prevê reação negativa de Creúsa à adoção de filho por seu marido, sendo ela sem filho; invoca o vaticinante filho de Leto, indaga pela identidade do filho e de sua mãe, e suspeita que haja dolo nesse oráculo por arte de interesses abscônditos.

Na antístrofe (vv. 695-712), o coro — apesar das ameaças recebidas — decide revelar à rainha tanto o que sabe quanto o que suspeita, e impreca contra "o esposo sem honra dos seus", por ludibriar a rainha.

No epodo (vv. 713-24), o coro invoca as escarpas do Parnaso, percorridas por Baco e pelas Bacas noctívagas, imprecando contra a vida de Íon e contra sua ida a Atenas.

No terceiro episódio (vv. 725-1047), Creúsa, o ancião e o coro se envolvem numa conspiração contra Xuto, rei de Atenas, e contra Íon, filho adotivo de Xuto.

Creúsa conduz o ancião, outrora preceptor de seu pai Erecteu, para que juntos saibam qual é e se é positivo ou negativo o oráculo de Lóxias a respeito de "sementes de filhos" (vv. 725-46) e indaga ao coro (suas servas) que disse o oráculo a seu esposo quanto a filhos (vv. 747-

51). A resposta do coro não corresponde ao que Xuto revelara do oráculo (vv. 534-7, 760-2), mas transtorna a rainha (vv. 763-9). O relato do coro (vv. 770-807) e as suspeitosas acusações do ancião contra Xuto e Íon (vv. 808-31) levam o ancião a aconselhar à rainha que preventivamente elimine a ambos, o marido e o filho adotivo (vv. 836-56).

Na monodia (vv. 859-922), Creúsa, sentindo-se traída pelo marido Xuto e espoliada de casa e de filho, pondera se deve romper o silêncio e denunciar as núpcias e o filho pranteado a Zeus, a Atena e à "soberana margem/ da úmida lagoa Tritoníada" (vv. 872-3), e "perante este clarão" (v. 886) denuncia o filho de Leto por sedução e pela exposição do filho, "pasto rapinado das aves", acrescentando nova queixa a essas duas acusações antigas: o indevido favorecimento do oráculo a Xuto, cuja felicidade (por obter filho do oráculo) ressalta sua infelicidade de não ter conservado o filho que teve do Deus. Esse (suposto) abandono do filho recém-nascido à morte por pássaros (supostamente) torna o Deus odioso à paisagem de Delos, onde nasceu de Leto com Zeus.

Concluída a monodia, o ancião pede explicações da acusação a Lóxias (vv. 925-33). Na esticomitia entre Creúsa e o ancião (vv. 938-1028), sucedem-se as explicações da sedução e da exposição do filho, a acusação de covardia a Apolo por não ter salvo o filho (v. 952), o pedido de punição a Apolo por injustiça (v. 972), a insânia e o desvario do ancião a aconselhar que queimem o templo (v. 974), que matem o rei Xuto (v. 976) e, por fim, que matem o filho adotivo do rei (v. 978). Elaboram um plano de matar Íon com as duas gotas do sangue de Górgona, dom natalício de Atena a Erictônio, pai de Creúsa (vv. 979-1021), e decidem-se pela execução imediata do plano (vv. 1022-8).

No terceiro estásimo, na primeira estrofe (vv. 1048-60), o coro faz uma prece a Enódia, filha de Deméter, para que viabilize o plano de matar Íon com a gota cruenta do sangue de Górgona e a terra nunca tenha outro rei senão os bem-nascidos Erectidas.

Na primeira antístrofe (vv. 1061-73), o coro conjetura que, se esse plano não se efetivar, só resta à rainha matar-se, pois a eupátrida filha da casa não suportaria que estrangeiro outro fosse rei em casa.

Na segunda estrofe (vv. 1074-89), o coro declara que seria um vexame, perante o Deus de muitos hinos, se Íon visitasse Elêusis e visse a tocha noturna do vigésimo dia nos mistérios de Elêusis, quando Zeus compõe coros nas constelações e as Nereidas os compõem no mar e nos remoinhos dos rios perenes, pois o coro suspeita que Íon — apodado "o errante de Febo" (*Phoíbeios alátas*, v. 1089) — por vias dolosas esperasse usurpar o poder em Atenas.

Na segunda antístrofe (vv. 1090-105), o coro contrapõe aos cantos de amores ilícitos de Cípris ilegítima o dissonante canto da iminente vitória de mulheres pias sobre varões injustos, acusando Xuto de injustiça e ingratidão por se tornar pai de filho espúrio e não compartilhar com a esposa a sorte de não ter filhos.

No quarto episódio (vv. 1106-228), como é comum em cenas de mensageiro, um breve diálogo, em que se indica resumidamente a notícia principal, precede o relato, feito não mais sob o ponto de vista dramático e subjetivo do servo atônito à procura da rainha, mas sob o ponto de vista neutro e objetivo da testemunha que circunstancialmente presenciou os fatos e ora os narra de modo imparcial. Autoridades locais procuram a rainha Creúsa porque a condenaram à morte, descoberto o plano de matar Íon. O coro sentindo-se denunciado pergunta como se descobriu; o servo responde com oracular ambiguidade: "o injusto pode menos que a justiça" (v. 1117); a ambiguidade reside em não se indicar nem o que é "injusto" (seria Íon usurpar o trono, ou Creúsa matá-lo?) nem o que é justo (seria Creúsa punir a usurpação, ou os délficos punirem a conspurcação do templo?); mas sua explicação para a situação é claríssima: "o Deus notou sem se deixar poluir" (v. 1118).

A pedido do coro, o servo relata o curso dos acontecimentos (vv. 1122-228) e reproduz as recomendações que, antes de ir às Fedríades para sacrificar novilhos ao Deus pela graça de encontrar o filho, Xuto fez a Íon de que erguesse as tendas e, caso o sacrifício se atrasasse, servisse a ceia aos convidados (vv. 1122-32). Descreve a preparação e as proporções da tenda (vv. 1132-40). Depois descreve os tecidos sagrados do tesouro que a decoram. No teto, espólio das Amazonas, oferendas de Héracles ao templo, os tecidos com imagens do céu ao anoitecer e os astros discriminados e nomeados visíveis (vv. 1141-58). Nos muros, outras tecelagens bárbaras, com imagens de navios, cavalgadas, caçadas a corças e caçadas a leões (vv. 1158-62). À entrada, oferta de ateniense, o tecido com a imagem de Cécrops que, metade homem, metade serpente, perto das filhas enrola as espiras serpentinas (vv. 1163-5). No meio, entre os convivas, as crateras de vinho (vv. 1165-6). O arauto anuncia o convite a quem do lugar aceitasse. Cheia a casa, coroados, os convivas têm farto banquete (vv. 1166-70). No final da ceia, surge à vista de todos o ancião atabalhoado com a água lustral, o turíbulo e as taças e, no aparente afã de agradar o seu novo senhor, "deu copo cheio, lançando ao vinho/ fármaco eficaz que, dizem, a rainha/ deu para o novo filho deixar a luz" (vv. 1184-6). Entretanto, "um servo pronunciou palavra aziaga" (v. 1189). Íon, "criado no templo entre bons videntes" (v. 1190), percebeu o presságio, providenciou outra nova cratera e derrama e faz todos derramarem a anterior libação do Deus. Todos se espantam ante a convulsão e morte do pássaro que bicara o vinho lançado por Íon (vv. 1187-208). Coagido, o ancião confessa o frustrado plano de Creúsa para matar Íon (vv. 1208-16). A acusação de Íon contra Creúsa perante os reis de Delfos resulta em decreto condenatório e põe toda a cidade à procura da rainha ateniense condenada à morte pelos reis de Delfos (vv. 1217-28).

No quarto estásimo (vv. 1229-49), a aporia se configura como a sentença de morte a executar. Denunciado o plano, o coro considera que não há refúgio ante a morte, não há fuga ante o apedrejamento, não há latência onde Deus não esconde, e conclui que, por serem injustas, elas, as servas da rainha, são punidas por justiça.

Nessa declaração as servas desfazem a oracular ambiguidade da primeira resposta do servo (v. 1117) e reconhecem a justiça da sentença que as condena à morte, como se exemplificassem a noção esquiliana de que "Justiça impõe que a saibam os que a sofrem".[5]

No êxodo, na primeira cena (vv. 1250-60), perante a aporia configurada como a sentença de morte a executar, o coro aconselha a rainha Creúsa a sentar-se junto ao altar, como suplicante, para escapar à morte.

Na segunda cena (vv. 1261-319), Íon invoca o aspecto tauriforme do pai Cefiso, Deus-rio de Atenas, a quem denuncia Creúsa por tentar matá-lo com gota de Górgona, pede sua prisão e execução (vv. 1261-74), e aparentemente ignora o asilo da suplicante junto ao altar (vv. 1275-81). Creúsa tenta proibi-lo de matá-la, por si mesma e pelo Deus em Delfos (vv. 1282-3). Na esticomitia, Creúsa e Íon fazem recíprocas acusações (vv. 1284-311). Íon, interrompendo a esticomitia e prevalecendo sobre Creúsa, reclama justiça dos Deuses (vv. 1312-9).

Na terceira cena (vv. 1320-546), a profetisa pítia admoesta Íon, aconselhando-o a manter-se puro do sangue da madrasta, e entrega-lhe

---

[5] Ésquilo, *Agamêmnon*, vv. 249 ss.

o cesto com os vestígios de sua mãe, para que a busque (vv. 1320-55). A profetisa exorta Íon a conhecer o conteúdo do cesto e a procurar a ignota mãe; comovido, Íon recebe o cesto, distingue entre o Deus dador de bens e o Nume cujos dons têm a gravidade do destino particular, e consagra a Febo o cesto como signo numinoso (vv. 1357-94). Ao reconhecer o cesto do filho, Creúsa reconhece também Íon como seu filho, e deixa o altar; entretanto, Íon pede que a prendam (vv. 1395-403). Na esticomitia, Creúsa e Íon concordam em usar como instrumento de identificação recíproca os itens contidos no cesto, que se nomeiam:

1) a "Górgona tecida no meio do manto" (v. 1421);
2) "Duas serpentes rutilando áurea boca" (v. 1427);
3) a "coroa de oliva" (vv. 1433-7).

No jogo de latência e ilatência, mãe e filho por fim se encontram em recíproco reconhecimento (vv. 1438-68); revelam-se as núpcias ocultas de Febo e a origem divina de Íon (vv. 1469-500). No reconhecimento das sortes comuns de mãe e filho, inquieta Íon a dúvida se sua origem é divina ou humana (vv. 1501-45). Contra o conselho que antes dera a Creúsa (de não perguntar ao Deus o que o Deus quer ocultar), Íon decide interrogar Febo se sua origem é divina ou humana (vv. 1546-8). Nesta última configuração da aporia apolínea, prorrompem os indícios da teofania (vv. 1549-57).

Na quarta cena (vv. 1553-622), Atena se apresenta e justifica a ausência de Apolo para evitar as invectivas de antes, e em seu nome declara Íon filho de Apolo e de Creúsa e assim legitima a sua inserção como herdeiro na casa de Erecteu (vv. 1559-62). Se o fato de o ter dado como filho a Xuto não fosse denunciado resultando em dissídio, Apolo teria feito mãe e filho se reconhecerem como tais em Atenas, mas temendo que no dissídio se matassem um ao outro resgatou-os da morte mediante as artes do pássaro morto pelo vinho derramado e da intervenção da profetisa com o cesto original (vv. 1563-68). Por fim Atena instrui Íon e Creúsa sobre o que fazer (vv. 1571-5), faz profecias da prole de Íon (vv. 1575-87), faz profecias da prole comum de Xuto e Creúsa (vv. 1589-95), e revela as disposições de Apolo, passadas (vv. 1595-600) e presentes (vv. 1601-5).

A epifania da Deusa Palas Atena — cujo âmbito se manifesta no saber fazer e na ação refletida e exitosa — resolve a aporia configurada nas relações entre os Deuses, neste caso Apolo, e os mortais, neste caso, Creúsa e seu filho Íon. Todas as dificuldades se resolvem quando a Deusa mostra a cada um dos envolvidos no impasse, neste caso a mãe Creúsa e seu filho Íon, o que fazer, e como fazer, de modo a ultrapassar o impasse. Associada ao seu irmão, o Deus de Delfos Apolo, Palas Atena fala do passado, do porvir e do presente de seus interlocutores, de modo a inteirá-los da verdade das suas próprias vidas.

As saudações e os assentimentos de Íon e de Creúsa a Febo e a Palas Atena, ecoados pelo coro (vv. 1606-22) manifestam o reconhecimento pleno de plena justiça nas relações entre os Deuses e os mortais.

ÍON

Ὑπόθεσις Ἴωνος

Κρέουσαν τήν Ἐρεχθέως Ἀπόλλων φθείρας ἔγκυον ἐποίησεν ἐν Ἀθήναις· ἡ δὲ τὸ γεννηθὲν ὑπὸ τὴν ἀκρόπολιν ἐξέθηκε, τὸν αὐτὸν τόπον καί τοῦ ἀδικήματος καὶ τῆς λοχείας μάρτυρα λαβοῦσα. τὸ μὲν οὖν βρέφος Ἑρμῆς ἀνελόμενος εἰς Δελφοὺς ἤνεγκεν· εὑροῦσα δ' ἡ προφῆτις ἀνέθρεψε. τὴν Κρέουσαν δὲ Ξοῦθος ἔγημε· συμμαχήσας γὰρ Ἀθηναίοις τὴν βασιλείαν καὶ τὸν τῆς προειρημένης γάμον ἔλαβε δῶρον. τούτωι μὲν οὖν ἄλλος παῖς οὐκἐγένετο· τὸν δ' ἐκτραφέντα ὑπὸ τῆς προφήτιδος οἱ Δελφοὶ νεωκόρον ἐποίησαν. ὁ δὲ ἀγνοῶν ἐδούλευσε τῶι πατρί...

τὰ τοῦ δράματος πρόσωπα· Ἑρμῆς, Ἴων, χορὸς ἐκ θεραπαινίδων Κρεούσης, Κρέουσα, Ξοῦθος, πρεσβύτης, θεράπων Κρεούσης, Πυθία ἤτοι προφῆτις, Ἀθηνᾶ.

ἡ σκηνὴ τοῦ δράματος ὑπόκειται ἐν Δελφοῖς.

Argumento

Apolo seduziu e engravidou Creúsa, filha de Erecteu, em Atenas. Ela expôs o recém-nascido sob a acrópole, tomando o mesmo lugar por testemunha da injustiça e do parto. Hermes recolheu o bebê e transportou para Delfos e a profetisa o encontrou e criou. Xuto desposou Creúsa, pois aliado aos atenienses recebeu de presente as núpcias da mencionada antes. Não lhe nasceu outro filho, mas os délfios fizeram guardião do tempo o criado pela profetisa. Este, sem saber, servia ao pai...

Personagens do drama: Hermes, Íon, coro de servidoras de Creúsa, Creúsa, Xuto, ancião, servidor de Creúsa, Pítia ou profetisa, Atena.

A cena do drama se situa em Delfos.

Drama representado cerca de 413 a.C.

Ἴων

ΕΡΜΗΣ

Ὁ χαλκέοισιν οὐρανὸν νώτοις Ἄτλας
θεῶν παλαιὸν οἶκον ἐκτρίβων θεῶν
μιᾶς ἔφυσε Μαῖαν, ἣ 'μ' ἐγείνατο
Ἑρμῆν μεγίστωι Ζηνί, δαιμόνων λάτριν.
ἥκω δὲ Δελφῶν τήνδε γῆν, ἵν' ὀμφαλὸν 5
μέσον καθίζων Φοῖβος ὑμνωιδεῖ βροτοῖς
τά τ' ὄντα καὶ μέλλοντα θεσπίζων ἀεί.
ἔστιν γὰρ οὐκ ἄσημος Ἑλλήνων πόλις,
τῆς χρυσολόγχου Παλλάδος κεκλημένη,
οὗ παῖδ' Ἐρεχθέως Φοῖβος ἔζευξεν γάμοις 10
βίαι Κρέουσαν, ἔνθα προσβόρρους πέτρας
Παλλάδος ὑπ' ὄχθωι τῆς Ἀθηναίων χθονὸς
Μακρὰς καλοῦσι γῆς ἄνακτες Ἀτθίδος.
ἀγνὼς δὲ πατρί (τῶι θεῶι γὰρ ἦν φίλον)
γαστρὸς διήνεγκ' ὄγκον. ὡς δ' ἦλθεν χρόνος, 15
τεκοῦσ' ἐν οἴκοις παῖδ' ἀπήνεγκεν βρέφος
ἐς ταὐτὸν ἄντρον οὗπερ ηὐνάσθη θεῶι
Κρέουσα, κἀκτίθησιν ὡς θανούμενον
κοίλης ἐν ἀντίπηγος εὐτρόχωι κύκλωι,
προγόνων νόμον σώιζουσα τοῦ τε γηγενοῦς 20
Ἐριχθονίου. κείνωι γὰρ ἡ Διὸς κόρη
φρουρὼ παραζεύξασα φύλακε σώματος
δισσὼ δράκοντε, παρθένοις Ἀγλαυρίσιν
δίδωσι σώιζειν· ὅθεν Ἐρεχθείδαις ἐκεῖ

Íon

[*Prólogo* (1-183)]

HERMES

Atlas, que nas brônzeas costas veste o céu,
velha morada dos Deuses, engendrou Maia
de uma das Deusas, que para Zeus supremo
gerou-me — Hermes, o servente dos Numes.
Venho a esta terra de Delfos, onde sentado 5
no meio do umbigo Febo aos mortais canta
o presente e o porvir, sempre vaticinando.
Vive não sem insígnia a urbe dos gregos,
aclamada por ser de Palas de áurea lança;
Febo jungiu núpcias com filha de Erecteu 10
Creúsa à força, onde as pedras do norte
sob a colina de Palas em solo ateniense
os reis da terra ática chamam Compridas.
Às ocultas do pai, pois agradava ao Deus,
portou o peso do ventre, e ao vir o tempo, 15
teve o filho em casa e transportou o filho
à mesma gruta em que Creúsa se deitou
com o Deus e deixou, qual para morrer,
no redondo círculo de côncavo berço,
guardando uso de prógonos e do terrígeno 20
Erictônio, pois a filha de Zeus jungiu
junto dele as duas vigilantes guardiãs
dobres serpentes e deu às filhas de Aglauro
para guardarem; daí, lá entre os Erectidas,

νόμος τις ἔστιν ὄφεσιν ἐν χρυσηλάτοις 25
τρέφειν τέκν᾽. ἀλλ᾽ ἣν εἶχε παρθένος χλιδὴν
τέκνωι προσάψασ᾽ ἔλιπεν ὡς θανουμένωι.
κἄμ᾽ ὢν ἀδελφὸς Φοῖβος αἰτεῖται τάδε·
Ὦ σύγγον᾽, ἐλθὼν λαὸν εἰς αὐτόχθονα
κλεινῶν Ἀθηνῶν (οἶσθα γὰρ θεᾶς πόλιν) 30
λαβὼν βρέφος νεογνὸν ἐκ κοίλης πέτρας
αὐτῶι σὺν ἄγγει σπαργάνοισί θ᾽ οἷς ἔχει
ἔνεγκε Δελφῶν τἀμὰ πρὸς χρηστήρια
καὶ θὲς πρὸς αὐταῖς εἰσόδοις δόμων ἐμῶν.
τὰ δ᾽ ἄλλ᾽ (ἐμὸς γάρ ἐστιν, ὡς εἰδῆις, ὁ παῖς) 35
ἡμῖν μελήσει. Λοξίαι δ᾽ ἐγὼ χάριν
πράσσων ἀδελφῶι πλεκτὸν ἐξάρας κύτος
ἤνεγκα καὶ τὸν παῖδα κρηπίδων ἔπι
τίθημι ναοῦ τοῦδ᾽, ἀναπτύξας κύτος
ἑλικτὸν ἀντίπηγος, ὡς ὁρῶιθ᾽ ὁ παῖς. 40
κυρεῖ δ᾽ ἅμ᾽ ἱππεύοντος ἡλίου κύκλωι
προφῆτις ἐσβαίνουσα μαντεῖον θεοῦ·
ὄψιν δὲ προσβαλοῦσα παιδὶ νηπίωι
ἐθαύμασ᾽ εἴ τις Δελφίδων τλαίη κόρη
λαθραῖον ὠδῖν᾽ ἐς θεοῦ ῥῖψαι δόμον, 45
ὑπέρ τε θυμέλας διορίσαι πρόθυμος ἦν·
οἴκτωι δ᾽ ἀφῆκεν ὠμότητα, καὶ θεὸς
συνεργὸς ἦν τῶι παιδὶ μὴ ᾽κπεσεῖν δόμων·
τρέφει δέ νιν λαβοῦσα, τὸν σπείραντα δὲ
οὐκ οἶδε Φοῖβον οὐδὲ μητέρ᾽ ἧς ἔφυ, 50
ὁ παῖς τε τοὺς τεκόντας οὐκ ἐπίσταται.
νέος μὲν οὖν ὢν ἀμφὶ βωμίους τροφὰς
ἠλᾶτ᾽ ἀθύρων· ὡς δ᾽ ἀπηνδρώθη δέμας,
Δελφοί σφ᾽ ἔθεντο χρυσοφύλακα τοῦ θεοῦ
ταμίαν τε πάντων πιστόν, ἐν δ᾽ ἀνακτόροις 55
θεοῦ καταζῆι δεῦρ᾽ ἀεὶ σεμνὸν βίον.
Κρέουσα δ᾽ ἡ τεκοῦσα τὸν νεανίαν
Ξούθωι γαμεῖται συμφορᾶς τοιᾶσδ᾽ ὕπο·
ἦν ταῖς Ἀθήναις τοῖς τε Χαλκωδοντίδαις,

é usual com as serpentes lavradas em ouro 25
criarem filhos. Mas a jovem atou ao filho
o luxo que tinha e deixou-o como à morte.
E, por ser meu irmão, Febo assim me pede:
"Ó irmão, parte para a povoação autóctone
da ínclita Atenas, sabes a urbe da Deusa, 30
recolhe o recém-nascido da pedra côncava,
com o cesto mesmo e as faixas que tem,
transporta para o meu oráculo de Delfos
e deposita-o na entrada de meu templo.
Para que saibas, o filho é meu. Do mais, 35
cuidamos nós." Eu, para agradar Lóxias
meu irmão, recolhi o trançado cesto,
transportei e nos degraus deste templo
depositei a criança, abrindo o curvo
cesto do berço, para se ver a criança. 40
Dá-se que no curso da cavalgada do Sol
a profetisa entrava no templo do Deus
e ao lançar os olhos na criança néscia
perguntou-se que moça délfia ousaria
lançar secreta criança à casa do Deus, 45
e estava propensa a banir do santuário,
mas por dó afastou crueldade, e Deus
cooperou para não banir o filho de casa.
Recolhe e cria-o, mas ignora ser Febo
quem o semeou, e de que mãe nasceu, 50
e o filho não soube quem eram os pais.
Na infância, entre os altares criou-se
brincando, e quando adulto o fizeram
os délfios guardião do ouro do Deus
e intendente fiel de tudo, e no templo 55
do Deus vive até hoje venerável vida.
Creúsa, a mãe desse rapaz, se casou
com Xuto nestas circunstâncias tais:
houve, entre Atenas e os Calcodôntidas

οἳ γῆν ἔχουσ᾽ Εὐβοΐδα, πολέμιος κλύδων· 60
ὃν συμπονήσας καὶ συνεξελὼν δορὶ
γάμων Κρεούσης ἀξίωμ᾽ ἐδέξατο,
οὐκ ἐγγενὴς ὤν, Αἰόλου δὲ τοῦ Διὸς
γεγὼς Ἀχαιός. χρόνια δὲ σπείρας λέχη
ἄτεκνός ἐστι καὶ Κρέουσ᾽· ὧν οὕνεκα 65
ἥκουσι πρὸς μαντεῖ᾽ Ἀπόλλωνος τάδε
ἔρωτι παίδων. Λοξίας δὲ τὴν τύχην
ἐς τοῦτ᾽ ἐλαύνει, κοὐ λέληθεν, ὡς δοκεῖ·
δώσει γὰρ εἰσελθόντι μαντεῖον τόδε
Ξούθωι τὸν αὑτοῦ παῖδα καὶ πεφυκέναι 70
κείνου σφε φήσει, μητρὸς ὡς ἐλθὼν δόμους
γνωσθῆι Κρεούσηι καὶ γάμοι τε Λοξίου
κρυπτοὶ γένωνται παῖς τ᾽ ἔχηι τὰ πρόσφορα.
Ἴωνα δ᾽ αὐτόν, κτίστορ᾽ Ἀσιάδος χθονός,
ὄνομα κεκλῆσθαι θήσεται καθ᾽ Ἑλλάδα. 75
ἀλλ᾽ ἐς δαφνώδη γύαλα βήσομαι τάδε,
τὸ κρανθὲν ὡς ἂν ἐκμάθω παιδὸς πέρι.
ὁρῶ γὰρ ἐκβαίνοντα Λοξίου γόνον
τόνδ᾽, ὡς πρὸ ναοῦ λαμπρὰ θῆι πυλώματα
δάφνης κλάδοισιν. ὄνομα δ᾽, οὗ μέλλει τυχεῖν, 80
Ἴων᾽ ἐγὼ <νιν> πρῶτος ὀνομάζω θεῶν.

ΙΩΝ

ἅρματα μὲν τάδε λαμπρὰ τεθρίππων· 82
Ἥλιος ἤδη λάμπει κατὰ γῆν,
ἄστρα δὲ φεύγει πυρὶ τῶιδ᾽ αἰθέρος
ἐς νύχθ᾽ ἱεράν· 85
Παρνασιάδες δ᾽ ἄβατοι κορυφαὶ
καταλαμπόμεναι τὴν ἡμερίαν
ἁψῖδα βροτοῖσι δέχονται.
σμύρνης δ᾽ ἀνύδρου καπνὸς εἰς ὀρόφους
Φοίβου πέτεται. 90
θάσσει δὲ γυνὴ τρίποδα ζάθεον
Δελφίς, ἀείδουσ᾽ Ἕλλησι βοάς,

habitantes da terra eubeia, uma guerra, 60
quando ele aliado e vencedor na lança
obteve por prêmio casar-se com Creúsa,
não nativo, filho de Éolo, neto de Zeus,
aqueu nato. Após longa lavra do leito,
não teve filhos com Creúsa, e por isso 65
vêm a este santuário oracular de Apolo,
por amor de filhos. Lóxias leva a sorte
assim, e nunca se omitiu, como parece.
Dará a Xuto, se entrar neste santuário,
seu próprio filho e dirá nascido desse, 70
para que quando em casa de sua mãe
Creúsa o saiba, e as núpcias de Lóxias
fiquem ocultas, e o filho tenha sustento.
Fará Íon mesmo fundador de ásio solo
ter o renome proclamado pela Grécia. 75
Mas entrarei neste bosque de loureiros
para saber o que se fez a esta criança,
pois vejo este rebento de Lóxias sair
para lustrar os portais diante do templo
com ramos de louro. O nome que terá, 80
Íon, primeiro dos Deuses eu o denomino.

ÍON

Eis o carro brilhante da quadriga! 82
O Sol já brilha sobre a terra,
as estrelas fogem deste fogo etéreo
para a noite sagrada. 85
Inacessos cimos do Parnaso
resplêndidos para mortais recebem
o disco diurno.
A fumaça da mirra seca para o teto
de Febo evola-se, 90
na trípode divina senta-se a mulher
délfia, cantando aos gregos vozes

ἃς ἂν Ἀπόλλων κελαδήσηι.
ἀλλ᾽, ὦ Φοίβου Δελφοὶ θέραπες,
τὰς Κασταλίας ἀργυροειδεῖς 95
βαίνετε δίνας, καθαραῖς δὲ δρόσοις
ἀφυδρανάμενοι στείχετε ναούς·
στόμα τ᾽ εὔφημοι φρουρεῖτ᾽ ἀγαθόν,
φήμας ἀγαθὰς
τοῖς ἐθέλουσιν μαντεύεσθαι 100
γλώσσης ἰδίας ἀποφαίνειν.
ἡμεῖς δέ, πόνους οὓς ἐκ παιδὸς
μοχθοῦμεν ἀεί, πτόρθοισι δάφνης
στέφεσίν θ᾽ ἱεροῖς ἐσόδους Φοίβου
καθαρὰς θήσομεν ὑγραῖς τε πέδον 105
ῥανίσιν νοτερόν· πτηνῶν τ᾽ ἀγέλας,
αἳ βλάπτουσιν σέμν᾽ ἀναθήματα,
τόξοισιν ἐμοῖς φυγάδας θήσομεν·
ὡς γὰρ ἀμήτωρ ἀπάτωρ τε γεγὼς
τοὺς θρέψαντας 110
Φοίβου ναοὺς θεραπεύω.

ἄγ᾽, ὦ νεηθαλὲς ὦ Est. 1
καλλίστας προπόλευμα δάφ-
νας, ἃ τὰν Φοίβου θυμέλαν
σαίρεις ὑπὸ ναοῖς, 115
κάπων ἐξ ἀθανάτων,
ἵνα δρόσοι τέγγουσ᾽ ἱεραί,
†τὰν† ἀέναον
παγὰν ἐκπροϊεῖσαι,
μυρσίνας ἱερὰν φόβαν· 120
ἇι σαίρω δάπεδον θεοῦ
παναμέριος ἅμ᾽ ἁλίου πτέρυγι θοᾶι
λατρεύων τὸ κατ᾽ ἦμαρ. 124
ὦ Παιὰν ὦ Παιάν, 125
εὐαίων εὐαίων
εἴης, ὦ Λατοῦς παῖ.

que Apolo proclama.
Ó servos délfios de Febo,
ide até os argênteos rodopios 95
da Castália, e com puras gotas
banhados vinde ao templo,
silentes vigiai boa boca,
e produzi as boas falas
da própria língua 100
aos consulentes do oráculo.
Nossos trabalhos desde menino
sempre fazemos, com ramos de louros
e coroas sagradas purificaremos as vias
de acesso a Febo, e com mádidas gotas 105
umedeceremos o solo, e afugentaremos
com o meu arco os bandos de aves
perturbadores das santas oferendas.
Nascido assim sem mãe nem pai,
sirvo ao criador 110
templo de Febo.

Vem, ó recém-florido, ó Est. 1
órgão de linda laurácea,
que sob o templo
varres o lar de Febo, 115
vindo de jardins imortais,
onde gotas sacras regam,
com sempre fluente
fluxo de fonte,
mirtos, sacra fronde, 120
com que varro chão do Deus
todo dia ao veloz voo do Sol
no ofício cada dia. 124
Ó Peã, ó Peã, 125
feliz, feliz
sejas, ó filho de Leto.

καλόν γε τὸν πόνον, ὦ | Ant. 2
Φοῖβε, σοὶ πρὸ δόμων λατρεύ-
ω, τιμῶν μαντεῖον ἕδραν· 130
κλεινὸς δ' ὁ πόνος μοι
θεοῖσιν δούλαν χέρ' ἔχειν,
οὐ θνατοῖς ἀλλ' ἀθανάτοις·
εὐφάμους δὲ πόνους
μοχθεῖν οὐκ ἀποκάμνω. 135
Φοῖβός μοι γενέτωρ πατήρ·
τὸν βόσκοντα γὰρ εὐλογῶ,
τὸν δ' ὠφέλιμον ἐμοὶ πατέρος ὄνομα λέγω 139
Φοῖβον τὸν κατὰ ναόν. 140
ὦ Παιὰν ὦ Παιάν,
εὐαίων εὐαίων
εἴης, ὦ Λατοῦς παῖ.

ἀλλ' ἐκπαύσω γὰρ μόχθους
δάφνας ὁλκοῖς, 145
χρυσέων δ' ἐκ τευχέων ῥίψω
γαίας παγάν,
ἃν ἀποχεύονται
Κασταλίας δῖναι,
νοτερὸν ὕδωρ βάλλων,
ὅσιος ἀπ' εὐνᾶς ὤν. 150
εἴθ' οὕτως αἰεὶ Φοίβωι
λατρεύων μὴ παυσαίμαν,
ἢ παυσαίμαν ἀγαθᾶι μοίραι.

ἔα ἔα·
φοιτῶσ' ἤδη λείπουσίν τε 154
πτανοὶ Παρνασοῦ κοίτας. 155
αὐδῶ μὴ χρίμπτειν θριγκοῖς
μηδ' ἐς χρυσήρεις οἴκους.
μάρψω σ' αὖ τόξοις, ὦ Ζηνὸς

Belo mesmo este labor, ó Ant. 2
Febo, sirvo-te ante o templo,
honrando esta sede oracular. 130
Ínclito é o meu labor,
ter mão serva de Deuses, não
de mortais, mas de imortais;
com faustas fadigas
trabalhar não me cansa. 135
Febo é meu pai genitor,
louvo quem me nutre, digo
útil a mim o nome do pai, 139
Febo no templo. 140
Ó Peã, ó Peã,
feliz, feliz
sejas, ó filho de Leto.

Mas cessarei os trabalhos
com vassouras de louro; 145
lançarei de vasos de ouro
a fonte da terra,
que os rodopios
de Castália vertem,
ao lançar úmida água,
lícito sem núpcias. 150
Nunca cesse assim
de servir sempre Febo,
ou cesse por boa sorte.

Ea! Ea!
As aves afluem e já 154
deixam ninhos do Parnaso. 155
Grito não toquem nos frisos
nem no templo ornado de ouro.
Arqueiro te ferirei, ó arauto

κῆρυξ, ὀρνίθων γαμφηλαῖς
ἰσχὺν νικῶν. 160
ὅδε πρὸς θυμέλας ἄλλος ἐρέσσει
κύκνος· οὐκ ἄλλαι φοινικοφαῆ
πόδα κινήσεις;
οὐδέν σ᾽ ἁ φόρμιγξ ἁ Φοίβου
σύμμολπος τόξων ῥύσαιτ᾽ ἄν. 165
πάραγε πτέρυγας·
λίμνας ἐπίβα τᾶς Δηλιάδος·
αἱάξεις, εἰ μὴ πείσηι,
τὰς καλλιφθόγγους ᾠιδάς.
ἔα ἔα· 170
τίς ὅδ᾽ ὀρνίθων καινὸς προσέβα;
μῶν ὑπὸ θριγκοὺς εὐναίας
καρφυρὰς θήσων τέκνοις;
ψαλμοί σ᾽ εἴρξουσιν τόξων.
οὐ πείσηι; χωρῶν δίνας
τὰς Ἀλφειοῦ παιδούργει 175
ἢ νάπος Ἴσθμιον,
ὡς ἀναθήματα μὴ βλάπτηται
ναοί θ᾽ οἱ Φοίβου < >
κτείνειν δ᾽ ὑμᾶς αἰδοῦμαι
τοὺς θεῶν ἀγγέλλοντας φήμας 180
θνατοῖς· οἷς δ᾽ ἔγκειμαι μόχθοις
Φοίβωι δουλεύσω κοὐ λήξω
τοὺς βόσκοντας θεραπεύων.

ΧΟΡΟΣ

< — > οὐκ ἐν ταῖς ζαθέαις Ἀθάναις Est. 1
εὐκίονες ἦσαν αὐλαὶ θεῶν 185
μόνον οὐδ᾽ ἀγυιάτιδες θεραπεῖαι·
ἀλλὰ καὶ παρὰ Λοξίαι

de Zeus, que vences a força
das aves com teu bico. 160
Para o altar este outro
cisne rema; não moverás
alhures o pé purpúreo?
Nem a lira, sócia de Febo
nos cantos, te livraria 165
de flechas. Desvia o voo!
Vai ao lago délio!
Se não ouvires, gemerás
as bem sonoras canções.
Ea! Ea! 170
Que ave nova aqui chegou?
Fará ninhos de gravetos
para os filhotes nos frisos?
Acordes do arco te repelirão.
Não ouvirás? Nos rodopios
de Alfeu cria teus filhos, 175
ou no vale do Istmo,
para não ferir ofertas
nem templo de Febo.
Receio que eu vos mate,
núncios das falas dos Deuses 180
aos mortais, estou no ofício
a serviço de Febo, não cessarei
de servir os que me dão pasto.

[*Párodo* (184-236)]

CORO

— Não só em divina Atenas havia Est. 1
os bem colunados pátios dos Deuses 185
e os serviços de Viário,
mas há também junto a Lóxias,

τῶι Λατοῦς διδύμων προσώ-
πων καλλιβλέφαρον φῶς.

[—] ἰδού, τᾶιδ’ ἄθρησον· 190
Λερναῖον ὕδραν ἐναίρει
χρυσέαις ἅρπαις ὁ Διὸς παῖς·
φίλα, πρόσιδ’ ὄσσοις.

[—] ὁρῶ. καὶ πέλας ἄλλος αὐ- Ant. 1
τοῦ πανὸν πυρίφλεκτον αἴ- 195
ρει τις· ἆρ’ ὃς ἐμαῖσι μυ-
θεύεται παρὰ πήναις,
ἀσπιστὰς Ἰόλαος, ὃς
κοινοὺς αἰρόμενος πόνους
Δίωι παιδὶ συναντλεῖ; 200
<[—]> καὶ μὰν τόνδ’ ἄθρησον
πτεροῦντος ἔφεδρον ἵππου·
τὰν πῦρ πνέουσαν ἐναίρει
τρισώματον ἀλκάν.

[—] πάνται τοι βλέφαρον διώ- Est. 2
κω. σκέψαι κλόνον ἐν τείχεσ- 206
σι λαΐνοισι Γιγάντων.
[—] †ὧδε δερκόμεσθ’, ὦ φίλαι.†
[—] λεύσσεις οὖν ἐπ’ Ἐγκελάδωι
γοργωπὸν πάλλουσαν ἴτυν...; 210
[—] λεύσσω Παλλάδ’, ἐμὰν θεόν.
[—] τί γάρ; κεραυνὸν ἀμφίπυρον
ὄβριμον ἐν Διὸς 212
ἑκηβόλοισι χερσίν;
[< — >] ὁρῶ· τὸν δάιον
Μίμαντα πυρὶ καταιθαλοῖ. 215
[< — >] καὶ Βρόμιος ἄλλον ἀπολέμοι-
σι κισσίνοισι βάκτροις
ἐναίρει Γᾶς τέκνων ὁ Βακχεύς.

filho de Leto, luz de belas pálpebras
das gemelares fachadas.

— Olha! Vê tu aqui! 190
O filho de Zeus com foice de ouro
mata a hidra de Lerna;
amiga, olha com os olhos!

— Vejo, e perto dele, outro Ant. 1
ergue acesa ígnea tocha; 195
ora, é este o lendário
em nossos teares
escudeiro Iolau, que
assumiu e cumpriu lides
com o filho de Zeus? 200
— Também este, vê,
montado em cavalo alado
mata a de três corpos
força que respira fogo.

— Por toda parte persigo a vista. Est. 2
Nos muros de pedra observa 206
o tumulto dos gigantes.
— Assim vemos, ó amigas.
— Vês que o escudo gorgôneo
ela vibra contra Encélado?... 210
— Vejo Palas, minha Deusa.
— Vês o raio fulminante
violento nas mãos 212
atiradoras de Zeus?
— Vejo, ígneo fulmina
o inimigo Mimante. 215
— E Brômio Baqueu
com tirsos de hera inermes
mata outro filho da terra.

[< — >] σέ τοι, τὸν παρὰ ναὸν αὐ- Ant. 2
δῶ· θέμις γυάλων ὑπερ- 220
βῆναι λευκῶι ποδί γ' <οὐδόν>;

ΙΩΝ

οὐ θέμις, ὦ ξέναι. 221
[—] †οὐδ' ἂν ἐκ σέθεν ἂν πυθοίμαν αὐδάν;†

ΙΩΝ

τίνα τήνδε θέλεις;
[—] ἆρ' ὄντως μέσον ὀμφαλὸν
γᾶς Φοίβου κατέχει δόμος;

ΙΩΝ

στέμμασί γ' ἐνδυτόν, ἀμφὶ δὲ Γοργόνες.
[—] οὕτω καὶ φάτις αὐδᾶι. 225

ΙΩΝ

εἰ μὲν ἐθύσατε πελανὸν πρὸ δόμων
καί τι πυθέσθαι χρῄζετε Φοίβου,
πάριτ' ἐς θυμέλας· ἐπὶ δ' ἀσφάκτοις
μήλοισι δόμων μὴ πάριτ' ἐς μυχόν.
[—] ἔχω μαθοῦσα· θεοῦ δὲ νόμον 230
οὐ παραβαίνομεν,
ἃ δ' ἐκτὸς ὄμμα τέρψει.

ΙΩΝ

πάντα θεᾶσθ', ὅτι καὶ θέμις, ὄμμασι.
[—] μεθεῖσαν δεσπόται
με θεοῦ γύαλα τάδ' εἰσιδεῖν.

ΙΩΝ

δμωαὶ δὲ τίνων κλῄζεσθε δόμων; 234
[—] Παλλάδι σύνοικα τρόφιμα μέλα- 235

— Falo contigo junto ao templo, Ant. 2
é lícito ultrapassar a pé nu 220
a soleira do santuário?

ÍON

Não é lícito, ó estranhas. 221
— Não saberia de ti notícia?

ÍON

Que notícia queres?
— Realmente o templo de Febo
tem umbigo no meio da terra?

ÍON

Coroado e rodeado de Górgonas.
— Assim também conta a fama. 225

ÍON

Se sacrificaste bolo ante o templo
e quereis perguntar algo a Febo,
ide ante o altar. Sem imolações,
não vades ao recesso do templo.
— Entendi e não transgredimos 230
o instituto de Deus. Esta vista
externa há de nos comprazer.

ÍON

Vede vós tudo que é lícito.
— Meus donos me deixaram
ver este santuário de Deus.

ÍON

Servas de que casa vos dizeis? 234
— Convive com Palas o palácio 235

θρα τῶν ἐμῶν τυράννων·
παρούσας δ᾽ ἀμφὶ τᾶσδ᾽ ἐρωτᾶις. 236

ΙΩΝ
<ὦ χαῖρ᾽, ἄνασσα· καὶ γὰρ οὖν μορφῆι τ᾽ ἔνι>
γενναιότης σοι καὶ τρόπων τεκμήριον
τὸ σχῆμ᾽ ἔχεις τόδ᾽, ἥτις εἶ ποτ᾽, ὦ γύναι.
γνοίη δ᾽ ἂν ὡς τὰ πολλά γ᾽ ἀνθρώπου πέρι
τὸ σχῆμ᾽ ἰδών τις εἰ πέφυκεν εὐγενής. 240
ἔα·
ἀλλ᾽ ἐξέπληξάς μ᾽, ὄμμα συγκλήισασα σὸν 241
δακρύοις θ᾽ ὑγράνασ᾽ εὐγενῆ παρηίδα,
ὡς εἶδες ἁγνὰ Λοξίου χρηστήρια.
τί ποτε μερίμνης ἐς τόδ᾽ ἦλθες, ὦ γύναι;
οὗ πάντες ἄλλοι γύαλα λεύσσοντες θεοῦ 245
χαίρουσιν, ἐνταῦθ᾽ ὄμμα σὸν δακρυρροεῖ;

ΚΡΕΟΥΣΑ
ὦ ξένε, τὸ μὲν σὸν οὐκ ἀπαιδεύτως ἔχει 247
ἐς θαύματ᾽ ἐλθεῖν δακρύων ἐμῶν πέρι·
ἐγὼ δ᾽ ἰδοῦσα τούσδ᾽ Ἀπόλλωνος δόμους
μνήμην παλαιὰν ἀνεμετρησάμην τινά· 250
ἐκεῖσε τὸν νοῦν ἔσχον ἐνθάδ᾽ οὖσά περ.
ὦ τλήμονες γυναῖκες· ὦ τολμήματα
θεῶν. τί δῆτα; ποῖ δίκην ἀνοίσομεν.
εἰ τῶν κρατούντων ἀδικίαις ὀλούμεθα;

ΙΩΝ
τί χρῆμ᾽ ἀνερμήνευτα δυσθυμῆι, γύναι; 255

ΚΡΕΟΥΣΑ
οὐδέν· μεθῆκα τόξα· τἀπὶ τῶιδε δὲ
ἐγώ τε σιγῶ καὶ σὺ μὴ φρόντιζ᾽ ἔτι.

criadouro de meus senhores.
Perguntas por ela, presente. 236

[*Primeiro episódio* (237-451)]

ÍON

Salve, ó rainha, pois tens na estampa [Lloyd-Jones]
tua nobreza e esse indício dos modos
tens na figura, quem sejas, ó mulher.
Quem vê a figura poderia muitas vezes
saber do ser humano se é bem-nascido. 240
Éa!
Surpreendeste-me ao fechar os olhos 241
e molhar com lágrimas a nobre face,
quando viste santo oráculo de Lóxias.
Que te fez afinal tão aflita, ó mulher?
Onde todos ao ver o templo do Deus 245
se alegram, aqui teus olhos pranteiam?

CREÚSA

Ó estrangeiro, não é sem instrução 247
tua admiração por minhas lágrimas.
Eu ao ver este palácio de Apolo
rememorei uma antiga lembrança. 250
Lá tive o espírito por estar aqui.
Ó míseras mulheres! Ó açodados
Deuses! Qual? Que justiça temos,
destruídas por injustiças de reis?

ÍON

Que sem-razão te aflige, mulher? 255

CREÚSA

Nada, relaxei o arco, e sobre isto
eu me calo e tu não mais cogites.

ΙΩΝ

τίς δ' εἶ; πόθεν γῆς ἦλθες; ἐκ ποίας πάτρας
πέφυκας; ὄνομα τί σε καλεῖν ἡμᾶς χρεών;

ΚΡΕΟΥΣΑ

Κρέουσα μέν μοι τοὔνομ', ἐκ δ' Ἐρεχθέως 260
πέφυκα, πατρὶς γῆ δ' Ἀθηναίων πόλις.

ΙΩΝ

ὦ κλεινὸν οἰκοῦσ' ἄστυ γενναίων τ' ἄπο
τραφεῖσα πατέρων, ὥς σε θαυμάζω, γύναι.

ΚΡΕΟΥΣΑ

τοσαῦτα κεὐτυχοῦμεν, ὦ ξέν', οὐ πέρα.

ΙΩΝ

πρὸς θεῶν, ἀληθῶς, ὡς μεμύθευται βροτοῖς 265

ΚΡΕΟΥΣΑ

τί χρῆμ' ἐρωτᾶις, ὦ ξέν', ἐκμαθεῖν θέλων;

ΙΩΝ

ἐκ γῆς πατρός σου πρόγονος ἔβλαστεν πατήρ;

ΚΡΕΟΥΣΑ

Ἐριχθόνιός γε· τὸ δὲ γένος μ' οὐκ ὠφελεῖ.

ΙΩΝ

ἦ καί σφ' Ἀθάνα γῆθεν ἐξανείλετο;

ΚΡΕΟΥΣΑ

ἐς παρθένους γε χεῖρας, οὐ τεκοῦσά νιν. 270

ΙΩΝ

δίδωσι δ', ὥσπερ ἐν γραφῆι νομίζεται

ÍON

Quem és? Donde vens? És de que
pátria? Que nome te devemos dar?

CREÚSA

Creúsa é meu nome, e de Erecteu 260
nasci e minha terra pátria é Atenas.

ÍON

Ó residente de ínclita urbe, nascida
de nobres pais, tal te admiro, mulher.

CREÚSA

Tal sorte tive, ó forasteiro, não mais.

ÍON

Ó Deuses, deveras dizem os mortais... 265

CREÚSA

O que tu queres saber, ó forasteiro?

ÍON

O avô de teu pai brotou da terra?

CREÚSA

Erictônio, mas a raça não me vale.

ÍON

Atena mesma o recolheu da terra?

CREÚSA

Com mãos virgens, sem tê-lo parido. 270

ÍON

E doa, como se reconhece na pintura?

ΚΡΕΟΥΣΑ

Κέκροπός γε σῴζειν παισὶν οὐχ ὁρώμενον.

ΙΩΝ

ἤκουσα λῦσαι παρθένους τεῦχος θεᾶς.

ΚΡΕΟΥΣΑ

τοιγὰρ θανοῦσαι σκόπελον ᾕμαξαν πέτρας.

ΙΩΝ

εἶἑν·

τί δαὶ τόδ'; ἆρ' ἀληθὲς ἢ μάτην λόγος; 275

ΚΡΕΟΥΣΑ

τί χρῆμ' ἐρωτᾶις; καὶ γὰρ οὐ κάμνω σχολῆι.

ΙΩΝ

πατὴρ 'Ερεχθεὺς σὰς ἔθυσε συγγόνους;

ΚΡΕΟΥΣΑ

ἔτλη πρὸ γαίας σφάγια παρθένους κτανεῖν.

ΙΩΝ

σὺ δ' ἐξεσώθης πῶς κασιγνήτων μόνη;

ΚΡΕΟΥΣΑ

βρέφος νεογνὸν μητρὸς ἦν ἐν ἀγκάλαις. 280

ΙΩΝ

πατέρα δ' ἀληθῶς χάσμα σὸν κρύπτει χθονός;

ΚΡΕΟΥΣΑ

πληγαὶ τριαίνης ποντίου σφ' ἀπώλεσαν.

CREÚSA
Às Cecrópides, para salvar sem ver.

ÍON
Ouvi que abriram o cesto da Deusa.

CREÚSA
Mortas ensanguentaram o penhasco.

ÍON
Seja!
Que é isso? É verdade ou vã palavra? 275

CREÚSA
Que inquires? Não me canso de ócio.

ÍON
O pai Erecteu sacrificou tuas irmãs?

CREÚSA
Ousou imolar filhas vítimas à Terra.

ÍON
Única das irmãs, como foste salva?

CREÚSA
Era criança nova nos braços da mãe. 280

ÍON
Fenda do chão cobre mesmo teu pai?

CREÚSA
Golpes de tridente do mar o mataram.

ΙΩΝ

Μακραὶ δὲ χῶρός ἐστ' ἐκεῖ κεκλημένος;

ΚΡΕΟΥΣΑ

τί δ' ἱστορεῖς τόδ'; ὥς μ' ἀνέμνησάς τινος.

ΙΩΝ

τιμᾶι σφε †Πύθιος† ἀστραπαί τε Πύθιαι. 285

ΚΡΕΟΥΣΑ

†τιμᾶ τιμᾶ†· ὡς μήποτ' ὤφελόν σφ' ἰδεῖν.

ΙΩΝ

τί δέ; στυγεῖς σὺ τοῦ θεοῦ τὰ φίλτατα;

ΚΡΕΟΥΣΑ

οὐδέν· ξύνοιδ' ἄντροισιν αἰσχύνην τινά.

ΙΩΝ

πόσις δὲ τίς σ' ἔγημ' Ἀθηναίων, γύναι;

ΚΡΕΟΥΣΑ

οὐκ ἀστὸς ἀλλ' ἐπακτὸς ἐξ ἄλλης χθονός. 290

ΙΩΝ

τίς; εὐγενῆ νιν δεῖ πεφυκέναι τινά.

ΚΡΕΟΥΣΑ

Ξοῦθος, πεφυκὼς Αἰόλου Διός τ' ἄπο.

ΙΩΝ

καὶ πῶς ξένος σ' ὢν ἔσχεν οὖσαν ἐγγενῆ;

ΚΡΕΟΥΣΑ

Εὔβοι' Ἀθήναις ἔστι τις γείτων πόλις.

ÍON

Há um lugar lá chamado Compridas?

CREÚSA

Por que indagas? Lembraste-me algo.

ÍON

Honram-no o Pítio e os fulgores pítios. 285

CREÚSA

Honra, honra! Nunca o tivesse eu visto!

ÍON

O quê? Odeias tu o mais caro ao Deus?

CREÚSA

Não! Conheço um vexame com a gruta.

ÍON

Que ateniense é teu esposo, ó mulher?

CREÚSA

Não é cidadão, mas forasteiro de alhures. 290

ÍON

Quem? Deve ser alguém bem-nascido.

CREÚSA

Xuto, filho de Éolo e oriundo de Zeus.

ÍON

Como um forasteiro uniu-se a ti, nativa?

CREÚSA

Eubeia é uma cidade vizinha de Atenas.

ΙΩΝ

ὅροις ὑγροῖσιν, ὡς λέγουσ', ὡρισμένη. 295

ΚΡΕΟΥΣΑ

ταύτην ἔπερσε Κεκροπίδαις κοινῶι δορί.

ΙΩΝ

ἐπίκουρος ἐλθών; κᾆιτα σὸν γαμεῖ λέχος;

ΚΡΕΟΥΣΑ

φερνάς γε πολέμου καὶ δορὸς λαβὼν γέρας.

ΙΩΝ

σὺν ἀνδρὶ δ' ἥκεις ἢ μόνη χρηστήρια;

ΚΡΕΟΥΣΑ

σὺν ἀνδρί· σηκοῖς δ' ὑστερεῖ Τροφωνίου. 300

ΙΩΝ

πότερα θεατὴς ἢ χάριν μαντευμάτων;

ΚΡΕΟΥΣΑ

κείνου τε Φοίβου θ' ἓν θέλων μαθεῖν ἔπος.

ΙΩΝ

καρποῦ δ' ὕπερ γῆς ἥκετ' ἢ παίδων πέρι;

ΚΡΕΟΥΣΑ

ἄπαιδές ἐσμεν, χρόνι' ἔχοντ' εὐνήματα.

ΙΩΝ

οὐδ' ἔτεκες οὐδὲν πώποτ' ἀλλ' ἄτεκνος εἶ; 305

ΚΡΕΟΥΣΑ

ὁ Φοῖβος οἶδε τὴν ἐμὴν ἀπαιδίαν.

ÍON

Limitada, qual se diz, por úmidos limites. 295

CREÚSA

Tomou-a com lança comum de Cecrópidas.

ÍON

Indo auxiliar? E então obteve o teu leito?

CREÚSA

Como dote de guerra e prêmio de lança.

ÍON

Vens com o marido, ou só, ao santuário?

CREÚSA

Com ele, mas tarda na cova de Trofônio. 300

ÍON

Veio em visita ou por graça de oráculos?

CREÚSA

Querendo ter oráculo daquele e de Febo.

ÍON

Viestes por frutos da terra ou por filhos?

CREÚSA

Somos sem filho, casados há tanto tempo.

ÍON

Ainda não geraste nenhum e és sem filho? 305

CREÚSA

Febo conhece a minha privação de filho.

ΙΩΝ

ὦ τλῆμον, ὡς τἄλλ' εὐτυχοῦσ' οὐκ εὐτυχεῖς.

ΚΡΕΟΥΣΑ

σὺ δ' εἶ τίς; ὥς σου τὴν τεκοῦσαν ὤλβισα.

ΙΩΝ

τοῦ θεοῦ καλοῦμαι δοῦλος, εἰμί τ', ὦ γύναι.

ΚΡΕΟΥΣΑ

ἀνάθημα πόλεως ἤ τινος πραθεὶς ὕπο; 310

ΙΩΝ

οὐκ οἶδα πλὴν ἕν· Λοξίου κεκλήμεθα.

ΚΡΕΟΥΣΑ

ἡμεῖς σ' ἄρ' αὖθις, ὦ ξέν', ἀντοικτίρομεν.

ΙΩΝ

ὡς μὴ εἰδόθ' ἥτις μ' ἔτεκεν ἐξ ὅτου τ' ἔφυν.

ΚΡΕΟΥΣΑ

ναοῖσι δ' οἰκεῖς τοισίδ' ἢ κατὰ στέγας;

ΙΩΝ

ἅπαν θεοῦ μοι δῶμ', ἵν' ἂν λάβηι μ' ὕπνος. 315

ΚΡΕΟΥΣΑ

παῖς δ' ὢν ἀφίκου ναὸν ἢ νεανίας;

ΙΩΝ

βρέφος λέγουσιν οἱ δοκοῦντες εἰδέναι.

ΚΡΕΟΥΣΑ

καὶ τίς γάλακτί σ' ἐξέθρεψε Δελφίδων;

ÍON

Ó mísera, feliz no restante, não és feliz!

CREÚSA

Tu, quem és? Como felicito a mãe por ti!

ÍON

Sou dito servo de Deus, e sou, ó mulher.

CREÚSA

Oferta de cidade ou vendido por alguém? 310

ÍON

Não sei senão que me disseram de Lóxias.

CREÚSA

Nós por nossa vez te choramos, forasteiro!

ÍON

Por não ter conhecido nem mãe nem pai.

CREÚSA

Tens residência neste templo ou em casa?

ÍON

Tenho toda a casa do Deus onde der sono. 315

CREÚSA

Vieste ao templo ainda menino ou já rapaz.

ÍON

Criança, dizem os que me parecem saber.

CREÚSA

E que mulher délfia te criou com leite?

ΙΩΝ

οὐπώποτ' ἔγνων μαστόν· ἣ δ' ἔθρεψέ με

ΚΡΕΟΥΣΑ

τίς, ὦ ταλαίπωρ'; ὡς νοσοῦσ' ηὗρον νόσους. 320

ΙΩΝ

Φοίβου προφῆτιν μητέρ' ὣς νομίζομεν.

ΚΡΕΟΥΣΑ

ἐς δ' ἄνδρ' ἀφίκου τίνα τροφὴν κεκτημένος;

ΙΩΝ

βωμοί μ' ἔφερβον οὑπιών τ' ἀεὶ ξένος. 323

ΚΡΕΟΥΣΑ

ἔχεις δὲ βίοτον· εὖ γὰρ ἤσκησαι πέπλοις. 326

ΙΩΝ

τοῖς τοῦ θεοῦ κοσμούμεθ' ὧι δουλεύομεν.

ΚΡΕΟΥΣΑ

οὐδ' ἦιξας εἰς ἔρευναν ἐξευρεῖν γονάς;

ΙΩΝ

ἔχω γὰρ οὐδέν, ὦ γύναι, τεκμήριον. 329

ΚΡΕΟΥΣΑ

τάλαινά σ' ἡ τεκοῦσ' ἄρ', ἥτις ἦν ποτε. 324

ΙΩΝ

ἀδίκημά του γυναικὸς ἐγενόμην ἴσως. 325

ÍON

Não conheci o mamilo. Ela me criou...

CREÚSA

Quem, ó mísero? Condoída, que dor vi! 320

ÍON

A profetisa de Febo consideramos mãe.

CREÚSA

Que criação tiveste até tornar-te adulto?

ÍON

Criaram-me altares e hóspede visitante. 323

CREÚSA

Tens meios, pois vestes bons mantos. 326

ÍON

Temos adornos do Deus a quem sirvo.

CREÚSA

Não te moveste a perquirir a origem?

ÍON

Não tenho, ó mulher, nenhum indício. 329

CREÚSA

Mísera a tua mãe, quem quer que fosse! 324

ÍON

A injustiça a alguma mulher fui talvez. 325

ΚΡΕΟΥΣΑ

φεῦ·

πέπονθέ τις σῆι μητρὶ ταὔτ᾽ ἄλλη γυνή. 330

ΙΩΝ

τίς; εἰ πόνου μοι ξυλλάβοι, χαίροιμεν ἄν.

ΚΡΕΟΥΣΑ

ἧς οὕνεκ᾽ ἦλθον δεῦρο πρὶν πόσιν μολεῖν.

ΙΩΝ

ποῖόν τι χρήιζουσ᾽; ὡς ὑπουργήσω, γύναι.

ΚΡΕΟΥΣΑ

μάντευμα κρυπτὸν δεομένη Φοίβου μαθεῖν.

ΙΩΝ

λέγοις ἄν· ἡμεῖς τἄλλα προξενήσομεν. 335

ΚΡΕΟΥΣΑ

ἄκουε δὴ τὸν μῦθον· ἀλλ᾽ αἰδούμεθα.

ΙΩΝ

οὔ τἄρα πράξεις οὐδέν· ἀργὸς ἡ θεός.

ΚΡΕΟΥΣΑ

Φοίβωι μιγῆναί φησί τις φίλων ἐμῶν.

ΙΩΝ

Φοίβωι γυνὴ γεγῶσα; μὴ λέγ᾽, ὦ ξένη.

ΚΡΕΟΥΣΑ

καὶ παῖδά γ᾽ ἔτεκε τῶι θεῶι λάθραι πατρός. 340

CREÚSA

Pheû!
Outra padeceu o mesmo que tua mãe! 330

ÍON

Quem? Se partilhasses, me alegraria.

CREÚSA

Por ela vim aqui antes de meu esposo.

ÍON

Que buscas? Que eu te sirva, mulher!

CREÚSA

Quero saber oráculo secreto de Febo.

ÍON

Podes falar, o restante nós proveremos. 335

CREÚSA

Ouve esta história, mas tenho vergonha.

ÍON

Ora, nada farás, a Deusa é sem-ação.

CREÚSA

Amiga minha diz ter-se unido a Febo.

ÍON

A Febo, mulher nata? Não, forasteira!

CREÚSA

E gerou filho do Deus, oculta do pai. 340

ΙΩΝ

οὐκ ἔστιν· ἀνδρὸς ἀδικίαν αἰσχύνεται.

ΚΡΕΟΥΣΑ

οὔ φησιν αὐτή· καὶ πέπονθεν ἄθλια.

ΙΩΝ

τί χρῆμα δράσασ', εἰ θεῶι συνεζύγη;

ΚΡΕΟΥΣΑ

τὸν παῖδ' ὃν ἔτεκεν ἐξέθηκε δωμάτων.

ΙΩΝ

ὁ δ' ἐκτεθεὶς παῖς ποῦ 'στιν; εἰσορᾶι φάος; 345

ΚΡΕΟΥΣΑ

οὐκ οἶδεν οὐδείς· ταῦτα καὶ μαντεύομαι.

ΙΩΝ

εἰ δ' οὐκέτ' ἔστι, τίνι τρόπωι διεφθάρη;

ΚΡΕΟΥΣΑ

θῆράς σφε τὸν δύστηνον ἐλπίζει κτανεῖν.

ΙΩΝ

ποίωι τόδ' ἔγνω χρωμένη τεκμηρίωι;

ΚΡΕΟΥΣΑ

ἐλθοῦσ' ἵν' αὐτὸν ἐξέθηκ' οὐχ ηὗρ' ἔτι. 350

ΙΩΝ

ἦν δὲ σταλαγμὸς ἐν στίβωι τις αἵματος;

ΚΡΕΟΥΣΑ

οὔ φησι· καίτοι πόλλ' ἐπεστράφη πέδον.

ÍON

Não! Ela se vexa de injustiça de varão.

CREÚSA

Ela mesma não diz, e padeceu misérias.

ÍON

Que coisa ela fez, se ao Deus se uniu?

CREÚSA

Ela excluiu de casa o filho que gerou.

ÍON

E o filho excluso, onde está? Vê a luz? 345

CREÚSA

Não se sabe, indagarei isso ao oráculo.

ÍON

E se ele não vive mais, como pereceu?

CREÚSA

Ela pensa que feras mataram o infeliz.

ÍON

Ela soube disso por via de que indício?

CREÚSA

Ao ir aonde o excluiu, não mais o viu. 350

ÍON

Havia alguma gota de sangue no piso?

CREÚSA

Diz que não, mas voltou muitas vezes.

ΙΩΝ

χρόνος δὲ τίς τῶι παιδὶ διαπεπραγμένωι;

ΚΡΕΟΥΣΑ

σοὶ ταὐτὸν ἥβης, εἴπερ ἦν, εἶχ' ἂν μέτρον. 355

ΙΩΝ

τί δ' εἰ λάθραι νιν Φοῖβος ἐκτρέφει λαβών; 357

ΚΡΕΟΥΣΑ

τὰ κοινὰ χαίρων οὐ δίκαια δρᾶι μόνος. 358

ΙΩΝ

ἀδικεῖ νυν ὁ θεός, ἡ τεκοῦσα δ' ἀθλία. 355

ΚΡΕΟΥΣΑ

οὔκουν ἔτ' ἄλλον <γ'> ὕστερον τίκτει γόνον. 356

ΙΩΝ

οἴμοι· προσωιδὸς ἡ τύχη τὠμῶι πάθει. 359

ΚΡΕΟΥΣΑ

καὶ σ', ὦ ξέν', οἶμαι μητέρ' ἀθλίαν ποθεῖν. 360

ΙΩΝ

ἆ μή μ' ἐπ' οἶκτον ἔξαγ' οὗ 'λελήσμεθα.

ΚΡΕΟΥΣΑ

σιγῶ· πέραινε δ' ὧν σ' ἀνιστορῶ πέρι.

ΙΩΝ

οἶσθ' οὖν ὃ κάμνει τοῦ λόγου μάλιστά σοι;

ΚΡΕΟΥΣΑ

τί δ' οὐκ ἐκείνηι τῆι ταλαιπώρωι νοσεῖ;

ÍON

Quanto tempo tem a exclusão do filho?

CREÚSA

Se ele vivesse, teria a mesma idade tua. 355

ÍON

E se às ocultas Febo o recolheu e criou? 357

CREÚSA

Com a graça comum não é justo agir só. 358

ÍON

Então é injusto o Deus, e mísera a mãe. 355

CREÚSA

Ela não mais gerou nenhum outro filho. 356

ÍON

Oímoi! A sorte consoa com minha dor. 359

CREÚSA

Forasteiro, creio te faltar mísera a mãe. 360

ÍON

Â! Não me leves ao lamento esquecido.

CREÚSA

Calo-me, mas termina o que te pergunto!

ÍON

Sabes o que mais atrapalha em tua fala?

CREÚSA

O que afeta aquela infortunada mulher?

ΙΩΝ

πῶς ὁ θεὸς ὃ λαθεῖν βούλεται μαντεύσεται; 365

ΚΡΕΟΥΣΑ

εἴπερ καθίζει τρίποδα κοινὸν Ἑλλάδος.

ΙΩΝ

αἰσχύνεται τὸ πρᾶγμα· μὴ 'ξέλεγχέ νιν.

ΚΡΕΟΥΣΑ

ἀλγύνεται δέ γ' ἡ παθοῦσα τῆι τύχηι.

ΙΩΝ

οὐκ ἔστιν ὅστις σοι προφητεύσει τάδε.
ἐν τοῖς γὰρ αὑτοῦ δώμασιν κακὸς φανεὶς 370
Φοῖβος δικαίως τὸν θεμιστεύοντά σοι
δράσειεν ἄν τι πῆμ'. ἀπαλλάσσου, γύναι·
τῶι γὰρ θεῶι τἀναντί' οὐ μαντευτέον.
[ἐς γὰρ τοσοῦτον ἀμαθίας ἔλθοιμεν ἄν,
εἰ τοὺς θεοὺς ἄκοντας ἐκπονήσομεν 375
φράζειν ἃ μὴ θέλουσιν, ἢ προβωμίοις
σφαγαῖσι μήλων ἢ δι' οἰωνῶν πτεροῖς.]
ἃν γὰρ βίαι σπεύδωμεν ἀκόντων θεῶν,
ἀνόνητα κεκτήμεσθα τἀγάθ', ὦ γύναι·
ἃ δ' ἂν διδῶσ' ἑκόντες, ὠφελούμεθα. 380

ΧΟΡΟΣ

πολλαί γε πολλοῖς εἰσι συμφοραὶ βροτῶν,
μορφαὶ δὲ διαφέρουσιν· ἕνα δ' ἂν εὐτυχῆ
μόλις ποτ' ἐξεύροι τις ἀνθρώπων βίον.

ΚΡΕΟΥΣΑ

ὦ Φοῖβε, κἀκεῖ κἀνθάδ' οὐ δίκαιος εἶ
ἐς τὴν ἀποῦσαν, ἧς πάρεισιν οἱ λόγοι· 385
ὅς γ' οὔτ' ἔσωσας τὸν σὸν ὃν σῶσαί σ' ἐχρῆν

ÍON

Como o Deus predirá o que quer velar? 365

CREÚSA

Sentado na trípode comum da Grécia.

ÍON

É vergonhosa a ação. Não o contestes!

CREÚSA

É dolorosa para quem padeceu a sorte.

ÍON

Não há quem te dirá essa profecia.
Mal visto em sua própria moradia, 370
Febo com justiça fará algum dano
a quem te disser. Desiste, mulher!
Não se pede oráculo contra o Deus.
Iríamos a esse ponto de ignorância,
se compelirmos Deuses contrariados 375
a dizer o que não querem, imoladas
reses em altares ou por voo de aves.
Se forçamos Deuses contrariados,
adquirimos inúteis bens, ó mulher!
O que dão de bom grado nos é útil. 380

CORO

Muitos mortais têm muitas situações,
as formas diferem; a vida dos mortais
a custo se descobriria uma única feliz.

CREÚSA

Ó Febo, tanto lá quanto aqui és injusto
com a ausente cujas falas se apresentam. 385
Não salvaste o teu que devias salvar,

οὔθ' ἱστορούσηι μητρὶ μάντις ὢν ἐρεῖς,
ὡς, εἰ μὲν οὐκέτ' ἔστιν, ὀγκωθῆι τάφωι,
εἰ δ' ἔστιν, ἔλθηι μητρὸς εἰς ὄψιν ποτέ.
†ἀλλ' ἐᾶν χρὴ τάδ'†, εἰ πρὸς τοῦ θεοῦ 390
κωλυόμεσθα μὴ μαθεῖν ἃ βούλομαι.
ἀλλ', ὦ ξέν', εἰσορῶ γὰρ εὐγενῆ πόσιν
Ξοῦθον πέλας δὴ τόνδε, τὰς Τροφωνίου
λιπόντα θαλάμας, τοὺς λελεγμένους λόγους
σίγα πρὸς ἄνδρα, μή τιν' αἰσχύνην λάβω 395
διακονοῦσα κρυπτά, καὶ προβῆι λόγος
οὐχ ἧιπερ ἡμεῖς αὐτὸν ἐξειλίσσομεν.
τὰ γὰρ γυναικῶν δυσχερῆ πρὸς ἄρσενας,
κἀν ταῖς κακαῖσιν ἀγαθαὶ μεμειγμέναι
μισούμεθ'· οὕτω δυστυχεῖς πεφύκαμεν. 400

ΞΟΥΘΟΣ

πρῶτον μὲν <ὁ> θεὸς τῶν ἐμῶν προσφθεγμάτων
λαβὼν ἀπαρχὰς χαιρέτω, σύ τ', ὦ γύναι.
μῶν χρόνιος ἐλθών σ' ἐξέπληξ' ὀρρωδίαι;

ΚΡΕΟΥΣΑ

οὐδέν γ'· ἀφίγμην δ' ἐς μέριμναν. ἀλλά μοι
λέξον, τί θέσπισμ' ἐκ Τροφωνίου φέρεις, 405
παίδων ὅπως νῶιν σπέρμα συγκραθήσεται;

ΞΟΥΘΟΣ

οὐκ ἠξίωσε τοῦ θεοῦ προλαμβάνειν
μαντεύμαθ'· ἓν δ' οὖν εἶπεν· οὐκ ἄπαιδά με
πρὸς οἶκον ἥξειν οὐδὲ σ' ἐκ χρηστηρίων.

ΚΡΕΟΥΣΑ

ὦ πότνια Φοίβου μῆτερ, εἰ γὰρ αἰσίως 410
ἔλθοιμεν, ἅ τε νῶιν συμβόλαια πρόσθεν ἦν
ἐς παῖδα τὸν σὸν μεταπέσοι βελτίονα.

e adivinho não dirás à mãe consulente,
se não mais vive, que lhe dê sepultura,
e se vive, venha afinal à vista da mãe.
Mas assim devo deixar, se por Deus 390
estou impedida de saber o que quero.
Mas, ó forasteiro, vejo aqui o nobre
esposo Xuto perto, ao deixar a sede
de Trofônio. As palavras proferidas
cala ante o marido, que não me vexe 395
tratar de sigilo, e a palavra prossiga
não por ali onde nós a desdobramos!
Com mulheres é difícil para homens,
e se boas se misturam com as más,
somos odiadas, tão má sorte temos. 400

XUTO

Primeiro de minha fala tenha o Deus
primícias e saudação, e tu, ó mulher!
Por vir tão tarde, eu te infligi terror?

CREÚSA

Nenhum, eu estava apreensiva. Mas
diz-me que oráculo trazes de Trofônio, 405
para que nos mescle semente de filhos?

XUTO

Não se dignou antecipar o vaticínio
do Deus, só disse que não sem filho
do oráculo estaremos eu e tu em casa.

CREÚSA

Ó senhora mãe de Febo, com augúrio 410
partíssemos e nossa anterior relação
com o teu filho mudasse para melhor.

ΞΟΥΘΟΣ

ἔσται τάδ'· ἀλλὰ τίς προφητεύει θεοῦ;

ΙΩΝ

ἡμεῖς τά γ' ἔξω, τῶν ἔσω δ' ἄλλοις μέλει,
οἳ πλησίον θάσσουσι τρίποδος, <ὦ> ξένε, 415
Δελφῶν ἀριστῆς, οὓς ἐκλήρωσεν πάλος.

ΞΟΥΘΟΣ

καλῶς· ἔχω δὴ πάνθ' ὅσων ἐχρῄζομεν.
στείχοιμ' ἂν εἴσω· καὶ γάρ, ὡς ἐγὼ κλύω,
χρηστήριον πέπτωκε τοῖς ἐπήλυσιν
κοινὸν πρὸ ναοῦ· βούλομαι δ' ἐν ἡμέραι 420
τῆιδ' (αἰσία γάρ) θεοῦ λαβεῖν μαντεύματα.
σὺ δ' ἀμφὶ βωμούς, ὦ γύναι, δαφνηφόρους
λαβοῦσα κλῶνας, εὐτέκνους εὔχου θεοῖς
χρησμούς μ' ἐνεγκεῖν ἐξ Ἀπόλλωνος δόμων.

ΚΡΕΟΥΣΑ

ἔσται τάδ', ἔσται. Λοξίας δ', ἐὰν θέληι 425
νῦν ἀλλὰ τὰς πρὶν ἀναλαβεῖν ἁμαρτίας,
ἅπας μὲν οὐ γένοιτ' ἂν εἰς ἡμᾶς φίλος,
ὅσον δὲ χρῄζει (θεὸς γάρ ἐστι) δέξομαι.

ΙΩΝ

τί ποτε λόγοισιν ἡ ξένη πρὸς τὸν θεὸν
κρυπτοῖσιν αἰεὶ λοιδοροῦσ' αἰνίσσεται; 430
ἤτοι φιλοῦσά γ' ἧς ὕπερ μαντεύεται,
ἢ καί τι σιγῶσ' ὧν σιωπᾶσθαι χρεών;
ἀτὰρ θυγατρὸς τῆς 'Ερεχθέως τί μοι
μέλει; προσήκει γ' οὐδέν. ἀλλὰ χρυσέαις
πρόχοισιν ἐλθὼν εἰς ἀπορραντήρια 435
δρόσον καθήσω. νουθετητέος δέ μοι
Φοῖβος, τί πάσχει· παρθένους βίαι γαμῶν
προδίδωσι; παῖδας ἐκτεκνούμενος λάθραι

XUTO

Assim será, mas quem fala pelo Deus?

ÍON

Nós aqui fora, lá dentro outros cuidam,
instalados perto do tripé, ó forasteiro, 415
nobres de Delfos, indicados pela sorte.

XUTO

Bem. Tenho tudo quanto precisava.
Poderia entrar, pois, segundo eu ouço,
a vítima oferta comum dos consulentes
jaz diante do templo. Quero neste dia 420
— propício — receber oráculo de Deus.
Tu, ó mulher, ante os altares lauríferos
com ramos suplique aos Deuses trazer
eu da casa de Apolo oráculo de bom filho.

CREÚSA

Será, assim será. E se Lóxias quisesse 425
agora reparar seus antigos desacertos,
não de todo se nos tornaria um amigo,
mas aceitarei quanto ele, Deus, queira.

ÍON

Por que afinal a forasteira com injúrias
obscuras ao Deus sempre diz enigmas? 430
Será por amor de quem faz a consulta,
ou ainda silenciosa do que deve calar?
Mas que me importa a filha de Erecteu?
Não me concerne. Mas em áureo vaso
depositarei o orvalho para a aspersão. 435
Cabe a mim, porém, admoestar Febo
do que acontece? Ao forçar as núpcias
trai a noiva? Ao fazer filhos às ocultas

θνήισκοντας ἀμελεῖ; μὴ σύ γ᾽· ἀλλ᾽, ἐπεὶ κρατεῖς,
ἀρετὰς δίωκε. καὶ γὰρ ὅστις ἂν βροτῶν 440
κακὸς πεφύκηι, ζημιοῦσιν οἱ θεοί.
πῶς οὖν δίκαιον τοὺς νόμους ὑμᾶς βροτοῖς
γράψαντας αὐτοὺς ἀνομίαν ὀφλισκάνειν;
εἰ δ᾽ (οὐ γὰρ ἔσται, τῶι λόγωι δὲ χρήσομαι)
δίκας βιαίων δώσετ᾽ ἀνθρώποις γάμων 445
σὺ καὶ Ποσειδῶν Ζεύς θ᾽ ὃς οὐρανοῦ κρατεῖ,
ναοὺς τίνοντες ἀδικίας κενώσετε.
τὰς ἡδονὰς γὰρ τῆς προμηθίας πέρα
σπεύδοντες ἀδικεῖτ᾽. οὐκέτ᾽ ἀνθρώπους κακοὺς
λέγειν δίκαιον, εἰ τὰ τῶν θεῶν καλὰ 450
μιμούμεθ᾽, ἀλλὰ τοὺς διδάσκοντας τάδε.

ΧΟΡΟΣ

σὲ τὰν ὠδίνων λοχιᾶν Est.
ἀνειλείθυιαν, ἐμὰν
Ἀθάναν, ἱκετεύω,
Προμηθεῖ Τιτᾶνι λοχευ- 455
θεῖσαν κατ᾽ ἀκροτάτας
κορυφᾶς Διός, ὦ †μάκαιρα† Νίκα,
μόλε Πύθιον οἶκον,
Ὀλύμπου χρυσέων θαλάμων
πταμένα πρὸς ἀγυιάς, 460
Φοιβήιος ἔνθα γᾶς
μεσόμφαλος ἑστία
παρὰ χορευομένωι τρίποδι
μαντεύματα κραίνει,
σὺ καὶ παῖς ἁ Λατογενής, 465
δύο θεαὶ δύο παρθένοι,
κασίγνηται †σεμναὶ Φοίβου†.
ἱκετεύσατε δ᾽, ὦ κόραι,
τὸ παλαιὸν Ἐρεχθέως

ignora se morrem? Não tu! Se podes,
persegue as virtudes, pois todo mortal 440
que se torna mau, os Deuses castigam.
Como seria justo punir-vos por ilícito
se aos mortais destes as leis escritas?
Se — não será, mas usarei o argumento —
pagásseis mortais por núpcias forçadas 445
tu, e Posídon, e Zeus, que reina no céu,
esvaziaríeis templos pagando injustiças.
Se hauris prazeres além da prudência,
sois injustos, não mais é justo dizer
mal de homens, se imitamos os bens 450
dos Deuses, mas assim nos ensinam.

[*Primeiro estásimo* (452-509)]

CORO

A ti, sem Ilitia de dor Est.
de parto, minha
Atena, suplico-te,
assistida por Prometeu 455
Titã no mais alto cimo
de Zeus, ó Vitória venturosa,
vem ao templo pítio,
da áurea sede do Olimpo
em voo para as vias, 460
onde o lar de Febo
no umbigo no meio da terra
no tripé celebrado nos coros
profere o oráculo,
tu e a filha nascida de Leto, 465
duas Deusas, duas virgens,
irmãs augustas de Febo,
vinde suplicar, ó filhas,
que o prisco ser de Erecteu

γένος εὐτεκνίας χρονίου καθαροῖς 470
μαντεύμασι κῦρσαι.

ὑπερβαλλούσας γὰρ ἔχει Ant.
θνατοῖς εὐδαιμονίας
ἀκίνητον ἀφορμάν,
τέκνων οἷς ἂν καρποφόροι 475
λάμπωσιν ἐν θαλάμοις
πατρίοισι νεάνιδες ἧβαι,
διαδέκτορα πλοῦτον
ὡς ἕξοντες ἐκ πατέρων
ἑτέροις ἐπὶ τέκνοις. 480
ἄλκαρ τε γὰρ ἐν κακοῖς
σύν τ᾽ εὐτυχίαις φίλον
δορί τε γᾶι πατρίαι φέρει
σωτήριον ἀλκάν.
ἐμοὶ μὲν πλούτου τε πάρος 485
βασιλικῶν τ᾽ εἶεν θαλάμων
†τροφαὶ κήδειοι
κεδνῶν γε τέκνων†.
τὸν ἄπαιδα δ᾽ ἀποστυγῶ
βίον, ὧι τε δοκεῖ ψέγω·
μετὰ δὲ κτεάνων μετρίων βιοτᾶς 490
εὔπαιδος ἐχοίμαν.

ὦ Πανὸς θακήματα καὶ Epodo
παραυλίζουσα πέτρα
μυχώδεσι Μακραῖς,
ἵνα χοροὺς στείβουσι ποδοῖν 495
Ἀγλαύρου κόραι τρίγονοι
στάδια χλοερὰ πρὸ Παλλάδος
ναῶν συρίγγων ὑπ᾽ αἰόλας ἰαχᾶς
†ὕμνων† ὅτ᾽ ἀναλίοις 500
συρίζεις, ὦ Πάν,
τοῖσι σοῖς ἐν ἄντροις,

consiga oráculos puros 470
de serôdia bela prole!

Entre os mortais Ant.
o imóvel capital
de superior Nume
é de quem brilha 475
frutífero de filhos
na sede paterna
o vigor juvenil,
herdada riqueza
recebível dos pais 480
entre os filhos.
Apoio nos males,
com boa sorte, caro
lanceiro traz à pátria
a força salvadora. 485
Possa eu ter antes
que rica sede de rei
cara criação de filhos caros.
Dá-me horror a vida sem
filho, reprovo quem queira,
possa eu ter com meios 490
medidos vida de belo filho!

Ó trono de Pã Epodo
e pedra vizinha
de Compridas recônditas,
onde três filhas de Aglauro 495
palmilham na dança dos pés
o amplo verde ante o templo
de Palas sob flautas
de vários silvos, 500
quando flauteias, ó Pã,
nas tuas grutas sem sol,

ἵνα τεκοῦσά τις
παρθένος μελέα βρέφος 503
Φοίβωι πτανοῖς ἐξόρισεν
θοίναν θηρσί τε φονίαν 505
δαῖτα, πικρῶν γάμων ὕβριν.
οὔτ᾽ ἐπὶ κερκίσιν οὔτε λόγων φάτιν
ἄιον εὐτυχίας μετέχειν θεόθεν τέκνα θνατοῖς.

ΙΩΝ

πρόσπολοι γυναῖκες, αἳ τῶνδ᾽ ἀμφὶ κρηπῖδας δόμων 510
θυοδόκων φρούρημ᾽ ἔχουσαι δεσπότιν φυλάσσετε,
ἐκλέλοιπ᾽ ἤδη τὸν ἱερὸν τρίποδα καὶ χρηστήριον
Ξοῦθος ἢ μίμνει κατ᾽ οἶκον ἱστορῶν ἀπαιδίαν;

ΧΟΡΟΣ

ἐν δόμοις ἔστ᾽, ὦ ξέν᾽· οὔπω δῶμ᾽ ὑπερβαίνει τόδε.
ὡς δ᾽ ἐπ᾽ ἐξόδοισιν ὄντος, τῶνδ᾽ ἀκούομεν πυλῶν 515
δοῦπον, ἐξιόντα τ᾽ ἤδη δεσπότην ὁρᾶν πάρα.

ΞΟΥΘΟΣ

ὦ τέκνον, χαῖρ᾽· ἡ γὰρ ἀρχὴ τοῦ λόγου πρέπουσά μοι.

ΙΩΝ

χαίρομεν· σὺ δ᾽ εὖ φρόνει γε, καὶ δύ᾽ ὄντ᾽ εὖ πράξομεν.

ΞΟΥΘΟΣ

δὸς χερὸς φίλημά μοι σῆς σώματός τ᾽ ἀμφιπτυχάς.

ΙΩΝ

εὖ φρονεῖς μέν; ἤ σ᾽ ἔμηνεν θεοῦ τις, ὦ ξένε, βλάβη; 520

ΞΟΥΘΟΣ

οὐ φρονῶ, τὰ φίλταθ᾽ εὑρὼν εἰ φιλεῖν ἐφίεμαι;

onde virgem mísera
gerou o filho de Febo, 503
e expôs banquete às aves
e às feras sangrento pasto, 505
ultraje de núpcias amargas.
Nem nos teares nem na voz das lendas ouvi
terem boa sorte filhos de Deuses e de mortais.

[*Segundo episódio* (510-675)]

ÍON

Mulheres serventes, que, ante o altar do templo 510
acolhedor de ofertas, aguardais o dono prontas,
Xuto já deixou a sacra trípode e sede oracular
ou persiste no templo inquirindo falta de filhos?

CORO

Está no templo, ó forasteiro, não surgiu ainda.
Mas está de saída, ouvimos o ruído das portas, 515
e já se pode avistar o dono na saída do templo.

XUTO

Ó filho, salve! Primeiro me convém esta fala.

ÍON

Salve! Sê prudente, e ambos estaremos bem!

XUTO

Deixa-me beijar tua mão e dar-te um abraço!

ÍON

Estás bem? Ou Deus te faz louco, forasteiro? 520

XUTO

Não estou, se vejo e quero tocar o mais caro?

ΙΩΝ

παῦε, μὴ ψαύσας τὰ τοῦ θεοῦ στέμματα ῥήξῃς χερί.

ΞΟΥΘΟΣ

ἅψομαι· κοὐ ῥυσιάζω, τἀμὰ δ' εὑρίσκω φίλα.

ΙΩΝ

οὐκ ἀπαλλάξῃ, πρὶν εἴσω τόξα πλευμόνων λαβεῖν;

ΞΟΥΘΟΣ

ὡς τί δὴ φεύγεις με σαυτοῦ γνωρίσαι τὰ φίλτατα; 525

ΙΩΝ

οὐ φιλῶ φρενοῦν ἀμούσους καὶ μεμηνότας ξένους.

ΞΟΥΘΟΣ

κτεῖνε καὶ πίμπρη· πατρὸς γάρ, ἢν κτάνῃς, ἔσῃ φονεύς.

ΙΩΝ

ποῦ δέ μοι πατὴρ σύ; ταῦτ' οὖν οὐ γέλως κλύειν ἐμοί;

ΞΟΥΘΟΣ

οὔ· τρέχων ὁ μῦθος ἄν σοι τἀμὰ σημήνειεν ἄν.

ΙΩΝ

καὶ τί μοι λέξεις;

ΞΟΥΘΟΣ

πατὴρ σός εἰμι καὶ σὺ παῖς ἐμός. 530

ΙΩΝ

τίς λέγει τάδ';

ΞΟΥΘΟΣ

ὅς σ' ἔθρεψεν ὄντα Λοξίας ἐμόν.

ÍON
Para! Não quebres coroas do Deus ao tocar!

XUTO
Toco e não roubo, descubro o que me é caro.

ÍON
Não te afastarás antes da flecha nos pulmões?

XUTO
Por que evitas que eu te reconheça o mais caro? 525

ÍON
Não tendo a pautar forasteiros toscos e loucos.

XUTO
Mata e queima! Do pai, morto, serás matador.

ÍON
Onde meu pai tu? Ouvir isso não é para eu rir?

XUTO
Não! A palavra corrente me faria claro para ti.

ÍON
E que me dirás?

XUTO
Sou teu pai, e tu, meu filho. 530

ÍON
Quem o diz?

XUTO
Lóxias que te criou sendo meu.

ΙΩΝ

μαρτυρεῖς σαυτῶι.

ΞΟΥΘΟΣ

τὰ τοῦ θεοῦ γ' ἐκμαθὼν χρηστήρια.

ΙΩΝ

ἐσφάλης αἴνιγμ' ἀκούσας.

ΞΟΥΘΟΣ

οὐκ ἄρ' ὄρθ' ἀκούομεν.

ΙΩΝ

ὁ δὲ λόγος τίς ἐστι Φοίβου;

ΞΟΥΘΟΣ

τὸν συναντήσαντά μοι

ΙΩΝ

τίνα συνάντησιν;

ΞΟΥΘΟΣ

δόμων τῶνδ' ἐξιόντι τοῦ θεοῦ 535

ΙΩΝ

συμφορᾶς τίνος κυρῆσαι;

ΞΟΥΘΟΣ

παῖδ' ἐμὸν πεφυκέναι.

ΙΩΝ

σὸν γεγῶτ' ἢ δῶρον ἄλλων;

ΞΟΥΘΟΣ

δῶρον, ὄντα δ' ἐξ ἐμοῦ.

ÍON
Atestas por ti.

XUTO
Sabedor do oráculo do Deus.

ÍON
Vacilaste ao ouvir enigma.

XUTO
Não ouço bem?

ÍON
Que disse Febo?

XUTO
Quem me encontrasse.

ÍON
Que encontro?

XUTO
Ao sair do templo do Deus. 535

ÍON
Obter que sorte?

XUTO
Ter nascido meu filho.

ÍON
Filho teu ou dom alheio?

XUTO
Dom, sendo meu.

ΙΩΝ

πρῶτα δῆτ' ἐμοὶ ξυνάπτεις πόδα σόν;

ΞΟΥΘΟΣ

οὐκ ἄλλωι τέκνον.

ΙΩΝ

ἡ τύχη πόθεν ποθ' ἥκει;

ΞΟΥΘΟΣ

δύο μίαν θαυμάζομεν.

ΙΩΝ

ἐκ τίνος δέ σοι πέφυκα μητρός;

ΞΟΥΘΟΣ

οὐκ ἔχω φράσαι. 540

ΙΩΝ

οὐδὲ Φοῖβος εἶπε;

ΞΟΥΘΟΣ

τερφθεὶς τοῦτο, κεῖν' οὐκ ἠρόμην.

ΙΩΝ

γῆς ἄρ' ἐκπέφυκα μητρός;

ΞΟΥΘΟΣ

οὐ πέδον τίκτει τέκνα.

ΙΩΝ

πῶς ἂν οὖν εἴην σός;

ΞΟΥΘΟΣ

οὐκ οἶδ', ἀναφέρω δ' ἐς τὸν θεόν.

ÍON
Primeiro me topaste?

XUTO
Não outrem, filho!

ÍON
Donde vem a sorte?

XUTO
Ambos miramos uma.

ÍON
De que mãe te nasci?

XUTO
Não te posso dizer. 540

ÍON
Febo não disse?

XUTO
Tão grato, não indaguei.

ÍON
Nasci eu da mãe terra?

XUTO
O chão não dá filho.

ÍON
Como eu seria teu?

XUTO
Não sei, remeto ao Deus.

ΙΩΝ
φέρε λόγων ἁψώμεθ' ἄλλων.

ΞΟΥΘΟΣ
τοῦτ' ἄμεινον, ὦ τέκνον.

ΙΩΝ
ἦλθες ἐς νόθον τι λέκτρον;

ΞΟΥΘΟΣ
μωρίαι γε τοῦ νέου. 545

ΙΩΝ
πρὶν κόρην λαβεῖν 'Ερεχθέως;

ΞΟΥΘΟΣ
οὐ γὰρ ὕστερόν γέ πω.

ΙΩΝ
ἆρα δῆτ' ἐκεῖ μ' ἔφυσας;

ΞΟΥΘΟΣ
τῶι χρόνωι γε συντρέχει.

ΙΩΝ
κἆιτα πῶς ἀφικόμεσθα δεῦρο

ΞΟΥΘΟΣ
τοῦτ' ἀμηχανῶ.

ΙΩΝ
διὰ μακρᾶς ἐλθὼν κελεύθου;

ΞΟΥΘΟΣ
τοῦτο κἄμ' ἀπαιολᾶι.

ÍON
Tenhamos outras palavras.

XUTO
É melhor, filho!

ÍON
Foste a espúrio leito?

XUTO
Estultícias de jovem. 545

ÍON
Antes da filha de Erecteu?

XUTO
Depois nunca.

ÍON
Geraste-me lá, então?

XUTO
Coincidente no tempo.

ÍON
E como chegamos aqui?

XUTO
Isso não sei dizer.

ÍON
Vim por longínqua via?

XUTO
Isso me confunde.

ΙΩΝ
Πυθίαν δ’ ἦλθες πέτραν πρίν;

ΞΟΥΘΟΣ
ἐς φανάς γε Βακχίου. 550

ΙΩΝ
προξένων δ’ ἔν του κατέσχες;

ΞΟΥΘΟΣ
ὅς με Δελφίσιν κόραις

ΙΩΝ
ἐθιάσευσ’, ἢ πῶς τάδ’ αὐδᾶις;

ΞΟΥΘΟΣ
Μαινάσιν γε Βακχίου.

ΙΩΝ
ἔμφρον’ ἢ κάτοινον ὄντα;

ΞΟΥΘΟΣ
Βακχίου πρὸς ἡδοναῖς.

ΙΩΝ
τοῦτ’ ἐκεῖν’· ἵν’ ἐσπάρημεν

ΞΟΥΘΟΣ
ὁ πότμος ἐξηῦρεν, τέκνον.

ΙΩΝ
πῶς δ’ ἀφικόμεσθα ναούς;

ΞΟΥΘΟΣ
ἔκβολον κόρης ἴσως. 555

ÍON
Vieste antes à pedra pítia?

XUTO
À luz de Báquio. 550

ÍON
Tiveste hospedeiro?

XUTO
E moças délfias comigo.

ÍON
No tíaso, ou que dizes?

XUTO
Com loucas de Báquio.

ÍON
Sóbrio ou com vinho?

XUTO
Nos prazeres de Báquio.

ÍON
Aí é onde fui semeado!

XUTO
A sorte inventou, filho!

ÍON
Como vim ao templo?

XUTO
Excluso da moça talvez. 555

ΙΩΝ
ἐκπεφεύγαμεν τὸ δοῦλον.

ΞΟΥΘΟΣ
πατέρα νυν δέχου, τέκνον.

ΙΩΝ
τῶι θεῶι γοῦν οὐκ ἀπιστεῖν εἰκός.

ΞΟΥΘΟΣ
εὖ φρονεῖς ἄρα.

ΙΩΝ
καὶ τί βουλόμεσθά γ' ἄλλο

ΞΟΥΘΟΣ
νῦν ὁρᾶις ἃ χρή σ' ὁρᾶν.

ΙΩΝ
ἢ Διὸς παιδὸς γενέσθαι παῖς;

ΞΟΥΘΟΣ
ὃ σοί γε γίγνεται.

ΙΩΝ
ἦ θίγω δῆθ' ὅς μ' ἔφυσας;

ΞΟΥΘΟΣ
πιθόμενός γε τῶι θεῶι. 560

ΙΩΝ
χαῖρέ μοι, πάτερ

ΞΟΥΘΟΣ
φίλον γε φθέγμ' ἐδεξάμην τόδε.

ÍON
Escapamos de servo.

XUTO
Aceita este teu pai, filho!

ÍON
Não convém descrer do Deus.

XUTO
Pensas bem, então.

ÍON
E que mais queremos?

XUTO
Já vês o que deves ver.

ÍON
Ser filho do filho de Zeus?

XUTO
O que te acontece.

ÍON
Posso então tocar meu pai?

XUTO
Pondo fé no Deus. 560

ÍON
Salve, ó meu pai!

XUTO
Aceitei palavra tão cara!

ΙΩΝ

ἡμέρα θ' ἡ νῦν παροῦσα.

ΞΟΥΘΟΣ

μακάριόν γ' ἔθηκέ με.

ΙΩΝ

ὦ φίλη μῆτερ, πότ' ἆρα καὶ σὸν ὄψομαι δέμας;
νῦν ποθῶ σε μᾶλλον ἢ πρίν, ἥτις εἶ ποτ', εἰσιδεῖν.
ἀλλ' ἴσως τέθνηκας, ἡμεῖς δ' οὐδ' ὄναρ δυναίμεθ' ἄν. 565

ΧΟΡΟΣ

κοιναὶ μὲν ἡμῖν δωμάτων εὐπραξίαι·
ὅμως δὲ καὶ δέσποιναν ἐς τέκν' εὐτυχεῖν
ἐβουλόμην ἂν τούς τ' Ἐρεχθέως δόμους.

ΞΟΥΘΟΣ

ὦ τέκνον, ἐς μὲν σὴν ἀνεύρεσιν θεὸς
ὀρθῶς ἔκρανε, καὶ συνῆψ' ἐμοί τε σὲ 570
σύ τ' αὖ τὰ φίλταθ' ηὗρες οὐκ εἰδὼς πάρος.
οἷ δ' ᾖξας ὀρθῶς, τοῦτο κἄμ' ἔχει πόθος,
ὅπως σύ τ', ὦ παῖ, μητέρ' εὑρήσεις σέθεν
ἐγώ θ' ὁποίας μοι γυναικὸς ἐξέφυς.
χρόνωι δὲ δόντες ταῦτ' ἴσως εὕροιμεν ἄν. 575
ἀλλ' ἐκλιπὼν θεοῦ δάπεδ' ἀλητείαν τε σὴν
ἐς τὰς Ἀθήνας στεῖχε κοινόφρων πατρί
[οὗ σ' ὄλβιον μὲν σκῆπτρον ἀναμένει πατρός,
πολὺς δὲ πλοῦτος· οὐδὲ θάτερον νοσῶν
δυοῖν κεκλήσηι δυσγενὴς πένης θ' ἅμα, 580
ἀλλ' εὐγενής τε καὶ πολυκτήμων βίου].
σιγᾷς; τί πρὸς γῆν ὄμμα σὸν βαλὼν ἔχεις
ἐς φροντίδας τ' ἀπῆλθες, ἐκ δὲ χαρμονῆς
πάλιν μεταστὰς δεῖμα προσβάλλεις πατρί;

ÍON
O dia hoje presente!

XUTO
Tão venturoso me fez!

ÍON
Ó minha mãe, quando afinal te poderei ver?
Agora mais do que antes quero ver quem és.
Mas talvez morta, nem por sonho poderíamos! 565

CORO
Compartilhamos o bem-estar da casa, mas
gostaríamos que a dona também tivesse
boa sorte com filhos e a casa de Erecteu!

XUTO
Ó filho, Deus cumpriu tua descoberta
de verdade e aproximou-te de mim 570
e tu descobriste o pai antes ignorado.
O que queres deveras também desejo,
é que tu, ó filho, descubras tua mãe,
e eu, de que mulher tu me nasceste.
Isso com tempo talvez descubramos. 575
Deixa o solo de Deus e tua errância,
vai a Atenas em concórdia com o pai,
lá o próspero cetro paterno te aguarda
muito rico; por nenhum de dois males
mal-nato e pobre não serás chamado, 580
mas bem-nascido e de muitas posses.
Calas-te? Por que olhas para o chão
e estás ausente a cismar? Da alegria
mudaste, e ao teu pai infundes temor.

ΙΩΝ

οὐ ταὐτὸν εἶδος φαίνεται τῶν πραγμάτων 585
πρόσωθεν ὄντων ἐγγύθεν θ᾽ ὁρωμένων.
ἐγὼ δὲ τὴν μὲν συμφορὰν ἀσπάζομαι,
πατέρα σ᾽ ἀνευρών· ὧν δὲ γιγνώσκω, πάτερ,
ἄκουσον. εἶναί φασι τὰς αὐτόχθονας
κλεινὰς Ἀθήνας οὐκ ἐπείσακτον γένος, 590
ἵν᾽ ἐσπεσοῦμαι δύο νόσω κεκτημένος,
πατρός τ᾽ ἐπακτοῦ καὐτὸς ὢν νοθαγενής.
καὶ τοῦτ᾽ ἔχων τοὔνειδος ἀσθενὴς μένων
†μηδὲν καὶ οὐδὲν ὢν† κεκλήσομαι.
ἢν δ᾽ ἐς τὸ πρῶτον πόλεος ὁρμηθεὶς ζυγὸν 595
ζητῶ τις εἶναι, τῶν μὲν ἀδυνάτων ὕπο
μισησόμεσθα· λυπρὰ γὰρ τὰ κρείσσονα.
ὅσοι δέ, χρηστοὶ δυνάμενοί τ᾽, ὄντες σοφοί,
σιγῶσι κοὐ σπεύδουσιν ἐς τὰ πράγματα,
γέλωτ᾽ ἐν αὐτοῖς μωρίαν τε λήψομαι 600
οὐχ ἡσυχάζων ἐν πόλει ψόγου πλέαι.
τῶν δ᾽ †αὖ λογίων τε† χρωμένων τε τῆι πόλει
ἐς ἀξίωμα βὰς πλέον φρουρήσομαι
ψήφοισιν. οὕτω γὰρ τάδ᾽, ὦ πάτερ, φιλεῖ·
οἳ τὰς πόλεις ἔχουσι κἀξιώματα 605
τοῖς ἀνθαμίλλοις εἰσὶ πολεμιώτατοι.
ἐλθὼν δ᾽ ἐς οἶκον ἀλλότριον ἔπηλυς ὢν
γυναῖκά θ᾽ ὡς ἄτεκνον, ἣ κοινουμένη
τῆς συμφορᾶς σοι πρόσθεν ἀπολαχοῦσα νῦν
αὐτὴ καθ᾽ αὑτὴν τὴν τύχην οἴσει πικρῶς, 610
πῶς οὐχ ὑπ᾽ αὐτῆς εἰκότως μισήσομαι,
ὅταν παραστῶ σοὶ μὲν ἐγγύθεν ποδός,
ἡ δ᾽ οὖσ᾽ ἄτεκνος τὰ σὰ φίλ᾽ εἰσορᾶι πικρῶς,
κᾆιτ᾽ ἢ προδοὺς σύ μ᾽ ἐς δάμαρτα σὴν βλέπηις
ἢ τἀμὰ τιμῶν δῶμα συγχέας ἔχηις; 615
ὅσας σφαγὰς δὴ φαρμάκων <τε> θανασίμων
γυναῖκες ηὗρον ἀνδράσιν διαφθοράς.
ἄλλως τε τὴν σὴν ἄλοχον οἰκτίρω, πάτερ,

ÍON

Não a mesma forma têm as situações 585
se estamos longe e se vemos de perto.
Congratulo-me por nesta conjuntura
descobrir-te pai, mas o que sei, pai,
ouve! Conta-se que a ínclita Atenas
autóctone é geração sem imigração, 590
onde cairei em posse de dois males,
sendo filho espúrio de pai forasteiro,
e com a afronta, ficando sem força,
serei chamado nada, não sendo nada.
Se impelido a primeiro posto na urbe 595
tento ser alguém, pelos incapazes sim
serei odiado, pois o poder os aflige.
E entre os capazes, nobres e sábios,
silenciosos e não sôfregos de ação,
colherei riso e escárnio de estultícia, 600
por não ter paz na urbe maledicente.
Os oradores, que se servem da urbe,
vigiarão meu ingresso em honrarias
com votos. Assim isto sói ser, ó pai:
os que têm as urbes e têm honrarias 605
são os mais belicosos com os rivais.
Indo eu à casa alheia, recém-chegado,
sendo sem filho ela que antes contigo
dividia o infortúnio, e ora frustrada
suportará consigo só amarga sorte, 610
como não com razão odiado por ela,
quando estou ao teu lado perto ao pé,
e ela, a sem filho, olha amarga o teu?
Então, se tu me trais, vês tua esposa,
e se me honras, tens a casa em ruína. 615
Quanta morte e fim por letais venenos
as mulheres acharam para os varões!
Aliás, apiedo-me de tua esposa, ó pai,

ἄπαιδα γηράσκουσαν· οὐ γὰρ ἀξία
πατέρων ἀπ᾽ ἐσθλῶν οὖσ᾽ ἀπαιδίαι νοσεῖν. 620
τυραννίδος δὲ τῆς μάτην αἰνουμένης
τὸ μὲν πρόσωπον ἡδύ, τἀν δόμοισι δὲ
λυπηρά· τίς γὰρ μακάριος, τίς εὐτυχής,
ὅστις δεδοικὼς καὶ περιβλέπων βίαν
αἰῶνα τείνει; δημότης ἂν εὐτυχὴς 625
ζῆν ἂν θέλοιμι μᾶλλον ἢ τύραννος ὤν,
ὧι τοὺς πονηροὺς ἡδονὴ φίλους ἔχειν,
ἐσθλοὺς δὲ μισεῖ κατθανεῖν φοβούμενος.
εἴποις ἂν ὡς ὁ χρυσὸς ἐκνικᾶι τάδε,
πλουτεῖν τε τερπνόν· οὐ φιλῶ ψόγους κλύειν 630
ἐν χερσὶ σώιζων ὄλβον οὐδ᾽ ἔχειν πόνους·
εἴη γ᾽ ἐμοὶ <μὲν> μέτρια μὴ λυπουμένωι.
ἃ δ᾽ ἐνθάδ᾽ εἶχον ἀγάθ᾽ ἄκουσόν μου, πάτερ·
τὴν φιλτάτην μὲν πρῶτον ἀνθρώποις σχολὴν
ὄχλον τε μέτριον, οὐδέ μ᾽ ἐξέπληξ᾽ ὁδοῦ 635
πονηρὸς οὐδείς· κεῖνο δ᾽ οὐκ ἀνασχετόν,
εἴκειν ὁδοῦ χαλῶντα τοῖς κακίοσιν.
θεῶν δ᾽ ἐν εὐχαῖς ἢ λόγοισιν ἦ βροτῶν
ὑπηρετῶν χαίρουσιν οὐ γοωμένοις.
καὶ τοὺς μὲν ἐξέπεμπον, οἱ δ᾽ ἧκον ξένοι, 640
ὥσθ᾽ ἡδὺς αἰεὶ καινὸς ἐν καινοῖσιν ἦ.
ὃ δ᾽ εὐκτὸν ἀνθρώποισι, κἂν ἄκουσιν ἦι,
δίκαιον εἶναί μ᾽ ὁ νόμος ἡ φύσις θ᾽ ἅμα
παρεῖχε τῶι θεῶι. ταῦτα συννοούμενος
κρείσσω νομίζω τἀνθάδ᾽ ἢ τἀκεῖ, πάτερ. 645
ἔα δέ μ᾽ αὐτοῦ ζῆν· ἴση γὰρ ἡ χάρις
μεγάλοισι χαίρειν σμικρά θ᾽ ἡδέως ἔχειν.

ΧΟΡΟΣ

καλῶς ἔλεξας, εἴπερ οὓς ἐγὼ φιλῶ
ἐν τοῖσι σοῖσιν εὐτυχήσουσιν φίλοις.

envelhecer sem filho: de pais nobres
ela não merece a dor de não ter filho. 620
Doce é o rosto da realeza, que em vão
se louva, mas em cada casa é aflitivo:
quem venturoso, quem com boa sorte,
que temendo e vendo ao redor violência
estende a vida? Cidadão com boa sorte 625
antes quereria viver que ser um tirano,
cujo prazer é manter os maus amigos,
mas odeia os bons temendo ser morto.
Poderias dizer que o ouro supera isso
e ser rico apraz; não quero ouvir bulha 630
por posse de riqueza, nem combater.
Possa eu ter o medido sem me afligir.
Os bens que aqui tive, ouve-me, pai:
primeiro o ócio mais grato aos homens,
e estorvo módico, não me turve o passo 635
nenhum perverso, isto é insuportável,
ceder o passo, concedendo aos piores.
Orando aos Deuses e falando a mortais
eu servia a contentes, não a queixosos.
Despedia uns, outros vinham de fora, 640
de modo a ser suave, novo aos novos.
O desejável entre homens, ainda que
contrariados, ser justo perante o Deus,
isso junto a lei e a natureza me deram.
Pensando, pai, creio melhor cá que lá. 645
Deixa-me viver aqui, a graça é igual,
alegre com muito, ou grato com pouco.

CORO

Falaste bem, se se der que os meus
venham a ter boa sorte com os teus.

ΞΟΥΘΟΣ

παῦσαι λόγων τῶνδ', εὐτυχεῖν δ' ἐπίστασο· 650
θέλω γὰρ οὗπέρ σ' ηὗρον ἄρξασθαι, τέκνον,
κοινῆς τραπέζης, δαῖτα πρὸς κοινὴν πεσών,
θῦσαί θ' ἅ σου πρὶν γενέθλι' οὐκ ἐθύσαμεν.
καὶ νῦν μὲν ὡς δὴ ξένον ἄγων σ' ἐφέστιον
δείπνοισι τέρψω, τῆς δ' Ἀθηναίων χθονὸς 655
ἄξω θεατὴν δῆθεν, οὐχ ὡς ὄντ' ἐμόν.
καὶ γὰρ γυναῖκα τὴν ἐμὴν οὐ βούλομαι
λυπεῖν ἄτεκνον οὖσαν αὐτὸς εὐτυχῶν.
χρόνωι δὲ καιρὸν λαμβάνων προσάξομαι
δάμαρτ' ἐᾶν σε σκῆπτρα τἄμ' ἔχειν χθονός. 660
Ἴωνα δ' ὀνομάζω σε τῆι τύχηι πρέπον,
ὁθούνεκ' ἀδύτων ἐξιόντι μοι θεοῦ
ἴχνος συνῆψας πρῶτος. ἀλλὰ τῶν φίλων
πλήρωμ' ἀθροίσας βουθύτωι σὺν ἡδονῆι
πρόσειπε, μέλλων Δελφίδ' ἐκλιπεῖν πόλιν. 665
ὑμῖν δὲ σιγᾶν, δμωίδες, λέγω τάδε,
ἢ θάνατον εἰπούσαισι πρὸς δάμαρτ' ἐμήν.

ΙΩΝ

στείχοιμ' ἄν. ἓν δὲ τῆς τύχης ἄπεστί μοι·
εἰ μὴ γὰρ ἥτις μ' ἔτεκεν εὑρήσω, πάτερ,
ἀβίωτον ἡμῖν. εἰ δ' ἐπεύξασθαι χρεών, 670
ἐκ τῶν Ἀθηνῶν μ' ἡ τεκοῦσ' εἴη γυνή,
ὥς μοι γένηται μητρόθεν παρρησία.
καθαρὰν γὰρ ἤν τις ἐς πόλιν πέσηι ξένος,
κἂν τοῖς λόγοισιν ἀστὸς ἦι, τό γε στόμα
δοῦλον πέπαται κοὐκ ἔχει παρρησίαν. 675

ΧΟΡΟΣ

ὁρῶ δάκρυα καὶ πενθίμους Est.
<ἀλαλαγὰς> στεναγμάτων τ' ἐσβολάς,

XUTO

Cessa tuas palavras e sabe ter boa sorte! 650
Filho, quero onde te encontrei consagrar
a mesa comum em um banquete comum
e fazer tuas natalícias que não fiz antes.
E agora ao te levar qual hóspede ao lar
oferecerei a ceia, e te levarei visitante 655
do solo ateniense, não qual ente meu,
pois não quero magoar minha mulher
por ser ela sem-filho e ter eu boa sorte.
Com tempo, com ocasião, persuadirei
minha esposa a deixar-te o cetro do solo. 660
Dou-te o nome de Íon, próprio à sorte,
porque indo eu fora do ádito do Deus
primeiro me perpassaste. Vamos, reúne
muitos amigos no prazer de imolar rês
e saúda-os ao deixar a urbe dos délfios! 665
A vós, servas, vos digo: silenciai isto
ou morre quem contar à minha esposa.

ÍON

Iria sim, da sorte só me faz falta algo:
se não souber quem me gerou, ó pai,
serei inviável. Se preciso fazer prece, 670
seja-me a genitora mulher de Atenas,
assim por mãe terei liberdade de falar.
Se um forasteiro cai numa urbe pura,
ainda que cidadão na palavra, a boca
se mantém servil e não tem liberdade. 675

[*Segundo estásimo* (676-724)]

CORO

Antevejo lágrimas e dolorosos Est.
alaridos e ataques de lástimas,

ὅταν ἐμὰ τύραννος εὐπαιδίαν
πόσιν ἔχοντ᾽ εἰδῆι,
αὐτὴ δ᾽ ἄπαις ἦι καὶ λελειμμένη τέκνων. 680
τίν᾽, ὦ παῖ πρόμαντι Λατοῦς, ἔχρη-
σας ὑμνωιδίαν;
πόθεν ὁ παῖς ὅδ᾽ ἀμφὶ ναοὺς σέθεν
τρόφιμος ἐξέβα; γυναικῶν τίνος;
οὐ γάρ με σαίνει θέσφατα μή τιν᾽ ἔχηι δόλον. 685
δειμαίνω συμφοράν, 688
ἐφ᾽ ὅ<τι> ποτὲ βάσεται.
ἄτοπος ἄτοπα γὰρ παραδίδωσί μοι 690
τάδε θεοῦ φήμα.
πλέκει δόλον τέχναν θ᾽ ὁ παῖς
ἄλλων τραφεὶς ἐξ αἱμάτων.
τίς οὐ τάδε ξυνοίσεται;

φίλαι, πότερ᾽ ἐμᾶι δεσποίναι Ant.
τάδε τορῶς ἐς οὖς γεγωνήσομεν 696
†πόσιν ἐν ὧι τὰ πάντ᾽ ἔχουσ᾽ ἐλπίδων
μέτοχος ἦν τλάμων†;
νῦν δ᾽ ἡ μὲν ἔρρει συμφοραῖς, ὁ δ᾽ εὐτυχεῖ,
πόλιον ἐσπεσοῦσα γῆρας, πόσις δ᾽ 700
ἀτίετος φίλων.
μέλεος, ὃς θυραῖος ἐλθὼν δόμους
μέγαν ἐς ὄλβον οὐκ ἴσωσεν τύχας. 704
ὄλοιτ᾽ ὄλοιτο πότνιαν ἐξαπαφὼν ἐμάν, 705
καὶ θεοῖσιν μὴ τύχοι
καλλίφλογα πελανὸν ἐπὶ
πυρὶ καθαγνίσας· τὸ δ᾽ ἐμὸν εἴσεται
<τις ὅσον ἀρχαίας
ἔφυν> τυραννίδος φίλα. 710
ἤδη πέλας δεινῶν κυρεῖ
παῖς καὶ πατὴρ νέος νέου.

quando minha rainha souber
que o marido tem bela prole,
ela sem filho e falta de filhos. 680
Ó vaticinante filho de Leto,
que oráculo vaticinaste?
Donde saiu este filho nutrido
em teu templo? De que mulher?
Não me adula a dita, não tenha 685
ela dolo! Temo a situação, 688
para onde afinal irá?
Insólita, insólita me soa 690
aqui a palavra do Deus.
O filho tece dolo e arte,
feito de alheios sangues.
Quem não concordará?

Amigas, soaremos isto claro Ant.
ao ouvido de minha senhora? 696
O esposo, a quem confiava tudo
partilhando esperanças, era ousado.
Nesta situação ela se vai, ele tem
boa sorte, ela ante Velhice gris, 700
o esposo sem honra dos seus.
Mísero ele de fora vindo à casa
não deu sorte igual à grande riqueza. 704
Morra, morra, se lesou minha rainha! 705
Não alcance os Deuses
o bolo de bela chama
sagrado ao fogo! Logo
que amizade a minha [Kovacs]
pela antiga rainha se verá. [Kovacs] 710
Já estão perto dos terrores
o filho e o pai novo do novo.

ἰὼ δειράδες Παρνασοῦ πέτρας Epodo
ἔχουσαι σκόπελον οὐράνιόν θ' ἕδραν, 715
ἵνα Βάκχιος ἀμφιπύρους ἀνέχων πεύκας
λαιψηρὰ πηδᾶι νυκτιπόλοις ἅμα σὺν Βάκχαις.
μή <τί> ποτ' εἰς ἐμὰν πόλιν ἵκοιθ' ὁ παῖς, 719
νέαν δ' ἁμέραν ἀπολιπὼν θάνοι. 720
στεγομένα γὰρ ἂν πόλις ἔχοι σκῆψιν
ξενικὸν ἐσβολάν
† <ἅλις ἔασεν>† ὁ πάρος ἀρχαγὸς ὢν
Ἐρεχθεὺς ἄναξ.

ΚΡΕΟΥΣΑ

ὦ πρέσβυ παιδαγώγ' Ἐρεχθέως πατρὸς 725
τοὐμοῦ ποτ' ὢν τόθ' ἡνίκ' ἦν ἔτ' ἐν φάει,
ἔπαιρε σαυτὸν πρὸς θεοῦ χρηστήρια,
ὥς μοι συνησθῇς, εἴ τι Λοξίας ἄναξ
θέσπισμα παίδων ἐς γονὰς ἐφθέγξατο.
σὺν τοῖς φίλοις γὰρ ἡδὺ μὲν πράσσειν καλῶς· 730
ὃ μὴ γένοιτο δ', εἴ τι τυγχάνοι κακόν,
ἐς ὄμματ' εὔνου φωτὸς ἐμβλέψαι γλυκύ.
ἐγὼ δέ σ', ὥσπερ καὶ σὺ πατέρ' ἐμόν ποτε,
δέσποιν' ὅμως οὖσ' ἀντικηδεύω πατρός.

ΠΡΕΣΒΥΤΗΣ

ὦ θύγατερ, ἄξι' ἀξίων γεννητόρων 735
ἤθη φυλάσσεις κοὐ καταισχύνασ' ἔχεις
τοὺς σούς, παλαιῶν ἐκγόνους αὐτοχθόνων.
ἕλχ' ἕλκε πρὸς μέλαθρα καὶ κόμιζέ με.
αἰπεινά μοι μαντεῖα· τοῦ γήρως δέ μοι
συνεκπονοῦσα κῶλον ἰατρὸς γενοῦ. 740

ΚΡΕΟΥΣΑ

ἕπου νυν· ἴχνος δ' ἐκφύλασσ' ὅπου τίθης.

Ió! Cimos pétreos do Parnaso — Epodo
com mirante e morada celeste — 715
onde Baco com pinhos ígneos
ágil salta com notívagas Bacas!
Não chegue nunca à minha urbe — 719
o filho! Novo deixe a vida e morra! — 720
Coberta a urbe teria escusa
de ataque estrangeiro,
suficiente foi o fundador — [Kovacs]
prístino rei Erecteu. — [Kovacs]

[*Terceiro episódio* (725-1047)]

CREÚSA
Ó ancião preceptor do pai Erecteu — 725
outrora quando ainda era vivo à luz,
ergue-te até o santuário do Deus
para exultares comigo, caso o rei
Lóxias vaticine sementes de filhos.
Com os amigos, doce é o bem-estar. — 730
Se a sorte fosse má, o que não se dê,
doce é olhar olhos de luz benevolente.
Eu a ti, tal qual tu outrora a meu pai,
ainda que rainha sirvo em vez do pai.

ANCIÃO
Ó filha, conservas os modos dignos — 735
de dignos genitores e não vexaste
os teus, prole de antigos autóctones.
Puxa, puxa até o templo e leva-me!
Íngreme é o templo, sê meu médico
de velhice cooperando com meu pé! — 740

CREÚSA
Prossegue! Observa onde pões o pé!

ΠΡΕΣΒΥΤΗΣ

ἰδού·

τὸ τοῦ ποδὸς μὲν βραδύ, τὸ τοῦ δὲ νοῦ ταχύ. 742

ΚΡΕΟΥΣΑ

βάκτρωι δ' ἐρείδου· περιφερὴς στίβος χθονός.

ΠΡΕΣΒΥΤΗΣ

καὶ τοῦτο τυφλόν, ὅταν ἐγὼ βλέπω βραχύ.

ΚΡΕΟΥΣΑ

ὀρθῶς ἔλεξας· ἀλλὰ μὴ παρῆις κόπωι. 745

ΠΡΕΣΒΥΤΗΣ

οὔκουν ἑκών γε· τοῦ δ' ἀπόντος οὐ κρατῶ.

ΚΡΕΟΥΣΑ

γυναῖκες, ἱστῶν τῶν ἐμῶν καὶ κερκίδος
δούλευμα πιστόν, τίνα τύχην λαβὼν πόσις
βέβηκε παίδων, ὧνπερ οὕνεχ' ἥκομεν;
σημήνατ'· εἰ γὰρ ἀγαθά μοι μηνύσετε, 750
οὐκ εἰς ἀπίστους δεσπότας βαλεῖς χάριν.

ΧΟΡΟΣ

ἰὼ δαῖμον.

ΚΡΕΟΥΣΑ

τὸ φροίμιον μὲν τῶν λόγων οὐκ εὐτυχές.

ΧΟΡΟΣ

ἰὼ τλᾶμον.

ΚΡΕΟΥΣΑ

ἀλλ' ἦ τι θεσφάτοισι δεσποτῶν νοσεῖ; 755

ANCIÃO

Olha!
Lerdo é o pé, mas o espírito, alerta! 742

CREÚSA

Apoia no bastão! O piso do chão rola.

ANCIÃO

Até isso é cego, quando vejo pouco.

CREÚSA

Disseste bem, mas não te dês à dor! 745

ANCIÃO

Não por anuir; não ordeno o ausente.

CREÚSA

Mulheres de meus teares e rocas
serventes fiéis, que sorte de filhos
por que viemos o esposo obteve?
Dizei, pois se me indicais os bens, 750
não fareis o favor a donos infiéis.

CORO

Ió! Nume!

CREÚSA

O início da fala não tem boa sorte.

CORO

Ió! Mísera!

CREÚSA

Mas algo turva na sina dos donos? 755

ΧΟΡΟΣ

αἰαῖ· τί δρῶμεν θάνατος ὧν κεῖται πέρι;

ΚΡΕΟΥΣΑ

τίς ἥδε μοῦσα χὠ φόβος τίνων πέρι;

ΧΟΡΟΣ

εἴπωμεν ἢ σιγῶμεν ἢ τί δράσομεν;

ΚΡΕΟΥΣΑ

εἴφ'· ὡς ἔχεις γε συμφοράν τιν' εἰς ἐμέ.

ΧΟΡΟΣ

εἰρήσεταί τοι, κεἰ θανεῖν μέλλω διπλῆι. 760
οὐκ ἔστι σοι, δέσποιν', ἐπ' ἀγκάλαις λαβεῖν
τέκν' οὐδὲ μαστῶι σῶι προσαρμόσαι ποτέ.

ΚΡΕΟΥΣΑ

ὤμοι θάνοιμι.

ΠΡΕΣΒΥΤΗΣ

ύγατερ.

ΚΡΕΟΥΣΑ

ὦ τάλαιν'
ἐγὼ συμφορᾶς, ἔλαβον ἔπαθον ἄχος
ἀβίοτον, φίλαι. 764
διοιχόμεσθα.

ΠΡΕΣΒΥΤΗΣ

τέκνον. 765

ΚΡΕΟΥΣΑ

αἰαῖ αἰαῖ·

CORO

Aiaî! Que fazer do que Morte cerca?

CREÚSA

Que Musa é essa? Que pavor é esse?

CORO

Falemos ou calemos ou que faremos?

CREÚSA

Fala, pois dispões de minha situação!

CORO

Direi, ainda que eu morra duas vezes. 760
Não te cabe, senhora, ter nos braços
filhos, nem sustê-los ao seio um dia.

CREÚSA

Oímoi! Morresse eu!

ANCIÃO

Filha!

CREÚSA

Ó misera
situação minha! Tive, sofri aflição
insuportável, amigas! 764
Fomos mortas!

ANCIÃO

Filha! 765

CREÚSA

Aiaî aiaî!

διανταῖος ἔτυπεν ὀδύνα με πλευμόνων τῶνδ᾽ ἔσω.

ΠΡΕΣΒΥΤΗΣ
μήπω στενάξῃς

ΚΡΕΟΥΣΑ
ἀλλὰ πάρεισι γόοι.

ΠΡΕΣΒΥΤΗΣ
πρὶν ἂν μάθωμεν

ΚΡΕΟΥΣΑ
ἀγγελίαν τίνα μοι; 770

ΠΡΕΣΒΥΤΗΣ
εἰ ταὐτὰ πράσσων δεσπότης τῆς συμφορᾶς
κοινωνός ἐστιν ἢ μόνη σὺ δυστυχεῖς.

ΧΟΡΟΣ
κείνωι μέν, ὦ γεραιέ, παῖδα Λοξίας
ἔδωκεν, ἰδίαι δ᾽ εὐτυχεῖ ταύτης δίχα. 775

ΚΡΕΟΥΣΑ
τόδ᾽ ἐπὶ τῶιδε κακὸν ἄκρον ἔλακες <ἔλακες>
ἄχος ἐμοὶ στένειν.

ΠΡΕΣΒΥΤΗΣ
πότερα δὲ φῦναι δεῖ γυναικὸς ἔκ τινος
τὸν παῖδ᾽ ὃν εἶπας ἢ γεγῶτ᾽ ἐθέσπισεν;

ΧΟΡΟΣ
ἤδη πεφυκότ᾽ ἐκτελῆ νεανίαν 780
δίδωσιν αὐτῶι Λοξίας· παρῆ δ᾽ ἐγώ.

Dor através dos pulmões
aqui dentro me golpeia.

ANCIÃO
Não chores mais!

CREÚSA
Mas o pranto vem.

ANCIÃO
Antes, saibamos.

CREÚSA
Que há de anunciar? 770

ANCIÃO
Se o dono na mesma situação participa
desse infortúnio, ou só tu tens má sorte?

CORO
Ó ancião, Lóxias lhe deu um filho,
e sem ela ele tem boa sorte própria. 775

CREÚSA
Esse mal a mais extremo proferiste,
aflição minha de gemer.

ANCIÃO
Vaticinou que de mulher qualquer
deve nascer o filho ou que nasceu?

CORO
Já nascido, perfeito, um rapaz, 780
Lóxias lhe dá; estava eu presente.

ΚΡΕΟΥΣΑ

πῶς φής; †ἄφατον ἄφατον† ἀναύδητον 783
λόγον ἐμοὶ θροεῖς.

ΠΡΕΣΒΥΤΗΣ

κἄμοιγε. πῶς δ' ὁ χρησμὸς ἐκπεραίνεται 785
σαφέστερόν μοι φράζε χὤστις ἔσθ' ὁ παῖς.

ΧΟΡΟΣ

ὅτωι ξυναντήσειεν ἐκ θεοῦ συθεὶς
πρώτωι πόσις σός, παῖδ' ἔδωκ' αὐτῶι θεός.

ΚΡΕΟΥΣΑ

ὀτοτοτοῖ· τὸν ἐμὸν ἄτεκνον ἄτεκνον ἔλακ' 790
ἄρα βίοτον, ἐρημίαι δ' ὀρφανοὺς
δόμους οἰκήσω. 791

ΠΡΕΣΒΥΤΗΣ

τίς οὖν ἐχρήσθη; τῶι συνῆψ' ἴχνος ποδὸς
πόσις ταλαίνης; πῶς δὲ ποῦ νιν εἰσιδών;

ΧΟΡΟΣ

οἶσθ', ὦ φίλη δέσποινα, τὸν νεανίαν
ὃς τόνδ' ἔσαιρε ναόν; οὗτός ἐσθ' ὁ παῖς. 795

ΚΡΕΟΥΣΑ

ἀν' ὑγρὸν ἀμπταίην αἰθέρα πόρσω γαίας Ἑλλανίας ἀστέρας ἑσπέρους, 798
οἷον οἷον ἄλγος ἔπαθον, φίλαι.

ΠΡΕΣΒΥΤΗΣ

ὄνομα δὲ ποῖον αὐτὸν ὀνομάζει πατήρ; 800
οἶσθ', ἢ σιωπῆι τοῦτ' ἀκύρωτον μένει;

CREÚSA

Que dizes? Nefasta, nefasta, nefanda 783
palavra me anuncias!

ANCIÃO

E a mim. Como o vaticínio se cumpre? 785
Diz-me mais claro! E quem é o filho?

CORO

O Deus lhe deu por filho quem primeiro
teu esposo encontrasse depois do Deus.

CREÚSA

Ototototoî! Diz sem filho, sem filho 790
minha vida e morarei na solidão
na casa falta de filho. 791

ANCIÃO

Qual o indicado? Quem o esposo
da mísera topou? Como viu? Onde?

CORO

Sabes, ó minha senhora, o rapaz
que varria o templo? Ele é o filho. 795

CREÚSA

Voasse eu por úmido firmamento,
além da Grécia, a astros tardios! 798
Que dor, que dor sofri, amigas!

ANCIÃO

Que nome o pai lhe dá? Tu sabes, 800
ou isso em silêncio resta incerto?

ΧΟΡΟΣ

Ἴων', ἐπείπερ πρῶτος ἤντησεν πατρί·
μητρὸς δ' ὁποίας ἐστὶν οὐκ ἔχω φράσαι.
φροῦδος δ', ἵν' εἰδῆις πάντα τἀπ' ἐμοῦ, γέρον,
παιδὸς προθύσων ξένια καὶ 805
γενέθλια σκηνὰς ἐς ἱερὰς τῆσδε
λαθραίως πόσις, κοινὴν
ξυνάψων δαῖτα παιδὶ τῶι νέωι.

ΠΡΕΣΒΥΤΗΣ

δέσποινα, προδεδόμεσθα (σὺν γὰρ σοὶ νοσῶ)
τοῦ σοῦ πρὸς ἀνδρὸς καὶ μεμηχανημένως
ὑβριζόμεσθα δωμάτων τ' Ἐρεχθέως 810
ἐκβαλλόμεσθα. καὶ σὸν οὐ στυγῶν πόσιν
λέγω, σὲ μέντοι μᾶλλον ἢ κεῖνον φιλῶν·
ὅστις σε γήμας ξένος ἐπεισελθὼν πόλιν
καὶ δῶμα καὶ σὴν παραλαβὼν παγκληρίαν
ἄλλης γυναικὸς παῖδας ἐκκαρπούμενος 815
λάθραι πέφηνεν· ὡς λάθραι δ', ἐγὼ φράσω.
ἐπεί σ' ἄτεκνον ἤισθετ', οὐκ ἔστεργέ σοι
ὅμοιος εἶναι τῆς τύχης τ' ἴσον φέρειν,
λαβὼν δὲ δοῦλα λέκτρα νυμφεύσας λάθραι
τὸν παῖδ' ἔφυσεν, ἐξενωμένον δέ τωι 820
Δελφῶν δίδωσιν ἐκτρέφειν. ὁ δ' ἐν θεοῦ
δόμοισιν ἄφετος, ὡς λάθοι, παιδεύεται.
νεανίαν δ' ὡς ἤισθετ' ἐκτεθραμμένον,
ἐλθεῖν σ' ἔπεισε δεῦρ' ἀπαιδίας χάριν.
κᾆιθ' ὁ θεὸς οὐκ ἐψεύσαθ', ὅδε δ' ἐψεύσατο 825
πάλαι τρέφων τὸν παῖδα, κἄπλεκεν πλοκὰς
τοιάσδ'· ἁλοὺς μὲν ἀνέφερ' ἐς τὸν δαίμονα,
†ἐλθὼν δὲ καὶ τὸν χρόνον ἀμύνεσθαι θέλων†
τυραννίδ' αὐτῶι περιβαλεῖν ἔμελλε γῆς.
[καινὸν δὲ τοὔνομ' ἀνὰ χρόνον πεπλασμένον 830
Ἴων, ἰόντι δῆθεν ὅτι συνήντετο.]

CORO
Íon, porque primeiro topou o pai;
mas de que mãe é, não sei dizer.
Que saibas tudo por mim, ancião,
o esposo partiu para os sacrifícios 805
hospitaleiros e natalícios do filho,
e para a ceia comum ao novo filho
em tendas sagradas às ocultas dela.

ANCIÃO
Dona, fomos traídos (sofro contigo)
por teu marido, e premeditadamente
ultrapassados, e da casa de Erecteu 810
banidos. Não por ódio a teu marido
digo, mas por te amar mais que a ele.
Forasteiro por te desposar tendo urbe
e casa, e em posse de teu patrimônio,
traz o filho nascido de outra mulher 815
às ocultas, e como se oculta, direi:
sabendo-te sem filho, não quis ser
símil a ti e suportar a mesma sorte,
e por união secreta em leito servil,
plantou o filho, e hospedado o dá 820
a algum délfio que crie, e foi criado
às ocultas solto no templo do Deus.
Quando viu que já formou o rapaz,
persuadiu-te a vir por falta de filho.
O Deus não mentiu, esse mentiu, 825
ao ter filho antes e urdir tal trama.
Se fosse pego, reportaria ao Nume,
mas ao ir, e para prevenir o tempo,
iria legar-lhe a soberania da terra.
Novo o nome plasmado a tempo, 830
Íon, porque indo ele o encontrou.

ΧΟΡΟΣ

οἴμοι, κακούργους ἄνδρας ὡς ἀεὶ στυγῶ,
οἳ συντιθέντες τἄδικ᾽ εἶτα μηχαναῖς
κοσμοῦσι. φαῦλον χρηστὸν ἂν λαβεῖν φίλον
θέλοιμι μᾶλλον ἢ κακὸν σοφώτερον. 835

ΠΡΕΣΒΥΤΗΣ

καὶ τῶνδ᾽ ἁπάντων ἔσχατον πείσηι κακόν·
ἀμήτορ᾽, ἀναρίθμητον, ἐκ δούλης τινὸς
γυναικὸς ἐς σὸν δῶμα δεσπότην ἄγει.
ἁπλοῦν ἂν ἦν γὰρ τὸ κακόν, εἰ παρ᾽ εὐγενοῦς
μητρός, πιθών σε, σὴν λέγων ἀπαιδίαν, 840
ἐσώικισ᾽ οἴκους· εἰ δέ σοι τόδ᾽ ἦν πικρόν,
τῶν Αἰόλου νιν χρῆν ὀρεχθῆναι γάμων.
ἐκ τῶνδε δεῖ σε δὴ γυναικεῖόν τι δρᾶν.
[ἢ γὰρ ξίφος λαβοῦσαν ἢ δόλωι τινὶ
ἢ φαρμάκοισι σὸν κατακτεῖναι πόσιν 845
καὶ παῖδα, πρὶν σοὶ θάνατον ἐκ κείνων μολεῖν.
εἰ γάρ γ᾽ ὑφήσεις τοῦδ᾽, ἀπαλλάξηι βίου.
δυοῖν γὰρ ἐχθροῖν εἰς ἓν ἐλθόντοιν στέγος
ἢ θάτερον δεῖ δυστυχεῖν ἢ θάτερον.
ἐγὼ μὲν οὖν σοι καὶ συνεκπονεῖν θέλω 850
καὶ συμφονεύειν παῖδ᾽ ὑπεισελθὼν δόμους
οὗ δαῖθ᾽ ὁπλίζει καὶ τροφεῖα δεσπόταις
ἀποδοὺς θανεῖν τε ζῶν τε φέγγος εἰσορᾶν.
ἓν γάρ τι τοῖς δούλοισιν αἰσχύνην φέρει,
τοὔνομα· τὰ δ᾽ ἄλλα πάντα τῶν ἐλευθέρων 855
οὐδὲν κακίων δοῦλος, ὅστις ἐσθλὸς ἦι.

ΧΟΡΟΣ

κἀγώ, φίλη δέσποινα, συμφορὰν θέλω
κοινουμένη τήνδ᾽ ἢ θανεῖν ἢ ζῆν καλῶς.]

ΚΡΕΟΥΣΑ

ὦ ψυχά, πῶς σιγάσω;

CORO
Oímoi! Que horror aos malfeitores
que cometem injustiças e com artes
adornam! Quisera antes ter amigos
pobres honestos que maus espertos. 835

ANCIÃO
E ainda padecerás mal pior de todos:
conduz à tua casa um dono sem mãe
nem préstimo, nascido de uma serva.
O mal seria simples, se de mãe nobre
por persuasão, por tua falta de filho, 840
pusesse no lar; e se te fosse amargo,
suas núpcias deviam ter sido de Éolo.
Por isso deves fazer algo feminino:
com uma espada, ou com um dolo,
ou com drogas, matar o teu esposo 845
e seu filho, antes que eles te matem.
Tu, se disto cederes, perderás a vida.
Se dois inimigos sob o mesmo teto
entram, um deles deve ter má sorte.
Quero, sim, então, cooperar contigo, 850
entrar na casa e matar junto o filho,
onde banqueteia, e por pagar o pão
aos donos, morrer ou ver a luz vivo.
Um só item dá vergonha aos servos,
o nome; em tudo o mais não é pior 855
que os livres o servo que fosse bom.

CORO
Senhora, por ser parte da situação
eu quero ou morrer ou viver bem.

CREÚSA
Ó vida, como farei silêncio?

πῶς δὲ σκοτίας ἀναφήνω 860
εὐνάς, αἰδοῦς δ' ἀπολειφθῶ;

τί γὰρ ἐμπόδιον κώλυμ' ἔτι μοι;
πρὸς τίν' ἀγῶνας τιθέμεσθ' ἀρετῆς;
οὐ πόσις ἡμῶν προδότης γέγονεν;
στέρομαι δ' οἴκων, στέρομαι παίδων, 865
φροῦδαι δ' ἐλπίδες, ἃς διαθέσθαι
χρῄζουσα καλῶς οὐκ ἐδυνήθην,
σιγῶσα γάμους,
σιγῶσα τόκους πολυκλαύτους.
ἀλλ' οὐ τὸ Διὸς πολύαστρον ἕδος 870
καὶ τὴν ἐπ' ἐμοῖς σκοπέλοισι θεὰν
λίμνης τ' ἐνύδρου Τριτωνιάδος
πότνιαν ἀκτήν,
οὐκέτι κρύψω λέχος, ὃ στέρνων
ἀπονησαμένη ῥᾴων ἔσομαι. 875
στάζουσι κόραι δακρύοισιν ἐμαί,
ψυχὴ δ' ἀλγεῖ κακοβουληθεῖσ'
ἔκ τ' ἀνθρώπων ἔκ τ' ἀθανάτων,
οὓς ἀποδείξω
λέκτρων προδότας ἀχαρίστους. 880

ὦ τᾶς ἑπταφθόγγου μέλπων
κιθάρας ἐνοπάν, ἅτ' ἀγραύλοις
κεράεσσιν ἐν ἀψύχοις ἀχεῖ
μουσᾶν ὕμνους εὐαχήτους,
σοὶ μομφάν, ὦ Λατοῦς παῖ, 885
πρὸς τάνδ' αὐγὰν αὐδάσω.
ἦλθές μοι χρυσῷ χαίταν
μαρμαίρων, εὖτ' ἐς κόλπους
κρόκεα πέταλα φάρεσιν ἔδρεπον
†ἀνθίζειν† χρυσανταυγῆ· 890
λευκοῖς δ' ἐμφὺς καρποῖσιν
χειρῶν εἰς ἄντρου κοίτας

E como revelarei tenebrosa 860
união, abandonando pudor?

Que óbice ainda me impede?
Quem é meu rival em virtude?
O marido não se fez traidor?
Sou sem casa, sou sem filho 865
nem esperanças, que não pude
bem dispor, embora quisesse,
ao calar as núpcias,
ao calar o filho pranteado.
Não da sidérea sede de Zeus, 870
nem da Deusa do meu solo
nem da soberana margem
da úmida lagoa Tritoníada
não mais ocultarei a união,
sem ela no peito terei alívio. 875
As pupilas minam-me lágrimas,
a alma sofre por maus-tratos
dos homens e dos imortais
que apontarei
ingratos traidores do leito. 880

Ó tu, que modulas o estrépito
septíssono da cítara, que ecoa
nos agrestes chifres sem vida
os hinos sonoros das Musas,
ó filho de Leto, de ti farei 885
queixa perante este clarão.
Vieste-me com teus cabelos
cor de ouro, eu colhia cróceas
pétalas nas dobras do manto
floridas com áureo fulgor. 890
Os alvos punhos das mãos
tomaste-me ao leito da gruta,

κραυγὰν Ὦ μᾶτέρ μ᾽ αὐδῶσαν
θεὸς ὁμευνέτας
ἆγες ἀναιδείαι 895
Κύπριδι χάριν πράσσων.
τίκτω δ᾽ ἁ δύστανός σοι
κοῦρον, τὸν φρίκαι ματρὸς
βάλλω τὰν σὰν εἰς εὐνάν,
ἵνα μ᾽ ἐν λέχεσιν μελέαν μελέοις 900
ἐζεύξω τὰν δύστανον.
οἴμοι μοι· καὶ νῦν ἔρρει
πτανοῖς ἁρπασθεὶς θοίνα
παῖς μοι καὶ σοί.
τλᾶμον, σὺ δὲ <καὶ> κιθάραι κλάζεις 905
παιᾶνας μέλπων.
ὠή, τὸν Λατοῦς αὐδῶ,
ὅστ᾽ ὀμφὰν κληροῖς
†πρὸς χρυσέους θάκους†
καὶ γαίας μεσσήρεις ἕδρας. 910
ἐς φῶς αὐδὰν καρύξω·
Ἰὼ <ἰὼ> κακὸς εὐνάτωρ,
ὃς τῶι μὲν ἐμῶι νυμφεύται
χάριν οὐ προλαβὼν
παῖδ᾽ εἰς οἴκους οἰκίζεις· 915
ὁ δ᾽ ἐμὸς γενέτας καὶ σὸς †ἀμαθὴς†
οἰωνοῖς ἔρρει συλαθείς,
σπάργανα ματέρος ἐξαλλάξας.
μισεῖ σ᾽ ἁ Δᾶλος καὶ δάφνας
ἔρνεα φοίνικα παρ᾽ ἁβροκόμαν, 920
ἔνθα λοχεύματα σέμν᾽ ἐλοχεύσατο
Λατὼ Δίοισί σε κάποις.

ΧΟΡΟΣ

οἴμοι, μέγας θησαυρὸς ὡς ἀνοίγνυται
κακῶν, ἐφ᾽ οἷσι πᾶς ἂν ἐκβάλοι δάκρυ.

gritando eu clamor por mãe,
Deus no mesmo leito
seduziste sem pudor 895
com a graça de Cípris.
Mísera te gero o filho
que temerosa da mãe
arremesso ao teu leito
onde mísera às míseras 900
núpcias tu me jungiste.
Oímoi moi! Ora se foi
pasto rapinado das aves
o filho meu e teu.
Mísero, soas a cítara 905
modulando os peãs.
Oé! Digo filho de Leto
que distribuis vaticínio
no trono de ouro e na
sede no meio da terra. 910
Anunciarei à luz a fala:
Ió, ió! Mau amante,
que ao meu esposo
sem que recebas graça
instalas o filho em casa! 915
Filho meu e teu ignorado
roubado por aves se vai
ao sair das faixas da mãe.
Odeiam-te Delos e láureas
frondes e palmas ramadas, 920
onde santo parto te pariu
Leto nos jardins de Zeus.

CORO

Oímoi! Tão grande tesouro se abre
de males, onde se verteriam lágrimas!

ΠΡΕΣΒΥΤΗΣ

<ὦ> θύγατερ, οἴκτου σὸν βλέπων ἐμπίμπλαμαι 925
πρόσωπον, ἔξω δ' ἐγενόμην γνώμης ἐμῆς.
κακῶν γὰρ ἄρτι κῦμ' ὑπεξαντλῶν φρενί,
πρύμνηθεν αἴρει μ' ἄλλο σῶν λόγων ὕπο,
οὓς ἐκβαλοῦσα τῶν παρεστώτων κακῶν
μετῆλθες ἄλλων πημάτων κακὰς ὁδούς. 930
τί φῄς; τίνα λόγον Λοξίου κατηγορεῖς;
ποῖον τεκεῖν φῂς παῖδα; ποῦ 'κθεῖναι πόλεως
θηρσὶν φίλον τύμβευμ'; ἄνελθέ μοι πάλιν.

ΚΡΕΟΥΣΑ

αἰσχύνομαι μέν σ', ὦ γέρον, λέξω δ' ὅμως.

ΠΡΕΣΒΥΤΗΣ

ὡς συστενάζειν γ' οἶδα γενναίως φίλοις. 935

ΚΡΕΟΥΣΑ

ἄκουε τοίνυν· οἶσθα Κεκροπίων πετρῶν
πρόσβορρον ἄντρον, ἃς Μακρὰς κικλήσκομεν;

ΠΡΕΣΒΥΤΗΣ

οἶδ', ἔνθα Πανὸς ἄδυτα καὶ βωμοὶ πέλας.

ΚΡΕΟΥΣΑ

ἐνταῦθ' ἀγῶνα δεινὸν ἠγωνίσμεθα.

ΠΡΕΣΒΥΤΗΣ

τίν'; ὡς ἀπαντᾶι δάκρυά μοι τοῖς σοῖς λόγοις. 940

ΚΡΕΟΥΣΑ

Φοίβωι ξυνῆψ' ἄκουσα δύστηνον γάμον.

ΠΡΕΣΒΥΤΗΣ

ὦ θύγατερ, ἆρ' ἦν ταῦθ' ἅ γ' ᾐσθόμην ἐγώ;

ANCIÃO

Ó filha, encho-me de pranto ao ver 925
o teu rosto e fiquei fora de meu juízo.
Exaurindo no espírito onda de males,
outra me ergue da popa por tuas falas
que proferiste destes presentes males
e segues por más vias de outras dores. 930
Que dizes? Que denuncias de Lóxias?
Que filho dizes ter tido? Onde da urbe
expuseste tua relíquia às feras? Repete-me!

CREÚSA

Tenho pudor de ti, ó ancião, mas direi.

ANCIÃO

Sei que nobre prantear com os amigos. 935

CREÚSA

Ouve! Conheces a gruta para o norte
nas pedras Cecrópias ditas Compridas?

ANCIÃO

Sei onde o ádito de Pã e altares perto.

CREÚSA

Aí competimos terrível competição.

ANCIÃO

Qual? Vem-me pranto por tuas falas. 940

CREÚSA

Com Febo tive tristes núpcias, coata.

ANCIÃO

Ó filha, seria então o que eu percebi?

ΚΡΕΟΥΣΑ

οὐκ οἶδ'· ἀληθῆ δ' εἰ λέγεις φαίημεν ἄν.

ΠΡΕΣΒΥΤΗΣ

νόσον κρυφαίαν ἡνίκ' ἔστενες λάθραι.

ΚΡΕΟΥΣΑ

τότ' ἦν ἃ νῦν σοι φανερὰ σημαίνω κακά. 945

ΠΡΕΣΒΥΤΗΣ

κἆιτ' ἐξέκλεψας πῶς Ἀπόλλωνος γάμους;

ΚΡΕΟΥΣΑ

ἔτεκον· ἀνάσχου ταῦτ' ἐμοῦ κλύων, γέρον.

ΠΡΕΣΒΥΤΗΣ

ποῦ; τίς λοχεύει σ'; ἢ μόνη μοχθεῖς τάδε;

ΚΡΕΟΥΣΑ

μόνη κατ' ἄντρον οὗπερ ἐζεύχθην γάμοις.

ΠΡΕΣΒΥΤΗΣ

ὁ παῖς δὲ ποῦ 'στιν, ἵνα σὺ μηκέτ' ἦις ἄπαις; 950

ΚΡΕΟΥΣΑ

τέθνηκεν, ὦ γεραιέ, θηρσὶν ἐκτεθείς.

ΠΡΕΣΒΥΤΗΣ

τέθνηκ'; Ἀπόλλων δ' ὁ κακὸς οὐδὲν ἤρκεσεν;

ΚΡΕΟΥΣΑ

οὐκ ἤρκεσ'· Ἅιδου δ' ἐν δόμοις παιδεύεται.

ΠΡΕΣΒΥΤΗΣ

τίς γάρ νιν ἐξέθηκεν; οὐ γὰρ δὴ σύ γε;

CREÚSA

Não sei; se dizes a verdade, eu diria.

ANCIÃO

Ao pranteares secreta dor às ocultas...

CREÚSA

Eram os males que ora te digo claro. 945

ANCIÃO

Como ocultaste núpcias com Apolo?

CREÚSA

Pari! Suporta ouvi-lo de mim, ancião!

ANCIÃO

Onde? Quem partejou? Pariste a sós?

CREÚSA

A sós, na gruta, onde tive as núpcias.

ANCIÃO

Onde o filho, para não seres sem filho? 950

CREÚSA

Está morto, ó ancião, exposto a feras.

ANCIÃO

Está morto? Apolo covarde não valeu?

CREÚSA

Não valeu, e na casa de Hades se cria.

ANCIÃO

Quem o expôs? Não foste tu decerto?

ΚΡΕΟΥΣΑ

ἡμεῖς, ἐν ὄρφνηι σπαργανώσαντες πέπλοις. 955

ΠΡΕΣΒΥΤΗΣ

οὐδὲ ξυνήιδει σοί τις ἔκθεσιν τέκνου;

ΚΡΕΟΥΣΑ

αἱ ξυμφοραί γε καὶ τὸ λανθάνειν μόνον.

ΠΡΕΣΒΥΤΗΣ

καὶ πῶς ἐν ἄντρωι παῖδα σὸν λιπεῖν ἔτλης;

ΚΡΕΟΥΣΑ

πῶς; οἰκτρὰ πολλὰ στόματος ἐκβαλοῦσ᾽ ἔπη.

ΠΡΕΣΒΥΤΗΣ

φεῦ·

τλήμων σὺ τόλμης, ὁ δὲ θεὸς μᾶλλον σέθεν. 960

ΚΡΕΟΥΣΑ

εἰ παῖδά γ᾽ εἶδες χεῖρας ἐκτείνοντά μοι.

ΠΡΕΣΒΥΤΗΣ

μαστὸν διώκοντ᾽ ἢ πρὸς ἀγκάλαις πεσεῖν;

ΚΡΕΟΥΣΑ

ἐνταῦθ᾽ ἵν᾽ οὐκ ὢν ἄδικ᾽ ἔπασχεν ἐξ ἐμοῦ.

ΠΡΕΣΒΥΤΗΣ

σοὶ δ᾽ ἐς τί δόξ᾽ ἐσῆλθεν ἐκβαλεῖν τέκνον;

ΚΡΕΟΥΣΑ

ὡς τὸν θεὸν σώσοντα τόν γ᾽ αὑτοῦ γόνον. 965

CREÚSA

Nós, nas trevas; envolvi-o em mantos. 955

ANCIÃO

Tiveste aliado na exposição do filho?

CREÚSA

Somente as injunções e a ocultação.

ANCIÃO

Como ousaste deixar o filho na gruta?

CREÚSA

Como? Derramando muitas lamúrias.

ANCIÃO

Pheû!
Ousaste ousadia, o Deus mais que tu. 960

CREÚSA

Se visses o filho me estender as mãos.

ANCIÃO

Procurando o seio, ou repouso no colo?

CREÚSA

Ausente daqui de mim sofria injustiça.

ANCIÃO

Por que razão te ocorreu expor o filho?

CREÚSA

Para que o Deus preservasse seu filho. 965

ΠΡΕΣΒΥΤΗΣ

οἴμοι, δόμων σῶν ὄλβος ὡς χειμάζεται.

ΚΡΕΟΥΣΑ

τί κρᾶτα κρύψας, ὦ γέρον, δακρυρροεῖς;

ΠΡΕΣΒΥΤΗΣ

σὲ καὶ πατέρα σὸν δυστυχοῦντας εἰσορῶν.

ΚΡΕΟΥΣΑ

τὰ θνητὰ τοιαῦτ᾽· οὐδὲν ἐν ταὐτῶι μένει.

ΠΡΕΣΒΥΤΗΣ

μή νυν ἔτ᾽ οἴκτων, θύγατερ, ἀντεχώμεθα. 970

ΚΡΕΟΥΣΑ

τί γάρ με χρὴ δρᾶν; ἀπορία τὸ δυστυχεῖν.

ΠΡΕΣΒΥΤΗΣ

τὸν πρῶτον ἀδικήσαντά σ᾽ ἀποτίνου θεόν.

ΚΡΕΟΥΣΑ

καὶ πῶς τὰ κρείσσω θνητὸς οὖσ᾽ ὑπερδράμω;

ΠΡΕΣΒΥΤΗΣ

πίμπρη τὰ σεμνὰ Λοξίου χρηστήρια.

ΚΡΕΟΥΣΑ

δέδοικα· καὶ νῦν πημάτων ἅδην ἔχω. 975

ΠΡΕΣΒΥΤΗΣ

τὰ δυνατά νυν τόλμησον, ἄνδρα σὸν κτανεῖν.

ΚΡΕΟΥΣΑ

αἰδούμεθ᾽ εὐνὰς τὰς τόθ᾽ ἡνίκ᾽ ἐσθλὸς ἦν.

ANCIÃO

Oímoi! A riqueza de tua casa atormenta!

CREÚSA

Velho, por que cobres o rosto em pranto?

ANCIÃO

Por te ver a ti e teu pai em tão má sorte.

CREÚSA

Tais são os mortais, nada é para sempre.

ANCIÃO

Não mais resistamos em prantos, filha! 970

CREÚSA

Que devo fazer? Impasse, a difícil sorte.

ANCIÃO

Pune o Deus por primeiro injusto contigo.

CREÚSA

Sendo mortal, como vencer os superiores?

ANCIÃO

Queima a santa sede oracular de Lóxias!

CREÚSA

Tenho medo. Já suporto males demais. 975

ANCIÃO

Ousa o possível! Matar o teu marido!

CREÚSA

Respeito as núpcias de quando boas.

ΠΡΕΣΒΥΤΗΣ

νῦν δ' ἀλλὰ παῖδα τὸν ἐπὶ σοὶ πεφηνότα.

ΚΡΕΟΥΣΑ

πῶς; εἰ γὰρ εἴη δυνατόν· ὡς θέλοιμί γ' ἄν.

ΠΡΕΣΒΥΤΗΣ

ξιφηφόρους σοὺς ὁπλίσασ' ὀπάονας. 980

ΚΡΕΟΥΣΑ

στείχοιμ' ἄν· ἀλλὰ ποῦ γενήσεται τόδε;

ΠΡΕΣΒΥΤΗΣ

ἱεραῖσιν ἐν σκηναῖσιν οὗ θοινᾶι φίλους.

ΚΡΕΟΥΣΑ

ἐπίσημον ὁ φόνος καὶ τὸ δοῦλον ἀσθενές.

ΠΡΕΣΒΥΤΗΣ

ὤμοι, κακίζηι· φέρε, σύ νυν βούλευέ τι.

ΚΡΕΟΥΣΑ

καὶ μὴν ἔχω γε δόλια καὶ δραστήρια. 985

ΠΡΕΣΒΥΤΗΣ

ἀμφοῖν ἂν εἴην τοῖνδ' ὑπηρέτης ἐγώ.

ΚΡΕΟΥΣΑ

ἄκουε τοίνυν· οἶσθα γηγενῆ μάχην;

ΠΡΕΣΒΥΤΗΣ

οἶδ', ἣν Φλέγραι Γίγαντες ἔστησαν θεοῖς.

ΚΡΕΟΥΣΑ

ἐνταῦθα Γοργόν' ἔτεκε Γῆ, δεινὸν τέρας.

ANCIÃO

Então mata o filho surgido contra ti!

CREÚSA

Como? Se fosse possível! Quisera!

ANCIÃO

Arma com facas os teus seguidores. 980

CREÚSA

Prosseguiria, mas onde se dará isso?

ANCIÃO

Nas tendas sacras, lá brinda amigos.

CREÚSA

Insigne a matança, sem força o servo.

ANCIÃO

Ómoi! Acovardas. Avia-te! Urde algo!

CREÚSA

Sim, também tenho astúcia e eficácia. 985

ANCIÃO

Seja eu servente de ambas essas duas.

CREÚSA

Ouve, pois! Sabes a batalha terrígena?

ANCIÃO

Sei Gigantes em Flega contra Deuses.

CREÚSA

Lá Terra pariu Górgona, sina terrível.

ΠΡΕΣΒΥΤΗΣ

ἦ παισὶν αὐτῆς σύμμαχον, θεῶν πόνον; 990

ΚΡΕΟΥΣΑ

ναί· καί νιν ἔκτειν' ἡ Διὸς Παλλὰς θεά. 991

ΠΡΕΣΒΥΤΗΣ

ἆρ' οὗτός ἐσθ' ὁ μῦθος ὃν κλύω πάλαι; 994

ΚΡΕΟΥΣΑ

ταύτης Ἀθάναν δέρος ἐπὶ στέρνοις ἔχειν. 995

ΠΡΕΣΒΥΤΗΣ

ἣν αἰγίδ' ὀνομάζουσι, Παλλάδος στολήν;

ΚΡΕΟΥΣΑ

τόδ' ἔσχεν ὄνομα θεῶν ὅτ' ἦιξεν ἐς δόρυ. 997

ΠΡΕΣΒΥΤΗΣ

ποῖόν τι μορφῆς σχῆμ' ἔχουσαν ἀγρίας; 992

ΚΡΕΟΥΣΑ

θώρακ' ἐχίδνης περιβόλοις ὡπλισμένον. 993

ΠΡΕΣΒΥΤΗΣ

τί δῆτα, θύγατερ, τοῦτο σοῖς ἐχθροῖς βλάβος; 998

ΚΡΕΟΥΣΑ

'Εριχθόνιον οἶσθ' ἢ <οὔ>; τί δ' οὐ μέλλεις, γέρον;

ΠΡΕΣΒΥΤΗΣ

ὃν πρῶτον ὑμῶν πρόγονον ἐξανῆκε γῆ; 1000

ΚΡΕΟΥΣΑ

τούτωι δίδωσι Παλλὰς ὄντι νεογόνωι

ANCIÃO

Aliada a filhos dela, faina dos Deuses? 990

CREÚSA

Sim, Deusa Palas filha de Zeus a mata. 991

ANCIÃO

Ora, essa é a palavra que ouvi outrora? 994

CREÚSA

Atena manter a pele dela sobre o peito. 995

ANCIÃO

O que se chama égide, a veste de Palas.

CREÚSA

Ágil na luta, Deuses lhe dão esse nome. 997

ANCIÃO

Ela tem que forma de figura selvagem? 992

CREÚSA

Couraça armada com espirais de víbora. 993

ANCIÃO

Filha, que mal isso faria a teus inimigos? 998

CREÚSA

Sabes Erictônio? Como não, ó ancião?

ANCIÃO

Terra produziu vosso primeiro prógono? 1000

CREÚSA

Palas lhe dá, quando era recém-nascido...

ΠΡΕΣΒΥΤΗΣ

τί χρῆμα; †μέλλον† γάρ τι προσφέρεις ἔπος.

ΚΡΕΟΥΣΑ

δισσοὺς σταλαγμοὺς αἵματος Γοργοῦς ἄπο.

ΠΡΕΣΒΥΤΗΣ

ἰσχὺν ἔχοντας τίνα πρὸς ἀνθρώπου φύσιν;

ΚΡΕΟΥΣΑ

τὸν μὲν θανάσιμον, τὸν δ' ἀκεσφόρον νόσων. 1005

ΠΡΕΣΒΥΤΗΣ

ἐν τῶι καθάψασ' ἀμφὶ παιδὶ σώματος;

ΚΡΕΟΥΣΑ

χρυσέοισι δεσμοῖς· ὁ δὲ δίδωσ' ἐμῶι πατρί.

ΠΡΕΣΒΥΤΗΣ

κείνου δὲ κατθανόντος ἐς σ' ἀφίκετο;

ΚΡΕΟΥΣΑ

ναί· κἀπὶ καρπῶι γ' αὔτ' ἐγὼ χερὸς φέρω.

ΠΡΕΣΒΥΤΗΣ

πῶς οὖν κέκρανται δίπτυχον δῶρον θεᾶς; 1010

ΚΡΕΟΥΣΑ

κοίλης μὲν ὅστις φλεβὸς ἀπέσταξεν φόνος

ΠΡΕΣΒΥΤΗΣ

τί τῶιδε χρῆσθαι; δύναμιν ἐκφέρει τίνα;

ΚΡΕΟΥΣΑ

νόσους ἀπείργει καὶ τροφὰς ἔχει βίου.

ANCIÃO
O quê? Acrescentas que palavra mais?

CREÚSA
Os dois pingos de sangue de Górgona,

ANCIÃO
Que podem fazer à natureza humana?

CREÚSA
Um é letal, o outro, remédio de males. 1005

ANCIÃO
Como ela os atou ao corpo da criança?

CREÚSA
Com áureos fios, e ele os deu a meu pai.

ANCIÃO
E tendo ele morrido, pertenceram a ti?

CREÚSA
Sim, e no pulso da mão os mantenho.

ANCIÃO
E como atua o duplo dom da Deusa? 1010

CREÚSA
O sangue que gotejou da veia cava...

ANCIÃO
Que fazer com ele? Qual seu efeito?

CREÚSA
Afasta doenças e dá alimento à vida.

ΠΡΕΣΒΥΤΗΣ

ὁ δεύτερος δ' ἀριθμὸς ὧν λέγεις τί δρᾶι;

ΚΡΕΟΥΣΑ

κτείνει, δρακόντων ἰὸς ὢν τῶν Γοργόνος. 1015

ΠΡΕΣΒΥΤΗΣ

ἐς ἓν δὲ κραθέντ' αὐτὸν ἢ χωρὶς φορεῖς;

ΚΡΕΟΥΣΑ

χωρίς· κακῶι γὰρ ἐσθλὸν οὐ συμμείγνυται.

ΠΡΕΣΒΥΤΗΣ

ὦ φιλτάτη παῖ, πάντ' ἔχεις ὅσων σε δεῖ.

ΚΡΕΟΥΣΑ

τούτωι θανεῖται παῖς· σὺ δ' ὁ κτείνων ἔσηι.

ΠΡΕΣΒΥΤΗΣ

ποῦ καὶ τί δράσας; σὸν λέγειν, τολμᾶν δ' ἐμόν. 1020

ΚΡΕΟΥΣΑ

ἐν ταῖς Ἀθήναις, δῶμ' ὅταν τοὐμὸν μόληι.

ΠΡΕΣΒΥΤΗΣ

οὐκ εὖ τόδ' εἶπας· καὶ σὺ γὰρ τοὐμὸν ψέγεις.

ΚΡΕΟΥΣΑ

πῶς; ἆρ' ὑπείδου τοῦθ' ὃ κἄμ' ἐσέρχεται;

ΠΡΕΣΒΥΤΗΣ

σὺ παῖδα δόξεις διολέσαι, κεἰ μὴ κτενεῖς.

ΚΡΕΟΥΣΑ

ὀρθῶς· φθονεῖν γάρ φασι μητρυιὰς τέκνοις. 1025

ANCIÃO

O segundo pingo, que falas, que faz?

CREÚSA

Mata, veneno das serpes de Górgona. 1015

ANCIÃO

Tu os tens misturados ou separados?

CREÚSA

Separados, o bem não se une ao mal.

ANCIÃO

Minha filha, tens tudo de que precisas.

CREÚSA

Assim o filho será morto, tu o matarás.

ANCIÃO

Onde e como? Teu dizer, e meu fazer. 1020

CREÚSA

Em Atenas, quando vier à minha casa.

ANCIÃO

Não o disseste bem, e tu me reprovas.

CREÚSA

Como? Suspeitaste do que me ocorre?

ANCIÃO

Dirão que tu o mataste, ainda que não.

CREÚSA

Sim, dizem que madrasta renega filhos. 1025

ΠΡΕΣΒΥΤΗΣ

αὐτοῦ νυν αὐτὸν κτεῖν', ἵν' ἀρνήσηι φόνους.

ΚΡΕΟΥΣΑ

προλάζυμαι γοῦν τῶι χρόνωι τῆς ἡδονῆς.

ΠΡΕΣΒΥΤΗΣ

καὶ σόν γε λήσεις πόσιν ἅ σε σπεύδει λαθεῖν.

ΚΡΕΟΥΣΑ

οἶσθ' οὖν ὃ δρᾶσον· χειρὸς ἐξ ἐμῆς λαβὼν
χρύσωμ' Ἀθάνας τόδε, παλαιὸν ὄργανον, 1030
ἐλθὼν ἵν' ἡμῖν βουθυτεῖ λάθραι πόσις,
δείπνων ὅταν λήγωσι καὶ σπονδὰς θεοῖς
μέλλωσι λείβειν, ἐν πέπλοις ἔχων τόδε
κάθες βαλὼν ἐς πῶμα τῶι νεανίαι
ἰδίαι γε, μή <τι> πᾶσι χωρίσας ποτόν, 1035
τῶι τῶν ἐμῶν μέλλοντι δεσπόζειν δόμων.
κἄνπερ διέλθηι λαιμόν, οὔποθ' ἵξεται
κλεινὰς Ἀθήνας, κατθανὼν δ' αὐτοῦ μενεῖ.

ΠΡΕΣΒΥΤΗΣ

σὺ μέν νυν εἴσω προξένων μέθες πόδα·
ἡμεῖς δ' ἐφ' ὧι τετάγμεθ' ἐκπονήσομεν. 1040
ἄγ', ὦ γεραιὲ πούς, νεανίας γενοῦ
ἔργοισι, κεἰ μὴ τῶι χρόνωι πάρεστί σοι.
ἐχθρὸν δ' ἐπ' ἄνδρα στεῖχε δεσποτῶν μέτα
καὶ συμφόνευε καὶ συνεξαίρει δόμων.
τὴν δ' εὐσέβειαν εὐτυχοῦσι μὲν καλὸν 1045
τιμᾶν· ὅταν δὲ πολεμίους δρᾶσαι κακῶς
θέληι τις, οὐδεὶς ἐμποδὼν κεῖται νόμος.

ANCIÃO

Mata-o aqui onde negarás tê-lo matado.

CREÚSA

Antecipo assim a tempo o meu prazer.

ANCIÃO

Ocultarás a teu esposo o que te oculta.

CREÚSA

Sabes o que fazer, toma de minha mão
este antigo instrumento áureo de Atena, 1030
vai onde oculto a nós o esposo festeja,
e ao cessarem a ceia, antes de libarem
aos Deuses, portando isto sob o manto
derrama-o rápido na bebida do rapaz,
sem pôr na bebida de todos, somente 1035
do que é para ser dono de minha casa.
Se transpuser a goela, nunca chegará
à ínclita Atenas, e ficará morto aqui.

ANCIÃO

Ó tu, dirige o passo à casa do hospedeiro!
Nós trabalharemos em nossa incumbência. 1040
Vamos, pé ancião, faz-te jovem ao agir,
ainda que por tempo não te seja possível!
Marcha com os donos contra o inimigo,
com eles mata e com eles toma a casa!
Com boa sorte é belo honrar a piedade, 1045
mas quando se quer maltratar o inimigo,
nenhum instituto constitui um entrave.

ΧΟΡΟΣ

Εἰνοδία θύγατερ Δάματρος, ἃ τῶν — Est. 1
νυκτιπόλων ἐφόδων ἀνάσσεις,
καὶ μεθαμερίων — 1050
ὅδωσον δυσθανάτων
κρατήρων πληρώματ᾽ ἐφ᾽ οἷσι πέμπει
πότνια πότνι᾽ ἐμὰ χθονίας
Γοργοῦς λαιμοτόμων ἀπὸ σταλαγμῶν — 1055
τῶι τῶν Ἐρεχθεϊδᾶν
δόμων ἐφαπτομένωι·
μηδέ ποτ᾽ ἄλλος ἤ-
κων πόλεως ἀνάσσοι
πλὴν τῶν εὐγενετᾶν Ἐρεχθειδᾶν. — 1060

εἰ δ᾽ ἀτελὴς θάνατος σπουδαί τε δεσποί- — Ant. 1
νας ὅ τε καιρὸς ἄπεισι τόλμας,
ἇι νῦν ἐλπὶς ἐφαί-
νετ᾽, ἢ θηκτὸν ξίφος ἢ
λαιμῶν ἐξάψει βροχὸν ἀμφὶ δειράν, — 1065
πάθεσι πάθεα δ᾽ ἐξανύτουσ᾽
εἰς ἄλλας βιότου κάτεισι μορφάς.
οὐ γὰρ δόμων γ᾽ ἑτέρους
ἄρχοντας ἀλλοδαποὺς
ζῶσά ποτ᾽ <ἐν> φαεν- — 1070
ναῖς ἀνέχοιτ᾽ ἂν αὐγαῖς
ἁ τῶν εὐπατριδᾶν γεγῶσ᾽ οἴκων.

αἰσχύνομαι τὸν πολύυ- — Est. 2
μνον θεόν, εἰ παρὰ Καλλιχόροισι παγαῖς — 1075
λαμπάδα θεωρὸς εἰκάδων
ἐννύχιον ἄυπνος ὄψεται,
ὅτε καὶ Διὸς ἀστερωπὸς
ἀνεχόρευσεν αἰθήρ,

[*Terceiro estásimo* (1048-1105)]

CORO

Enódia, filha de Deméter, Est. 1
reinas em noctívagos ataques,
guia tu ainda à luz do dia 1050
a plenitude das mortíferas
crateras contra quem a rainha
minha rainha envia os pingos
decapitados da térrea Górgona 1055
contra quem adere à casa
dos Erectidas!
Nunca outrem ádvena
reine na urbe,
mas bem-nascidos Erectidas! 1060

Se inúteis Morte e fainas régias Ant. 1
e se faltar ocasião à ousadia
onde esperança agora surge,
ou afiada faca ou forca
atingirá a garganta, 1065
matando dores com dores
descerá a outras formas de vida.
Não suportaria nunca
em casa outros
reis forasteiros 1070
se viva à luz brilhante
a filha da casa de bons pais.

Peja-me o hineado Deus Est. 2
se junto a fonte Calícoro 1075
insone visitante vir tocha
noturna do vigésimo dia
quando ainda compõe coros
o fulgor constelar de Zeus

χορεύει δὲ σελάνα 1080
καὶ πεντήκοντα κόραι
†Νηρέος αἱ κατὰ πόντον
ἀεναῶν τε ποταμῶν†
δίνας χορευόμεναι
τὰν χρυσοστέφανον κόραν 1085
καὶ ματέρα σεμνάν·
ἵν᾽ ἐλπίζει βασιλεύ-
σειν ἄλλων πόνον ἐσπεσὼν
<ὁ> Φοίβειος ἀλάτας.

ὁρᾶθ᾽, ὅσοι δυσκελάδοι- Ant. 2
σιν κατὰ μοῦσαν ἰόντες ἀείδεθ᾽ ὕμνοις 1091
ἁμέτερα λέχεα καὶ γάμους
Κύπριδος ἀθέμιτος ἀνοσίους,
ὅσον εὐσεβίαι κρατοῦμεν
ἄδικον ἄροτον ἀνδρῶν. 1095
παλίμφαμος ἀοιδὰ
καὶ μοῦσ᾽ εἰς ἄνδρας ἴτω
†δυσκέλαδος ἀμφὶ λέκτρων.
δείκνυσι γὰρ ὁ Διὸς ἐκ
παίδων† ἀμνημοσύναν, 1100
οὐ κοινὰν τεκέων τύχαν
οἴκοισι φυτεύσας
δεσποίναι· πρὸς δ᾽ Ἀφροδί-
ταν ἄλλαν θέμενος χάριν
νόθου παιδὸς ἔκυρσεν. 1105

ΘΕΡΑΠΩΝ

κλεινήν, γυναῖκες, ποῦ κόρην Ἐρεχθέως 1106
δέσποιναν εὕρω; πανταχῆι γὰρ ἄστεως
<κἀκεῖσε καὶ τὸ δεῦρο καμπίμους δρόμους>
ζητῶν νιν ἐξέπλησα κοὐκ ἔχω λαβεῖν.

e as coristas são a Lua 1080
e as cinquenta filhas
de Nereu que dançam
no mar e nos giros
dos rios perenes
à auricoroada filha 1085
e à mãe veneranda
onde espera reinar
sobre faina alheia
o errante de Febo.

Vós em díssonos hinos Ant. 2
segundo Musa cantais 1091
nossas núpcias e uniões
ilícitas de ilídima Cípris,
vede vencermos reverentes
a injusta lavra de varões! 1095
Vão responsiva canção
e Musa contra os varões
dissonante das núpcias.
O neto de Zeus mostra
desmemória ao plantar 1100
na casa a sorte da prole
não comum da rainha.
Ao fazer a Afrodite
alguma outra graça
obteve filho espúrio. 1105

[*Quarto episódio* (1106-1228)]

SERVO
Mulheres, onde a ínclita filha de Erecteu 1106
soberana se encontra? Por toda a cidade
para lá e para cá em fatigantes corridas [Kovacs]
levei a termo sua procura sem resultado.

ΧΟΡΟΣ

τί δ' ἔστιν, ὦ ξύνδουλε; τίς προθυμία
ποδῶν ἔχει σε καὶ λόγους τίνας φέρεις; 1110

ΘΕΡΑΠΩΝ

θηρώμεθ'· ἀρχαὶ δ' ἁπιχώριοι χθονὸς
ζητοῦσιν αὐτὴν ὡς θάνηι πετρουμένη.

ΧΟΡΟΣ

οἴμοι, τί λέξεις; οὔτι που λελήμμεθα
κρυφαῖον ἐς παῖδ' ἐκπορίζουσαι φόνον;

ΘΕΡΑΠΩΝ

ἔγνως· μεθέξεις δ' οὐκ ἐν ὑστάτοις κακοῦ. 1115

ΧΟΡΟΣ

ὤφθη δὲ πῶς τὰ κρυπτὰ μηχανήματα;

ΘΕΡΑΠΩΝ

[τὸ μὴ δίκαιον τῆς δίκης ἡσσώμενον]
ἐξηῦρεν ὁ θεός, οὐ μιανθῆναι θέλων.

ΧΟΡΟΣ

πῶς; ἀντιάζω σ' ἱκέτις ἐξειπεῖν τάδε.
πεπυσμέναι γάρ, εἰ θανεῖν ἡμᾶς χρεών, 1120
ἥδιον ἂν θάνοιμεν, εἴθ' ὁρᾶν φάος.

ΘΕΡΑΠΩΝ

ἐπεὶ θεοῦ μαντεῖον ᾤχετ' ἐκλιπὼν
πόσις Κρεούσης παῖδα τὸν καινὸν λαβὼν
πρὸς δεῖπνα θυσίας θ' ἃς θεοῖς ὡπλίζετο,
Ξοῦθος μὲν ᾤχετ' ἔνθα πῦρ πηδᾶι θεοῦ 1125
βακχεῖον, ὡς σφαγαῖσι Διονύσου πέτρας
δεύσειε δισσὰς παιδὸς ἀντ' ὀπτηρίων,
λέξας· Σὺ μέν νυν, τέκνον, ἀμφήρεις μένων

CORO

Que há, ó colega? Que pressa te pega
pelos pés e que palavras tu nos trazes? 1110

SERVO

Somos caçados. Poderes locais da terra
procuram-na para que morra apedrejada.

CORO

Oímoi! Que dirás? Não ficamos ocultos
alhures ao prover secreta morte ao filho?

SERVO

Certo! Não por último saberás do mal. 1115

CORO

E como se descobriu o plano secreto?

SERVO

O injusto pode menos que a justiça.
O Deus notou sem se deixar poluir.

CORO

Como? Suplico-te que nos digas isso;
informadas, mais doce morreríamos, 1120
se devemos morrer, ou se ver a luz.

SERVO

Quando Xuto, o marido de Creúsa,
deixou o templo e com o novo filho
foi à ceia e aos sacrifícios aos Deuses,
lá onde o fogo de Deus salta báquico 1125
foi com imolações molhar as pedras
dobres de Dioniso, graças pelo filho,
e disse: "Ó filho, fica e ergue tendas

σκηνὰς ἀνίστη τεκτόνων μοχθήμασιν.
θύσας δὲ γενέταις θεοῖσιν ἣν μακρὸν χρόνον 1130
μείνω, παροῦσι δαῖτες ἕστωσαν φίλοις.
λαβὼν δὲ μόσχους ᾤχεθ' · ὁ δὲ νεανίας
σεμνῶς ἀτοίχους περιβολὰς σκηνωμάτων
ὀρθοστάταις ἱδρύεθ', ἡλίου βολὰς
καλῶς φυλάξας, οὔτε πρὸς μέσας φλογὸς 1135
ἀκτῖνας οὔτ' αὖ πρὸς τελευτώσας βίον,
πλέθρου σταθμήσας μῆκος εἰς εὐγωνίαν,
μέτρημ' ἔχουσαν τοὐν μέσωι γε μυρίων
ποδῶν ἀριθμόν, ὡς λέγουσιν οἱ σοφοί,
ὡς πάντα Δελφῶν λαὸν ἐς θοίνην καλῶν. 1140
λαβὼν δ' ὑφάσμαθ' ἱερὰ θησαυρῶν πάρα
κατεσκίαζε, θαύματ' ἀνθρώποις ὁρᾶν.
πρῶτον μὲν ὀρόφωι πτέρυγα περιβάλλει πέπλων,
ἀνάθημα Δίου παιδός, οὓς Ἡρακλῆς
Ἀμαζόνων σκυλεύματ' ἤνεγκεν θεῶι. 1145
ἐνῆν δ' ὑφανταὶ γράμμασιν τοιαίδ' ὑφαί·
Οὐρανὸς ἀθροίζων ἄστρ' ἐν αἰθέρος κύκλωι·
ἵππους μὲν ἤλαυν' ἐς τελευταίαν φλόγα
Ἥλιος, ἐφέλκων λαμπρὸν Ἑσπέρου φάος·
μελάμπεπλος δὲ Νὺξ ἀσείρωτον ζυγοῖς 1150
ὄχημ' ἔπαλλεν, ἄστρα δ' ὡμάρτει θεᾶι·
Πλειὰς μὲν ἤιει μεσοπόρου δι' αἰθέρος
ὅ τε ξιφήρης Ὠρίων, ὕπερθε δὲ
Ἄρκτος στρέφουσ' οὐραῖα χρυσήρη πόλωι·
κύκλος δὲ πανσέληνος ἠκόντιζ' ἄνω 1155
μηνὸς διχήρης, Ὑάδες τε, ναυτίλοις
σαφέστατον σημεῖον, ἥ τε φωσφόρος
Ἕως διώκουσ' ἄστρα. τοίχοισιν δ' ἔπι
ἤμπισχεν ἄλλα βαρβάρων ὑφάσματα·
εὐηρέτμους ναῦς ἀντίας Ἑλληνίσιν 1160
καὶ μιξόθηρας φῶτας ἱππείας τ' ἄγρας
ἐλάφων λεόντων τ' ἀγρίων θηράματα.
κατ' εἰσόδους δὲ Κέκροπα θυγατέρων πέλας

cobertas com fainas de carpinteiros!
Se tardar a oferta aos Deuses natais, 1130
que se sirva a ceia aos caros presentes!"
E partiu levando os novilhos. O rapaz
solene assentou o contorno sem parede
das tendas com estacas, bem observando
os raios do sol, evitando a luz radiosa 1135
do meio-dia e a luz ao término do dia,
dando a largura de um pletro em ângulo
regular de modo a ter no meio o número
de dez mil pés, como dizem os sábios,
para chamar à festa toda a gente délfia. 1140
Com os tecidos sagrados do tesouro,
cobriu, prodígio visível aos homens.
Primeiro estende asa de véus no teto,
oferendas que o filho de Zeus Héracles
trouxe ao Deus, espólios de Amazonas. 1145
Eram tais tecidos bordados com letras:
Céu reunindo astros no círculo fulgente;
o Sol dirigia os cavalos à luz terminal,
puxando o luminoso brilho de Vésper;
Noite de negra veste vibrava a biga 1150
e os astros acompanhavam a Deusa;
a Plêiade percorria no meio do céu,
e Órion armado de espada, e acima
Ursa volteando áurea cauda ao polo;
o círculo plenilunário raiava em cima 1155
divisor do mês, e Híades aos marujos
o mais claro sinal, e portadora de luz
Aurora banindo astros. E nos muros
estendeu outras tecelagens bárbaras:
navios remeiros defronte de gregos, 1160
gente metade fera, cavalgadas, caças
a corças e caçadas a leões selvagens.
À entrada, Cécrops perto das filhas

σπείραισιν εἱλίσσοντ᾽, Ἀθηναίων τινὸς
ἀνάθημα, χρυσέους τ᾽ ἐν μέσωι συσσιτίωι 1165
κρατῆρας ἔστησ᾽. ἐν δ᾽ ἄκροισι βὰς ποσὶν
κῆρυξ ἀνεῖπε τὸν θέλοντ᾽ ἐγχωρίων
ἐς δαῖτα χωρεῖν. ὡς δ᾽ ἐπληρώθη στέγη,
στεφάνοισι κοσμηθέντες εὐόχθου βορᾶς
ψυχὴν ἐπλήρουν. ὡς δ᾽ ἀνεῖσαν ἡδονὴν 1170
<δαίτος,> παρελθὼν πρέσβυς ἐς μέσον πέδον
ἔστη, γέλων δ᾽ ἔθηκε συνδείπνοις πολὺν
πρόθυμα πράσσων· ἔκ τε γὰρ κρωσσῶν ὕδωρ
χεροῖν ἔπεμπε νίπτρα κἀξεθυμία
σμύρνης ἱδρῶτα χρυσέων τ᾽ ἐκπωμάτων 1175
ἦρχ᾽, αὐτὸς αὑτῶι τόνδε προστάξας πόνον.
ἐπεὶ δ᾽ ἐς αὐλοὺς ἧκον ἐς κρατῆρά τε
κοινόν, γέρων ἔλεξ᾽· Ἀφαρπάζειν χρεὼν
οἰνηρὰ τεύχη σμικρά, μεγάλα δ᾽ ἐσφέρειν,
ὡς θᾶσσον ἔλθωσ᾽ οἵδ᾽ ἐς ἡδονὰς φρενῶν. 1180
ἦν δὴ φερόντων μόχθος ἀργυρηλάτους
χρυσέας τε φιάλας· ὁ δὲ λαβὼν ἐξαίρετον,
ὡς τῶι νέωι δὴ δεσπότηι χάριν φέρων,
ἔδωκε πλῆρες τεῦχος, εἰς οἶνον βαλὼν
ὅ φασι δοῦναι φάρμακον δραστήριον 1185
δέσποιναν, ὡς παῖς ὁ νέος ἐκλίποι φάος.
κοὐδεὶς τάδ᾽ ᾔδειν. ἐν χεροῖν ἔχοντι δὲ
σπονδὰς μετ᾽ ἄλλων παιδὶ τῶι πεφηνότι
βλασφημίαν τις οἰκετῶν ἐφθέγξατο.
ὁ δ᾽, ὡς ἐν ἱερῶι μάντεσίν τ᾽ ἐσθλοῖς τραφείς, 1190
οἰωνὸν ἔθετο κἀκέλευσ᾽ ἄλλον νέον
κρατῆρα πληροῦν· τὰς δὲ πρὶν σπονδὰς θεοῦ
δίδωσι γαίαι πᾶσί τ᾽ ἐκσπένδειν λέγει.
σιγὴ δ᾽ ὑπῆλθεν· ἐκ δ᾽ ἐπίμπλαμεν δρόσου
κρατῆρας ἱεροὺς Βιβλίνου τε πώματος. 1195
κἀν τῶιδε μόχθωι πτηνὸς ἐσπίπτει δόμους
κῶμος πελειῶν (Λοξίου γὰρ ἐν δόμοις
ἄτρεστα ναίουσ᾽), ὡς δ᾽ ἀπέσπεισαν μέθυ

enrolava espiras, oferta de alguém
de Atenas, e no meio dos convivas 1165
áureas crateras pôs de pé. E na ponta
o arauto anunciou que viesse à ceia
quem do lugar quisesse. Cheia a casa,
adornados de coroas eles se saciaram
de farto pasto. Ao cessar o prazer 1170
da ceia, um velho vindo se interpôs [Kovacs]
e fez que os comensais rissem muito
de seu empenho, pois levava água
lustral das bilhas às mãos, acendia
a resina de mirra e começava com 1175
as áureas taças, incumbido da faina.
Ao chegarem às flautas e à cratera
comum, o velho disse: "Recolham
tacinhas de vinho! Sirvam grandes
para chegar mais rápido ao prazer!" 1180
Era a faina de trazer taças de prata
e de ouro, e ele, com taça escolhida
como a agradar o seu novo senhor,
deu copo cheio, lançando ao vinho
fármaco eficaz que, dizem, a rainha 1185
deu para o novo filho deixar a luz.
Isso não se sabia. Ao ter nas mãos
libações o surgido filho com outros,
um servo pronunciou palavra aziaga.
Criado no templo entre bons videntes, 1190
viu auspício e fez encher outra nova
cratera e dá à terra a anterior libação
do Deus e diz a todos que derramem.
Silêncio se fez e enchemos de água
e de vinho bíblino sagradas crateras. 1195
Nesse ínterim, entrou em casa alado
bando de pombas, na casa de Lóxias
viviam sem temor; entornado o vinho,

ἐς αὑτὸ χεῖλη πώματος κεχρημέναι
καθῆκαν, εἷλκον δ᾽ εὐπτέρους ἐς αὐχένας. 1200
καὶ ταῖς μὲν ἄλλαις ἄνοσος ἦν λοιβὴ θεοῦ·
ἣ δ᾽ ἕζετ᾽ ἔνθ᾽ ὁ καινὸς ἔσπεισεν γόνος
ποτοῦ τ᾽ ἐγεύσατ᾽ εὐθὺς εὔπτερον δέμας
ἔσεισε κἀβάκχευσεν, ἐκ δ᾽ ἔκλαγξ᾽ ὄπα
ἀξύνετον αἰάζουσ᾽· ἐθάμβησεν δὲ πᾶς 1205
θοινατόρων ὅμιλος ὄρνιθος πόνους.
θνήισκει δ᾽ ἀπασπαίρουσα, φοινικοσκελεῖς
χηλὰς παρεῖσα. γυμνὰ δ᾽ ἐκ πέπλων μέλη
ὑπὲρ τραπέζης ἧχ᾽ ὁ μαντευτὸς γόνος,
βοᾶι δέ· Τίς μ᾽ ἔμελλεν ἀνθρώπων κτανεῖν; 1210
σήμαινε, πρέσβυ· σὴ γὰρ ἡ προθυμία
καὶ πῶμα χειρὸς σῆς ἐδεξάμην πάρα.
εὐθὺς δ᾽ ἐρευνᾶι γραῖαν ὠλένην λαβών,
ἐπ᾽ αὐτοφώρωι πρέσβυν ὡς ἔχονθ᾽ ἕλοι
<βαιόν τι τεῦχος φαρμάκων κακῶν γέμον>.
ὤφθη δὲ καὶ κατεῖπ᾽ ἀναγκασθεὶς μόλις 1215
τόλμας Κρεούσης πώματός τε μηχανάς.
θεῖ δ᾽ εὐθὺς ἔξω συλλαβὼν θοινάτορας
ὁ πυθόχρηστος Λοξίου νεανίας,
κἀν κοιράνοισι Πυθικοῖς σταθεὶς λέγει·
Ὦ γαῖα σεμνή, τῆς Ἐρεχθέως ὕπο, 1220
ξένης γυναικός, φαρμάκοισι θνήισκομεν.
Δελφῶν δ᾽ ἄνακτες ὥρισαν πετρορριφῆ
θανεῖν ἐμὴν δέσποιναν οὐ ψήφωι μιᾶι,
τὸν ἱερὸν ὡς κτείνουσαν ἔν τ᾽ ἀνακτόροις
φόνον τιθεῖσαν. πᾶσα δὲ ζητεῖ πόλις 1225
τὴν ἀθλίως σπεύσασαν ἀθλίαν ὁδόν·
παίδων γὰρ ἐλθοῦσ᾽ εἰς ἔρον Φοίβου πάρα
τὸ σῶμα κοινῆι τοῖς τέκνοις ἀπώλεσεν.

ávidas da bebida puseram nela o bico
e hauriam com gargantas emplumadas. 1200
Outras tiveram inócua libação do Deus,
a que pousou onde o novo filho verteu
degustou o vinho, agitou as belas plumas,
debacou, e emitiu voz incompreensível,
lamuriosa. E todo o grupo de convivas 1205
admirou-se dos estertores daquela ave.
E morria convulsa ao soltar as garras
das patas purpúreas. O predito filho
pôs sobre a mesa braços nus do manto
e grita: "Que homem iria me matar? 1210
Diz, ó ancião, era teu o empenho,
e essa bebida recebi de tua mão!"
Indaga direto ao prender braço gris
do velho em flagrante para pegá-lo
com frasco cheio de fármaco mau. [Kovacs]
Flagrado, forçado confessa a custo 1215
ousadia de Creúsa e dolo de poção.
Corre já para fora com os convivas
o rapaz do oráculo pítio de Lóxias
e para perante os reis pítios e diz:
"Ó Terra santa, por mulher hóspeda 1220
filha de Erecteu mata-nos o fármaco!"
Os reis délfios decidiram pela morte
precípite da senhora não com um voto,
por ela tentar matar o santo e cometer
massacre no templo. Toda a urbe caça 1225
a mísera que se avia por mísera via.
Por amor de filhos veio junto a Febo
e perdeu o corpo junto com os filhos.

ΧΟΡΟΣ

οὐκ ἔστ' οὐκ ἔστιν θανάτου
παρατροπὰ μελέαι μοι· 1230
φανερὰ φανερὰ τάδ' ἤδη
†σπονδὰς ἐκ Διονύσου
βοτρύων θοᾶς ἐχίδνας
σταγόσι μειγνυμένας φόνωι†.
φανερὰ θύματα νερτέρων, 1235
συμφοραὶ μὲν ἐμῶι βίωι,
λεύσιμοι δὲ καταφθοραὶ δεσποίναι.
τίνα φυγὰν πτερόεσσαν ἢ
χθονὸς ὑπὸ σκοτίους μυχοὺς πορευθῶ,
θανάτου λεύσιμον ἄταν 1240
ἀποφεύγουσα, τεθρίππων
ὠκιστᾶν χαλᾶν ἐπιβᾶσ'
ἢ πρύμνας ἔπι ναῶν;

οὐκ ἔστι λαθεῖν ὅτε μὴ χρήιζων
θεὸς ἐκκλέπτει. 1245
τί ποτ', ὦ μελέα δέσποινα, μένει
ψυχῆι σε παθεῖν; ἆρα θέλουσαι
δρᾶσαί τι κακὸν τοὺς πέλας αὐταὶ
πεισόμεθ' ὥσπερ τὸ δίκαιον;

ΚΡΕΟΥΣΑ

πρόσπολοι, διωκόμεσθα θανασίμους ἐπὶ σφαγάς, 1250
Πυθίαι ψήφωι κρατηθεῖσ', ἔκδοτος δὲ γίγνομαι.

ΧΟΡΟΣ

ἴσμεν, ὦ τάλαινα, τὰς σὰς συμφοράς, ἵν' εἶ τύχης.

[*Quarto estásimo* (1229-1249)]

CORO

Não há, não há o meu
desvio da morte, mísera! 1230
Evidentes, evidentes já estes
brindes das vides de Dioniso
mesclados à morte
com gotas de rápida víbora.
Evidentes vítimas de ínferos, 1235
a situação de minha vida
e lapidada morte da rainha.
A que fuga alada ou a que
sombrio recesso do solo ir
em fuga da lapidada ruína 1240
da morte, sobre quadriga
de rápidos cascos ou
sobre a popa do navio?

Não há ocultamento, quando
Deus benévolo não esconde. 1245
Ó mísera rainha, que te resta
sofrer na vida? Querendo nós
fazer mal a outrem, nós mesmas
sofreremos, tal como é justiça?

[*Êxodo* (1250-1622)]

CREÚSA

Servas, perseguem-nos para dar morte, 1250
sob poder do voto pítio, estou entregue.

CORO

Sabemos, mísera, a sorte de tua situação.

ΚΡΕΟΥΣΑ

ποῖ φύγω δῆτ'; ἐκ γὰρ οἴκων προύλαβον μόλις πόδα
μὴ θανεῖν, κλοπῆι δ' ἀφῖγμαι διαφυγοῦσα πολεμίους.

ΧΟΡΟΣ

ποῖ δ' ἂν ἄλλοσ' ἢ 'πὶ βωμόν;

ΚΡΕΟΥΣΑ

καὶ τί μοι πλέον τόδε; 1255

ΧΟΡΟΣ

ἱκέτιν οὐ θέμις φονεύειν.

ΚΡΕΟΥΣΑ

τῶι νόμωι δέ γ' ὄλλυμαι.

ΧΟΡΟΣ

χειρία γ' ἁλοῦσα.

ΚΡΕΟΥΣΑ

καὶ μὴν οἵδ' ἀγωνισταὶ πικροὶ
δεῦρ' ἐπείγονται ξιφήρεις.

ΧΟΡΟΣ

ἵζε νυν πυρᾶς ἔπι.
κἂν θάνηις γὰρ ἐνθάδ' οὖσα, τοῖς ἀποκτείνασί σε
προστρόπαιον αἷμα θήσεις· οἰστέον δὲ τὴν τύχην. 1260

ΙΩΝ

ὦ ταυρόμορφον ὄμμα Κηφισοῦ πατρός,
οἵαν ἔχιδναν τήνδ' ἔφυσας ἢ πυρὸς
δράκοντ' ἀναβλέποντα φοινίαν φλόγα,
ἧι τόλμα πᾶσ' ἔνεστιν οὐδ' ἥσσων ἔφυ
Γοργοῦς σταλαγμῶν, οἷς ἔμελλέ με κτανεῖν. 1265
λάζυσθ', ἵν' αὐτῆς τοὺς ἀκηράτους πλόκους

CREÚSA
Aonde fugir? A custo saí de casa a pé
sem morrer, furtiva ao evitar inimigos.

CORO
Aonde senão o altar?

CREÚSA
Que me vale? 1255

CORO
Ilícito matar suplicante.

CREÚSA
Por lei, morro.

CORO
Se for pega à mão.

CREÚSA
Adversários acerbos
vem para cá com facas.

CORO
Põe-te na pira!
Ainda que lá morras, para os matadores
terás morte adversa e suporte-se a sorte! 1260

ÍON
Ó aspecto tauriforme do pai Cefiso,
que víbora geraste aqui, que serpente
ígnea, lançando olhar de chama letal,
que tem toda audácia, e não foi menos
que gota de Górgona que me mataria! 1265
Prendei, para que escarpas do Parnaso

κόμης καταξήνωσι Παρνασοῦ πλάκες,
ὅθεν πετραῖον ἅλμα δισκηθήσεται.
ἐσθλοῦ δ' ἔκυρσα δαίμονος, πρὶν ἐς πόλιν
μολεῖν Ἀθηνῶν χὐπὸ μητρυιὰν πεσεῖν. 1270
ἐν συμμάχοις γὰρ ἀνεμετρησάμην φρένας
τὰς σάς, ὅσον μοι πῆμα δυσμενής τ' ἔφυς·
ἔσω γὰρ ἄν με περιβαλοῦσα δωμάτων
ἄρδην ἂν ἐξέπεμψας εἰς Ἅιδου δόμους.
[ἀλλ' οὔτε βωμὸς οὔτ' Ἀπόλλωνος δόμος 1275
σώσει σ'. ὁ δ' οἶκτος ὁ σὸς ἐμοὶ κρείσσων πάρα
καὶ μητρὶ τἠμῆι· καὶ γὰρ εἰ τὸ σῶμά μοι
ἄπεστιν αὐτῆς, τοὔνομ' οὐκ ἄπεστί πω.]
ἴδεσθε τὴν πανοῦργον, ἐκ τέχνης τέχνην
οἵαν ἔπλεξε· βωμὸν ἔπτημεν θεοῦ 1280
ὡς οὐ δίκην δώσουσα τῶν εἰργασμένων.

ΚΡΕΟΥΣΑ

ἀπεννέπω σε μὴ κατακτείνειν ἐμὲ
ὑπέρ τ' ἐμαυτῆς τοῦ θεοῦ θ' ἵν' ἕσταμεν.

ΙΩΝ

τί δ' ἐστὶ Φοίβωι σοί τε κοινὸν ἐν μέσωι;

ΚΡΕΟΥΣΑ

ἱερὸν τὸ σῶμα τῶι θεῶι δίδωμ' ἔχειν. 1285

ΙΩΝ

κἄπειτ' ἔκαινες φαρμάκοις τὸν τοῦ θεοῦ;

ΚΡΕΟΥΣΑ

ἀλλ' οὐκέτ' ἦσθα Λοξίου, πατρὸς δὲ σοῦ.

ΙΩΝ

†ἀλλ' ἐγενόμεσθα, πατρὸς δ' οὐσίαν λέγω†.

penteiem intactas tranças de cabelos
lá onde o salto se dará no precipício!
Tive bom Nume, antes de ir à urbe
em Atenas e de cair sob a madrasta. 1270
Entre os aliados avaliei teu espírito,
e que dano por inimizade me fizeste,
pois circundando-me dentro de casa
do alto me enviarias à casa de Hades.
Mas nem o altar nem casa de Apolo 1275
te salvará; o que choras é mais forte
junto de minha mãe; se o meu corpo
está longe dela, o nome nunca está.
Vede a malfeitora, que arte com arte
teceu, acoitou-se no altar do Deus 1280
como se não pagasse por seus atos.

CREÚSA
Proíbo-te que me mates, por mim
mesma e pelo Deus onde estamos.

ÍON
Que no meio é comum a ti e a Febo?

CREÚSA
Ao Deus dou ter consagrado o corpo. 1285

ÍON
E com fármacos matavas o do Deus?

CREÚSA
Não mais de Lóxias, eras de teu pai.

ÍON
Mas fui, e digo a substância do pai.

ΚΡΕΟΥΣΑ

οὐκοῦν τότ' ἦσθα· νῦν δ' ἐγώ, σὺ δ' οὐκέτι.

ΙΩΝ

οὐκ εὐσεβεῖς γε· τἀμὰ δ' εὐσεβῆ τότ' ἦν. 1290

ΚΡΕΟΥΣΑ

ἔκτεινά σ' ὄντα πολέμιον δόμοις ἐμοῖς.

ΙΩΝ

οὔτοι σὺν ὅπλοις ἦλθον ἐς τὴν σὴν χθόνα.

ΚΡΕΟΥΣΑ

μάλιστα· κἀπίμπρης γ' Ἐρεχθέως δόμους.

ΙΩΝ

ποίοισι πανοῖς ἢ πυρὸς ποίαι φλογί;

ΚΡΕΟΥΣΑ

ἔμελλες οἰκεῖν τἄμ', ἐμοῦ βίαι λαβών. 1295

ΙΩΝ

κἄπειτα τοῦ μέλλειν μ' ἀπέκτεινες φόβωι; 1300

ΚΡΕΟΥΣΑ

ὡς μὴ θάνοιμί γ', εἰ σὺ μὴ μέλλων τύχοις. 1301

ΙΩΝ

φθονεῖς ἄπαις οὖσ', εἰ πατὴρ ἐξηῦρέ με; 1302

ΚΡΕΟΥΣΑ

σὺ τῶν ἀτέκνων δῆτ' ἀναρπάσεις δόμους; 1303

ΙΩΝ

πατρός γε γῆν διδόντος ἥν ἐκτήσατο. 1296

CREÚSA

Eras então; agora sou, e tu não mais.

ÍON

Não és piedosa, mas minha vida era. 1290

CREÚSA

Tentei te matar como inimigo de casa.

ÍON

Não marchei armado contra teu solo.

CREÚSA

Sim! Incendiavas a casa de Erecteu.

ÍON

Com que tochas, com que ígnea luz?

CREÚSA

Morarias comigo, pegaste-me à força. 1295

ÍON

Então me matas por pavor do porvir? 1300

CREÚSA

Para não morrer, se agisses sem hesitar. 1301

ÍON

Sem filho tu invejas, se o pai me achou? 1302

CREÚSA

Tu arrebatarás esta casa dos sem filho? 1303

ÍON

Se pai é doador da terra que adquiriu. 1296

ΚΡΕΟΥΣΑ

τοῖς Αἰόλου δὲ πῶς μετῆν τῆς Παλλάδος;

ΙΩΝ

ὅπλοισιν αὐτὴν οὐ λόγοις ἐρρύσατο.

ΚΡΕΟΥΣΑ

ἐπίκουρος οἰκήτωρ γ᾽ ἂν οὐκ εἴη χθονός. 1299

ΙΩΝ

ἡμῖν †δέ γ᾽ ἀλλὰ πατρὶ† γῆς οὐκ ἦν μέρος; 1304

ΚΡΕΟΥΣΑ

ὅσ᾽ ἀσπὶς ἔγχος θ᾽· ἥδε σοι παμπησία. 1305

ΙΩΝ

ἔκλειπε βωμὸν καὶ θεηλάτους ἕδρας.

ΚΡΕΟΥΣΑ

τὴν σὴν ὅπου σοι μητέρ᾽ ἐστὶ νουθέτει.

ΙΩΝ

σὺ δ᾽ οὐχ ὑφέξεις ζημίαν κτείνουσ᾽ ἐμέ;

ΚΡΕΟΥΣΑ

ἤν γ᾽ ἐντὸς ἀδύτων τῶνδέ με σφάξαι θέλῃς.

ΙΩΝ

τίς ἡδονή σοι θεοῦ θανεῖν ἐν στέμμασιν; 1310

ΚΡΕΟΥΣΑ

λυπήσομέν τιν᾽ ὧν λελυπήμεσθ᾽ ὕπο.

ΙΩΝ

φεῦ·

CREÚSA

Como os de Éolo têm parte de Palas?

ÍON

Defendeu-a com armas, não com falas.

CREÚSA

Mercenário não seria morador do solo. 1299

ÍON

Parte da terra não era nossa, mas do pai? 1304

CREÚSA

São o escudo e a lança as tuas posses. 1305

ÍON

Deixa o altar e os assentos oraculares!

CREÚSA

Adverte tua mãe onde estiver contigo!

ÍON

Não serás punida por me tentar matar?

CREÚSA

Se dentro deste ádito queres me imolar.

ÍON

Por que te apraz morrer nas fitas do Deus? 1310

CREÚSA

Para afligir a quem nos tem afligido.

ÍON

Pheû!

δεινόν γε θνητοῖς τοὺς νόμους ὡς οὐ καλῶς 1312
ἔθηκεν ὁ θεὸς οὐδ᾽ ἀπὸ γνώμης σοφῆς·
τοὺς μὲν γὰρ ἀδίκους βωμὸν οὐχ ἵζειν ἐχρῆν
ἀλλ᾽ ἐξελαύνειν· οὐδὲ γὰρ ψαύειν καλὸν 1315
θεῶν πονηρᾶι χειρί, τοῖσι δ᾽ ἐνδίκοις·
ἱερὰ καθίζειν <δ᾽> ὅστις ἠδικεῖτ᾽ ἐχρῆν,
καὶ μὴ ᾽πὶ ταὐτὸ τοῦτ᾽ ἰόντ᾽ ἔχειν ἴσον
τόν τ᾽ ἐσθλὸν ὄντα τόν τε μὴ θεῶν πάρα.

ΠΡΟΦΗΤΙΣ

ἐπίσχες, ὦ παῖ· τρίποδα γὰρ χρηστήριον 1320
λιποῦσα θριγκοὺς τούσδ᾽ ὑπερβάλλω ποδὶ
Φοίβου προφῆτις, τρίποδος ἀρχαῖον νόμον
σώιζουσα, πασῶν Δελφίδων ἐξαίρετος.

ΙΩΝ

χαῖρ᾽, ὦ φίλη μοι μῆτερ, οὐ τεκοῦσά περ.

ΠΡΟΦΗΤΙΣ

ἀλλ᾽ οὖν λεγόμεθά γ᾽· ἡ φάτις δ᾽ οὔ μοι πικρά. 1325

ΙΩΝ

ἤκουσας ὥς μ᾽ ἔκτεινεν ἥδε μηχαναῖς;

ΠΡΟΦΗΤΙΣ

ἤκουσα· καὶ σὺ δ᾽ ὠμὸς ὢν ἁμαρτάνεις.

ΙΩΝ

οὐ χρή με τοὺς κτείνοντας ἀνταπολλύναι;

ΠΡΟΦΗΤΙΣ

προγόνοις δάμαρτες δυσμενεῖς ἀεί ποτε.

ΙΩΝ

ἡμεῖς δὲ μητρυιαῖς γε πάσχοντες κακῶς. 1330

É terrível como aos mortais não bem 1312
nem por sábia sentença Deus fez leis!
Não deviam pôr os injustos em altares,
mas expulsá-los, pois não é belo tocar 1315
Deuses com mãos vis, mas com justas.
O injustiçado devia sentar no templo
e com as mesmas preces não ter igual
dos Deuses quem é bom e quem não é.

PÍTIA

Espera, ó filho! A trípode oracular 1320
deixei e ultrapasso a pé estes frisos,
profetisa de Febo, seleta das délfias
todas cultora do prisco uso da trípode.

ÍON

Salve, minha mãe cara não genitora!

PÍTIA

Mas dizem, e a fama não me aflige. 1325

ÍON

Ouviste que ela me matava dolosa?

PÍTIA

Ouvi. Por imaturo cometes um erro.

ÍON

Eu não devo matar quem me matava?

PÍTIA

Esposas são sempre hostis a enteados.

ÍON

E nós, maltratados, hostis a madrastas. 1330

ΠΡΟΦΗΤΙΣ

μὴ ταῦτα· λείπων ἱερὰ καὶ στείχων πάτραν

ΙΩΝ

τί δή με δρᾶσαι νουθετούμενον χρεών;

ΠΡΟΦΗΤΙΣ

καθαρὸς Ἀθήνας ἔλθ' ὑπ' οἰωνῶν καλῶν.

ΙΩΝ

καθαρὸς ἅπας τοι πολεμίους ὃς ἂν κτάνηι.

ΠΡΟΦΗΤΙΣ

μὴ σύ γε· παρ' ἡμῶν δ' ἔκλαβ' οὓς ἔχω λόγους. 1335

ΙΩΝ

λέγοις ἄν· εὔνους δ' οὖσ' ἐρεῖς ὅσ' ἂν λέγηις.

ΠΡΟΦΗΤΙΣ

ὁρᾶις τόδ' ἄγγος χερὸς ὑπ' ἀγκάλαις ἐμαῖς;

ΙΩΝ

ὁρῶ παλαιὰν ἀντίπηγ' ἐν στέμμασιν.

ΠΡΟΦΗΤΙΣ

ἐν τῆιδέ σ' ἔλαβον νεόγονον βρέφος ποτέ.

ΙΩΝ

τί φῄς; ὁ μῦθος εἰσενήνεκται νέος. 1340

ΠΡΟΦΗΤΙΣ

σιγῆι γὰρ εἶχον αὐτά· νῦν δὲ δείκνυμεν.

ΙΩΝ

πῶς οὖν ἔκρυπτες τότε λαβοῦσ' ἡμᾶς πάλαι;

PÍTIA

Isso não! Ao sair do templo e ir à pátria...

ÍON

Que devo fazer, seguindo o conselho?

PÍTIA

Vai puro a Atenas sob belos auspícios.

ÍON

É puro todo aquele que mata inimigos.

PÍTIA

Tu não! Ouve as palavras que temos! 1335

ÍON

Digas! Dirás benévola o que disseres.

PÍTIA

Vês este cesto aqui em meus braços?

ÍON

Vejo antigo berço munido de fitas.

PÍTIA

Nele te recebi ainda recém-nascido.

ÍON

Que dizes? A voz reportada é nova. 1340

PÍTIA

Guardei-a em silêncio, agora mostro.

ÍON

Como ocultavas que me recebeste?

ΠΡΟΦΗΤΙΣ

ὁ θεὸς ἐβούλετ᾽ ἐν δόμοις <σ᾽> ἔχειν λάτριν.

ΙΩΝ

νῦν δ᾽ οὐχὶ χρῄζει; τῶι τόδε γνῶναί με χρή;

ΠΡΟΦΗΤΙΣ

πατέρα κατειπὼν τῆσδέ σ᾽ ἐκπέμπει χθονός. 1345

ΙΩΝ

σὺ δ᾽ ἐκ κελευσμῶν ἢ πόθεν σῴζεις τάδε;

ΠΡΟΦΗΤΙΣ

ἐνθύμιόν μοι τότε τίθησι Λοξίας.

ΙΩΝ

τί χρῆμα δρᾶσαι; λέγε, πέραινε σοὺς λόγους.

ΠΡΟΦΗΤΙΣ

σῶσαι τόδ᾽ εὕρημ᾽ ἐς τὸν ὄντα νῦν χρόνον.

ΙΩΝ

ἔχει δέ μοι τί κέρδος ἢ τίνα βλάβην; 1350

ΠΡΟΦΗΤΙΣ

ἐνθάδε κέκρυπται σπάργαν᾽ οἷς ἐνῆσθα σύ.

ΙΩΝ

μητρὸς τάδ᾽ ἡμῖν ἐκφέρεις ζητήματα;

ΠΡΟΦΗΤΙΣ

ἐπεί γ᾽ ὁ δαίμων βούλεται· πάροιθε δ᾽ οὔ.

ΙΩΝ

ὦ μακαρία μοι φασμάτων ἥδ᾽ ἡμέρα.

PÍTIA

O Deus queria que servisses em casa.

ÍON

E agora não quer? Como devo saber?

PÍTIA

Ao mostrar teu pai, leva-te deste solo. 1345

ÍON

Por ordens ou por que tu guardas isto?

PÍTIA

Lóxias então me pôs no pensamento...

ÍON

Fazer o quê? Diz, conclui a palavra!

PÍTIA

Guardar o achado para este momento.

ÍON

Isso me traz que ganho ou que dano? 1350

PÍTIA

Aqui ocultei faixas com que estavas.

ÍON

Da mãe tu nos trazes estes vestígios?

PÍTIA

Sim, porque o Nume quer, não antes.

ÍON

Ó venturoso dia tenho de aparições!

ΠΡΟΦΗΤΙΣ

λαβών νυν αὐτὰ τὴν τεκοῦσαν ἐκπόνει. 1355

ΙΩΝ

πᾶσάν γ' ἐπελθὼν Ἀσιάδ' Εὐρώπης θ' ὅρους.

ΠΡΟΦΗΤΙΣ

γνώσηι τάδ' αὐτός. τοῦ θεοῦ δ' ἕκατί σε
ἔθρεψά τ', ὦ παῖ, καὶ τάδ' ἀποδίδωμί σοι,
ἃ κεῖνος ἀκέλευστόν μ' ἐβουλήθη λαβεῖν
†σῶσαί θ'· ὅτου δ' ἐβούλεθ' οὕνεκ' οὐκ ἔχω λέγειν†. 1360
ἤιδει δὲ θνητῶν οὔτις ἀνθρώπων τάδε
ἔχοντας ἡμᾶς οὐδ' ἵν' ἦν κεκρυμμένα.
καὶ χαῖρ'· ἴσον γάρ σ' ὡς τεκοῦσ' ἀσπάζομαι.
[ἄρξαι δ' ὅθεν σὴν μητέρα ζητεῖν σε χρή·
πρῶτον μὲν εἴ τις Δελφίδων τεκοῦσά σε 1365
ἐς τούσδε ναοὺς ἐξέθηκε παρθένος,
ἔπειτα δ' εἴ τις Ἑλλάς. ἐξ ἡμῶν δ' ἔχεις
ἅπαντα Φοίβου θ', ὃς μετέσχε τῆς τύχης.]

ΙΩΝ

φεῦ φεῦ· κατ' ὄσσων ὡς ὑγρὸν βάλλω δάκρυ,
ἐκεῖσε τὸν νοῦν δοὺς ὅθ' ἡ τεκοῦσά με 1370
κρυφαῖα νυμφευθεῖσ' ἀπημπόλα λάθραι
καὶ μαστὸν οὐκ ἐπέσχεν· ἀλλ' ἀνώνυμος
ἐν θεοῦ μελάθροις εἶχον οἰκέτην βίον.
τὰ τοῦ θεοῦ μὲν χρηστά, τοῦ δὲ δαίμονος
βαρέα· χρόνον γὰρ ὅν μ' ἐχρῆν ἐν ἀγκάλαις 1375
μητρὸς τρυφῆσαι καί τι τερφθῆναι βίου
ἀπεστερήθην φιλτάτης μητρὸς τροφῆς.
τλήμων δὲ χἠ τεκοῦσά μ'· ὡς ταὐτὸν πάθος
πέπονθε, παιδὸς ἀπολέσασα χαρμονάς.
καὶ νῦν λαβὼν τήνδ' ἀντίπηγ' οἴσω θεῶι 1380
ἀνάθημ', ἵν' εὕρω μηδὲν ὧν οὐ βούλομαι.
εἰ γάρ με δούλη τυγχάνει τεκοῦσά τις,

PÍTIA

Recebe isto e trata de achar a mãe. 1355

ÍON

Por toda Ásia e confins de Europa!

PÍTIA

Conhece-o tu mesmo. Por este Deus
criei-te, ó filho, e agora te dou isto,
quis que eu não incumbida o tivesse
e guardasse, não sei dizer por quê. 1360
Nenhum dos homens mortais sabia
que tínhamos, nem onde escondíamos.
E salve! Dou-te abraço igual de mãe.
Principia onde deves buscar tua mãe:
primeiro se uma délfia te engendrou 1365
e expôs neste templo por ser moça,
depois, se alguma grega. Tudo tens
de nós e de Febo partícipe da sorte.

ÍON

Pheû, pheû! Dos olhos verto úmido pranto
ao pensar no momento em que minha mãe 1370
das secretas núpcias me deu em segredo
e não susteve ao seio, mas irrepreensível
tive a vida de servente na casa do Deus.
O dado por Deus é bom, mas por Nume
é grave; quando devia estar nos braços 1375
de minha mãe e ter esse prazer da vida,
fui privado do alimento de minha mãe.
Mísera também a mãe que a mesma dor
padeceu, ao perder os prazeres do filho.
Agora recebo este berço e farei oferta 1380
a Deus para não achar o que não quero.
Se me acontece a mãe ser uma escrava,

εὑρεῖν κάκιον μητέρ᾽ ἢ σιγῶντ᾽ ἐᾶν.
ὦ Φοῖβε, ναοῖς ἀνατίθημι τήνδε σοῖς·
καίτοι τί πάσχω; τοῦ θεοῦ προθυμίαι 1385
πολεμῶ, τὰ μητρὸς σύμβολ᾽ ὃς σέσωκέ μοι;
ἀνοικτέον τάδ᾽ ἐστὶ καὶ τολμητέον·
τὰ γὰρ πεπρωμέν᾽ οὐχ ὑπερβαίην ποτ᾽ ἄν.
ὦ στέμμαθ᾽ ἱερά, τί ποτέ μοι κεκεύθατε,
καὶ σύνδεθ᾽ οἷσι τἄμ᾽ ἐφρουρήθη φίλα; 1390
ἰδοὺ περίπτυγμ᾽ ἀντίπηγος εὐκύκλου
ὡς οὐ γεγήρακ᾽ ἔκ τινος θεηλάτου,
εὐρώς τ᾽ ἄπεστι πλεγμάτων· ὁ δ᾽ ἐν μέσωι
χρόνος πολὺς δὴ τοῖσδε θησαυρίσμασιν.

ΚΡΕΟΥΣΑ

τί δῆτα φάσμα τῶν ἀνελπίστων ὁρῶ; 1395

ΙΩΝ

σίγα σύ· πῆμα καὶ πάροιθεν ἦσθά μοι.

ΚΡΕΟΥΣΑ

οὐκ ἐν σιωπῆι τἀμά· μή με νουθέτει.
ὁρῶ γὰρ ἄγγος ὧι ᾽ξέθηκ᾽ ἐγώ ποτε
σέ γ᾽, ὦ τέκνον μοι, βρέφος ἔτ᾽ ὄντα νήπιον,
Κέκροπος ἐς ἄντρα καὶ Μακρὰς πετρηρεφεῖς. 1400
λείψω δὲ βωμὸν τόνδε, κεἰ θανεῖν με χρή.

ΙΩΝ

λάζυσθε τήνδε· θεομανὴς γὰρ ἥλατο
βωμοῦ λιποῦσα ξόανα· δεῖτε δ᾽ ὠλένας.

ΚΡΕΟΥΣΑ

σφάζοντες οὐ λήγοιτ᾽ ἄν· ὡς ἀνθέξομαι
καὶ τῆσδε καὶ σοῦ τῶν τ᾽ ἔσω κεκρυμμένων. 1405

achar a mãe é pior que manter silêncio.
Ó Febo, ofereço este berço a teu templo.
Mas o que sofro? Luto contra o desejo 1385
do Deus que me salvou sinais da mãe?
Isto deve ser aberto, e deve ser ousado;
não ultrapassaria nunca a sina da sorte.
Ó fitas consagradas, o que me ocultais?
Ó laços, com que os meus se guardam! 1390
Olha a cobertura deste berço redondo
como não envelheceu, por ato divino,
não há bolor no cesto, e longo tempo
se passou desde este entesouramento!

CREÚSA

Que aparição do inesperado eu vejo? 1395

ÍON

Cala-te! Antes ainda me foste dor!

CREÚSA

Não me calo, não me aconselhes tu!
Vejo o cesto em que te expus um dia,
ó filho, quando ainda recém-nascido,
na gruta de Cécrops sob Compridas. 1400
Deixarei o altar, ainda que eu morra.

ÍON

Prendei-a! Possessa de Deus deixou
o altar e as estátuas. Atai-lhe as mãos!

CREÚSA

Matai! Não cesseis, porque resistirei
nisto, em ti e nos escondidos dentro! 1405

ΙΩΝ

τάδ' οὐχὶ δεινά; ῥυσιάζομαι δόλωι.

ΚΡΕΟΥΣΑ

οὔκ, ἀλλὰ σοῖς φίλοισιν εὑρίσκηι φίλος.

ΙΩΝ

ἐγὼ φίλος σός; κᾆιτά μ' ἔκτεινες λάθραι;

ΚΡΕΟΥΣΑ

παῖς γ', εἰ τόδ' ἐστὶ τοῖς τεκοῦσι φίλτατον.

ΙΩΝ

παῦσαι πλέκουσα — λήψομαί σ' ἐγώ — πλοκάς. 1410

ΚΡΕΟΥΣΑ

ἐς τοῦθ' ἱκοίμην, τοῦδε τοξεύω, τέκνον.

ΙΩΝ

κενὸν τόδ' ἄγγος ἢ στέγει πλήρωμά τι;

ΚΡΕΟΥΣΑ

σά γ' ἔνδυθ', οἷσί σ' ἐξέθηκ' ἐγώ ποτε.

ΙΩΝ

καὶ τοὔνομ' αὐτῶν ἐξερεῖς πρὶν εἰσιδεῖν;

ΚΡΕΟΥΣΑ

κἂν μὴ φράσω γε, κατθανεῖν ὑφίσταμαι. 1415

ΙΩΝ

λέγ'· ὡς ἔχει τι δεινὸν ἥ γε τόλμα σου.

ÍON

Não é terrível? Por dolo me faz refém.

CREÚSA

Não, mas caro descobres teus caros.

ÍON

Eu, teu caro? E oculta me matavas?

CREÚSA

Filho, se aos pais isto é o mais caro.

ÍON

Cessa de urdir ardis! Eu te pegarei. 1410

CREÚSA

Possa eu atingir o que viso, ó filho!

ÍON

Este cesto está vazio ou recobre algo?

CREÚSA

Tuas vestes, com que te expus um dia.

ÍON

E o nome delas dirás antes de vê-las?

CREÚSA

Se não disser, submeto-me à morte. 1415

ÍON

Diz! A tua ousadia tem algo terrível!

ΚΡΕΟΥΣΑ

σκέψασθ' ὃ παῖς ποτ' οὖσ' ὕφασμ' ὕφην' ἐγώ.

ΙΩΝ

ποῖόν τι; πολλὰ παρθένων ὑφάσματα.

ΚΡΕΟΥΣΑ

οὐ τέλεον, οἷον δ' ἐκδίδαγμα κερκίδος.

ΙΩΝ

μορφὴν ἔχον τίν'; ὥς με μὴ ταύτηι λάβηις. 1420

ΚΡΕΟΥΣΑ

Γοργὼν μὲν ἐν μέσοισιν ἠτρίοις πέπλων.

ΙΩΝ

ὦ Ζεῦ, τίς ἡμᾶς ἐκκυνηγετεῖ πότμος;

ΚΡΕΟΥΣΑ

κεκρασπέδωται δ' ὄφεσιν αἰγίδος τρόπον.

ΙΩΝ

ἰδού·
τόδ' ἔσθ' ὕφασμα †θέσφαθ' ὡς εὑρίσκομεν†. 1424

ΚΡΕΟΥΣΑ

ὦ χρόνιον ἱστῶν παρθένευμα τῶν ἐμῶν. 1425

ΙΩΝ

ἔστιν τι πρὸς τῶιδ' ἢ μόνον τόδ' εὐτυχεῖς;

ΚΡΕΟΥΣΑ

δράκοντε μαρμαίροντε πάγχρυσον γένυν,
δώρημ' Ἀθάνας, οἷς τέκν' ἐντρέφειν λέγει,
Ἐριχθονίου γε τοῦ πάλαι μιμήματα.

CREÚSA

Vede o tecido que teci na mocidade!

ÍON

Como é? Há muitos tecidos de moça.

CREÚSA

Imperfeito, como exercício de tecer.

ÍON

Que figura? Não me logres assim! 1420

CREÚSA

Górgona tecida no meio do manto.

ÍON

Ó Zeus, que destino me persegue?

CREÚSA

É orlada de serpentes como a égide.

ÍON

Olha!
Que tecido dito divino descobrimos! 1424

CREÚSA

Ó antiga mocidade de meus teares! 1425

ÍON

Há algo mais ou só isso é boa sorte?

CREÚSA

Duas serpentes rutilando áurea boca,
dom de Atena, com as quais diz criar
filhos, imitações do prístino Erictônio.

ΙΩΝ

τί δρᾶν, τί χρῆσθαι, φράζε μοι, χρυσώματι; 1430

ΚΡΕΟΥΣΑ

δέραια παιδὶ νεογόνωι φέρειν, τέκνον.

ΙΩΝ

ἔνεισιν οἵδε· τὸ δὲ τρίτον ποθῶ μαθεῖν.

ΚΡΕΟΥΣΑ

στέφανον ἐλαίας ἀμφέθηκά σοι τότε,
ἣν πρῶτ᾽ Ἀθάνας σκόπελος ἐξηνέγκατο,
ὅς, εἴπερ ἐστίν, οὔποτ᾽ ἐκλείπει χλόην, 1435
θάλλει δ᾽, ἐλαίας ἐξ ἀκηράτου γεγώς.

ΙΩΝ

ὦ φιλτάτη μοι μῆτερ, ἄσμενός σ᾽ ἰδὼν
πρὸς ἀσμένας πέπτωκα σὰς παρηίδας.

ΚΡΕΟΥΣΑ

ὦ τέκνον, ὦ φῶς μητρὶ κρεῖσσον ἡλίου
(συγγνώσεται γὰρ ὁ θεός), ἐν χεροῖν σ᾽ ἔχω, 1440
ἄελπτον εὕρημ᾽, ὃν κατὰ γᾶς ἐνέρων
χθονίων μέτα Περσεφόνας τ᾽ ἐδόκουν ναίειν.

ΙΩΝ

ἀλλ᾽, ὦ φίλη μοι μῆτερ, ἐν χεροῖν σέθεν
ὁ κατθανών τε κοὐ θανὼν φαντάζομαι.

ΚΡΕΟΥΣΑ

ἰὼ ἰὼ λαμπρᾶς αἰθέρος ἀμπτυχαί, 1445
τίν᾽ αὐδὰν ἀύσω βοάσω; πόθεν μοι
συνέκυρσ᾽ ἀδόκητος ἡδονά; 1448
πόθεν ἐλάβομεν χαράν;

ÍON

Que uso tem, diz-me, o áureo adorno? 1430

CREÚSA

Servir de colar a recém-nascido, filho!

ÍON

Há dentro isso; quero saber o terceiro.

CREÚSA

Eu te cingi então com a coroa de oliva,
o outeiro de Atena primeiro a produziu,
ela, se está viva, nunca perde o verdor 1435
e verdeja, nascida de oliva sem mescla.

ÍON

Ó mãe caríssima, contente por te ver,
estou caído ante as tuas faces contentes!

CREÚSA

Ó filho, ó luz superior ao Sol para a mãe
(o Deus há de perdoar), tenho-te em mãos, 1440
inesperada descoberta, que parecia morar
nos ínferos sob o chão da terra com Perséfone!

ÍON

Ó minha mãe caríssima, em tuas mãos
o que morreu e que não morreu apareço!

CREÚSA

Ió ió! Amplo fulgor brilhante! 1445
Que palavra dizer, falar? Donde
me veio inopinado prazer? 1448
Donde recebemos alegria?

ΙΩΝ

ἐμοὶ γενέσθαι πάντα μᾶλλον ἄν ποτε, 1450
μῆτερ, παρέστη τῶνδ', ὅπως σός εἰμ' ἐγώ.

ΚΡΕΟΥΣΑ

ἔτι φόβωι τρέμω.

ΙΩΝ

μῶν οὐκ ἔχειν μ' ἔχουσα;

ΚΡΕΟΥΣΑ

τὰς γὰρ ἐλπίδας 1452
ἀπέβαλον πρόσω.
ἰὼ <ἰὼ> γύναι, πόθεν ἔλαβες ἐμὸν
βρέφος ἐς ἀγκάλας; 1454
τίν' ἀνὰ χέρα δόμους ἔβα Λοξίου; 1455

ΙΩΝ

θεῖον τόδ'· ἀλλὰ τἀπίλοιπα τῆς τύχης
εὐδαιμονοῖμεν, ὡς τὰ πρόσθ' ἐδυστύχει.

ΚΡΕΟΥΣΑ

τέκνον, οὐκ ἀδάκρυτος ἐκλοχεύηι,
γόοις δὲ ματρὸς ἐκ χερῶν ὁρίζηι.
νῦν δὲ γενειάσιν πάρα σέθεν πνέω 1460
μακαριωτάτας τυχοῦσ' ἡδονᾶς.

ΙΩΝ

τοὐμὸν λέγουσα καὶ τὸ σὸν κοινῶς λέγεις.

ΚΡΕΟΥΣΑ

ἄπαιδες οὐκέτ' ἐσμὲν οὐδ' ἄτεκνοι·
δῶμ' ἑστιοῦται, γᾶ δ' ἔχει τυράννους,
ἀνηβᾶι δ' Ἐρεχθεύς· 1465

ÍON

Tinha comigo que acontecesse tudo, 1450
mãe, antes que o fato de eu ser teu!

CREÚSA

Tremo ainda de pavor!

ÍON

De não ter, se me tens?

CREÚSA

Esperanças 1452
perdi-as longe.
Iò, ió! Mulher, donde meu filho
recebeste nos braços? 1454
Com quem veio à casa de Lóxias? 1455

ÍON

Isso é divino. Mas de bom Nume
venha-nos a sorte antes tão difícil!

CREÚSA

Filho, não sem pranto foi teu parto
e com ais teu fim das mãos da mãe.
Mas agora respiro junto a tuas faces 1460
ao fruir os mais venturosos prazeres.

ÍON

Ao dizeres o meu, comunicas o teu.

CREÚSA

Não mais somos sem cria nem filho!
A casa festeja, a terra tem seus reis,
Erecteu rejuvenesce. 1465

ὅ τε γηγενέτας δόμος οὐκέτι νύκτα δέρκεται,
ἀελίου δ' ἀναβλέπει λαμπάσιν.

ΙΩΝ

μῆτερ, παρὼν μοι καὶ πατὴρ μετασχέτω
τῆς ἡδονῆς τῆσδ' ἧς ἔδωχ' ὑμῖν ἐγώ.

ΚΡΕΟΥΣΑ

ὦ τέκνον, 1470
τί φῄς; οἷον οἷον ἀνελέγχομαι.

ΙΩΝ

πῶς εἶπας;

ΚΡΕΟΥΣΑ

ἄλλοθεν γέγονας, ἄλλοθεν.

ΙΩΝ

ὤμοι· νόθον με παρθένευμ' ἔτικτε σόν;

ΚΡΕΟΥΣΑ

οὐχ ὑπὸ λαμπάδων οὐδὲ χορευμάτων
ὑμέναιος ἐμός, 1475
τέκνον, ἔτικτε σὸν κάρα.

ΙΩΝ

αἰαῖ· πέφυκα δυσγενής, μῆτερ; πόθεν;

ΚΡΕΟΥΣΑ

ἴστω Γοργοφόνα

ΙΩΝ

τί τοῦτ' ἔλεξας;

O terrígeno lar não mais vê Noite,
e recobra visão com raios de Sol.

ÍON
Mãe, presente o pai também participe
comigo deste prazer, que eu vos dei.

CREÚSA
Ó filho, 1470
que dizes? Como, como me refutas!

ÍON
Que dizes?

CREÚSA
És de alhures, de alhures.

ÍON
Ómoi! Tua virgindade me gerou espúrio!

CREÚSA
Nem sob tochas nem com danças
o meu himeneu, 1475
filho, gerou o teu crânio!

ÍON
Aiaî! Malnato nasci, ó mãe? Donde?

CREÚSA
Saiba Górgona...

ÍON
Que dizes aí?

ΚΡΕΟΥΣΑ
ἃ σκοπέλοις ἐπ' ἐμοῖς
τὸν ἐλαιοφυῆ πάγον 1480
θάσσει

ΙΩΝ
λέγεις μοι σκολιὰ κοὐ σαφῆ τάδε.

ΚΡΕΟΥΣΑ
παρ' ἀηδόνιον πέτραν
Φοίβωι

ΙΩΝ
τί Φοῖβον αὐδᾶις;

ΚΡΕΟΥΣΑ
κρυπτόμενον λέχος ηὐνάσθην

ΙΩΝ
λέγ'· ὡς ἐρεῖς τι κεδνὸν εὐτυχές τέ μοι. 1485

ΚΡΕΟΥΣΑ
δεκάτωι δέ σε μηνὸς ἐν
κύκλωι κρύφιον ὠδῖν' ἔτεκον Φοίβωι.

ΙΩΝ
ὦ φίλτατ' εἰποῦσ', εἰ λέγεις ἐτήτυμα.

ΚΡΕΟΥΣΑ
παρθένια δ' †ἐμᾶς ματέρος†
σπάργαν' ἀμφίβολά σοι τάδ' ἀνῆψα κερ- 1490
κίδος ἐμᾶς πλάνους.
γάλακτι δ' οὐκ ἐπέσχον οὐδὲ μαστῶι
τροφεῖα ματρὸς οὐδὲ λουτρὰ χειροῖν,
ἀνὰ δ' ἄντρον ἔρημον οἰωνῶν

CREÚSA

... que em meus mirantes
na colina oleícola tem 1480
trono.

ÍON

Tortas falas, não claras.

CREÚSA

Perto da pedra dos rouxinóis,
com Febo...

ÍON

Que dizes de Febo?

CREÚSA

... em secretas núpcias me deitei.

ÍON

Diz! Um bem de boa sorte dirás! 1485

CREÚSA

No décimo círculo da lua medida
com secreta dor te pari para Febo.

ÍON

Ó caríssima fala, se verdadeira!

CREÚSA

Virgíneas perante a mãe faixas
envolventes atei em ti estas 1490
corridas de minha lançadeira.
Não te nutri com leite ao seio
almo de mãe, nem dei banhos,
mas em gruta erma, massacre

γαμφηλαῖς φόνευμα θοίναμά τ᾽ εἰς 1495
Ἅιδαν ἐκβάλληι.

ΙΩΝ

ὦ δεινὰ τλᾶσα, μῆτερ.

ΚΡΕΟΥΣΑ

ἐν φόβωι, τέκνον,
καταδεθεῖσα σὰν ἀπέβαλον ψυχάν.
ἔκτεινά σ᾽ ἄκουσ᾽.

ΙΩΝ

†ἐξ ἐμοῦ τ᾽ οὐχ ὅσι᾽
ἔθνῃσκες†. 1500

ΚΡΕΟΥΣΑ

ἰὼ <ἰώ>· δειναὶ μὲν <αἱ> τότε τύχαι, 1502
δεινὰ δὲ καὶ τάδ᾽· ἑλισσόμεσθ᾽ ἐκεῖθεν 1504
ἐνθάδε δυστυχίαισιν εὐτυχίαις τε πάλιν, 1505
μεθίσταται δὲ πνεύματα.
μενέτω· τὰ πάροιθεν ἅλις κακά· νῦν 1508
δὲ γένοιτό τις οὖρος ἐκ κακῶν, ὦ παῖ.

ΧΟΡΟΣ

μηδεὶς δοκείτω μηδὲν ἀνθρώπων ποτὲ 1510
ἄελπτον εἶναι πρὸς τὰ τυγχάνοντα νῦν.

ΙΩΝ

ὦ μεταβαλοῦσα μυρίους ἤδη βροτῶν
καὶ δυστυχῆσαι καὖθις αὖ πρᾶξαι καλῶς
τύχη, παρ᾽ οἵαν ἤλθομεν στάθμην βίου
μητέρα φονεῦσαι καὶ παθεῖν ἀνάξια. 1515
φεῦ·
ἆρ᾽ ἐν φαενναῖς ἡλίου περιπτυχαῖς 1516
ἔνεστι πάντα τάδε καθ᾽ ἡμέραν μαθεῖν;

e banquete de bicos das aves, 1495
foste lançado à casa de Hades.

ÍON
Ó mãe, terrível ousadia!

CREÚSA
Ó filho,
tomada de pavor perdi tua vida!
Matei-te coata!

ÍON
Por mim ilícito
serias morta! 1500

CREÚSA
Iò, ió! Terríveis foram então as sortes, 1502
terríveis ainda são estas! De lá giramos 1504
para cá com as sortes difíceis e com 1505
as aliás boas sortes, mudam-se ventos.
Que durem! Antes houve mal demais. 1508
Agora leve a brisa além de males, filho!

CORO
Nenhum homem não creia nunca nada 1510
perante a presente sorte ser inesperado!

ÍON
Ó mudadora de miríades de mortais,
ora dificuldade, ora aliás prosperidade,
Sorte, por que padrão de vida viemos
a matar a mãe e a padecer ignomínias! 1515
Pheû!
Ora, nos brilhantes amplexos do Sol, 1516
tudo isto se pode conhecer cada dia?

φίλον μὲν οὖν σ᾽ εὕρημα, μῆτερ, ηὕρομεν,
καὶ τὸ γένος οὐδὲν μεμπτόν, ὡς ἡμῖν, τόδε·
τὰ δ᾽ ἄλλα πρὸς σὲ βούλομαι μόνην φράσαι. 1520
δεῦρ᾽ ἔλθ᾽· ἐς οὖς γὰρ τοὺς λόγους εἰπεῖν θέλω
καὶ περικαλύψαι τοῖσι πράγμασι σκότον.
ὅρα σύ, μῆτερ, μὴ σφαλεῖσ᾽ ἃ παρθένοις
ἐγγίγνεται νοσήματ᾽ ἐς κρυπτοὺς γάμους
ἔπειτα τῶι θεῶι προστίθης τὴν αἰτίαν 1525
καὶ τοὐμὸν αἰσχρὸν ἀποφυγεῖν πειρωμένη
Φοίβωι τεκεῖν με φήις, τεκοῦσ᾽ οὐκ ἐκ θεοῦ.

ΚΡΕΟΥΣΑ

μὰ τὴν παρασπίζουσαν ἅρμασίν ποτε
Νίκην Ἀθάναν Ζηνὶ γηγενεῖς ἔπι,
οὐκ ἔστιν οὐδείς σοι πατὴρ θνητῶν, τέκνον, 1530
ἀλλ᾽ ὅσπερ ἐξέθρεψε Λοξίας ἄναξ.

ΙΩΝ

πῶς οὖν τὸν αὑτοῦ παῖδ᾽ ἔδωκ᾽ ἄλλωι πατρὶ
Ξούθου τέ φησι παῖδά μ᾽ ἐκπεφυκέναι;

ΚΡΕΟΥΣΑ

πεφυκέναι μὲν οὐχί, δωρεῖται δέ σε
αὑτοῦ γεγῶτα· καὶ γὰρ ἂν φίλος φίλωι 1535
δοίη τὸν αὑτοῦ παῖδα δεσπότην δόμων.

ΙΩΝ

ὁ θεὸς ἀληθὴς ἢ μάτην μαντεύεται;
ἐμοῦ ταράσσει, μῆτερ, εἰκότως φρένα.

ΚΡΕΟΥΣΑ

ἄκουε δή νυν ἅμ᾽ ἐσῆλθεν, ὦ τέκνον·
εὐεργετῶν σε Λοξίας ἐς εὐγενῆ 1540
δόμον καθίζει· τοῦ θεοῦ δὲ λεγόμενος
οὐκ ἔσχες ἄν ποτ᾽ οὔτε παγκλήρους δόμους

Mãe, descoberta nossa te descobrimos
e esta origem me parece irrepreensível.
O mais quero dizer somente para ti. 1520
Vem aqui! Quero aos ouvidos dizer
as falas e cobrir com trevas os atos.
Vê, mãe, não vacilaste em distúrbio
que virgens têm nas ocultas núpcias
e tu depois atribuis ao Deus a causa 1525
e tentando afastar de mim o vexame
dizes gerar-me a Febo, não do Deus.

CREÚSA

Por Atena no carro escudeira
Vitória de Zeus contra terrígenos,
juro, filho, não tens pai mortal, 1530
mas o que te criou, o rei Lóxias.

ÍON

Como deu seu filho a outro pai
e diz que sou nascido de Xuto?

CREÚSA

Nato, não, mas sendo seu mesmo
faz dom de ti, e caro ao seu caro 1535
daria o seu filho ao dono da casa.

ÍON

Deus diz verdade ou vaticínio vão?
Mãe, com razão o espírito me turva.

CREÚSA

Ouve o que agora me ocorreu, filho!
Para teu benefício Lóxias te instala 1540
em nobre casa, e sendo dito do Deus
não terias jamais a herdade da casa

οὔτ᾿ ὄνομα πατρός. πῶς γάρ, οὗ γ᾿ ἐγὼ γάμους
ἔκρυπτον αὐτὴ καί σ᾿ ἀπέκτεινον λάθραι;
ὁ δ᾿ ὠφελῶν σε προστίθησ᾿ ἄλλωι πατρί. 1545

ΙΩΝ

οὐχ ὧδε φαύλως αὔτ᾿ ἐγὼ μετέρχομαι,
ἀλλ᾿ ἱστορήσω Φοῖβον εἰσελθὼν δόμους
εἴτ᾿ εἰμὶ θνητοῦ πατρὸς εἴτε Λοξίου.
ἔα· τίς οἴκων θυοδόκων ὑπερτελὴς
ἀντήλιον πρόσωπον ἐκφαίνει θεῶν; 1550
φεύγωμεν, ὦ τεκοῦσα, μὴ τὰ δαιμόνων
ὁρῶμεν, εἰ μὴ καιρός ἐσθ᾿ ἡμᾶς ὁρᾶν.

ΑΘΗΝΑ

μὴ φεύγετ᾿· οὐ γὰρ πολεμίαν με φεύγετε
ἀλλ᾿ ἔν τ᾿ Ἀθήναις κἀνθάδ᾿ οὖσαν εὐμενῆ.
ἐπώνυμος δὲ σῆς ἀφικόμην χθονὸς 1555
Παλλάς, δρόμωι σπεύσασ᾿ Ἀπόλλωνος πάρα,
ὃς ἐς μὲν ὄψιν σφῶιν μολεῖν οὐκ ἠξίου,
μὴ τῶν πάροιθε μέμψις ἐς μέσον μόληι,
ἡμᾶς δὲ πέμπει τοὺς λόγους ὑμῖν φράσαι·
ὡς ἥδε τίκτει σ᾿ ἐξ Ἀπόλλωνος πατρός, 1560
δίδωσι δ᾿ οἷς ἔδωκεν, οὐ φύσασί σε,
ἀλλ᾿ ὡς κομίζηι ᾿ς οἶκον εὐγενέστατον.
ἐπεὶ δ᾿ ἀνεῴχθη πρᾶγμα μηνυθὲν τόδε,
θανεῖν σε δείσας μητρὸς ἐκ βουλευμάτων
καὶ τήνδε πρὸς σοῦ, μηχαναῖς ἐρρύσατο. 1565
ἔμελλε δ᾿ αὐτὰ διασιωπήσας ἄναξ
ἐν ταῖς Ἀθήναις γνωριεῖν ταύτην τε σοὶ
σέ θ᾿ ὡς πέφυκας τῆσδε καὶ Φοίβου πατρός.
ἀλλ᾿ ὡς περαίνω πρᾶγμα καὶ χρησμοὺς θεοῦ,
ἐφ᾿ οἷσιν ἔζευξ᾿ ἅρματ᾿, εἰσακούσατον. 1570
λαβοῦσα τόνδε παῖδα Κεκροπίαν χθόνα
χώρει, Κρέουσα, κἀς θρόνους τυραννικοὺς
ἵδρυσον. ἐκ γὰρ τῶν Ἐρεχθέως γεγὼς

nem o nome do pai. Como ocultaria
eu suas núpcias e oculta te mataria?
Ele te valendo te atribui a outro pai. 1545

ÍON

Não tão facilmente prossigo com isso,
mas entrarei em casa e indagarei Febo,
se sou filho de pai mortal ou de Lóxias.
Éa! Qual dos Deuses acima da casa
sacrificatória mostra o rosto ao Sol? 1550
Fujamos, mãe! Não vejamos Numes
se não nos for oportuna essa visão!

ATENA

Não fujais! Não me eviteis inimiga,
mas sou benévola aqui e em Atenas.
Aqui vim eu, epônimo de tua terra, 1555
Palas, expedida da parte de Apolo,
que estimou não vir à vossa vista,
não intervenha invectiva de antes,
e envia-nos a dizer-vos as palavras
de que ela te gerou do pai Apolo, 1560
e dá a quem doou, não aos teus pais,
mas para te dar nobilíssima casa.
Ao abrir-se esse fato denunciado,
temeu que fosses morto pela mãe
ou a matasses, e salvou-te com artes. 1565
Se mantivesse em silêncio, o rei
em Atenas faria que a conhecesses
e ela a ti como filho seu e de Febo.
Mas concluo fato e fala do Deus
pelos quais jungi carro, escutai! 1570
Vai com o filho ao solo de Cécrops,
Creúsa, e coloca-o no trono real,
pois nascido da prole de Erecteu

δίκαιος ἄρχειν τῆς ἐμῆς ὅδε χθονός,
ἔσται δ᾽ ἀν᾽ Ἑλλάδ᾽ εὐκλεής. οἱ τοῦδε γὰρ 1575
παῖδες γενόμενοι τέσσαρες ῥίζης μιᾶς
ἐπώνυμοι γῆς κἀπιφυλίων χθονὸς
λαῶν ἔσονται, σκόπελον οἳ ναίουσ᾽ ἐμόν.
Γελέων μὲν ἔσται πρῶτος· εἶτα δεύτερος
<τρίτος τ᾽ ἔσονται παῖδες ὧν ἐπώνυμοι>
Ὅπλητες Ἀργαδῆς τ᾽, ἐμῆς <τ᾽> ἀπ᾽ αἰγίδος 1580
ἓν φῦλον ἕξουσ᾽ Αἰγικορῆς. οἱ τῶνδε δ᾽ αὖ
παῖδες γενόμενοι σὺν χρόνωι πεπρωμένωι
Κυκλάδας ἐποικήσουσι νησαίας πόλεις
χέρσους τε παράλους, ὃ σθένος τἠμῆι χθονὶ
δίδωσιν· ἀντίπορθμα δ᾽ ἠπείροιν δυοῖν 1585
πεδία κατοικήσουσιν, Ἀσιάδος τε γῆς
Εὐρωπίας τε· τοῦδε δ᾽ ὀνόματος χάριν
Ἴωνες ὀνομασθέντες ἕξουσιν κλέος.
Ξούθωι δὲ καὶ σοὶ γίγνεται κοινὸν γένος,
Δῶρος μέν, ἔνθεν Δωρὶς ὑμνηθήσεται 1590
πόλις κατ᾽ αἶαν Πελοπίαν· ὁ δεύτερος
Ἀχαιός, ὃς γῆς παραλίας Ῥίου πέλας
τύραννος ἔσται, κἀπισημανθήσεται
κείνου κεκλῆσθαι λαὸς ὄνομ᾽ ἐπώνυμον.
καλῶς δ᾽ Ἀπόλλων πάντ᾽ ἔπραξε· πρῶτα μὲν 1595
ἄνοσον λοχεύει σ᾽, ὥστε μὴ γνῶναι φίλους·
ἐπεὶ δ᾽ ἔτικτες τόνδε παῖδα κἀπέθου
ἐν σπαργάνοισιν, ἁρπάσαντ᾽ ἐς ἀγκάλας
Ἑρμῆν κελεύει δεῦρο πορθμεῦσαι βρέφος,
ἔθρεψέ τ᾽ οὐδ᾽ εἴασεν ἐκπνεῦσαι βίον. 1600
νῦν οὖν σιώπα παῖς ὅδ᾽ ὡς πέφυκε σός,
ἵν᾽ ἡ δόκησις Ξοῦθον ἡδέως ἔχηι
σύ τ᾽ αὖ τὰ σαυτῆς ἀγάθ᾽ ἔχουσ᾽ ἴηις, γύναι.
καὶ χαίρετ᾽· ἐκ γὰρ τῆσδ᾽ ἀναψυχῆς πόνων
εὐδαίμον᾽ ὑμῖν πότμον ἐξαγγέλλομαι. 1605

é justo que reine em minha terra,
ínclito na Grécia. Os filhos dele 1575
serão quatro natos de única raiz
os epônimos da terra e das tribos
do chão residentes em meu mirante.
Geléon será primeiro, e em seguida
segundo e terceiro filhos epônimos [Kovacs]
de hopletes e árgades, e egícores, 1580
de minha égide, farão uma tribo,
e seus filhos no assinalado tempo
colonizarão urbes em ilhas Cíclades
e costas continentais, o que reforça
meu solo, e terão ambas as margens 1585
dos dois continentes, terras da Ásia
e da Europa, e graças a este nome
nomeados iônios obterão a glória.
Tendes Xuto e tu família comum:
Doro, donde será hineada a urbe 1590
dória na terra de Pélops, e segundo,
Aqueu, que será rei da litorânea
terra perto de Rio, e sina será que
o povo tenha nome epônimo seu.
Bem Apolo tudo dispôs, primeiro 1595
ilesa te fez parir, ignaros os seus,
e quando geraste e expuseste filho
enfaixado, instou Hermes a tomar
nos braços e trazer para cá o filho,
criou e não deixou expirar a vida. 1600
Agora cale o filho ter nascido de ti,
para a crença manter suave Xuto
e vás aliás com teus bens, mulher,
e salve! Depois de alívio de males
anuncio-vos a sorte de bom Nume. 1605

ΙΩΝ

ὦ Διὸς Παλλὰς μεγίστου θύγατερ, οὐκ ἀπιστίαι
σοὺς λόγους ἐδεξάμεσθα, πείθομαι δ᾽ εἶναι πατρὸς
Λοξίου καὶ τῆσδε· καὶ πρὶν τοῦτο δ᾽ οὐκ ἄπιστον ἦν.

ΚΡΕΟΥΣΑ

τἀμὰ νῦν ἄκουσον· αἰνῶ Φοῖβον οὐκ αἰνοῦσα πρίν,
οὕνεχ᾽ οὗ ποτ᾽ ἠμέλησε παιδὸς ἀποδίδωσί μοι. 1610
αἵδε δ᾽ εὐωποὶ πύλαι μοι καὶ θεοῦ χρηστήρια,
δυσμενῆ πάροιθεν ὄντα. νῦν δὲ καὶ ῥόπτρων χέρας
ἡδέως ἐκκριμνάμεσθα καὶ προσεννέπω πύλας.

ΑΘΗΝΑ

ᾔνεσ᾽ οὕνεκ᾽ εὐλογεῖς θεὸν μεταβαλοῦσ᾽ †ἀεί που†
χρόνια μὲν τὰ τῶν θεῶν πως, ἐς τέλος δ᾽ οὐκ ἀσθενῆ. 1615

ΚΡΕΟΥΣΑ

ὦ τέκνον, στείχωμεν οἴκους.

ΑΘΗΝΑ

στείχεθ᾽, ἕψομαι δ᾽ ἐγώ.

ΙΩΝ

ἀξία γ᾽ ἡμῶν ὁδουρός.

ΚΡΕΟΥΣΑ

καὶ φιλοῦσά γε πτόλιν.

ΑΘΗΝΑ

ἐς θρόνους δ᾽ ἵζου παλαιούς.

ΙΩΝ

ἄξιον τὸ κτῆμά μοι.

ÍON

Ó Palas filha de Zeus máximo, não recebi
incrédulo tuas palavras e creio que sou filho
de Lóxias e dela, não fosse isso antes incrível.

CREÚSA

Ouve-me! Sem louvar antes, louvo Febo,
por me devolver filho de que descuidou. 1610
Estas vistosas portas e oráculo do Deus
antes me eram hostis, agora tenho prazer
em tocar aldravas e interpelar as portas.

ATENA

Aprovo que louves o Deus por mudares.
Tarda o Deus, mas afinal não é sem força. 1615

CREÚSA

Filho, vamos para casa!

ATENA

Ide! Irei junto.

ÍON

A guarda é digna de nós.

CREÚSA

E cara à urbe.

ATENA

Tem o trono prístino.

ÍON

Tenho digna posse.

ΧΟΡΟΣ

ὦ Διὸς Λητοῦς τ' Ἄπολλον, χαῖρ'· ὅτωι δ' ἐλαύνεται
συμφοραῖς οἶκος, σέβοντα δαίμονας θαρσεῖν χρεών· 1620
ἐς τέλος γὰρ οἱ μὲν ἐσθλοὶ τυγχάνουσιν ἀξίων,
οἱ κακοὶ δ', ὥσπερ πεφύκασ', οὔποτ' εὖ πράξειαν ἄν.

CORO

Salve, Apolo, filho de Zeus e Leto! Quem
tem males em casa, honre Nume e seja forte! 1620
Os honestos por fim obtêm dignas sortes,
e os maus por serem nunca estariam bem.

Referências bibliográficas

Ésquilo. *Oresteia I: Agamêmnon*, com estudo e tradução de Jaa Torrano. São Paulo: Fapesp/Iluminuras, 2004.

Eurípides. *Ifigenia in Tauride*, com introdução e comentário de Domenico Bassi. Milão: Carlo Signorelli Editore, 1963.

_________. *Ion*, com tradução, notas e apêndices de M. A. Bayfield. Londres: Macmillan and Co., 1924.

_________. *Ion*, com edição, introdução e comentários de A. S. Owen. Londres: Duckworth, 1990 [1939].

_________. *Ione*, com introdução, tradução e comentários de Matteo Pellegrino. Bari: Palomar, 2004.

_________. *Iphigenia in Tauris*, com introdução, tradução e comentário de M. J. Cropp. Warminster: Aris & Phillips, 2000.

_________. *Troades*, com edição, introdução e comentários de K. H. Lee. Londres: Duckworth, 2001 [1976].

Goff, Barbara. *Euripides: Trojan Women*. Londres: Duckworth, 2009.

Gregory, Justina. "Trojan Women". In: *Euripides and the Instruction of the Athenians*. Ann Arbor: University of Michigan Press, 2000 [1997].

Hall, Edith. *Adventures with Iphigenia in Tauris. A Cultural History of Euripides' Black Sea Tragedy*. Nova York: Oxford University Press, 2013.

Mastronarde, Donald J. "Iconography and Imagery in Euripides' *Ion*". In: Mossman, Judith (org.). *Oxford Readings in Classical Studies: Euripides*. Nova York: Oxford University Press, 2003.

Swift, Laura. *Euripides: Ion*. Londres: Duckworth, 2008.

Zacharia, Katerina. *Converging Truths: Euripides' Ion and the Athenian Quest for Self-Definition*. Leiden/Boston: Brill, 2003.

Sobre os textos

As Troianas

"A justiça previsível": inédito.

Tradução: publicação e-book em *Eurípides: Teatro completo*, vol. 2, São Paulo, Iluminuras, 2016.

Ifigênia em Táurida

"Justiça e salvação": inédito.

Tradução: publicação e-book em *Eurípides: Teatro completo*, vol. 2, São Paulo, Iluminuras, 2016; posteriormente, em *Organon*, Porto Alegre, vol. 31, nº 60, 2016, pp. 281-330.

Íon

"A comunidade de Deuses e de mortais": publicado como "Mito e dialética: a comunidade de Deuses e de mortais na tragédia *Íon* de Eurípides", em Adriane da Silva Duarte (org.), *A representação dos deuses e do sagrado no teatro greco-latino*, São Paulo, Humanitas, 2013, pp. 109-25.

Tradução: publicação e-book em *Eurípides: Teatro completo*, vol. 2, São Paulo, Iluminuras, 2016.

Sobre o autor

Algumas datas de representações e de vitórias em concursos trágicos, além de fatos da história de Atenas no século V a.C., são os únicos dados de que hoje dispomos com alguma certeza sobre a vida de Eurípides, e a eles se mesclam muitas anedotas, extraídas de comédias contemporâneas, ou inferidas de suas próprias obras, ou adaptadas da mitologia, ou ainda pura especulação. As biografias antigas contam que ele nasceu em Salamina, no dia da batalha naval dos gregos contra os invasores persas, e que o medo fez sua mãe entrar em trabalho de parto, mas isso parece ter um caráter simbólico, de vincular o grande dramaturgo ao mais memorável evento de sua época. A inscrição do mármore de Paro data seu nascimento de 485-484 a.C. Sua família pertencia ao distrito ático de Flieus, da tribo Cecrópida, ao norte do monte Himeto. Teofrasto relata que quando menino Eurípides foi escanção no ritual em que a elite ateniense dançava ao redor do santuário de Apolo Délio e que foi porta-tocha de Apolo Zoster; ambas essas funções implicam ser de família tradicional ateniense e sugerem inserção social elevada.

Sua primeira participação em concurso trágico é de 455 a.C. com *As Pelíades*, tragédia hoje perdida, sobre o dolo com que Medeia persuadiu as filhas de Pélias a matá-lo, esquartejá-lo e cozê-lo. Os antigos conheceram noventa e duas peças suas. Venceu cinco vezes os concursos trágicos, sendo póstuma a última vitória, mas não há notícia de que alguma vez sua participação nas representações tenha sido preterida. Considerando que todo ano o arconte rei escolhia para o concurso somente três poetas e para julgá-los dez juízes, um de cada tribo, dos quais cinco votos eram destruídos aleatoriamente sem se conhecer o conteúdo para evitar suborno, a participação era mais indicadora de popularidade do que a premiação.

David Kovacs valendo-se de datas conhecidas ou conjecturais apresenta esta cronologia relativa da produção supérstite de Eurípides:

438 a.C., *Alceste* obteve segundo lugar no concurso trágico; 431, *Medeia*, terceiro lugar; *c.* 430, *Os Heraclidas*; 428, *Hipólito*, primeiro lugar; *c.* 425, *Andrômaca*, que não foi representada em Atenas; *c.* 424, *Hécuba*; *c.* 423, *As Suplicantes*; *c.* 420, *Electra*; *c.* 416, *Héracles*; 415, *As Troianas*, segundo lugar; *c.* 414, *Ifigênia em Táurida*; *c.* 413, *Íon*; 412, *Helena*; *c.* 410, *As Fenícias*, segundo lugar; 408, *Orestes*; póstumos, *As Bacas* e *Ifigênia em Áulida*, primeiro lugar; data desconhecida, *O Ciclope*; e de data incerta, *Reso*, que Kovacs (controversamente) considera não euripidiano. As tragédias póstumas, vitoriosas, foram apresentadas por seu filho do mesmo nome, Eurípides júnior. A inscrição do mármore de Paro data a morte de Eurípides em 407-406 a.C., e não temos como decidir se isto se deu em Atenas, ou se em Macedônia, onde teria ido a convite do rei Arquelau.

A presente publicação do *Teatro completo* de Eurípides é a primeira vez em que todos os dramas supérstites do autor são traduzidos em português por um único tradutor.

Sobre o tradutor

José Antonio Alves Torrano (Jaa Torrano) nasceu em Olímpia (SP) em 12 de novembro de 1949 e passou a infância em Orindiúva (SP), vila rural e bucólica, fundada por seus avós maternos, entre outros. Em janeiro de 1960 seus pais mudaram para Catanduva (SP), onde concluiu o grupo escolar, fez o ginásio, o colégio, o primeiro ano da Faculdade de Letras, e descobriu a literatura como abertura para o mundo e o sentido trágico da vida como visão de mundo. Em fevereiro de 1970 mudou-se para São Paulo (SP), lecionou português e filosofia em curso supletivo (1970), fez a graduação (1971-1974) em Letras Clássicas (Português, Latim e Grego) na Universidade de São Paulo, onde começou a trabalhar em 1972 como auxiliar de almoxarifado na Faculdade de Medicina Veterinária e Zootecnia, e depois disso, a lecionar Língua e Literatura Grega como auxiliar de ensino na Faculdade de Filosofia, Letras e Ciências Humanas em 1975.

No Departamento de Letras Clássicas e Vernáculas da Universidade de São Paulo defendeu o mestrado em 1980 com a dissertação "O mundo como função de Musas", o doutorado em 1987 com a tese "O sentido de Zeus: o mito do mundo e o modo mítico de ser no mundo" e a livre-docência em 2001 com a tese "A dialética trágica na *Oresteia* de Ésquilo". Desde 2006 é professor titular de Língua e Literatura Grega na USP. Em 2000 foi professor visitante na Universidade de Aveiro (Portugal). Como bolsista pesquisador do CNPq, traduziu e estudou todas as tragédias supérstites de Ésquilo, Sófocles e Eurípides.

Publicou os livros: — 1) de poesia: *A esfera e os dias* (Annablume, 2009), *Divino gibi: crítica da razão sapiencial* (Annablume, 2017), *Solidão só há de Sófocles* (Ateliê, no prelo); — 2) de ensaios: *O sentido de Zeus: o mito do mundo e o modo mítico de ser no mundo* (Roswitha Kempf, 1988; Iluminuras, 1996), *O pensamento mítico no horizonte de Platão* (Annablume, 2013; Madamu, 2023), *Mitos e imagens mí-*

ticas (Córrego, 2019; Madamu, 2022); e — 3) de estudos e traduções: Hesíodo, *Teogonia: a origem dos Deuses* (Roswitha Kempf, 1980; Iluminuras, 1991), Ésquilo, *Prometeu Prisioneiro* (Roswitha Kempf, 1985), Eurípides, *Medeia* (Hucitec, 1991), Eurípides, *Bacas* (Hucitec, 1995), Ésquilo, *Oresteia: Agamêmnon, Coéforas, Eumênides* (Iluminuras, 2004), Ésquilo, *Tragédias: Os Persas, Os Sete contra Tebas, As Suplicantes, Prometeu Cadeeiro* (Iluminuras, 2009), Eurípides, *Teatro completo* (e-book, Iluminuras, 3 vols., 2015, 2016 e 2018), Platão, *O Banquete* (com Irley Franco, PUC-RJ/Loyola, 2021), Sófocles, *Tragédias completas: Ájax*, *As Traquínias*, *Antígona*, *Édipo Rei ou Édipo em Tebas*, *Electra* e *Filoctetes* (Ateliê/Mnema, 2022, 2023 e 2024). Além disso, publicou estudos sobre literatura grega clássica em livros e periódicos especializados.

A presente edição constitui o quarto volume do *Teatro completo* de Eurípides, publicado pela Editora 34 desde 2022.

Plano da obra

Eurípides, *Teatro completo*,
estudos e traduções de Jaa Torrano:

Vol. I: *O Ciclope*, *Alceste*, *Medeia*
Vol. II: *Os Heraclidas*, *Hipólito*, *Andrômaca*, *Hécuba*
Vol. III: *As Suplicantes*, *Electra*, *Héracles*
Vol. IV: *As Troianas*, *Ifigênia em Táurida*, *Íon*
Vol. V: *Helena*, *As Fenícias*, *Orestes*
Vol. VI: *As Bacas*, *Ifigênia em Áulida*, *Reso*

Este livro foi composto em Sabon e Cardo pela Franciosi & Malta, com CTP e impressão da Edições Loyola em papel Pólen Natural 70 g/m² da Cia. Suzano de Papel e Celulose para a Editora 34, em fevereiro de 2024.